中国现代文学经典名著

茅盾小说经典

U0727172

幻灭

茅盾/著

21 二十一世纪出版社集团
21st Century Publishing Group
全国百佳出版社

图书在版编目（CIP）数据

幻灭：茅盾小说经典 / 茅盾著 . -- 南昌：
二十一世纪出版社 , 2014.9
（中国现代文学经典名著）

ISBN 978-7-5391-9081-5

Ⅰ . ①幻… Ⅱ . ①茅… Ⅲ . ①小说集—中国—现代
Ⅳ . ① I246

中国版本图书馆 CIP 数据核字 (2013) 第 224225 号

幻灭：茅盾小说经典　　　　　　　　　　　茅盾 / 著

策　　划　张　明

责任编辑　刘　刚

出版发行　二十一世纪出版社集团
　　　　　（江西省南昌市子安路75号　330025)
　　　　　www.21cccc.com　cc21@163.net

出 版 人　张秋林

经　　销　新华书店

印　　刷　北京永顺兴望印刷厂

版　　次　2014年10月第1版　2017年12月第2次印刷

开　　本　720mm × 1000mm　1/16

印　　张　19

字　　数　242千

书　　号　ISBN 978-7-5391-9081-5

定　　价　35.00元

赣版权登字—04—2013—673

如发现印装质量问题，请寄本社图书发行公司调换 0791-86524997

目 录

导　论

王　健

　　茅盾是我国"五四"以来现代文学运动的先驱者和开拓者之一。他以具有时代意义的现实主义创作、精深的文学理论、文学批评和众多的文学翻译作品，在文学史上竖起了一座丰碑。茅盾的小说顺应了二十世纪三十年代社会现实的变化，对鲁迅开创的中国现代短篇小说文体进行了新的拓展，并向中长篇延伸，大大提高了中国现代小说反映社会生活的广度和反映人的心灵的深度。由于茅盾的创作，中国的现代小说特别是长篇小说开始走向了成熟。

一

　　茅盾，原名沈德鸿，字雁冰，1896 年出生于浙江省桐乡县乌镇的一个大家庭中，1981 年在北京逝世。茅盾的一生始终置身于时代运动的浪潮中，并从中汲取营养来指导他的文学创作。茅盾自小就接受了比较开明的家庭教育，读过私塾，也读过"新学"。其父沈永锡思想开明，是当时的"维新派"人物。由于父亲早逝，茅盾是在母亲的教育下成长的。

　　中学时代的茅盾就开始积极地投身于辛亥革命的浪潮之中，因学潮被嘉兴府中学斥退后，茅盾转入杭州的安定中学。1913 年，茅盾考入北京大学预科第一类。预科三年期满后，由于家境窘迫，茅盾于 1916 年 8 月进入上海商务印书馆任编辑工作。此时，他开始翻译、编辑中外书籍，并开始发表文章。

　　五四运动期间，茅盾以新文学运动的积极参加者和拥护者的姿态为之呐喊助威。1920 年，他发表《现在文学家的责任是什么？》和《新旧文学评议之评议》等论文，开始倡导"为人生而艺术"的文学主张。1921 年，他与郑振铎、叶圣陶等人创建"文学研究会"，并接手曾被鸳鸯蝴蝶派占据的《小说月报》的编辑工作，将之改革成了新文学的坚固阵地之一。茅盾不仅编辑了大量"新潮小说"，而且还从理论上予以大力支持，发表了一系列文学论文，进一步阐述和完善"为人生而艺术"的文学主张，有力地推动了新文学运动的发展。这一时期，茅盾还致力于介绍和翻译外国文学作品，特别是对俄国文学和前苏联文学，做了大量介绍和翻译工作，并给予高度的评价。

与此同时，茅盾积极参加社会革命活动。茅盾是最早从事中国共产主义运动的革命知识分子之一。1920 年他加入上海共产主义小组，并参与筹建中国共产党的工作。1925 年直接参加了"五卅运动"，并于同年作为左派国民党上海市党部代表，赴广州出席国民党第二次全国代表大会。会后，留广州工作，任国民党中央宣传部秘书。1926 年 3 月，"中山舰事件"后，茅盾返沪。1926 年底，北伐军占领武汉，成立国民政府，茅盾赴武汉，任国民政府中央军事政治学校武汉分校教官。1927 年春，出任汉口《民国日报》主编。1927 年"四一二政变"国共合作破裂之后，茅盾撤离武汉，隐居上海。

从 1925 年至 1927 年这一阶段，可以说，茅盾一直处在革命运动的中心，接触了大量的人和事，极大丰富了他对社会和人生的认识，不仅为他今后的小说创作提供了大量生动的素材，而且对他创作思想的形成也颇为重要，影响深远。"四一二政变"，给许多思想上没有充分准备的革命知识分子带来了精神上的沉重打击。茅盾正是在这种情状下，带着极为痛苦与矛盾的心境开始从事小说创作。从 1927 年秋至 1928 年 6 月，茅盾很快完成了小说处女作《蚀》三部曲（《幻灭》《动摇》《追求》）的创作。

1928 年 7 月，茅盾东渡日本，这一时期完成了短篇小说集《野蔷薇》和《泥泞》、《陀螺》、《色盲》等短篇小说，同时还潜心撰写关于中国神话和欧洲神话的论著，先后出版了《神话杂论》、《中国神话研究 ABC》、《六个欧洲文学家》、《骑士文学 ABC》《近代文学面面观》、《现代文学杂论》等著作，并以《读＜倪焕之＞》等论文参与国内关于"革命文学"的争论。

1930 年 4 月，茅盾从日本回国，积极参加了刚刚成立不久的中国左翼作家联盟的活动，并一度担任其执行书记，与鲁迅先生一起从事革命文艺活动和社会斗争，促进了左翼文学的蓬勃发展。同年冬天，茅盾开始写作两部以知识分子为题材的中篇小说《路》和《三人行》。

在左联期间，特别是 1932 年前后到 1937 年抗战爆发，是茅盾创作的鼎盛时期，长篇小说《子夜》的问世，奠定了茅盾在中国现代文学史上的地位，代表着中国现代长篇小说的创作由此走向成熟。而《林家铺子》、"农村三部曲"（《春蚕》《秋收》《残冬》）等短篇小说的发表，不仅拓展了二十世纪二三十年代中国乡土小说的题材范围，而且赋予了更广泛的社会意义，充分展示了茅盾强大的创作生命力。

抗战时期，茅盾辗转于香港、新疆、延安、重庆、桂林等地，先后发表了长篇小说《腐蚀》《霜叶红似二月花》《锻炼》和剧本《清明前后》等。新中国成立后，历任中国文联副主席、文化部部长、中国作协主席，并任全国政协副主席。"文革"时期，曾秘密写作《霜叶红似二月花》（续稿）和回忆录《我走过的道路》。1981年辞世。他以自己的积蓄设立文学奖金（后定名为"茅盾文学奖"），奖励优秀的长篇小说创作，茅盾文学奖已成为当代中国文坛最重要的文学奖项之一。

二

在长达六十余年的创作生涯中，茅盾作为"为人生而艺术"最热切的主张者和实践者，站在社会前列，深入现实，正视现实，真实地反映社会现实，揭示社会矛盾，表现时代精神。茅盾不仅是现代文学史上的重要作家之一，也是重要的文学理论家，在其大量文学理论和文学研究的论文中，茅盾反复强调"为人生而艺术"的主张，认为文学作品必须反映时代精神和广阔的社会人生，这不仅要求作家能洞察社会生活的各个横断面，而且还要透视社会发展的方向，从而真实地全面地反映社会现象和社会各阶层的生活思想状况，使文学成为社会历史的画卷。与此同时，茅盾成功地刻画了中国革命的艰苦历程，绘制了规模宏大的历史画卷，成就了中国文学乃至世界文学宝库中的经典作品。

茅盾主要是以小说创作闻名于世的。他的长篇小说蜚声文坛，影响广泛，开创了史诗式长篇小说文体，促成了中国现代长篇小说文体的成熟。他的优秀中短篇小说也因思想的深刻和精湛的艺术表现而一直为人们所称道。

茅盾根据一年多来经历的大革命中的一些人物、事件，以及原来写下的一个小说提纲，创作出了他的第一部小说《幻灭》。发表时用什么笔名却颇费周折。后来，他想到当前革命与反革命的矛盾、革命阵营内部的矛盾、小资产阶级知识分子在这大变动时代的矛盾，以及自己生活和思想上的矛盾，就随手在《幻灭》的题目下面写了个新的笔名：矛盾。叶圣陶认为小说写得很好，但是对于笔名，则建议把"矛"改为"茅"，于是中国现代文学史上就有了"茅盾"。不久，茅盾又发表了《动摇》《追求》，两年后与《幻灭》合成三部曲以《蚀》为名，由开明书店出版。在《蚀》的扉页上，茅盾写下这样的题词："生命之火尚在我胸中燃炽，青春之力尚在我血管中奔流，我眼尚能谛视，我脑尚能消纳，尚能思维，该还有我报答厚爱的读者诸君及此世界万千的人生战士的机会。营营之声，不能扰我心，我惟以此自勉自励。"1933 年出版的长篇小说《子夜》，则成了中国现代文学史上具有里程碑意义的作品，拥有着独特的地位，与同一时期的其他长篇小说创作，如老舍的《骆驼祥子》巴金的《激流三部曲》李劼人的《死水微澜》等，共同标志着中国现代长篇小说及其现实主义创作方法的成熟。

茅盾的中、短篇小说创作，与长篇小说一样，始终秉持着对社会对人生深刻变化的剖析，在剖析中科学地真实记录社会深刻变化。正因如此，茅盾的小说创作被评论家归类为社会剖析派。这种"深刻的剖析"是建立在对社会对人生深刻科学认识的基础上的。正如当年郁达夫所指出的，茅盾"惟其阅世深了，所以行文每不忘社会"。

茅盾说："我严格按照生活的真实来写，我相信，只要真实地反映了现实，就能打动读者的心，使读者认清真与伪、善与恶、美与丑。我是经验了人生才来做小说的，而不是为了说明什么才来做小说的。"茅盾与其他写自我经历为主的作家最大的不同，在于他是理性的小说家，他有着较大的气度、气势和气魄。茅盾认为，"一个做小说的人不但须有广博的生活经验，亦必须有一个训练过的头脑能够分析那复杂的社会现象"；"伟大的作家，不但是一个艺术家，而且同时是思想家，——在现代，并且同时一定是不倦的战士"。

茅盾以马克思主义观点对丰富的社会生活的各个侧面，从各个阶级的人与人的关系分析中，揭示出特定历史时期生活内容的复杂性和丰富性，具有鲜明的时代特征。这从作者的许多作品对人物活动及其社会环境的描写中就可见一斑。例如《蚀》三部曲，其对革命知识分子心灵世界的描摹就是建立在大革命前后动荡时代的背景之上的，以客观描述的方法艺术地再现大革命失败前后一代青年知识分子的心灵历程。描绘和记录时代的史诗性质的作品《子夜》，充分表现了在半殖民地半封建的中国的民族工商业陷于困境的时代特征，通过各式各样的人物描写，反映了不同社会集团与阶级和人与人之间尖锐的矛盾和斗争。

三

茅盾小说史诗般的宏阔和厚重，在于它所展现的广阔的历史画卷式的社会生活。茅盾的小说，异常注重题材的选择及在立意上的开掘，总是以高度的历史使命感和敏锐的洞察力去捕捉那些能够充分把握时代脉搏的重大题材。他的小说，无一不与剧烈的社会变革密切相关。

茅盾在 1920 年代末的早期创作，以《蚀》三部曲、《虹》以及收入《野蔷薇》中的短篇小说为代表，集中取材于从"五四"到大革命失败期间青年知识分子的生活，透过他们的心灵历程来反映当时中国由社会革命所引起的剧烈的社会变革。1930 年代初期和中期的创作鼎盛阶段，以《林家铺子》、"农村三部曲"与长篇巨著《子夜》为代表。这一时期，茅盾着眼于中国社会各阶层的生活，波澜壮阔地表现了整个 1930 年代中国社会的都市、城镇、农村的阶级矛盾和日益尖锐的民族矛盾相交织的社会现实和发展趋势。茅盾在抗日战争和解放战争时期的小说创作，如《第一阶段的故事》《走上岗位》与《惊蛰》《春天》等，也无不取材于当时发生的重大政治事件。

茅盾小说反映现实生活的深刻性与广阔性，表现在作者在描摹社会生活、展现社会背景、揭示时代精神的同时，塑造了一系列具有时代特征的个性鲜明的人物形象。

在茅盾的小说中，人物形象是多种多样的。农民、工人、小市民、知识分子、时代女性、买办资本家、民族资本家、地主恶霸、地下革命者、市井恶棍等，可谓无所不包。在准确把握人物阶级属性的同时，他还善于从错综复杂的社会关系中去揭示人物性格的复杂性和丰富性，因而他笔下的诸多人物都具有典型意义。如"农村三部曲"中的老一代农民老通宝、新一代农民多多头，《创造》与《蚀》三部曲与《虹》等小说中的时代女性娴娴、静女士、孙舞阳、章秋柳、梅行素,《子夜》中的民族资本家吴荪甫等,都给读者留下了深刻印象。

　　茅盾小说所呈现的宏阔的史诗性和创作态度上高度的历史使命感,在中国现代文学史上独树一帜,而这也恰恰是今天的文学创作所忽视和欠缺的。

创 造

一

靠着南窗的小书桌，铺了墨绿色的桌布，两朵半开的红玫瑰从书桌右角的淡青色小瓷瓶口边探出来，宛然是淘气的女郎的笑脸，带了几分"你奈我何"的神气，冷笑着对角的一叠正襟危坐的洋装书，它们那种道学先生的态度，简直使你以为一定不是脱不掉男女关系的小说。赛银墨水盒横躺在桌子的中上部，和整洁的吸墨纸版倒成了很合适的一对。纸版的一只皮套角里含着一封旧信。那边西窗下也有个小书桌。几本卷皱了封面的什么杂志，乱丢在桌面，把一座茶绿色玻璃三棱形的小寒暑表也推倒了；金杆自来水笔的笔尖吻在一张美术明信片的女子的雪颊上。其处凝结了一大点墨水，像是它的黑泪，在悲伤它的笔帽的不知去向；一只刻镂得很精致的象牙的兔子，斜起了红眼睛，怨艾地瞅着旁边的展开一半的小纸扇，自然为的是纸扇太无礼，把它挤倒了，——现在它撒娇似的横躺着，露出白肚皮上的一行细绿字："娴娴三八初度纪念。她的亲爱的丈夫君实赠。"然而"丈夫"二字像是用刀刮过的。

织金绸面的沙发榻蹲在东壁正中的一对窗下，左右各有同式的沙发椅做它的侍卫。更左，直挺挺贴着墙壁的，是一口两层的木橱，上半层较狭，有一对玻璃门，但仍旧在玻片后衬了紫色绸。和这木橱对立的，在右首的沙发椅之右，是一个衣架，擎着雨衣斗篷帽子之类。再过去，便是东壁的右窗；当窗的小方桌摆着茶壶茶杯香烟盒等什物。再过去，到了壁角，便是照例的梳妆台了。这里有一扇小门，似乎是通到浴室的。椭圆大镜门的衣橱，背倚北壁，映出西壁正中一对窗前的大柚木床，和那珠络纱帐子，和睡在床上的两个人。和衣橱成西斜角的，是房门，现在严密的关着。

沙发榻上乱堆着一些女衣。天蓝色沙丁绸的旗袍，玄色绸的旗马甲，白棉线织的胸褡，还有绯色的裤管口和裤腰都用宽紧带的短裤：都卷作一团，极像是洗衣作内正待落漂白缸，想见主人脱下时的如何匆忙了。榻下露出镂花灰色细羊女皮鞋的发光的尖头；可是它的同伴却远远地躲在梳妆台的矮脚边，须得主人耐烦的去找。床右，近门处，是一个停火几，琥珀色绸罩的台灯庄严地坐着，旁边有的是：角上绣花的小手帕，香水纸，粉纸，小镜子，用过的电车票，小银元，百货公司的发票，寸半大的皮面金头怀中记事册，宝石别针，小名片，——凡是少妇手袋里找得出来的小物件，都在这里了。一本展开的杂志，靠了台灯的支撑，又牺牲了灯罩的正确的姿势，异样地直立着。台灯的古铜座上，有一对小小的展翅作势的鸽子，侧着头，似乎在猜详杂志封面的一行题字：《妇女与政治》[1]。

太阳光透过了东窗上的薄纱，洒射到桌上椅上床上。这些木器，本来是漆的奶油色，现在都镀上了太阳的斑剥的黄金了。突然一辆急驰的汽车的啵啵的声音——响得作怪，似乎就在楼下，——惊醒了床上人中间的一个。他睁开倦眼，身体微微一动。浓郁的发香，冲入他的鼻孔；他本能的转过头去，看见夫人还没醒，两颊绯红，像要喷出血来。身上的夹被，早已撩在一边，这位少妇现在是侧着身子；只穿了一件羊毛织的长及膝弯的贴身背心，所以臂和腿都裸浴在晨气中了，珠络纱筛碎了的太阳光落在她的白腿上就像是些跳动的水珠。

——太阳光已经到了床里，大概是不早了呵。

君实想，又打了个呵欠。昨晚他睡得很早。夫人回来，他竟完全不知道；然而此时他还觉得很倦，无非因为今晨三点钟醒过来后，忽然不能再睡，直到看见窗上泛出鱼肚白色，才又瞢瞢的像是睡着了。而且就在这半睡状态中，他做了许多短短的不连续的梦；其中有一个，此时还记得个大概，似乎不是好兆。他重复闭了眼，回想那些梦，同时轻轻地握住了夫人的一只手。

梦，有人说是日间的焦虑的再现，又有人说是下意识的活动；但君实以为都不是。他自说，十五岁以后没有梦；他的夫人就不很相信这句话：

"梦是不会没有的，大概是醒后再睡时遗忘了。"她常常这样说。

"你是多梦的；不但睡时有梦，开了眼你还会做梦呵！"君实也常常这么反驳她。

现在君实居然有了梦，他自觉是意外；并且又证明了往常确是无梦，不是遗忘。所以他努力要回忆起那些梦来，以便对夫人讲。即使是这样的小事情，他也不肯轻轻放过；他不肯让夫人在心底里疑惑他的话是撒谎；他是要人时时刻刻信仰他看着他听着他，摊出全灵魂来受他的拥抱。

他轻快地吐了口气，再睁开眼来，凝视窗纱上跳舞的太阳光；然后，沙发榻上的那团衣服吸引了他的视线，然后，迅速地在满房间掠视一周，终于落在夫人的脸上。不知道为什么，这位熟睡的少妇，现在眉尖半蹙，小嘴唇也闭合得紧紧的，正是昨天和君实呕气时的那副面目了。近来他们俩常有意见上的不合；娴娴对于丈夫的议论常常提出反驳，而君实也更多的批评夫人的行动，有许多批评，在娴娴看来，简直是故意立异。娴娴的女友李小姐，以为这是娴娴近来思想进步，而君实反倒退步之故。这个论断，娴娴颇以为然；君实却绝对不承认，他心里暗恨李小姐，以为自己的一个好好的夫人完全被她教唆坏了，昨天便借端发泄，很犀利的把李小姐批评了一番，最使娴娴不快的，是这几句：

"……李小姐的行为，实在太像滑头的女政客了。她天天忙着所谓政治活动，究竟她明白什么是政治？娴娴，我并不反对女子留心政治，从前我是很热心劝诱你留心政治的，你现在总算是知道几分什么是政治了。但要做实际活动——嘿！主观上能力不够，客观上条件未备。况且李小姐还不是把政治活动当作电影跳舞一样，只是新式少奶奶的时髦玩意罢了。又说女子要独立，要社会地位，咳，少说些门面话罢！李小姐独立在什么地方？有什么社会地位？我知道她有的地位是在卡尔登，在月宫跳舞场！现在又说不满于现状，要革命；咳，革命，这一向看厌了革命，却不道还有翻新花样的在影戏院跳舞场里叫革命！……"

君实说话时的那种神气——看定了别人是永远没出息的神气，比他的保守思想和指桑骂槐，更使娴娴难受；她那时的确动了真气。虽然君实随后又温语抚慰，可是娴娴整整有半天纳闷。

现在君实看见夫人睡中犹作此态，昨日的事便兜上心头；他觉得夫人是精神上一天一天的离开他，觉得自己再不能独占了夫人的全灵魂。这位长久拥抱在他思想内精神内的少妇，现在已经跳了出去，有自己的思想，自己的见解了。这在自负很深的君实，是难受的。他爱他的夫人，现在也还是爱；然而他最爱的是以他的思想为思想以他的行动为行动的夫人。不幸这样的黄金时代已成过去，娴娴非复两年前的娴娴了。

想到这里，君实忍不住微微叹了口气。他又闭了眼，冥想夫人思想变迁的经过。他记得前年夏天在莫干山避暑的时候，娴娴曾就女子在社会中应尽的职务一点发表了独立的意见；难道这就是今日趋向各异的起点么？似乎不是的，那时娴娴还没认识李小姐；似乎又像是的，此后娴娴确是一天一天的不对了。最近的半年来，她不但思想变化，甚至举动也失去了优美细腻的常态，衣服什物都到处乱丢，居然是"成大事者不修边幅"的气派了。君实本能的开眼向房中一瞥，看见他自己的世界缩小到仅存南窗下的书桌；除了这一片"干净土"，全房到处是杂乱的痕迹，是娴娴的世界了。

在沉郁的心绪中，君实又回忆起娴娴和他的一切琐屑的龃龉[2]来。莫干山避暑是两心最融洽的时代，是幸福的顶点，但命运的黑丝，似乎也便在那时走进了他们的生活；似乎娴娴的变态[3]，最初是在趣味方面发动的，她渐渐地厌倦了静的优雅的，要求强烈的刺激，因此在起居服用上常常和君实意见相反了。买一件衣料，看一次影戏，上一回菜馆，都成为他们俩争执的题材；常常君实喜欢甲，娴娴偏喜欢乙，而又不肯各行其是，各人要求自己的主张完全胜利。结果总是牺牲了一方面。因为他们都觉得"各行其是"的办法徒然使两人都感不快，倒不如轮替着都有失败都有胜利，那时，胜利者固然很满意，失败者亦未始没有相当的报偿，事过后的求谅解的甜蜜的一吻便是失败者的愉快。这样的争执，当第一二次发生时，两人的确都曾认真的烦恼过，但后来发现了和解时的澈骨的美趣，他们又默认这也是爱的生活中不可少的波澜。所以在习惯了以后，君实常常对娴娴说：

"这回又是你得了胜利了。但是，漂亮的少奶奶，娇养的小姐，你不要以为你的胜利是合理的，是久长的。"

于是在软颤的笑声中，娴娴偎在君实的怀中，给他一个长时间的吻。这是她的胜利的代价，也是她对于丈夫为爱而让步的热忱的感谢。

但是不久这种爱的戏谑的神秘性也就磨钝了。当给与者方面成为机械的照例的动作时，受者方面便觉得嘴唇是冷的，笑是假的，而主张失败的隐痛却在心里跳动了，况且娴娴对于自己的主张渐渐更坚持，差不多每次非她胜利不可，于是本不愿意的"各行其是"也只好实行了。这便是现在君实在卧室中的势力范围只剩了一个书桌的原因之一。

思想上的不同，也慢慢地来了。这是个无声的痛苦的斗争。君实曾经用尽能力，企图恢复他在夫人心窝里的独占的优势，然而徒然。娴娴的心里已经有一道坚固的壁垒，顽抗他的攻击；并且娴娴心里的新势力又是一天一天扩张，驱逼旧有者出来。在最近一月中，君实几次感到了自己的失败。他承认自己在娴娴心中的统治快要推翻，可是他始终不很明白，为什么两年前他那样容易的取得了夫人的心，占有了她的全灵魂，而现在却失之于不知不觉，并且恢复又像是无望的。两年前夫人的心，好比是一块海绵，他的每一滴思想，碰上就被吸收了去，现在这同一的心，却不知怎的已经变成一块铁，虽然他用了热情的火来锻炼，也软化不了它。"神秘的女子的心呵！"君实纳闷时常常这样想。他现在唯一的办法是讽刺；希望讽刺的酸味或者可以溶解了娴娴心里的铁。于是李小姐成了讽刺的目标。君实认定夫人的心质的变化，完全是李小姐从中作怪。有时他也觉得讽刺不是正法，许会使娴娴更离他远些。但是，除了这条路更没有别的方法了。"呵，神秘的女子的心！"他只能叹着气这么想。

君实陡然烦躁起来了。他抖开了身上的羊毛毯，向床沿翻过身去；他竟忘记了自己的左手还握住了夫人的一只手。娴娴也惊醒了。她定了下神，把身子挪近丈夫身边，又轻轻的翘起头来，从丈夫的肩头瞧他的脸。

君实闭了眼不动。他觉得有一只柔软的臂膊放到胸口来了。他又觉得耳根边被毛茸茸的细发拂着作痒了。他还是闭着眼不动，却聚集了全身的注意力，在暗中伺察。俄而，竟有暖烘烘的一个身体压上来，另一个心的跳声也清晰地听得；君实再忍不住了，睁开眼来，看见娴娴用两臂支起了上半身，面对面的瞧着他的脸，像一匹猫侦伺一只诈死的老鼠。君实不禁笑了出来。

"我知道你是假睡咧。"

娴娴微笑地说，同时两臂一松，全身落在君实的怀中了。女性的肉的活力，从长背心后透出来，沦浃[4]了君实的肌骨；他委实有些摇摇不能自持了。但随即一个作痛的思想抓住了他的心：这温软的胸脯，这可爱的面庞，这善蹙的长眉，这媚眼，这诱人的熟透樱桃似的嘴唇———一切，这迷人的一切，都是属于他的，确确实实属于他的，然而在这一切以内，隐藏得很深的，有一颗心，现在还感得它的跳动的心，却不能算是属于他的了！他能够接触这名为娴娴的美丽的形骸，但在这有形的娴娴之外，还有一个无形的娴娴——她的灵魂，已经不是他现在所能接触了！这便是所谓恋爱的悲剧么？在恋爱生活中，这也算是失恋么？

他无法排遣似的忍痛地想着，不理会娴娴的疑问的注视。突然一只手掩在他的眼上；细而长的手指映着阳光，仿佛是几枝通明的珊瑚梗。而在那柔腻的手腕上，细珍珠穿成的手串很熨贴地围绕着，凡三匝。这是他们在莫干山消夏的纪念品，前几天断了线，新近才换好的。君实轻轻地拉下了娴娴的手。细珍珠给他的手指一种冷而滑的感觉。他的心灵突然一震。呵，可纪念的珠串！可纪念的已失的莫干山的快乐！祝福这再不能回来的快乐！

君实的眼光惘惘然在这些细珠上徘徊了半晌，然后，像感触了什么似的，倏地移到娴娴的脸上。这位少妇的微带惺忪的眼睛却也正在有所思地对他看。

"我们过去的生活，哪些日子你觉得顶快活？"

君实慢慢地说，像是每个字都经过深长的咀嚼的。

"我觉得现在顶快活。"

娴娴笑着回答，把她的身体更贴紧些。

"你不要随口乱说哟。娴娴，想一想罢——仔细的想一想。"

"那么，我们结婚的第一年——半年，正确的说，是第一个月，最快活。"

"为什么？"

娴娴又笑了。她觉得这样的考试太古怪。

"为什么？不为什么。只因为那时候我的经验全是新的。我以前的生活，好像是一页空白，到那时方才填上了色彩。以前的生活，现在回想起来，并不感到特别兴味，而且也很模糊了。只有结婚后的生活——唔，应该说是结婚后第一个月，即使是顶琐细的一衣一饭，我似乎都记得明明白白。"

君实微笑着点头，过去的事也再现在他眼前了。然而接踵来了感伤。难道过去的欢乐就这么永远过去，永远唤不回来么？

"那么，你呢？你觉得——哪些日子顶快活？"

娴娴反问了。她把左手抚摩君实前额的头发，让珍珠手串的短尾巴在君实眉间晃荡。

"我不反对你的话，但是也不能赞成。在我，新结婚的第一年——或照你说，第一月，只是快乐的起点，不是顶点。我想把你造成为一个理想的女子，那时正是我实现我的理想的开端，有很大的希望鼓舞着，但并未达到真正的快乐。"

"我听你说过这些话好几次了。"

娴娴淡淡的插进来说。虽然从前听得了这些话，也是"有很大的希望鼓舞着"，但现在却不乐意听说自己被按照了理想而创造。

"可是你从来没问过我的理想究竟是成功呢抑是失败。娴娴，我的理想是成功的，但是也失败了。莫干山避暑的时候，你的创造刚好成功。娴娴，你记得我们在银铃山瀑布旁边大光石头上的事么？你本来是颇有些拘束的，但那时，我们坐在瀑布旁边，你只穿了件 vest[5]，正和你现在一样。自然这是一件小事，但很可以证明你的创造是完成了，我的理想是实现了。"

君实突然停止，握住了娴娴的臂膊，定着眼睛对她瞧。这位少妇现在脸上热烘烘了；她想起了当时的情形，她转又自怪为什么那时对于此等新奇的刺激并不感得十分的需要。如果在现今呀⋯⋯

但是君实早又继续说下去了：

"我的理想是实现了，但又立即破碎了！我已经引满了幸福之杯。以前，我们的生活路上，是一片光明，以后是光明和黑暗交织着。莫干山成了我们生活上的分水岭。从山里回来，你就渐渐改变了。娴娴，你是从那时起，一点一点地改变了。你变成了你自己，不是我所按照理想创造成的你了。我引导你所读的书，在你心里形成了和我各别的见解；我真不知道是怎么一回事，我不相信书里的真理会有两个。娴娴，你是在书本子以外——在我所引导的思想以外，又受了别的影响，可是你破坏了你自己！也把我的理想破坏了！"

君实的脸色变了，又闭了眼；理想的破灭使他十分痛苦，如梦的往事又加重了他的悒闷。

二

君实在二十岁时，满脑子装着未来生活的憧憬。他常常自说，二十岁是他的大纪念日；父亲死在这一年，遗给他一份不算小的财产，和全部的生活的自由。虽然只有二十岁，却没有半点浪漫的气味；父亲在日的谆谆不倦的"庭训"，早把他的青春情绪剥完，成为有计划的实事求是的人。在父亲的灵床边，他就计划如何安排未来的生活；他含了哭父的眼泪，凝视未来的梦。像旅行者计划明日的行程似的，他详详细细的算定了如何实现未来的梦；他要研究各种学问，他要找一个理想的女子做生活中的伴侣，他要游历国内外考察风土人情，他要锻炼遗大投艰[6]的气魄，他要动心忍性，他要在三十五六年富力强意志坚定的时候生一子一女，然后，过了四十岁为祖国为社会为人类服务。

这些理想，虽说是君实自己的，但也不能不感谢他父亲的启示。自从戊戌政变那年落职后，老人家就无意仕进，做了"海上寓公"，专心整理产业，管教儿子。他把满肚子救国强种的经纶都传授了儿子，也把这大担子付托了儿子。他老了，少壮时奔走衣食，不曾定下安身立命的大方针，想起来是很后悔的，所以时常教儿子先须"立身"。他也计划好了儿子将来的路，他也要照自己的理想来创造他的儿子。他只创造了一半，就放手去了。

君实之禀有父亲的创造欲的遗传，也是显然的。当他选择终身的伴侣时，很费了些时间和精神；他本有个"理想的夫人"的图案，他将这图案去校对所有碰在他生活路上的具有候补夫人资格的女子，不知怎的，他总觉得不对——社会还没替他准备好了"理想的夫人"。蹉跎了五六年工夫，亲戚们为他焦虑，朋友们为他搜寻，但是他总不肯决定。后来他的"苛择"成了朋友间的谭助，他们见了君实时，总问他有没有选定，但答案总是摇头。一天，他的一个旧同学又和他谈起了这件事：

"君实，你选择夫人，总也有这么六七年了罢；单就我介绍给你的女子，少说也有两打以上了，难道竟没有一个中意么？"

"中意的是尽有，但合于理想的却没有一个。"

"中意不就是合于理想么？有分别么？倒要听听你的界说了。"

"自然有分别的。"君实微微笑地回答，"中意，不过是也还过得去而已，和理想的，差得很远哪！如果我仅求中意，何至七年而不成。"

"那么，你所谓理想的——不妨说出来给我听听罢？"

旧同学很有兴味的问；他燃着了一支烟卷，架起了腿，等待着君实的高论。

"我所谓理想的，是指她的性情见解在各方面都和我一样。"

君实还是微微笑地说。

"没有别的条件——咳，别的说明了么？"

"没有。就是这简单的一句话。"

旧同学很失望似的看着君实，想不到君实所谓"理想的"，竟是如此简单而且很像不通的。但他转了话头又问："性情见解相同的，似乎也不至于竟没有罢；我看来，张女士就和你很配，王女士也不至于和你说不来。为什么你都拒绝了呢？"

"在学问方面讲，张女士很不错；在性情方面讲，王女士是好的。但即使她们俩合而为一，也还不是我的理想。她们都有若干的成见——是的，成见，在学问上在事物上都有的。"

旧同学不得要领似的睁大了惊异的眼。

"我所谓成见，是指她们的偏激的头脑。是的，新女子大都有这毛病。譬如说，行动解放些也是必要的，但她们就流于轻浮放浪了；心胸原要阔大些，但她们又成为专门骛外，不屑注意家庭中为妻为母的责任；旧传统思想自然要不得的，不幸她们大都又新到不知所云。"

"哦——这就难了；但是，也不至于竟没有罢？"

旧同学沉吟地说；他心里却想道：原来理想的，只是这么一个半新不旧的女子！

"可是你不要误会我是宁愿半新不旧的女子。"君实再加以说明，似乎他看见了旧同学的思想。"不是的。我是要全新的，但是不偏不激，不带危险性。"

"那就难了。混乱矛盾的社会，决产生不出这样的女子。"

君实同意地点着头。

"你不如娶一个外国女子罢。"旧同学像发现了新理论似的高声说，"英国女子，大都是合于你的想像的。得了，君实，你可以留意英国女子。你不是想游历欧洲么，就先到伦敦去找去。"

"这原是一条路，然而也不行。没有中国民族性做背景，没有中国五千年文化做遗传的外国女子，也不是我的理想的夫人。"

"呵！君实！你大概只好终身不娶了！或者是等到十年二十年后，那时中国社会或者会清明些，能够产生你的理想的夫人。"

旧同学慨叹似的作结论，意要收束了本问题的讨论；但君实却还收不住，他竖起大拇指霍地在空中画了个半圆形，郑重地说：

"也不然。我现在有了新计划了。我打算找一块璞玉——是的，一块璞玉，由我亲手雕琢而成器。是的，社会既然不替我准备好了理想的夫人，我就来创造一个！"

君实眼中闪着踌躇满志的光，但旧同学却微笑了；创造一个夫人？未免近于笑话罢？然而君实确是这么下了决心了。他早已盘算过：只要一个混沌未凿的女子，只要是生长在不新不旧的家庭中，即使不曾读过书，但得天资聪明，总该可以造就的，即使有些传统的性习，也该容易转化的罢。

又过了一年多，君实居然找得了想像中的璞玉了，就是娴娴，原是他的姨表妹；他的理想的第一步果然实现了。

娴娴是聪明而豪爽，像她的父亲；温和而精细，像她的母亲。她从父亲学通了中文，从母亲学会了管理家务。她有很大的学习能力；无论什么事，一上了手，立刻就学会了。她很能感受环境的影响。她实在是君实所见的一块上好的"璞玉"。在短短的两年内，她就读完了君实所指定的书，对于自然科学，历史，文学，哲学，现代思潮，都有了常识以上的了解。当她和君实游莫干山的时候，在那些避暑的"高等华人"的太太小姐队中，她是个出色的人儿：她的优雅的举止，有教育的谈吐，广阔的知识，清晰的头脑，活泼的性情，都证明她是君实的卓绝的创造品。

虽则如此，在创造的过程中，君实也煞费了苦心。

娴娴最初不喜欢政治，连报纸也不愿意看；自然因为她父亲是风流名士，以政治为浊物，所以娴娴是没有政治头脑的遗传的。君实却素来留心政治，相信人是政治的动物，以为不懂政治的女子便不是理想的完全无缺的女子。他自己读过各家的政治理论，从柏拉图以至浩布士，罗素，甚至于克鲁泡特金，马克思，列宁；然而他的政治观念是中正健全的，合法的。他要在娴娴的头脑里也创造出这么一个政治观念。他对于女子的政治运动的见解，是美国总统罗斯福的："如果大多数女子自己来要求参政权，我就给她们。"英国的已颇激烈的"蓝袜子"的参政权运动，在君实看来是不足取的。

他抱了严父望子成名那样的热心，诱导娴娴读各家的政治理论；他要娴娴留心国际大势，用苦心去记人名地名年月日；他要娴娴每天批评国内的时事，而他加以纠正。经过了三个月的奋斗，他果然把娴娴引上了政治的路。

　　第二件事使君实极感困难的，是娴娴的乐天达观的性格；不用说，这是名士的父亲的遗传了。并且也是君实所不及料的。娴娴这种性格，直到结婚半年后一个明媚的四月的下午，第一次被君实发见。那一天，他们夫妇俩游龙华，坐在泥路旁的一簇桃树下歇息。娴娴仰起了面孔，接受那些悠悠然飘下来的桃花瓣。那浅红的小圆片落在她的眉间，她的嘴唇旁，她的颈际，——又从衣领的微开处直滑下去，粘在她的乳峰的上端。娴娴觉得这些花瓣的每一个轻妙的接触都像初夜时君实的抚摸，使她心灵震撼，感着甜美的奇趣，似乎大自然的春气已经电化了她身上的每一个细胞，每一条神经纤维，每一枝极细极细的血管，以至于她能够感到最轻的拂触，最弱的声浪，使她记忆起尘封在脑角的每一件最琐屑的事。同时一种神秘的活力在她脑海里翻腾了；有无数的感想滔滔滚滚的涌上来，有一种似甜又似酸的味儿灌满了她的心；她觉得有无数的话要说，但一个字也没有。她只抓住了君实的手，紧紧地握着，似乎这便是她的无声的话语。

　　从路那边，来了个衣衫褴褛的醉汉，映着酡红的酒脸，耳槽里横捎着一小枝桃花，他踉跄地高歌而来，他楞起了血红的眼睛，对娴娴他们瞥了一眼，然后更提高了嗓子唱着，转向路的西头去了。

　　"哈，哈，哈哈！"

　　醉汉狂笑着睨视路角的木偶似的挺立着的哨兵。似乎他说了几句什么话。然后，他的簸荡的身形没入桃林里不见了。

　　"哈哈，哈，哈，哈……"

　　远远的还传来了渐曳渐细的笑声，像扯细了的糖丝，袅袅地在空中回旋。娴娴松了口气，把遥瞩的目光从泥路的转角收回来，注在君实的脸上。她的嘴角上浮出一个神秘的忘我的笑形。

　　"醉汉！神游乎六合之外的醉汉！"娴娴赞颂似的说，"这就是庄子所说的刖足[7]的王骀[8]，没有脚指头的叔山无趾[9]，生大瘤的瓮㼜大瘿[10]，那一类的人罢！……君实，你看见他的眼光么？他的对于一切都感得满足的眼光呀！在他眼前，一切我们所崇拜的，富贵，名誉，威权，美丽，都失了光彩呢。因为他是藐视这一切的，因为他是把贫富，贵贱，智愚，贤不肖，是非，大小，都一律等量齐观的，所以他对于一切都感得那样的满足罢！

爸爸常说：醉中始有'全人'，始有'真人'，今天我才深切的体认出来了。我们，自以为聪明美丽，真是井蛙之见，我们的精神真是可笑的贫乏而且破碎呵！"

君实惊讶地看着他的夫人，没有回答。

"记得十八岁的时候，爸爸给我讲《庄子》，我听到'藐姑射仙子'那一段，我神往了；我想起人家称赞我的美丽聪明那些话，我惭愧得什么似的；我是个不堪的浊物罢哩。后来爸爸说，藐姑射仙子不过是庄生的比喻，大概是指'超乎物外'的元神；可是我仍旧觉得我自己是不堪的浊物。我常常设想，我们对于一切事物的看法，应该像是站在云端里俯瞰下面的景物，一切都是平的，分不出高下来。我曾经试着要持续这个心情，有时竟觉得我确已超出了人间世，夷然忘了我的存在，也忘了人的存在。"

娴娴凝眸望着天空，似乎她看见那象征的藐姑射仙子泠泠然御风而行就在天的那一头。

君实此时正也忙乱地思索着，他此时方才知道娴娴的思想里竟隐伏着乐天达观出世主义的毒。他回想不久以前，娴娴看了西洋哲学上的一元二元的辩论，曾在书眉上写了这么几句："自其异者视之，肝胆楚越也。自其同者视之，万物皆一也。万物毕同毕异[11]。""这不是庄子的话么？"他又记得娴娴看了各派政论家对于国家机能的驳难时，曾经笑着对他说："此一是非，彼亦一是非；都是的，也都不是的。"当时以为她是说笑，现在看来，她是有庄子思想作了底子的；她是以站在云端看"蛮触之争[12]"的心情来看世界的哲学问题政治争论的。君实认定非先扫除娴娴的达观思想不可了。

从那一天起，君实就苦心的诱导娴娴看进化论，看尼采，看唯物派各大家的理论。他鉴于从前把两方面的学说给她看所得的不好的结果，所以只把一方面给她了。

虽然唯物主义应用在社会学上是君实自己所反对的，可是为的要医治娴娴的唯心的虚无主义的病，他竟不顾一切的投了唯物论的猛剂了。

这一度改造，君实终于又奏了凯旋。

然而还有一点小节须得君实去完工。不知道为什么，娴娴虽则落落有名士气，然而羞于流露热情。当他们第一次在街上走，娴娴总在离开君实的身体有半尺光景。当在许多人前她的手被君实握着，她总是一阵面红，于是在几分钟之后便借故洒脱了君实的手。她这种旧式女子的娇羞的态度，常常为君实所笑。经过了多方的陶冶，后来娴娴胆大些了，然而君实总还嫌她的举动不甚活泼。并且在闺房之内，她常常是被动的，也使君实感到平淡无味。他是信仰遗传学的，他深恐娴娴的腼腆的性格将来会在子女身上种下了怯弱的根性，所以也用了十二分的热心在娴娴身上做功夫。自然也是有志者事竟成呵，当他们游莫干山时，娴娴已经出落得又活泼又大方，知道了如何在人前对丈夫表示细腻的昵爱了。

现在娴娴是"青出于蓝"。有时反使君实不好意思，以为未免太肉感些，以为她太需要强烈的刺激了。

<h1 style="text-align:center">三</h1>

这么着在刹那间追溯了两年来的往事，君实懒懒地倚在床栏上，闷闷的赶不去那两句可悲的话："你破坏了你自己，也把我的理想破坏了！"二十岁时的美妙的憧憬，现在是隔了浓雾似的愈看愈模糊了。娴娴却先已起身，像小雀儿似的在满房间跳来跳去，嘴里哼着一些什么歌曲。

太阳光已经退到沙发榻的靠背上。和风送来了远远的市嚣声，说明此时至少有九点钟了。两杯牛奶静静的候在方桌上，幽幽然喷出微笑似的热气。衣橱门的大镜子，精神饱满地照出女主人的活泼的倩影。梳妆台的三连镜却似乎有妒意，它以为照映女主人的雪肤应该是属于它的职权范围的。

房内的一切什物，浸浴在五月的晨气中，都是活力弥满地一排一排地肃静地站着，等候主人的命令。它们似乎也暗暗纳罕着今天男主人的例外的晏起。

床发出低低的叹声，抱怨它的服务时间已经太长久。

然而坠入了幻灭的君实却依旧惘惘然望着帐顶，毫无起身的表示。

"君实，你很倦罢？你想什么？"

娴娴很温柔地问；此时她已经坐在靠左的一只沙发椅里拉一只长统丝袜到她腿上；羊毛的贴身长背心的下端微微张开，荡漾出肉的热香。

君实苦笑着摇头，没有回答。

"你还在咀嚼我刚才说的话么？是不是我的一句'是你自己的手破坏了你的理想'使你不高兴么？是不是我的一句'你召来了魔鬼，但是不能降服他'，使你伤心么？我只随便说了这两句话，想不到更使你烦闷了。喂，傻孩子，不用胡思乱想了！你原来是成功的。我并没走到你的反对方向。我现在走的方向，不就是你所引导的么？也许我确是比你走先了一步了，但我们还是同一方向。"

没有回答。

"我是驯顺的依着你的指示做的。我的思想行动，全受了你的影响。然而你说我又受了别的影响。我自然知道你是指着李小姐。但是，君实，你何必把一切成绩都推在别人身上；你应该骄傲你自己的引导是不错的呀！你剥落了我的乐天达观思想，你引起了我的政治热，我成了现在的我了，但是你倒自己又看出不对来了。哈，君实，傻孩子，你真真的玩了黄道士召鬼的把戏了。黄道士烧符念咒的时候，惟恐鬼不来，等到鬼当真来了，他又怕得什么似的，心里抱怨那鬼太狞恶，不是他的理想的鬼了。"

娴娴噗嗤地笑了；虽然看见君实皱起了眉头，已经像是很生气，但她只顾格格地笑着。她把第二只丝袜的长统也拉上了大腿，随即走到床前，捧住了君实的面孔，很妩媚的说：

"那些话都不用再提了。谁知道明天又会变出什么来呀！君实，明天——不，我应该说下一点钟，下一分钟，下一刹那，也许你变了思想，也许我变了思想，也许你和我都变了，也许我们更离远些，但也许我们倒又接近了。谁知道呢！昨天是那么一回事，今天是另一回事，明天又是一回事，后天怎样？自己还不曾梦到；这就是现在光荣的流行病了。只有，君实，你，还抱住了二十岁时的理想，以为推之四海而皆准，俟之百世而不惑；君实，你简直的有些傻气了。好了，再不要呆头呆脑的痴想罢。过去的，让它过去，永远不要回顾；未来的，等来了时再说，不要空想；我们只抓住了现在，用我们现在的理解，做我们所应该做。君实，好孩子，娴娴和你亲热，和你玩玩罢！"

用了紧急处置的手腕，娴娴又压在君实的身上了。她的绵软而健壮的肉体在他身上揉挵，笑声从她的喉间汩汩地泛出来，散在满房，似乎南窗前书桌角的那一叠正襟危坐的书籍也忍不住有些心跳了。

君实却觉得那笑声里含着勉强——含着隐痛，是噪，是叹，是咒诅。可不是么？一对泪珠忽然从娴娴的美目里迸出来，落在君实的鼻凹边，又顺热淌下，钻进他的口吻。君实像触电似的全身一震，紧紧地抱住了娴娴的腰肢，把嘴巴埋在刚刚侧过去的娴娴的颈脖里了。他感得了又甜又酸又辣的奇味，又爱又恨又怜惜的混合的心情，那只有严父看见败子回头来投到他脚下时的心情，有些相像。

然而这个情绪只现了一刹那，随即另一感想抓住了君实的心：

——这便是女子的所以为神秘么？这便是女子的灵魂所以毕竟成其为脆弱的么？这便是女子之所以成其为 Sentimentalist[13] 么？这便是女子的所以不能发展中正健全的思想而往往流于过或不及么？这便是近代思想给与的所谓兴奋紧张和彷徨苦闷么？这便是现代人的迷乱和矛盾么？这便是动的热的刺激的现代人生下面所隐伏的疲倦，惊悸，和沉闷么？

于是君实更加确信自己的思想是健全正确，而娴娴毁坏了她自己了！为了爱护自己的理想，为了爱娴娴，他必须继续奋斗，在娴娴心灵中奋斗，和那些危险思想，那些徒然给社会以骚动给个人以苦闷的思想争最后之胜利。希望的火花，突又在幻灭的冷灰里爆出来。君实又觉得勇气百倍，如同十年前站在父亲灵床前的时候了。

他本能的斜过眼去看娴娴的脸，娴娴也正在偷偷的看他。

"嘻，嘻……嘻！"

娴娴又软声的笑起来了。她的颊上泛出淡淡的红晕，她的半闭的眼皮边的淡而细，媚而含嗔的笑纹，就如摄魂的符篆，她的肉感的热力简直要使君实软化。呵，魅人的怪东西！近代主义的象征！即使是君实，也不免摇摇的有些把握不定了。可是理性逼迫他离开这个娇冶的诱惑，经验又告诉他这是娴娴躲避他的唠叨的惯技。要这样容易的就蒙过了他是不可能的。他在那喷红的嫩颊上印了个吻，就镇定地说：

"娴娴，你的话，正像你的思想和行动：只知其一，未知其二。我们鼓励小孩子活泼，但并不希望他们爬到大人的头发梢。小孩子玩着一件事，非到哭散场不休；他们是没有忖量的，不知道什么叫做适可而止。娴娴，可是你的性格近来愈加小孩子化了。我导引你留心政治，但并不以为当即可以钻进实际政治——而况又是不健全不合法的政治运动。比如现在大家都说'全民政治'，但何尝当真想把政治立即全民化呢，无非使大家先知道有这么一句话而已。听的人如果认真就要起来，那便是胡闹了。娴娴，可是你近来就有点近于那样的胡闹。你不知道你是多么的幼稚，你不知道你已经身临险地了。今天早上我就做了一个可怕的梦——关于你的梦……"

君实不得不停止了；娴娴的忍俊不住的连续的小声的笑，使他说不下去，他疑问地又有几分不快地，看着娴娴的眼睛。

"你讲下去哪。"

娴娴忍住了笑说；但从她的乳房的细微的颤动，可以知道她还在无声的笑着。

"我先要晓得你为什么笑？"

"没有什么哟！关于小孩子的——既然你认真要听，说说也不妨。我听了你的话，就联想到满足小孩子的欲望的方法了。对八岁大的孩子说'好孩子，等你到了十岁，一定买那东西来给你。'可是对十岁大的孩子又说是须得到十一岁了。永久是预约，永久是明年，直到孩子大了，不再要了，也就没有事了。君实，——对不对？"

君实不很愿意似的点了点头。他仿佛觉得夫人的话里有刺。

"你的梦一定是很好听的，但一定也是很长的，和你的生活一般长。留着罢，今晚上细细讲罢。你看，钟上已经是九点二十分。我还没洗脸呢。十点钟又有事。"

不等君实开口，像一阵风似的，这位活泼的少妇从君实的拥抱中滑了出来；她的长背心也倒卷上去了，露出神秘的肉红色，恰和霍地坐起来的君实打了个照面。娴娴来不及扯平衣服，就同影子一般引了开去。君实看见她跑进了梳妆台侧的小门，砰的一声，将门碰上。

君实嗒然走到娴娴的书桌前坐下，随手翻弄那些纵横斜乱的杂志。娴娴的兀突的举动，使他十分难受。他猜不透娴娴究竟存了什么心。说她是不顾一切的要实行她目前的主张罢，似乎不很像，她还不能摆脱旧习惯，她究竟还是奢侈娇贵的少奶奶；说她是心安理得的乐于她的所谓活动罢，也似乎不像，她在动定后的刹那间时常流露了心中的彷徨和焦灼，例如刚才她虽则很洒脱地说："过去的，让它过去罢；未来的，不要空想；我们只抓住了现在，用我们现在的理解，做我们所应该做。"然而她狂笑时有隐痛，并且无端的滴了眼泪了。他更猜不透娴娴对于他的态度。说她是有些异样罢，她仍旧和他很亲热很温婉；说她是没有异样罢，她至少是已经不愿意君实去过问她的事，并且不耐烦听君实的批评了。甚至于刚才不愿意听君实讲关于她的梦。

——呵，神秘的女子的心！君实不自觉地又这么想。

神秘？他想来是不错的，女子是神秘的，而娴娴尤甚：她的构成，本来是复杂的。他于是细细分析现在的娴娴，再考察娴娴被创造的过程。

久被尘封的记忆，一件一件浮现出来；散乱的不连续的观念，一点一点凝结起来；他终于不得不承认，他的所谓创造，只是破坏。并且他所用以破坏的手段却就在娴娴的脑子里生了根。他破坏了娴娴的乐天达观思想，可是唯物主义代替着进去了；他破坏了娴娴的厌恶政治的名士气味，可是偏激的政治思想又立即盘踞着不肯出来；他破坏了娴娴的娇羞娴静的习惯，可是肉感的，要求强烈刺激的习惯又同时养成了。至于他自己的思想却似乎始终不曾和娴娴的脑筋发生过关系。娴娴的确善于感受外来的影响，但是他自己的思想对于娴娴却是一丝一毫的影响都没有。往常他自以为创造成功，原来只骗了自己！他自始就失败了，何曾有过成功的一瞬。他还以为莫干山避暑时代是创造娴娴的成功期，咳，简直是梦话而已！几年来他的劳力都是白费的！

他又想起刚才娴娴说的"你自己的手破坏了自己的理想"那句话来了。他不得不承认这句话是对的。他觉得实在错怪了李小姐。

他恨自己为什么那样糊涂！他，自以为有计划去实现他的憧憬的，而今却发现出来他实在是有计划去破坏自己的憧憬；他煞费苦心自以为按照了自己的理想而创造的，而今却发现出来完全不是那么一回事！

——迷乱矛盾的社会，断乎产生不出那样的人。

旧同学的这句话闪上他的心头了。他恨这社会！就是这迷乱矛盾的社会破坏了他的理想的！可不是么？在迷乱矛盾的空气中，什么事都做不好的。他真真的绝望了！

霍浪霍浪的水声从梳妆台侧的小门后传出来，说明那漂亮聪明的少妇正在那里洗浴了。

君实下意识地转过脸去望着那个小门，水声暂时打断了他的思绪。忽然衣橱门的大镜子里探出一个人头来。君实急转眼看房门时，见那门推开了一条缝，王妈的头正退出一半；她看见房里只有君实不衫不履呆呆地坐着，心下明白现在还不是她进来的时候。

突然一个新理想撞上君实的心了。

为什么他要绝望呢？虽说是迷乱矛盾的社会产生不出中正健全思想的人，但是他自己，岂不是也住在这社会么？他为什么竟产生了呢？可知社会对于个人的势力，不是绝对的。

为什么他要丧失自信心呢！虽说是两年来他的苦心是白费，但反过来看，岂不是因为他一向只在娴娴身上做破坏工作，却忽略了把自己的思想灌输给她，所以娴娴成其为现在的娴娴么？只要他从此以后专力于介绍自己所认为健全的思想，难道不能第二次改变娴娴，把她赢回来么？一定的！从前为要扫除娴娴的乐天达观名士气派的积滞，所以冒险用了破坏性极强的大黄巴豆，弄成了娴娴现在的昏瞀邪乱的神气，目下正好用温和健全的思想来扶养她的元气。希望呀！人生是到处充满着希望的哪！只要能够认明已往的过误，"希望"是不骗人的！

现在君实的乐观，是最近半个月来少有的了；而且这乐观的心绪，也使他能够平心静气地检查自己近来对于娴娴的态度，他觉得自己的冷讽办法很不对，徒然增加娴娴的反感；他又觉得自己近来似乎有激而然的过于保守的思想也不大好，徒然使娴娴认为丈夫是当真一天一天退步，他又觉得一向因为负气，故意拒绝参加娴娴所去的地方，也是错误的，他应该和她同去，然后冷静公正地下批评；促起娴娴的反省。

愈想愈觉得有把握似的，君实不时望着浴室的小门；新计划已经审慎周详，只待娴娴出来，立即可以开始实验了。他像考生等候题纸似的，很焦灼，但又很鼓舞。

房门又轻轻地被推开了。王妈慢慢的探进头来，乌溜溜的眼睛在房里打了个圈子。然后，她轻轻地走进来，抱了沙发榻上的一团女衣，又轻轻的去了。

君实还在继续他的有味的沉思。娴娴刚才说过的话，也被他唤起来从新估定价值了。当时被忽略的两句，现在跳出来要求注意：

——我现在走的方向，不就是你所引导的么？也许是我先走了一步，但我们还是同一方向。

君实推敲那句"走先了一步"。他以为从这一句看来，似乎娴娴自己倒承认确是受过他的影响，跟着他走，仅仅是现在轶出他的范围罢了。他猛然又记起谁——大概是李小姐罢——也说过同样意义的话，仿佛说他本是娴娴的引导，但现在他觉得乏了，在半路上停息下来，而被引导的娴娴便自己上前了。当真是这般的么？自信很深的君实不肯承认。他绝对自信他不是中道而废的软背脊的人儿。他想：如果自己的思想而确可以算作执中之道呢，那也无非因为他曾经到过道的极端，看着觉得有点不对，所以又回来了；然而无论如何，娴娴的受过他的影响，却又像是可信了，她自己和她的密友都承认了。可是他方才的推论，反倒以为全然没有呢，反倒以为从前是用了别人的虎狼之药来破坏了固有的娴娴，而现在须得他从头做起了。

他实实在在迷住了：他觉得自己的推论很对，但也没有理由推翻娴娴的自白。虽则刚才的乐观心绪尚在支撑他，但不免有点彷徨了。他自己策励自己说："这个谜，总得先揭破；不然，以后的工作，无从下手。"然而他的苦思已久的发胀的头脑已不能给他一些新的烟土披里纯 inspiration（灵感）了。

房门又开了。王妈第二次进来，怪模怪样的在房里张望了一会；后来走到梳妆台边，抽开一个小抽屉。拿了娴娴的一双黄皮鞋出去了。

君实下意识的看着王妈进来，又看着她出去；他的眼光定定地落在房门上半晌，然后又收回来。在娴娴的书桌上徘徊。终于那象牙小兔子邀住了君实的眼光。他随手拿起那兔子来，发现了"丈夫"二字被刀刮过的秘密了。但是他倒也不以为奇。他记得娴娴发过议论，以为"丈夫"二字太富于传统思想的臭味，提到"丈夫"，总不免令人联想到"夫者天也"等等话头，所以应该改称"爱人"——却不料这里的两个字也在避讳之列！他不禁微笑了，以为娴娴太稚气。于是他想起娴娴为什么还不出来。他觉得已经过了不少时候，并且似乎好久不听得霍浪霍浪的水声了。他注意听，果然没有；异常寂静。竟像是娴娴已经睡着在浴室里了。

君实走到梳妆台旁的时候，愈加确定娴娴准是睡着在浴盆里了。他刚要旋转那小门的瓷柄，门忽然自己开了。一个人捧了一大堆毛巾浴衣走出来。

不是娴娴，却是王妈！

"是你……呀！"

君实惊呼了出来。但他立即明白了：浴室通到外房的门也开得直荡荡，娴娴从这里下楼去了。她，夫人——就是爱人也罢，却像暴徒逃避了侦探的尾随一般，竟通过浴室躲开了！他这才明白王妈两次进来取娴娴的衣服和皮鞋的背景了。他觉得娴娴太会和他开玩笑！

"少奶奶早已洗好了。叫我收拾浴盆。"

王妈看着君实的不快意的面孔，加以说明。

君实只觉得耳朵里的血管轰轰地跳。王妈的话，他是听而不闻。他想起早晨不祥之梦里的情形。他嗅得了恶运的气味。他的泛泡沫的情热，突然冷了；他的尊严的自许，受伤了；而他的跳得更快的心，在敲着警钟。

"少奶奶在楼下么！"

便是王妈也听得出这问句的不自然的音调了。

"出去了。她叫我对少爷说：她先走了一步了，请少爷赶上去罢。——少奶奶还说，倘使少爷不赶上去，她也不等候了。"

"哦——"

这是一分多钟后，君实喉间发出来的滞涩的声浪。小小的象牙兔子又闯入他的意识界，一点一点放大了，直到成为人形，傲慢地斜起了红眼睛对他瞧。他恍惚以为就是娴娴。终于连红眼睛也没有了，只有白肚皮上"丈夫"的刀刮痕更清晰地在他面前摇晃。

1928年2月23日。

[原载1928年4月25日《东方杂志》第25卷第8号。]

注释

1.《妇女与政治》：当时觉醒的新时代女性阅读的标志性杂志，在文中具有强烈的象征意味，暗示着小说女主人公的身份。

2. 龃龉（jǔ yǔ）：原意指上下牙齿不齐，比喻意见不合，双方不相投合、抵触。语出汉代扬雄《太玄·亲》："其志龃龉。"

3. 变态：指事物的情状发生变化；也指在生物个体发育过程中的形态变化；还指人

的生理、心理的不正常状态。文中所取是最后一种意思。

4. 沦浃（lún jiā）：深入；渗透。

5. Vest：英语，女式背心，汗衫。

6. 遗大投艰：遗、投：交给。指交给重大艰难的任务。

7. 刖（yuè）足：断足。古代酷刑之一。

8. 王骀（tái）：春秋时教育家。鲁国人，约与孔子同时。其人足断形残（"兀者"），而注重修明内德，处事能"守宗"、"保始"、"游心乎德之和"，求学者甚众，与孔子"中分鲁，立不教，坐不议"，即以"不言之教"而达到潜移默化。事见《庄子·内篇·德充符》。

9. 叔山无趾：春秋时鲁国人，与孔子同时，其人无脚趾，因此走路只能靠脚后跟。事见《庄子·内篇·德充符》。

10. 瓮盎大瘿（wèng yīng dà yǐng）：也是《庄子·内篇·德充符》中的残者形象，其人脖子甲状腺很大，像水缸一样，肚子也非常大。瘿：颈瘤，俗称大脖子。《庄子·内篇·德充符》中用诸多残者形象旨在说明内在修养与外在形貌无关。

11. 语出《庄子·内篇·德充符》，意思是说世上任何一个东西，一件事，一个人，你如果带了有色眼镜从不同的角度去看，你的观点见解就不同；而站在同一立场上，换一个角度看，万物是一体的。

12. 蛮触之争：成语典故，语出《庄子·则阳》："有国于蜗之左角者，曰触氏，有国于蜗之右角者，曰蛮氏。时相与争地而战，伏尸数万，逐北旬有五日而后反。"今多用于指因细小的缘故而引起的争端。

13. Sentimentalist：英语，意为多愁善感者，感伤主义者。

导读

《创造》被认为是茅盾的第一部短篇小说。茅盾是以积极的态度参与社会变革的，而他在《创造》中让人看到的却是冷静、客观，这与他所选择的题材与人物身份不无关系。

在《创造》中，茅盾并没有表现出多少时代激荡的狂热，也没有去展现社会变革的场景，而是通过塑造君实这个特殊的主人公形象——一个呼吸着时代新鲜空气而又受锢于封建传统意识的"半新不旧"的小资产阶级知识分子及其妻子娴娴的觉醒来反映社会思想的变革的。

作品重点表现的是人物丰富复杂的内心世界，以此来突显社会思想的变革，并不注重故事情节的生动性。作为主人公的君实——这个"创造者"形象的矛盾复杂的性格主要是通过对其心理细腻的描写，对其内心世界的深刻剖析来完成的。

正如小说所描写的,君实是"有计划的实事求是的人",他要按计划来"创造"自己的未来生活,然而他全新的创造却总被其"中正健全思想"下的计划所限制。他的自新思想是医治封建落后观念的药,然而却又是"虎狼之药"。他用这"猛剂"将妻子从一个乐天达观、厌恶政治、怯弱的旧式女子变成令其满意的"卓绝的创造品",然而妻子的"青出于蓝"超出了他的计划,又使他陷于痛苦、沉郁之中。事实上,君实十分自信的"中正健全思想"不过是他根深蒂固的封建思想对其"叶公好龙"式新思想的妥协。他对娴娴的"创造",并非是要将其"创造"成一个时代的新女性,其实质不过是"新思想"形式下封建夫权观念的延续。

在很大程度上,君实是将娴娴看做是自己的"金丝雀",他所要的是娴娴永远被他的意愿所控制,因此,娴娴一旦在思想上冲破其掌控,而成长为从封建伦理思想中觉醒、思想独立的新一代女性,君实的痛苦也就此产生了。

小说是从君实的视角来叙述的,娴娴的被创造过程是通过君实的回忆呈现给读者的。但最终出现在读者面前的娴娴是作为新女性形象出现的,这并未能如君实所愿。这也就决定了娴娴的新女性形象更多地是从其自身的言行中表现出来,而非是君实的"创造"。娴娴具有那个时代新女性的特征。

小说对人物的塑造是成功的,但在塑造娴娴的形象时,未免过于理想化,而描叙她被改造的过程则又显得过于理性。作品的细节描绘令人印象深刻,不仅使读者进入人物的内心深处,而且还具有象征性,从而扩充了作品的容量。丰富而细腻的心理描绘,成就了作品的独特风格,文学评论家邵伯周就此曾评论道:"作品对环境和人物内心世界描写得极为细腻,具有独特的风格。"

茅盾的小说创作,始终是怀着"表现人生"的文学信念,坚持着"为人生而艺术"的创作方向的。《创造》也正是在他冷静、客观体察时代的风云变幻,用现实主义的笔触描写人生的产物,虽然切入点较小,却具有广泛的社会意义,使读者认识并体会到那个时代社会思想的变革。

小　巫

一

姨太太是姓凌。但也许是姓林。谁知道呢，这种人的姓儿原就没有一定，爱姓什么就是什么。

进门来那一天，老太太正在吃孙女婿送来的南湖菱，姨太太悄悄地走进房来，又悄悄地磕下头去，把老太太吓了一跳。这是不吉利的兆头。老太太心里很不舒服。姨太太那一头乱蓬蓬的时髦头发，也叫老太太眼里难受。所以虽然没有正主儿的媳妇，老太太一边吃着菱，一边随口就叫这新来的女人一声"菱姐！"

是"菱姐！"老太太亲口这么叫，按照乡风，这年纪不过十来岁姓凌或是姓林的女人就确定了是姨太太的身份了。

菱姐还有一个娘。当老爷到上海去办货，在某某百货公司里认识了菱姐而且有过交情以后，老爷曾经允许菱姐的娘："日后做亲戚来往。"菱姐又没有半个儿弟弟哥哥，娘的后半世靠着她。这也是菱姐跟老爷离开上海的时候说好了的。但现在一切都变了。老太太自然不认这门"亲"，老爷也压根儿忘了自己说过的话。菱姐几次三番乘机会说起娘在上海不知道是怎样过日子，老爷只是装聋装哑，有时不耐烦了，他就瞪出眼睛说道：

"啧！她一个老太婆有什么开销！难道几个月工夫，她那三百块钱就用完了么？"

老爷带走菱姐时，给过她娘三百块大洋。老太太曾经因为这件事和老爷闹架。她当着十年老做的何妈面前，骂老爷道：

"到上海马路上拾了这么一个不清不白的臭货来，你也花三百块钱么？你拿洋钱当水泼！四囡[1]出嫁的时候，你总共还花不到三百块；衣箱是假牛皮的，当天就脱了盖子，四囡夫家到现在还当做话柄讲。到底也是不吉利。四囡养了三胎，都是百日里就死掉了！你，你，现在贩黑货，总共积得这么几个钱，就大把大把的乱花！阿弥陀佛，天——雷打！"

老太太从前也是著名的"女星宿"。老爷有几分怕她。况且，想想花了三百大洋弄来的这个"菱姐"，好像也不过如此，并没比镇上半开门的李二姐好多少，这钱真花得有点冤枉。老爷又疼钱又挨骂的那一股子气，就出在菱姐身上。那一回，菱姐第一次领教了老爷的拳脚。扣日子算，她被称为"菱姐"刚满两个月。

菱姐确也不是初来时那个模样儿了。镇上没有像样的理发店。更其不会烫头发。菱姐那一头烫得蓬松松的时髦头发早就睏直了，一把儿扎成个鸭屁股，和镇上的女人没有什么两样。口红用完了，修眉毛的镊子弄坏了，镇上买不出，老爷几次到上海又不肯买，菱姐就一天一天难看，至少是没有什么比众不同的迷人力量。

老爷又有特别不满意菱姐的地方。那是第一次打了菱姐后两天，他喝醉了酒，白天里太阳耀光光的，他拉住了菱姐厮缠，忽然看见菱姐肚皮上有几条花纹。老爷是酒后，这一来，他的酒醒了一半，问菱姐为什么肚皮上有花纹。菱姐闭着眼睛不回答。老爷看看她的奶，又看看她的眉毛，愈看愈生疑心，猛然跳起来，就那么着把菱姐拖翻在楼板上，重重地打了一顿，咬着牙根骂道：

"臭婊子！还当你是原封货呢！上海开旅馆那一夜亏你装得那么像！"

菱姐哪里敢回答半个字，只是闷住了声音哭。

这回事落进了老太太的耳朵，菱姐的日子就更加难过。明骂暗骂是老太太每天的功课。有时骂上了风，竟忘记当天须得吃素，老太太就越发拍桌子捶条凳，骂的菱姐简直不敢透气儿。黄鼠狼拖走了家里的老母鸡，老太太那口怨气也往菱姐身上呵。她的手指尖直戳到菱姐脸上，厉声骂道：

"臭货！狐狸精！白天干那种事，不怕罪过！怪道黄鼠狼要拖鸡！触犯了太阳菩萨，看你不得好死！不要脸的骚货！"

老爷却不怕太阳菩萨。虽然他的疑心不能断根，他又偏偏常要看那叫他起疑的古怪花纹。不让他看时一定得挨打，让他看了，他喘过气后也要拧几把。这还算是他并没起恶心。碰到他不高兴时，老大的耳括子刷几下，咕噜咕噜一顿骂。一个月的那几天里，他也不放菱姐安静。哀求他："等过一两天罢！"没有一次不是白说的。

菱姐渐渐得了一种病。眼睛前时常一阵一阵发黑，小肚子隐隐地痛。

告诉了老爷。老爷冷笑，说这不算病。老太太知道了，又是逢到人便三句两头发作：

"骚货自己弄出来的病！天老爷有眼睛！三百块钱丢在水里也还响一声！"

二

老爷为的贩"货"，上海这条路每月总得去一次，三天五天，或是一星期回来，都没准。那时候，菱姐直乐得好比刀下逃命的犯人。虽然老太太的早骂夜骂是比老爷在家时还要凶，可是菱姐近来一天怕似一天的那桩事，总算没有人强逼她了。和她年纪仿佛的少爷也是个馋嘴。小丫头杏儿见少爷是老鼠见了猫儿似的会浑身发抖。觑着没有旁人，少爷也要偷偷地搔菱姐的手掌心，或是摸下巴。菱姐不敢声张，只是涨红了脸逃走。少爷望着她逃走了，却也不追。

比少爷更难对付的，是那位姑爷——老太太常说的那个四囡的丈夫。看样子，就知道他的牛劲儿也和老爷差不多。他也叫她"菱姐"。即使是在那样厉害的老太太跟前，他也敢在桌子底下拧菱姐的腿儿。菱姐躲这位姑爷，就和小杏儿躲少爷差不多。

姑爷在镇上的公安局里有点差使。老爷不在家的时候，姑爷来得更勤，有时腰间挂一个小皮袋，菱姐认得那里面装的是手枪。那时候，菱姐的心就卜卜乱跳，又觉得还是老爷在家好了，她盼望老爷立刻就回家。

镇上有保卫团，老爷又是这里面的什么"董"。每逢老爷从上海办"货"回来，那保卫团里的什么"队长"就来见老爷。队长是两个，贼忒忒的两对眼睛也是一有机会就往菱姐身上溜。屋子里放着两个大蒲包，就是老爷从上海带来的"货"。有一次，老爷听两个队长说了半天话，忽然生气喊道：

"什么！他坐吃二成，还嫌少，还想来生事么？他手下的几个痨病鬼，中什么用！要是他硬来，我们就硬对付！明天轮船上有一百斤带来，你们先去守口子，打一场也不算什么，是他们先不讲交情！——明天早晨五点钟！你们起一个早。是大家的公事，不要怕辛苦！"

"弟兄们——"

"打胜了，弟兄们每人赏一两土²！"

老爷不等那队长说完，就接口说，还是很生气的样子。

菱姐站在门后听得出神，不防有人在她肩头拧了一把。"啊哟——"菱姐刚喊出半声来，立刻缩住了。拧她的不是别人，是姑爷！淫邪的眼光钉住在菱姐脸上，好像要一口吞下她。可是那门外又有老爷！菱姐的心跳得忒忒地响。

姑爷勉强捺住一团火，吐一口唾沫，也就走了。他到前面和老爷叽叽咕咕说了半天话。后来听得老爷粗声大气说：

"混账东西！那就干了他！明天早上，我自己去走一趟。"

于是姑爷怪声笑。菱姐听去那笑声就像猫头鹰叫。

这天直到上灯时光，老爷的脸色铁青，不多说话。他拿出一支手枪来，拆卸机件，看了半天，又装好，又上足了子弹，几次拿在手里，瞄准了，像要放。菱姐走他身边时，把不住腿发抖。没等到吃夜饭，老爷就带着枪出去了。菱姐心口好像压了一块石头，想来想去只是害怕。

老太太坐在一个小小的佛龛³前，不出声的念佛，手指尖掐着那一串念佛珠，掐得非常快。佛龛前燃旺了一炉檀香。

捱到二更过，老爷回来了，脸色是青里带紫，两只眼睛通红，似乎比平常小了一些，头上是热腾腾的汗气。离开他三尺就嗅到酒味。他从腰里掏出那支手枪来，拍的一声掼在桌子上。菱姐抖着手指替他脱衣服。老爷忽然摆开一只臂膊，卷住了菱姐的腰，提空了往床上掷去，哈哈地笑起来了。这是常有的事，然而此刻却意外。菱姐不知道是吉是凶，躺在床上不敢动。老爷走近来了，发怒似的扯开了菱姐的衣服，右手捏定那支乌油油的手枪。菱姐吓得手脚都软了，眼睛却睁得挺大。衣服都剥光，那冰冷的枪口就按在菱姐胸脯上。菱姐浑身直抖，听得老爷说：

"先拿你来试一下。看老子的枪好不好。"

菱姐耳朵里嗡一声响，两行眼泪淌下她的面颊。

"没用的骚货，怕死么？嘿——老子还要留着玩几天呢！"

老爷怪声笑着说，随手把枪移下去，在菱姐的下部戳了一下，菱姐痛叫一声，自以为已经死了。老爷一边狞笑，一边把口一张，就吐了菱姐一身和一床。老爷身体一歪，就横在床里呼呼地睡着了。

菱姐把床铺收拾干净，缩在床角里不敢睡，也不能睡。她此时方才觉得刚才要是砰的一枪，对穿了胸脯，倒也干净。她偷偷地拿起那支手枪来，看了一会儿，闭了眼睛，心跳了一会儿，到底又放开了。

四更过后，大门上有人打得蓬蓬响。老爷醒了，瞪直眼睛听了一会儿，捞起手枪来跑到窗口，开了窗喝道：

"你妈的！不要吵吵闹闹！"

"人都齐了！"

隔着一个天井的大门外有人回答。老爷披上皮袍，不扣钮子，拦腰束上一条绉纱大带子，收紧了，插上手枪，就匆匆地下去。菱姐听得老爷在门外和许多人问答了几句。又听得老爷骂"混蛋"，全伙儿都走了。

菱姐看天上，疏落落几点星，一两朵冻住了的灰白云块。她打了一个寒噤，迷迷胡胡回到床上，拉被窝来盖了下身，心里想还是不要睡着好，可是不多时就朦胧起来，靠在床栏上的头，歪搁在肩膀上了。她立刻就做梦：老爷又开枪打她，又看见娘，娘抱住了她哭，娘发狂似的抱她……菱姐一跳惊醒来，没有了娘，却确是有人压在她身上，煤油灯光下她瞥眼看见了那人的面孔，她吓得脸都黄了。

"少爷！你——"

她避过那拱上她面孔来的嘴巴，她发急地叫。

少爷不作声，两手扭过菱姐的面孔来，眼看着菱姐的眼睛，又把嘴唇拱上去。菱姐的心乱跳，喘着气说：

"你不走，我就要叫人了！"

"看你叫！老头子和警察抢土，打架去了；老奶奶不来管这闲事！"

少爷贼忒忒地说，也有点气喘。他虽然也不过十六七岁，力气却比菱姐大。

"你——这是害我——"

菱姐含着眼泪轻声说，任凭他摆布。

忽然街上有乱哄哄的人声，从远而近；接着就听得大门上蓬蓬地打得震天响。菱姐心里那一急，什么都不顾了。她猛一个翻身，推落了少爷，就跑去关房门，没等她关上，少爷也已经跑到房门边，只说一句"你弄昏了么？"就溜出去了。

菱姐胡乱套上一件衣，就把被窝蒙住了头，蜷曲在床里发抖。听楼底下是嚷得热闹。一会儿，就嚷到她房门外。菱姐猛跳起来，横了心，开房门一看，五六个人，内中有老爷和姑爷。

老爷是两个人抬着。老爷的皮袍前襟朝外翻转，那雪白的滩皮长毛上有一堆血冻结了。把老爷放在床上后，那几个都走了，只留着姑爷和另一个，那是队长。老爷在床上像牛叫似的唤痛。队长过去张一眼，说道：

"这伤，镇上恐怕医不好。可是那一枪真怪；他们人都在前面，这旁边打来的一枪真怪！这不是流弹。开枪的人一定是瞄准了老头子放。可是那狗局长也被我们干得痛快！"

菱姐蹲在床角里却看见队长背后的姑爷扁着嘴巴暗笑。

老太太在楼底下摔家具嚷骂：

"报应得好！触犯太阳菩萨！都是那臭货！进门来那一天，我就知道不吉利！请什么郎中，打死那臭货就好了！打死她！"

三

日高三丈，镇上人乱哄哄地都说强盗厉害。商会打长途电话给县里，说是公安局长"捕盗"阵亡，保卫团董"协捕"也受重伤。县里转报到省，强盗就变成了土匪，"聚众二三百，出没无常，枪械犀利。"省里据报，调一连保安队来"痛剿"。

保安队到镇那一天，在街上走过，菱姐也看见。她不大明白这些兵是来帮老爷的呢，还是来帮姑爷。不知道凭什么，她认定老爷是被姑爷偷偷地打了一枪。可是她只放在肚子里想，便是少爷面前她也不曾说过。

老爷的伤居然一天一天好起来了。小小一颗手枪子弹还留在肉里，伤口却已经合缝。菱姐惟恐老爷好全了，又要强逼她。

背着人，她要少爷想个法子救她。少爷也没有法子，反倒笑她。

又过了几天，老爷能够走动了。菱姐心慌得饭都吃不下。

老爷却也好像有心事，不和菱姐过分厮缠。队长中间的一个，常来和老爷谈话。声音很低。老爷时常皱眉头。有一次，菱姐在旁边给老爷弄燕窝，听得那队长说：

"商会里每天要供应他们三十桌酒饭，到现在半个多月，商会里也花上两千多块钱了。商会里的会长老李也是巴不得他们马上就开拔，可是那保安队的连长说：上峰是派他来剿匪的，不和土匪见一仗，他们不便回去销差[4]。——"

“哼！他妈的销差！”

老爷咬紧了牙根说，可是眉头更皱得紧了。队长顿一下，挨到老爷耳朵边又说了几句，老爷立刻跳起来喊道：

“什么！昨天他们白要了三十两川土去，今天他们得步进步了么？混蛋！”

“还有一层顶可恶。他们还在半路里抢！我们兄弟派土到几家大户头老主顾那里去，都被他们半路里强抢去了。他们在这里住了半个月，门路都熟了！”

“咄！那不是反了！”

老爷重拍一下桌子，气冲冲说，脸上的红筋爆起，有小指头那么粗。菱姐看着心里发慌，好像老爷又要拿枪打她。

“再让他们住上半个月，我们的生意全都完了！总得赶快想法子！”

队长叹一口气说。老爷跟着也叹一口气。后来两个人又唧唧哝哝地说了半天，菱姐看见老爷脸上有点喜色，不住地点头。临走的时候，那队长忽然叫着老爷的诨名说道：

“太岁爷，你放心！我们悄悄地装扮好了去，决不会露马脚！还是到西北乡去的好，那里的乡下老还有点油水，多少我们也补贴补贴。”

“那么，我们巡风的人要格外小心。打听得他们拔队出镇，我们的人就得赶快退；不要当真和他们交上一手，闹出笑话来！”

老爷再三叮嘱过后，队长就走了。老爷板起脸孔坐在那里想了半晌，就派老妈子去找姑爷来。菱姐听说到“姑爷”，浑身就不自在。她很想把自己心里疑惑的事对老爷说，但是她到底没有说什么，只自管避开了。

姑爷和老爷谈了一会儿，匆匆忙忙就去。在房门边碰到菱姐时，姑爷做一个鬼脸，露出一口大牙齿望着菱姐笑。菱姐浑身汗毛直竖，就像看见一条吐舌头的毒蛇。

晚饭时，老爷忽然又喝酒。菱姐给老爷斟一杯，心里就添一分忧愁。她觉得今晚上又是难星到了。却是作怪，老爷除了喝酒以外，并没别的举动。老爷这次用小杯，喝的很慢很文雅，时时放下杯子，侧着耳朵听。到初更时分，忽然街上来了蒲达蒲达的脚步声，中间夹着有人喊口令。老爷酒也不喝了，心事很重的样子歪在床上叫菱姐给他捶腿。又过了许多时候，远远地传来劈拍劈拍的枪声。老爷蓦地跳起来，跑到窗前看。西北角隐隐有一片火光。老爷看过一会儿，就自己拿大碗倒酒喝了一碗，摇摇头，伸开两只臂膊。菱姐知道这是老爷要脱衣服了，心里不由地就发抖。但又是作怪，老爷躺在床上让菱姐捶了一会腿，竟自睡着了。

第二天，菱姐在厨房里听得挑水的癞头阿大说，昨夜西北乡到了土匪，保安队出去打了半夜，捉了许多通土匪的乡下人来，还有一个受伤的土匪，都押到公安局里。

老太太又在前面屋子里拍桌子大骂：

"宠了个妖精，就和嫡亲女婿生事了！触犯太阳菩萨——"

菱姐把桂圆莲子汤端上楼去，刚到房门外，就听得老爷厉声说道：

"你昏了！对我说这种话！"

"可是上回那一枪你还嫌不够？"

是姑爷的咬紧了牙齿的声音；接连着几声叫人发抖的冷笑，也是姑爷的声音。菱姐心乱跳，腿却还在走，可是，看见姑爷一扬手就是乌油油的一支手枪对准了老爷，菱姐腿一软，浑身的血就都好像冻住。只听得老爷喝一声：

"杀胚！你敢——"

砰！

菱姐在这一声里就跌在房门边，她还看见姑爷狞起脸孔，大踏步从她身边走过，以后她就人事不知。

四

枪杀的是老爷，不是菱姐；但菱姐却病了，神智不清。她有两天工夫，热度非常高；脸像喝酒一般通红，眼睛水汪汪地直瞪。她简直没有吃东西。胡言乱语，人家听不懂。第三天好些了，人是很乏力似的，昏昏地睡觉。快天黑的时候，她忽然醒来觉得很口渴，她看见小杏儿爬在窗前看望。她不明白自己为什么躺在床上；过去的事，她完全忘了。她想爬起来，可是身体软得很。

"杏儿！爬在那里看什么？留心老爷瞧见了打你呢！"

菱姐轻声说，又觉得肚子饿，小杏儿回头来看着她笑。过了一会儿，小杏儿贼忒嘻嘻地说道：

"老爷死了！喏——就横在这里的，血，一大滩！"

菱姐打一个寒噤，她的记忆回复过来了。她的心又卜卜跳，她又不大认得清人，她又迷迷糊糊像是在做梦了。她看见老爷用枪口戳在她胸脯上，她又看见姑爷满面杀气举起枪对准了老爷，末后，她看见一个面孔——狞起了眉毛的一个面孔，对准她瞧。是姑爷！菱姐觉得自己是喊了，但自己听得那喊声就像是隔着几重墙。这姑爷的两只手也来了。揭去被窝，就剥她的衣服。她觉得手和腿都不是她的了。后来，她又昏迷过去了。

这回再清醒过来时，菱姐自以为已经死了。房里已经点了灯。有一个人影横在床上。菱姐看明白那人是少爷，背着灯站在床前，离她很近。菱姐呻吟着说：

"我不是死了么？"

"哪里就会死呢！"

菱姐身体动一下，更轻声的说：

"我——记得——姑爷——"

"他刚刚出去。我用一点小法儿骗他走。"

"你这——小鬼！"

菱姐让少爷嗅她的面孔，轻声说，她又觉得肚子饿了。

听少爷说，菱姐方才知道老爷的"团董"位子已经由姑爷接手。而且在家里，姑爷也是什么事都管了去。菱姐怔了一会儿，忍不住问少爷道：

"你知道老爷是怎样死的？"

"老头子是自己不小心，手枪走火，打了自己。"

"谁说的？"

"姐夫说的。老奶奶也是这么说。她说老头子触犯了太阳菩萨，鬼使神差，开枪打了自己。还有，你也触犯太阳菩萨。老头子死了要你到阴间阎王前去做见证，你也死去了两三天，就为的这个。"

菱姐呆起脸想了半天，然后摇摇头，把嘴唇凑在少爷耳朵上说：

"不是的！老爷不是自己打的！你可不要说出去，——我明明白白看见，是姑爷开枪打死了老爷的！"

少爷似信不信的看着菱姐的面孔。过一会儿，他淡淡地说：

"管他是怎样死的。死了就算了！"

"嗳，我知道姑爷总有一天还要打死你！也有一天要打死我。"

少爷不作声了，眯细了眼睛看菱姐的面孔。

"总有一天他要打的。要是他知道了我和你——有这件事！"

菱姐说着，就轻轻叹一口气。少爷低了头，没有主意。菱姐又推少爷道："看你还赖着不肯走！他要回来了！"

"嘻，你想他回来么？今天他上任，晚上他们请他在半开门李二姐那里喝酒，还回来么？嘿，你还想他回来呢！"

"嚼舌头——"

菱姐骂了一声，也就不再说什么。可是少爷到底有点胆怯，鬼混了一阵，也就走。菱姐昏昏沉沉睡了不知多少时候，被一个人推醒来，就听得街上人声杂乱，劈拍劈拍的声音很近，就像大年夜放鞭炮似的。那人却是少爷，脸色慌张，拉起菱姐来，一面慌慌张张地说：

"当真是土匪来了！你听！枪声音！就在西栅口打呢！"

菱姐心慌，说不出话来，只瞪直了眼睛看窗外。一抹金黄色的斜阳正挂在窗外天井里的墙角。少爷催她穿衣服，一面又说下去：

"前次老头子派人到西北乡去抢了，又放火；保安队又去捉了几个乡下人来当做土匪；这回真是土匪来了！土匪里头就有前次遭冤枉的老百姓，他们要杀到我们的家里来——"

一句话没完，猛听得街上发起喊来。夹着店铺子收市关店的木板碰撞的声音。少爷撇下了菱姐，就跑下楼去。菱姐抖着腿，挨到靠街的一个窗口去张望，只见满街都是保安队，慌慌张张乱跑，来不及"上板"关门的铺子里就有他们在那里抢东西。砰！砰！他们朝关紧的店门乱放枪。菱姐腿一软，就坐在楼板上了。恰好这时候，少爷又跑进来了，一把拖住菱姐就走，气喘喘地喊道：

"土匪打进镇了！姐夫给乱枪打死！——嗳，怎么的，你的两条腿！"

老太太还跪在那小小的佛龛跟前磕头。少爷不管，死拖住了菱姐从后门走了。菱姐心里不住的自己问自己："到哪里去？到哪里去？"可是她并没问出口，她又想着住在上海的娘，两行眼泪淌过她的灰白的面颊。

突然，空中响着嗤，嗤，嗤的声音。一颗流弹打中了少爷。像一块木头似的，少爷跌倒了，把菱姐也拖翻在地。菱姐爬一步，朝少爷看时，又一颗流弹来了，穿进她的胸脯。菱姐脸上的肉一歪，不曾喊出一声，就仰躺在地上不动了，她的嘴角边闪过了似恨又似笑的些微皱纹。

这时候，他们原来的家里冲上一道黑烟，随后就是一亮，火星乱飞。

1932年2月29日。

[原载1932年6月1日《读书杂志》第2卷第6期。]

注释

1. 囡（nān）：方言，江、浙、上海等地对女儿的称呼。
2. 土：此处指鸦片烟土。后文所谓的川土即四川产的鸦片烟土。
3. 佛龛（kān）：供奉佛像的小阁子，一般为木制。龛原指掘凿岩崖为空，以安置佛像之所。
4. 销差：文中指向上级回报已完成差遣任务。

导读

　　《小巫》是茅盾短篇小说创作第二个阶段的主要成就之一。这一阶段是茅盾短篇小说创作的丰收期，他将目光对准了中国的社会现实，对城市市民、知识分子、农民及小市镇生活均有所涉及。《小巫》描写的就是中国的小市镇生活，叙述了一个保卫团的团董，惨无人道地虐待和凌辱小妾菱姐，并勾结军警，贩卖鸦片，无恶不作，终被打死的故事，暴露了小市镇上层社会的丑恶面目，而通过对众多人的死亡的描绘，揭示了中国小市镇混乱的社会现实。

　　小说一方面刻画了小市镇上层人物的丑恶嘴脸，另一方面也塑造了菱姐这个被侮辱与被损害的弱小者形象。菱姐来到"老爷"家，原本幻想着能有一处安身立命之所，至少也能安稳度日，上海的母亲也可以得到"老爷"的照顾。但一到"老爷"家，菱姐的幻想就在瞬间破灭了。小说一开篇就暗示了菱姐的地位和即将面临的悲惨的命运："姨太太是姓凌。但也许是姓林。谁知道呢，这种人的姓儿原就没有一定，爱姓什么就是什么。"而老太太一声"菱姐"，"这年纪不过十来岁姓凌或是姓林的女人就确定了是姨太太的身份了"。这说明菱姐是一个可有可无的人，她的命运也就只能操纵在他人手中。

　　随着情节的推进，菱姐的悲惨命运逐渐得到了展现，她不仅要遭受老爷的虐待与凌辱，还得忍受老太太的诅咒，还得默默承受姑爷和少爷的性骚扰。

通过菱姐的遭遇，作者为我们展现了中国旧社会小市镇上层家族寡鲜廉耻、污秽不堪的生活情状，也揭示了像菱姐这样的小人物在一个混乱社会只求安身却不得的悲惨命运，使小说具有了相当的社会认识价值，表现了茅盾小说鲜明的现实主义批判的精神。

茅盾的小说多有对情欲的描绘，在这篇小说中也有鲜明的表现。小说中展现大都是一种变态的情欲：老爷以凌虐菱姐为乐事，姑爷和少爷是乱伦的情欲。通过这种描绘，作品不仅有力地揭示了小市镇上流社会的污秽和统治者的丑恶嘴脸，也为我们提供了一个认识那个时代独特的视角。

林家铺子

一

林小姐这天从学校回来就撅起着小嘴唇。她掼下了书包，并不照例到镜台前梳头发搽粉，却倒在床上看着帐顶出神。小花噗的也跳上床来，挨着林小姐的腰部摩擦，咪呜咪呜地叫了两声。林小姐本能地伸手到小花头上摸了一下，随即翻一个身，把脸埋在枕头里，就叫道：

"妈呀！"

没有回答。妈的房就在间壁，妈素常疼爱这唯一的女儿，听得女儿回来就要摇摇摆摆走过来问她肚子饿不饿，妈留着好东西呢，——再不然，就差吴妈赶快去买一碗馄饨。但今天却作怪，妈的房里明明有说话的声音，并且还听得妈在打呃，却是妈连回答也没有一声。

林小姐在床上又翻一个身，翘起了头，打算偷听妈和谁谈话，是那样悄悄地放低了声音。

然而听不清，只有妈的连声打呃，间歇地飘到林小姐的耳朵。忽然妈的嗓音高了一些，似乎很生气，就有几个字听得很分明：

——这也是东洋货，那也是东洋货，呃！……

林小姐猛一跳，就好像理发时候颈脖子上粘了许多短头发似的浑身都烦躁起来了。正也是为了这东洋货问题，她在学校里给人家笑骂，她回家来没好气。她一手推开了又挨到她身边来的小花，跳起来就剥下那件新制的翠绿色假毛葛驼绒旗袍来，拎在手里抖了几下，叹一口气。据说这怪好看的假毛葛和驼绒都是东洋来的。她撩开这件驼绒旗袍，从床下拖出那口小巧的牛皮箱来，赌气似的扭开了箱子盖，把箱子底朝天向床上一撒，花花绿绿的衣服和杂用品就滚满了一床。小花吃了一惊，噗的跳下床去，转一个身，却又跳在一张椅子上蹲着望住它的女主人。

林小姐的一双手在那堆衣服里抓捞了一会儿，就呆呆地站在床前出神。

这许多衣服和杂用品越看越可爱，却又越看越像是东洋货呢！全都不能穿了么？可是她——舍不得，而且她的父亲也未必肯另外再制新的！林小姐忍不住眼圈儿红了。她爱这些东洋货，她又恨那些东洋人；好好儿的发兵打东三省干吗呢？不然，穿了东洋货有谁来笑骂。

"呃——"

忽然房门边来了这一声。接着就是林大娘的摇摇摆摆的瘦身形。看见那乱丢了一床的衣服，又看见女儿只穿着一件绒线短衣站在床前出神，林大娘这一惊非同小可。心里愈是着急，她那个"呃"却愈是打得多，暂时竟说不出半句话。

林小姐飞跑到母亲身边，哭丧着脸说：

"妈呀！全是东洋货，明儿叫我穿什么衣服？"

林大娘摇着头只是打呃，一手扶住了女儿的肩膀，一手揉磨自己的胸脯，过了一会儿，她方才挣扎出几句话来：

"阿囡，呃，你干吗脱得——呃，光落落？留心冻——呃——我这毛病，呃，生你那年起了这个病痛，呃，近来越发凶了！呃——"

"妈呀！你说明儿我穿什么衣服？我只好躲在家里不出去了，他们要笑我，骂我！"

但是林大娘不回答。她一路打呃，走到床前拣出那件驼绒旗袍来，就替女儿披在身上，又拍拍床，要她坐下。小花又挨到林小姐脚边，昂起了头，眯细着眼睛看看林大娘，又看看林小姐；然后它懒懒地靠到林小姐的脚背上，就林小姐的鞋底来摩擦它的肚皮。林小姐一脚踢开了小花，就势身子一歪，躺在床上，把脸藏在她母亲的身后。

暂时两个都没有话。母亲忙着打呃，女儿忙着盘算"明天怎样出去"；这东洋货问题不但影响到林小姐的所穿，还影响到她的所用；据说她那只常为同学们艳羡的化妆皮夹以及自动铅笔之类，也都是东洋货，而她却又爱这些小玩意儿的！

"阿囡，呃——肚子饿不饿？"

林大娘坐定了半晌以后，渐渐少打几个呃了，就又开始她日常的疼爱女儿的老功课。

"不饿，嗳，妈呀，怎么老是问我饿不饿呢，顶要紧是没有了衣服明天怎样去上学！"

林小姐撒娇说，依然那样拳曲着身体躺着，依然把脸藏在母亲背后。

自始就没弄明白为什么女儿尽嚷着没有衣服穿的林大娘现在第三次听得了这话儿，不能不再注意了，可是她那该死的打呃很不作美地又连连来了。恰在此时林先生走了进来，手里拿着一张字条儿，脸上乌霉霉地像是涂着一层灰。他看见林大娘不住地在打呃，女儿躺在满床乱丢的衣服堆里，他就料到了几分，一双眉头就紧紧地皱起。他唤着女儿的名字说道：

"明秀，你的学校里有什么抗日会么？刚送来了这封信。说是明天你再穿东洋货的衣服去，他们就要烧呢——无法无天的话语，咳……"

"呃——呃！"

"真是岂有此理，哪一个人身上没有东洋货，却偏偏找定了我们家来生事！哪一家洋广货铺子里不是堆足了东洋货，偏是我的铺子犯法，一定要封存！咄！"

林先生气愤地又加了这几句，就颓然坐在床边的一张椅子里。

"呃，呃，救苦救难观世音，呃——"

"爸爸，我还有一件老式的棉袄，光景不是东洋货，可是穿出去人家又要笑我。"

过了一会儿，林小姐从床上坐起来说，她本来打算进一步要求父亲制一件不是东洋货的新衣，但瞧着父亲的脸色不对，便又不敢冒昧。同时，她的想像中就展开了那件旧棉袄惹人讪笑的情形，她忍不住哭起来了。

"呃，呃——啊哟！——呃，莫哭，——没有人笑你——呃，阿囡……"

"阿秀，明天不用去读书了！饭快要没得吃了，还读什么书！"

林先生懊恼地说，把手里那张字条儿扯得粉碎，一边走出房去，一边叹气跺脚。然而没多几时，林先生又匆匆地跑了回来，看着林大娘的面孔说道：

"橱门上的钥匙呢？给我！"

林大娘的脸色立刻变成灰白，瞪出了眼睛望着她的丈夫，永远不放松她的打呃忽然静定了半晌。

"没有办法，只好去斋斋那些闲神野鬼了——"

林先生顿住了，叹一口气，然后又接下去说：

"至多我花四百块。要是党部里还嫌少，我拼着不做生意，等他们来封！——我们对过的裕昌祥，进的东洋货比我多，足足有一万多块钱的码子呢，也只花了五百快，就太平无事了。——五百块！算是吃了几笔倒账罢！——钥匙！咳！那一个金项圈，总可以兑成三百块……"

"呃，呃，真——好比强盗！"

林大娘摸出那钥匙来，手也颤抖了，眼泪扑簌簌地往下掉。林小姐却反不哭了，瞪着一对泪跟，呆呆地出神，她恍惚看见那个曾经到她学校里来演说而且饿狗似的盯住看她的什么委员，一个怪叫人讨厌的黑麻子，捧住了她家的金项圈在半空里跳，张开了大嘴巴笑。随后，她又恍惚看见这强盗似的黑麻子和她的父亲吵嘴，父亲被他打了，……

"啊哟！"

林小姐猛然一声惊叫，就扑在她妈的身上。林大娘慌得没有工夫尽打呃，挣扎着说：

"阿囡，呃，不要哭，——过了年，你爸爸有钱，就给你制新衣服——呃，那些狠心的强盗！都咬定我们有钱，呃，一年一年亏空，你爸爸做做肥田粉生意又上当，呃——店里全是别人的钱了。阿囡，呃，呃，我这病，活着也受罪，——呃，再过两年，你十九岁，招得个好女婿。呃，我死也放心了！——救苦救难观世音菩萨！呃——"

二

第二天，林先生的铺子里新换过一番布置。将近一星期不曾露脸的东洋货又都摆在最惹眼的地位了。林先生又摹仿上海大商店的办法，写了许多"大廉价照码九折"的红绿纸条，贴在玻璃窗上。这天是阴历腊月二十三，正是乡镇上洋广货店的"旺月"。不但林先生的额外支出"四百元"指望在这时候捞回来，就是林小姐的新衣服也靠托在这几天的生意好。

十点多钟，赶市的乡下人一群一群的在街上走过了，他们臂上挽着篮，或是牵着小孩子，粗声大气地一边在走，一边在谈话。他们望到了林先生的花花绿绿的铺面，都站住了，仰起脸，老婆唤丈夫，孩子叫爹娘，啧啧地夸羡那些货物。新年快到了，孩子们希望穿一双新袜子，女人们想到家里的面盆早就用破，全家合用的一条面巾还是半年前的老家伙，肥皂又断绝了一个多月，趁这里"卖贱货"，正该买一点。林先生坐在账台上，抖擞着精神，堆起满脸的笑容，眼睛望着那些乡下人，又带睄着自己铺子里的两个伙计，两个学徒，满心希望货物出去，洋钱进来。但是这些乡下人看了一会，指指点点夸羡了一会，竟自懒洋洋地走到斜对门的裕昌祥铺面前站住了再看。林先生伸长了脖子，望到那班乡下人的背景，眼睛里冒出火来。他恨不得拉他们回来！

"呃——呃——"

坐在账台后面那道分隔铺面与"内宅"的蝴蝶门旁边的林大娘把勉强忍住了半晌的"呃"放出来。林小姐倚在她妈的身边，呆呆地望着街上不作声，心头却是卜卜地跳；她的新衣服至少已经走脱了半件。

林先生赶到柜台前睁大了妒忌的眼睛看着斜对门的同业裕昌祥。那边的四五个店员一字儿摆在柜台前，等候做买卖。但是那班乡下人没有一个走近到柜台边，他们看了一会儿，又照样的走过了。林先生觉得心头一松，忍不住望着裕昌祥的伙计笑了一笑。这时又有七八人一队的乡下人走到林先生的铺面前，其中有一位年青的居然上前一步，歪着头看那些挂着的洋伞。林先生猛转过脸来，一对嘴唇皮立刻嘻开了；他亲自兜揽这位意想中的顾客了：

"喂，阿弟，买洋伞么？便宜货，一只洋伞卖九角！看看货色去。"

一个伙计已经取下了两三把洋伞，立刻撑开了一把，热刺刺地塞到那年青乡下人的手里，振起精神，使出夸卖的本领来：

"小当家，你看！洋缎面子，实心骨子，晴天，落雨，耐用好看！九角洋钱一顶，再便宜没有了！……那边是一只洋一顶，货色还没有这等好呢，你比一比就明白。"

那年青的乡下人拿着伞，没有主意似的张大了嘴巴。他回过头去望着一位五十多岁的老头子，又把手里的伞颠了一颠，似乎说："买一把罢？"老头子却老大着急地吆喝道：

"阿大！你昏了，想买伞！一船硬柴，一古脑儿只卖了三块多钱，你娘等着量米回去吃，哪有钱来买伞！"

"货色是便宜，没有钱买！"

站在那里观望的乡下人都叹着气说，懒洋洋地都走了。那年青的乡下人满脸涨红，摇一下头，放了伞也就要想走，这可把林先生急坏了，赶快让步问道：

"喂，喂，阿弟，你说多少钱呢？——再看看去，货色是靠得住的！"

"货色是便宜，钱不够。"

老头一面回答，一面拉住了他的儿子，逃也似的走了。林先生苦着脸，踱回到账台里，浑身不得劲儿。他知道不是自己不会做生意，委实是乡下人太穷了，买不起九毛钱的一顶伞。他偷眼再望斜对门的裕昌祥，也还是只有人站在那里看，没有人上柜台买。裕昌祥左右邻的生泰杂货店万牲糕饼店那就简直连看的人都没有半个。一群一群走过的乡下人都挽着篮子，但篮子里空无一物；间或有花蓝布的一包儿，看样子就知道是米：甚至一个多月前乡下人收获的晚稻也早已被地主们和高利贷的债主们如数逼光，现在乡下人不得不一升两升的量着贵米吃。这一切，林先生都明白，他就觉得自己的一份生意至少是间接地被地主和高利贷者剥夺去了。

时间渐渐移近正午，街上走的乡下人已经很少了，林先生的铺子就只做成了一块多钱的生意，仅仅足够开销了"大廉价照码九折"的红绿纸条的广告费。林先生垂头丧气走进"内宅"去，几乎没有勇气和女儿老婆相见。林小姐含着一泡眼泪，低着头坐在屋角；林大娘在一连串的打呃中，挣扎着对丈夫说：

"花了四百块钱，——又忙了一个晚上摆设起来，呃，东洋货是准卖了，却又生意清淡，呃——阿囡的爷呀！……吴妈又要拿工钱——"

"还只半天呢！不要着急。"

林先生勉强安慰着，心里的难受，比刀割还厉害。他闷闷地踱了几步。所有推广营业的方法都想遍了，觉得都不是路。生意清淡，早已各业如此，并不是他一家呀；人们都穷了，可没有法子。但是他总还希望下午的营业能够比较好些。本镇的人家买东西大概在下午。难道他们过新年不买些东西？只要他们存心买，林先生的营业是有把握的。毕竟他的货物比别家便宜。

是这盼望使得林先生依然能够抖擞着精神坐在账台上守候他意想中的下午的顾客。

这下午照例和上午显然不同：街上并没很多的人，但几乎每个人都相识，都能够叫出他们的姓名，或是他们的父亲和祖父的姓名。林先生靠在柜台上，用了异常温和的眼光迎送这些慢慢地走着谈着经过他那铺面的本镇人。他时常笑嘻嘻地迎着常有交易的人喊道：

"呵，××哥，到清风阁去吃茶么？小店大放盘，交易点儿去！"

　　有时被唤着的那位居然站住了，走上柜台来，于是林先生和他的店员就要大忙而特忙，异常敏感地伺察着这位未可知的顾客的眼光，瞥见他的眼光瞥到什么货物上，就赶快拿出那种货物请他考较。林小姐站在那对蝴蝶门边看望，也常常被林先生唤出来对那位未可知的顾客叫一声"伯伯"。小学徒送上一杯便茶来，外加一枝小联珠。

　　在价目上，林先生也格外让步；遇到那位顾客一定要除去一毛钱左右尾数的时候，他就从店员手里拿过那算盘来算了一会儿，然后不得已似的把那尾数从算盘上拨去，一面笑嘻嘻地说：

　　"真不够本呢！可是老主顾，只好遵命了。请你多作成几笔生意罢！"

　　整个下午就是这么张罗着过去了。连现带赊，大大小小，居然也有十来注交易。林先生早已汗透棉袍。虽然是累得那么着，林先生心里却很愉快。他冷眼偷看斜对门的裕昌祥，似乎赶不上自己铺子的"热闹"。常在那对蝴蝶门旁边看望的林小姐脸上也有些笑意，林大娘也少打几个呃了。

　　快到上灯时候，林先生核算这一天的"流水账"；上午等于零，下午卖了十六元八角五分，八块钱是赊账。林先生微微一笑，但立即皱紧了眉头了；他今天的"大放盘"确是照本出卖，开销都没着落，官利 [1] 更说不上。他呆了一会儿，又开了账箱，取出几本账簿来翻着打了半天算盘；账上"人欠"的数目共有一千三百余元，本镇六百多，四乡七百多；可是"欠人"的客账，单是上海的东升字号就有八百，合计不下二千哪！林先生低声叹一口气，觉得明天以后如果生意依然没见好，那他这年关就有点难过了。他望着玻璃窗上"大放盘照码九折"的红绿纸条，心里这么想："照今天那样当真放盘，生意总该会见好；亏本么？没有生意也是照样的要开销。只好先拉些主顾来再慢慢儿想法提高货码……要是四乡还有批发生意来，那就更好！——"

　　突然有一个人来打断林先生的甜蜜梦想了。这是五十多岁的一位老婆子，巍颤颤地走进店来，手里拿着一个小小的蓝布包。林先生猛抬起头来，正和那老婆子打一个照面，想躲避也躲避不及，只好走上前去招呼她道：

　　"朱三太，出来买过年东西么？请到里面去坐坐。——阿秀，来扶朱三太。"

　　林小姐早已不在那对蝴蝶门边了，没有听到。那朱三太连连摇手，就在铺面里的一张椅子上坐了，郑重地打开她的蓝布手巾包，——包里仅有一扣折子，她抖抖簌簌地双手捧了，直送到林先生的鼻子前，她的瘪嘴唇扭了几扭，正想说话，林先生早已一手接过那折子，同时抢先说道：

"我晓得了。明天送到你府上罢。"

"哦，哦；十月，十一月，十二月，一总是三个月，三三得九，是九块罢？——明天你送来？哦，哦，不要送，让我带了去。嗯！"

朱三太扭着她的瘪嘴唇，很艰难似的说。她有三百元的"老本"存在林先生的铺里，按月来取三块钱的利息，可是最近林先生却拖欠了三个月，原说是到了年底总付，明天是送灶日[2]，老婆子要买送灶的东西，所以亲自上林先生的铺子来了。看她那股扭起了一对瘪嘴唇的劲儿，光景是钱不到手就一定不肯走。

林先生抓着头皮不作声。这九块钱的利息，他何尝存心白赖，只是三个月来生意清淡，每天卖得的钱仅够开伙食，付捐税[3]，不知不觉地拖欠下来了。然而今天要是不付，这老婆子也许会就在铺面上嚷闹，那就太丢脸，对于营业的前途很有影响。

"好，好，带了去罢，带了去罢！"

林先生终于斗气似的说，声音有点儿哽咽。他跑到账台里，把上下午卖得的现钱归并起来，又从腰包里掏出一个双毫，这才凑成了八块大洋，十角小洋，四十个铜子，交付了朱三太。当他看见那老婆子把这些银洋铜子郑重地数了又数，而且抖抖簌簌地放在那蓝布手巾上包了起来的时候，他忍不住叹一口气，异想天开地打算拉回几文来；他勉强笑着说：

"三阿太，你这蓝布手巾太旧了，买一块老牌麻纱白手帕去罢？我们有上好的洗脸手巾，肥皂，买一点儿去新年里用罢。价钱公道！"

"不要，不要；老太婆了，用不到。"

朱三太连连摆手说，把折子藏在衣袋里，捧着她的蓝布手巾包竟自去了。

林先生哭丧着脸，走回"内宅"去。因这朱三太的上门讨利息，他记起还有两注存款，桥头陈老七的二百元和张寡妇的一百五十元，总共十来块钱的利息，都是"不便"拖欠的，总得先期送去。他抢着指头算日子：二十四，二十五，二十六——到二十六，放在四乡的账头该可以收齐了，店里的寿生是前天出去收账的，极迟是二十六应该回来了；本镇的账头总得到二十八九方才有个数目。然而上海号家的收账客人说不定明后天就会到，只有再向恒源钱庄去借了。但是明天的门市怎样？……

他这么低着头一边走，一边想，猛听得女儿的声音在他耳边说：

"爸爸，你看这块大绸好么？七尺，四块二角，不贵罢？"

林先生心里蓦地一跳，站住了睁大着眼睛，说不出话。林小姐手里托着那块绸，却在那里憨笑。四块二角！数目可真不算大，然而今天店里总共只卖得十六块多，并且是老实照本贱卖的呀！林先生怔了一会儿，这才没精打采地问道：

"你哪来的钱呢？"

"挂在账上。"

林先生听得又是欠账，忍不住皱一下眉头。但女儿是自己宠惯了的，林大娘又抵死偏护着，林先生没奈何只有苦笑。过一会儿，他叹一口气，轻轻埋怨道：

"那么性急！过了年再买岂不是好！"

三

又过了两天，"大放盘"的林先生的铺子，生意果然很好，每天可以做三十多元的生意了。林大娘的打呃，大大减少，平均是五分钟来一次；林小姐在铺面和"内宅"之间跳进跳出，脸上红喷喷地时常在笑，有时竟在铺面帮忙招呼生意，直到林大娘再三唤她，方才跑进去，一边擦着额上的汗珠，一边兴冲冲地急口说：

"妈呀，又叫我进来干么！我不觉得辛苦呀！妈！爸爸累得满身是汗，嗓子也喊哑了！——刚才一个客人买了五块钱东西呢！妈！不要怕我辛苦，不要怕！爸爸叫我歇一会儿就出去呢！"

林大娘只是点头，打一个呃，就念一声"大慈大悲菩萨"。客厅里本就供奉着一尊瓷观音，点着一炷香，林大娘就摇摇摆摆走过去磕头，谢菩萨的保佑，还要祷告菩萨一发慈悲，保佑林先生的生意永远那么好，保佑林小姐易长易大，明年就得个好女婿。

但是在铺面张罗的林先生虽然打起精神做生意，脸上笑容不断，心里却像有几根线牵着。每逢卖得了一块钱，看见顾客欣然挟着纸包而去，林先生就忍不住心里一顿，在他心里的算盘上就加添了五分洋钱的血本的亏折。他几次想把这个"大放盘"时每块钱的实足亏折算成三分，可是无论如何，算来算去总得五分。生意虽然好，他却越卖越心疼了。在柜台上招呼主顾的时候，他这种矛盾的心理有时竟至几乎使他发晕。偶尔他偷眼望望斜对门的裕昌祥，就觉得那边闲立在柜台边的店员和掌柜，嘴角上都带着讥讽的讪笑，似乎都在说："看这姓林的傻子呀，当真亏本放盘哪！看着罢，他的生意越好，就越亏本，倒闭得越快！"那时候，林先生便咬一下嘴唇，决定明天无论如何要把货码提高，要把次等货标上头等货的价格。

给林先生斡旋[4]那"封存东洋货"问题的商会长当走过林家铺子的时候，也微微笑着，站住了对林先生贺喜，并且拍着林先生的肩膀，轻声说：

"如何？四百块钱是花得不冤枉罢！——可是，卜局长那边，你也得稍稍点缀，防他看得眼红，也要来敲诈。生意好，妒忌的人就多；就是卜局长不生心，他们也要去挑拨呀！"

林先生谢商会长的关切，心里老大吃惊，几乎连做生意都没有精神。

然而最使他心神不宁的，是店里的寿生出去收账到现在还没有回来，林先生是等着寿生收的钱来开销"客账"。上海东升字号的收账客人前天早已到镇，直催逼得林先生再没有话语支吾了。如果寿生再不来，林先生只有向恒源钱庄借款的一法，这一来，林先生又将多负担五六十元的利息，这在见天亏本的林先生委实比割肉还心疼。

到四点钟光景，林先生忽然听得街上走过的人们乱哄哄地在议论着什么，人们的脸色都很惶急，似乎发生了什么大事情了。一心惦念着出去收账的寿生是否平安的林先生就以为一定是快班船遭了强盗抢，他的心卜卜地乱跳。他唤住了一个路人焦急地问道：

"什么事？是不是栗市快班遭了强盗抢？"

"哦！又是强盗抢么？路上真不太平！抢，还是小事，还要绑人去哪！"

那人，有名的闲汉陆和尚，含糊地回答，同时睐着半只眼睛看林先生铺子里花花绿绿的货物。林先生不得要领，心里更急，丢开陆和尚，就去问第二个走近来的人，桥头的王三毛。

"听说栗市班遭抢，当真么？"

"那一定是太保阿书手下人干的，太保阿书是枪毙了，他的手下人多么厉害！"

王三毛一边回答，一边只顾走。可是林先生却急坏了，冷汗从额角上钻出来。他早就估量到寿生一定是今天回来，而且是从栗市——收账程序中预定的最后一处，坐快班船回来；此刻已是四点钟，不见他来，王三毛又是那样说，那还有什么疑义么？林先生竟忘记了这所谓"栗市班遭强盗抢"乃是自己的发明了！他满脸急汗，直往"内宅"跑；在那对蝴蝶门边忘记跨门槛，几乎绊了一跤。

"爸爸！上海打仗了！东洋兵放炸弹烧闸北——"

林小姐大叫着跑到林先生跟前。

林先生怔了一下。什么上海打仗，原就和他不相干，但中间既然牵连着"东洋兵"，又好像不能不追问一声了。他看着女儿的很兴奋的脸孔问道："东洋兵放炸弹么？你从哪里听来的？"

"街上走过的人全是那么说。东洋兵放大炮，掷炸弹。闸北烧光了！"

"哦，那么，有人说栗市快班强盗抢么？"

林小姐摇头，就像扑火的灯蛾似的扑向外面去了。林先生迟疑了一会儿，站在那蝴蝶门边抓头皮。林大娘在里面打呃，又是喃喃地祷告："菩萨保佑，炸弹不要落到我们头上来！"林先生转身再到铺子里，却见女儿和两个店员正在谈得很热闹。对门生泰杂货店里的老板金老虎也站在柜台外边指手划脚地讲谈。上海打仗，东洋飞机掷炸弹烧了闸北，上海已经罢市，全都证实了。强盗抢快班船么？没有听人说起过呀！栗市快班么？早已到了，一路平安。金老虎看见那快班船上的伙计刚刚背着两个蒲包走过的。林先生心里松一口气，知道寿生今天又没回来，但也知道好好儿的没有逢到强盗抢。

现在是满街都在议论上海的战事了。小伙计们夹在闹里骂"东洋乌龟！"竟也有人当街大呼："再买东洋货就是忘八！"林小姐听着，脸上就飞红了一大片。林先生却还不动神色。大家都卖东洋货，并且大家花了几百块钱以后，都已经奉着特许："只要把东洋商标撕去了就行。"他现在满店的货物都已经称为"国货"，买主们也都是"国货，国货"地说着，就拿走了。在此满街人人为了上海的战事而没有心思想到生意的时候，林先生始终在筹虑他的正事。他还是不肯花重利去借庄款，他去和上海号家的收账客人情商，请他再多等这么一天两天。他的寿生极迟明天傍晚总该会到。

"林老板，你也是明白人，怎么说出这种话来呀！现在上海开了火，说不定明后天火车就不通，我是巴不得今晚上就动身呢！怎么再等一两天？

请你今天把账款缴清，明天一早我好走。我也是吃人家的饭，请你照顾照顾罢！"

上海客人毫无通融地拒绝了林先生的情商。林先生看来是无可商量了，只好忍痛去到恒源钱庄去商借。他还恐怕那"钱猢狲"知道他是急用，要趁火打劫，高抬利息。谁知钱庄经理的口气却完全不对了。那痨病鬼经理听完了林先生的申请，并没作答，只管捧着他那老古董的水烟筒卜落落卜落落的呼，直到烧完一根纸吹，这才慢吞吞地说：

"不行了！东洋兵开仗，上海罢市，银行钱庄都封关，知道他们几时弄得好！上海这路一断，敝庄就成了没脚蟹，汇划不通，比尊处再好的户头也只好不做了。对不起，实在爱莫能助！"

林先生呆了一呆，还总以为这痨病鬼经理故意刁难，无非是为提高利息作地步，正想结结实实说几句恳求的话，却不料那经理又逼进一步道：

"刚才敝东吩咐过，他得的信，这次的乱子恐怕要闹大，叫我们收紧盘子！尊处原欠五百，二十二那天，又是一百，总共是六百，年关前总得扫数归清；我们也算是老主顾，今天先透一个信，免得临时多费口舌，大家面子上难为情。"

"哦——可是小店里也实在为难。要看账头收得怎样。"

林先生呆了半晌，这才呐出这两句话。

"嘿！何必客气！宝号里这几天来的生意与众不同，区区六百块钱，还为难么？今天是同老兄说明白了，总望扫数归清，我在敝东跟前好交代。"

痨病鬼经理冷冷地说，站起来了。林先生冷了半截身子，瞧情形是万难挽回，只好硬着头皮走出了那家钱庄。他此时这才明白原来远在上海的打仗也要影响到他的小铺子了。今年的年关当真是难过：上海的收账客人立逼着要钱，恒源里不许宕过年，寿生还没回来，知道他怎样了，镇上的账头，去年只收起八成，今年瞧来连八成都捏不稳——横在他前面的路，只是一条："暂停营业，清理账目"！而这条路也就等于破产，他这铺子里早已没有自己的资本，一旦清理，剩给他的，光景只有一家三口三个光身子！

林先生愈想愈仄[5]，走过那座望仙桥时，他看着桥下的浑水，几乎想纵身一跳完事。可是有一个人在背后唤他道：

"林先生，上海打仗了，是真的罢？听说东栅外刚刚调来了一支兵，到商会里要借饷，开口就是二万，商会里正在开会呢！"

林先生急回过脸去看，原来正是那位存有两百块钱在他铺子里的陈老七，也是林先生的一位债主。

"哦——"

林先生打一个冷噤，只回答了这一声，就赶快下桥，一口气跑回家去。

四

这晚上的夜饭，林大娘在家常的一荤二素以外，特又添了一个碟子，是到八仙楼买来的红焖肉，林先生心爱的东西。另外又有一斤黄酒。林小姐笑不离口，为的铺子里生意好，为的大绉新旗袍已经做成，也为的上海竟然开火，打东洋人。林大娘打呃的次数更加少了，差不多十分钟只来一回。

只有林先生心里发闷到要死。他喝着闷酒，看看女儿，又看看老婆，几次想把那炸弹似的恶消息宣布，然而终于没有那样的勇气。并且他还不曾绝望，还想挣扎，至少是还想掩饰他的两下里碰不到头。所以当商会里议决了答应借饷五千并且要林先生摊认二十元的时候，他毫不推托，就答应下来了。他决定非到最后五分钟不让老婆和女儿知道那家道困难的真实情形。他的划算是这样的：人家欠他的账收一个八成罢，他还人家的账也是个八成，——反正可以借口上海打仗，钱庄不通；为难的是人欠我欠之间尚差六百光景，那只有用剜肉补疮[6]的方法拚命放盘卖贱货，且捞几个钱来渡过了眼前再说。这年头，谁能够顾到将来呢？眼前得过且过。

是这么想定了方法，又加上那一斤黄酒的力量，林先生倒酣睡了一夜，恶梦也没有半个。

第二天早上，林先生醒来时已经是六点半钟，天色很阴沉。林先生觉得有点头晕。他匆匆忙忙吞进两碗稀饭，就到铺子里，一眼就看见那位上海客人板起了脸孔在那里坐守"回话"。而尤其叫林先生猛吃一惊的，是斜对门的裕昌祥也贴起红红绿绿的纸条，也在那里"大放盘照码九折"了！林先生昨夜想好的"如意算盘"立刻被斜对门那些红绿纸条冲一个摇摇不定。

"林老板，你真是开玩笑！昨晚上不给我回音。轮船是八点钟开，我还得转乘火车，八点钟这班船我是非走不行！请你快点——"

上海客人不耐烦地说，把一个拳头在桌子上一放。林先生只有陪不是，请他原谅，实在是因为上海打仗钱庄不通，彼此是多年的老主顾，务请格外看承。

"那么叫我空手回去么？"

"这，这，断乎不会。我们的寿生一回来，有多少付多少，我要是藏落半个钱，不是人！"

林先生颤着声音说，努力忍住了滚到眼眶边的眼泪。

话是说到尽头了，上海客人只好不再噜哧，可是他坐在那里不肯走。林先生急得什么似的，心是卜卜地乱跳。近年他虽然万分拮据，面子上可还遮得过；现在摆一个人在铺子里坐守，这件事要是传扬开去，他的信用可就完了，他的债户还多着呢，万一群起傚尤，他这铺子只好立刻关门。他在没有办法中想办法，几次请这位讨账客人到内宅去坐，然而讨账客人不肯。

天又索索地下起冻雨来了。一条街上冷清清地简直没有人行。自有这条街以来，从没见过这样萧索的腊尾岁尽。朔风吹着那些招牌，嚓嚓地响。渐渐地冻雨又有变成雪花的模样。沿街店铺里的伙计们靠在柜台上仰起了脸发怔。

林先生和那位收账客人有一句没一句的闲谈着。林小姐忽然走出蝴蝶门来站在街边看那索索的冻雨。从蝴蝶门后送来的林大娘的呃呃的声音又渐渐儿加勤。林先生嘴里应酬着，一边看看女儿，又听听老婆的打呃，心里一阵一阵酸上来，想起他的一生简直毫没幸福，然而又不知道坑害他到这地步的，究竟是谁。那位上海客人似乎气平了一些了，忽然很恳切地说：

"林老板，你是个好人。一点嗜好都没有，做生意很巴结认真。放在二十年前，你怕不发财么？可是现今时势不同，捐税重，开销大，生意又清，混得过也还是你的本事。"

林先生叹一口气苦笑着，算是谦逊。

上海客人顿了一顿，又接着说下去：

"贵镇上的市面今年又比上年差些，是不是？内地全靠乡庄生意，乡下人太穷，真是没有法子，——呀，九点钟了！怎么你们的收账伙计还没来呢？这个人靠得住么？"

林先生心里一跳，暂时回答不出来。虽然是七八年的老伙计，一向没有出过岔子，但谁能保到底呢！而况又是过期不见回来。上海客人看着林先生那迟疑的神气，就笑；那笑声有几分异样。忽然那边林小姐转脸对林先生急促地叫道：

"爸爸，寿生回来了！一身泥！"

显然林小姐的叫声也是异样的，林先生跳起来，又惊又喜，着急地想跑到柜台前去看，可是心慌了，两腿发软。这时寿生已经跑了进来，当真是一身泥，气喘喘地坐下了，说不出话来。林先生估量那情形不对，吓得没有主意，也不开口。上海客人在旁边皱眉头。过了一会儿，寿生方才喘着气说：

"好险呀！差一些儿被他们抓住了。"

"到底是强盗抢了快班船么？"

林先生惊极，心一横，倒逼出话来了。

"不是强盗。是兵队拉夫呀！昨天下午赶不上趁快班。今天一早趁航船，哪里知道航船听得这里要捉船，就停在东栅外了。我上岸走不到半里路，就碰到拉夫。西面宝祥衣庄的阿毛被他们拉去了。我跑得快，抄小路逃了回来。他妈的，性命交关！"

寿生一面说，一面撩起衣服，从肚兜里掏出一个手巾包来递给了林先生，又说道：

"都在这里了。栗市的那家黄茂记很可恶，这种户头，我们明年要留心！——我去洗一个脸，换件衣服再来。"

林先生接了那手巾包，捏一把，脸上有些笑容了。他到账台里打开那手巾包来。先看一看那张"清单"，打了一会儿算盘，然后点检银钱数目：是大洋十一元，小洋二百角，钞票四百二十元，外加即期庄票[7]两张，一张是规元五十两，又一张是规元六十五两。这全部付给上海客人，照账算也还差一百多元。林先生凝神想了半晌，斜眼偷看了坐在那里吸烟的上海客人几次，方才叹一口气，割肉似的拿起那两张庄票和四百元钞票捧到上海客人跟前，又说了许多话，方才得到上海客人点一下头，说一声"对啦"。

但是上海客人把庄票看了两遍，忽又笑着说道：

"对不起，林老板，这庄票，费神兑了钞票给我罢！"

"可以，可以。"

林先生连忙回答，慌慌在庄票后面盖了本店的书柬图章，派一个伙计到恒源庄去取现，并且叮嘱了要钞票。又过了半晌，伙计却是空手回来。恒源庄把票子收了，但不肯付钱；据说是扣抵了林先生的欠款。天是在当真下雪了，林先生也没张伞，冒雪到恒源庄去亲自交涉，结果是徒然。

"林老板，怎样了呢？"

看见林先生苦着脸跑回来，那上海客人不耐烦地问了。

林先生几乎想哭出来，没有话回答，只是叹气。除了央求那上海客人再通融，还有什么别的办法？寿生也来了，帮着林先生说。他们赌咒：下欠的二百多元，赶明年初十边一定汇到上海。是老主顾了，向来三节清账，从没半句话，今儿实在是意外之变，大局如此，没有办法，非是他们刁赖。

然而不添一些，到底是不行的。林先生忍能又把这几天内卖得的现款凑成了五十元，算是总共付了四百五十元，这才把那位叫人头痛的上海收账客人送走了。

此时已有十一点了，天还是飘飘扬扬落着雪。买客没有半个。林先生纳闷了一会儿，和寿生商量本街的账头怎样去收讨。两个人的眉头都皱紧了，都觉得本镇的六百多元账头收起来真没有把握。寿生挨着林先生的耳朵悄悄地说道：

"听说南栅的聚隆，西栅的和源，都不稳呢！这两处欠我们的，就有三百光景，这两笔倒账要预先防着，吃下了，可不是玩的！"

林先生脸色变了，嘴唇有点抖。不料寿生把声音再放低些，支支吾吾地说出了更骇人的消息来：

"还有，还有讨厌的谣言，是说我们这里了。恒源庄上一定听得了这些风声，这才对我们逼得那么急，说不定上海的收账客人也有点晓得——只是，谁和我们作对呢？难道就是斜对门么？"

寿生说着，就把嘴向裕昌祥那边呶了一呶。林先生的眼光跟着寿生的嘴也向那边瞥了一下，心里直是乱跳，哭丧着脸，好半天说不出话来。他的又麻又痛的心里感到这一次他准是毁了！——不毁才是作怪：党老爷敲诈他，钱庄压逼他，同业又中伤他，而又要吃倒账，凭谁也受不了这样重重的磨折罢？而究竟为了什么他应该活受罪呀！他，从父亲手里继承下这小小的铺子，从没敢浪费；他，做生意多么巴结；他，没有害过人，没有起过歹心；就是他的祖上，也没害过人，做过歹事呀！然而他直如此命苦！

"不过，师傅，随他们去造谣罢，你不要发急。荒年传乱话，听说是镇上的店铺十家有九家没法过年关。时势不好，市面清得不成话。素来硬朗的铺子今年都打饥荒，也不是我们一家困难！天塌压大家，商会里总得议个办法出来；总不能大家一齐拖倒，弄得市面更加不像市面。"

看见林先生急苦了，寿生姑且安慰着，忍不住也叹了一口气。

雪是愈下愈密了，街上已经见白。偶尔有一条狗垂着尾巴走过，抖一抖身体，摇落了厚积在毛上的那些雪，就又悄悄地夹着尾巴走了。自从有这条街以来，从没见过这样冷落凄凉的年关！而此时，远在上海，日本军的重炮正在发狂地轰毁那边繁盛的市廛。

五

凄凉的年关，终于也过去了。镇上的大小铺子倒闭了二十八家。内中有一家"信用素著"的绸庄。欠了林先生三百元货账的聚隆与和源也毕竟倒了。大年夜的白天，寿生到那两个铺子里磨了半天，也只拿了二十多块来；这以后，就听说没有一个收账员拿到半文钱，两家铺子的老板都躲得不见面了。林先生自己呢，多亏商会长一力斡旋，还无须往乡下躲，然而欠下恒源钱庄的四百多元非要正月十五以前还清不可；并且又订了苛刻的条件：从正月初五开市那天起，恒源就要派人到林先生铺子里"守提"，卖得的钱，八成归恒源扣账。

新年那四天，林先生家里就像一个冰窖。林先生常常叹气，林大娘的打呃像连珠炮。林小姐虽然不打呃，也不叹气，但是呆呆地好像害了多年的黄病[8]。她那件大绸新旗袍，为的要付吴妈的工钱，已经上了当铺；小学徒从清早七点钟就去那家唯一的当铺门前守候，直到九点钟方才从人堆里拿了两块钱挤出来。以后，当铺就止当了。两块钱！这已是最高价。随你值多少钱的贵重衣饰，也只能当得两块呢！叫做"两块钱封门"。乡下人忍着冷剥下身上的棉袄递上柜台去，那当铺里的伙计拿起来抖了一抖，就直丢出去，怒声喊道："不当！"

元旦起，是大好的晴天。关帝庙前那空场上，照例来了跑江湖赶新年生意的摊贩和变把戏的杂耍。人们在那些摊子面前懒懒地拖着腿走，两手扪着空的腰包，就又懒懒地走开了。孩子们拉住了娘的衣角，赖在花炮摊前不肯走，娘就给他一个老大的耳光。那些特来赶新年的摊贩们连伙食都开销不了，白赖在"安商客寓"里，天天和客寓主人吵闹。

只有那班变把戏的出了八块钱的大生意，党老爷们唤他们去点缀了一番"升平气象"。

初四那天晚上，林先生勉强筹措了三块钱，办一席酒请铺子里的"相好"吃照例的"五路酒"，商量明天开市的办法。林先生早就筹思过熟透：这铺子开下去呢，眼见得是亏本的生意，不开呢，他一家三口儿简直没有生计，而且到底人家欠他的货账还有四五百，他一关门更难讨取；惟一的办法是减省开支，但捐税派饷是逃不了的，"敲诈"尤其无法躲避，裁去一两个店员罢，本来他只有三个伙计，寿生是左右手，其余的两位也是怪可怜见的，况且辞歇了到底也不够招呼生意；家里呢，也无可再省，吴妈早已辞歇。他觉得只有硬着头皮做下去，或者靠菩萨的保佑，乡下人春蚕熟，他的亏空还可以补救。

但要开市，最大的困难是缺乏货品。没有现钱寄到上海去，就拿不到货。上海打得更厉害了，赊账是休转这念头。卖底货罢，他店里早已淘空，架子上那些装卫生衣的纸盒就是空的，不过摆在那里装幌子。他铺子里就剩了些日用杂货，脸盆毛巾之类，存底还厚。

大家喝了一会闷酒，抓腮挖耳地想不出好主意。后来谈起闲天来，一个伙计忽然说：

"乱世年头，人比不上狗！听说上海闸北烧得精光，几十万人都只逃得一个光身子。虹口一带呢，烧是还没烧，人都逃光了，东洋人凶得很，不许搬东西。上海房钱涨起几倍。逃出来的人都到乡下来了，昨天镇上就到了一批，看样子都是好好的人家，现在却弄得无家可归！"

林先生摇头叹气。寿生听了这话，猛的想起了一个好办法；他放下了筷子，拿起酒杯来一口喝干了，笑嘻嘻对林先生说道：

"师傅，听得阿四的话么？我们那些脸盆，毛巾，肥皂，袜子，牙粉，牙刷，就可以如数销清了。"

林先生瞪出了眼睛，不懂得寿生的意思。

"师傅，这是天大的机会。上海逃来的人，总还有几个钱，他们总要买些日用的东西，是不是？这笔生意，我们赶快张罗。"

寿生接着又说。再筛出一杯酒来喝了，满脸是喜气。两个伙计也省悟过来了，哈哈大笑。只有林先生还不很了然。近来的逆境已经把他变成糊涂。

他惘然问道：

"你拿得稳么？脸盆，毛巾，别家也有，——"

"师傅，你忘记了！脸盆毛巾一类的东西只有我们存底独多！裕昌祥里拿不出十只脸盆，而且都是拣剩货。这笔生意，逃不出我们的手掌心的了！我们赶快多写几张广告到四栅去分贴，逃难人住的地方——嗳，阿四，他们住在什么地方？我们也要去贴广告。"

"他们有亲戚的住到亲戚家里去了，没有的，还借住在西栅外茧厂的空房子。"

叫做阿四的伙计回答，脸上发亮，很得意自己的无意中立了大功。林先生这时也完全明白了。心里一快乐，就又灵活起来，他马上拟好了广告的底稿，专拣店里有的日用品开列上去，约莫也有十几种。他又摹仿上海大商店卖"一元货"的方法，把脸盆，毛巾，牙刷，牙粉配成一套卖一块钱，广告上就大书"大廉价一元货"。店里本来还有余剩下的红绿纸，寿生大张的裁好了，拿笔就写。两个伙计和学徒就乱哄哄地拿过脸盆，毛巾，牙刷，牙粉来装配成一组。人手不够，林先生叫女儿出来帮着写，帮着扎配，另外又配出几种"一元货"，全是零星的日用必需品。

这一晚上，林家铺子里直忙到五更左右，方才大致就绪。第二天清早，开门鞭炮响过，排门开了，林家铺子布置得又是一新。漏夜赶起来的广告早已漏夜分头贴出去。西栅外茧厂一带是寿生亲自去布置，哄动那些借住在茧厂里的逃难人，都起来看，当做一件新闻。

"内宅"里，林大娘也起了个五更，瓷观音面前点了香，林大娘爬着磕了半天响头。她什么都祷告全了，就只差没有祷告菩萨要上海的战事再扩大再延长，好多来些逃难人。

一切都很顺利，一切都不出寿生的预料。新正开市第一天就只林家铺子生意很好，到下午四点多钟，居然卖了一百多元，是这镇上近十年来未有的新纪录。销售的大宗，果然是"一元货"，然而洋伞橡皮雨鞋之类却也带起了销路，并且那生意也做的干脆有味。虽然是"逃难人"，却毕竟住在上海，见过大场面，他们不像乡下人或本镇人那么小格式，他们买东西很爽利，拿起货来看了一眼，现钱交易，从不拣来拣去，也不硬要除零头。

林大娘看见女儿兴冲冲地跑进来夸说一回，就爬到瓷观音面前磕了一回头。她心里还转了这样的念头：要不是岁数相差得多，把寿生招做女婿倒也是好的！说不定在寿生那边也时常用半只眼睛看望着这位厮熟的十七岁的"师妹"。

只有一点，使林先生扫兴；恒源庄毫不顾面子地派人来提取了当天营业总数的八成。并且存户朱三阿太，桥头陈老七，还有张寡妇，不知听了谁的怂恿，都借了"要量米吃"的借口，都来预支息金；不但支息金，还想拔提一点存款呢！但也有一个喜讯，听说又到了一批逃难人。

晚餐时，林先生添了两碟荤菜，酬劳他的店员。大家称赞寿生能干。林先生虽然高兴，却不能不惦念着朱三阿太等三位存户是要提存款的事情。大新年碰到这种事，总是不吉利。寿生愤然说：

"那三个懂得什么呢！还不是有人从中挑拨！"

说着，寿生的嘴又向斜对门呶了一呶。林先生点头。可是这三位不懂什么的，倒也难以对付；一个是老头子，两个是孤苦的女人，软说不肯，硬来又不成。林先生想了半天觉得只有去找商会长，请他去和那三位宝贝讲开。他和寿生说了，寿生也竭力赞成。

于是晚饭后算过了当天的"流水账"，林先生就去拜访商会长。

林先生说明了来意后，那商会长一口就应承了，还夸奖林先生做生意的手段高明，他那铺子一定能够站住，而且上进。摸着自己的下巴，商会长又笑了一笑，伛过身体来说道：

"有一件事，早就想对你说，只是没有机会。镇上的卜局长不知在哪里见过令爱来，极为中意；卜局长年将四十，还没有儿子，屋子里虽则放着两个人，都没生育过；要是令爱过去，生下一男半女，就是现成的局长太太。呵，那时，就连我也沾点儿光呢！"

林先生做梦也想不到会有这样的难题，当下怔住了做不得声。商会长却又郑重地接着说：

"我们是老朋友，什么话都可以讲个明白。论到这种事呢，照老派说，好像面子上不好听；然而也不尽然。现在通行这一套，令爱过去也算是正的。——况且，卜局长既然有了这个心，不答应他有许多不便之处；答应了，将来倒有巴望。我是替你打算，才说这个话。"

"咳，你怕不是好意劝我仔细！可是，我是小户人家，小女又不懂规矩，高攀卜局长，实在不敢！"

林先生硬着头皮说，心里卜卜乱跳。

"哈，哈，不是你高攀，是他中意。——就这么罢，你回去和尊夫人商量商量，我这里且搁着，看见卜局长时，就说还没机会提过，行不行呢？可是你得早点给我回音！"

"嗯——"

筹思了半晌，林先生勉强应着，脸色像是死人。

回到家里，林先生支开了女儿，就一五一十对林大娘说了。他还没说完，林大娘的呃就大发作，光景邻居都听得清。她勉强抑住了那些涌上来的呃，喘着气说道：

"怎么能够答应，呃，就不是小老婆，呃，呃——我也舍不得阿秀到人家去做媳妇。"

"我也是这个意思，不过——"

"呃，我们规规矩矩做生意，呃，难道我们不肯，他好抢了去不成？呃——"

"不过他一定要来找讹头生事！这种人比强盗还狠心！"

林先生低声说，几乎落下眼泪来。

"我拼了这条老命。呃！救苦救难观世音呀！"

林大娘颤着声音站了起来，摇摇摆摆想走。林先生赶快拦住，没口地叫道：

"往哪里去？往哪里去？"

同时林小姐也从房外来了，显然已经听见了一些，脸色灰白，眼睛死瞪瞪地。林大娘看见女儿，就一把抱住了，一边哭，一边打呃，一边喃喃地挣扎着喘着气说：

"呃，阿囡，呃，谁来抢你去，呃，我同他拼老命！呃，生你那年我得了这个——病，呃，好容易养到十七岁，呃，呃，死也死在一块儿！呃，早给了寿生多么好呢！呃！强盗！不怕天打的！"

林小姐也哭了，叫着"妈！"林先生搓着手叹气。看看哭得不像样，窄房浅屋的要惊动邻舍，大新年也不吉利，他只好忍着一肚子气来劝母女两个。

这一夜，林家三口儿都没有好生睡觉。明天一早林先生还得起来做生意，在一夜的转侧愁思中，他偶尔听得屋面上一声响，心就卜卜地跳，以为是卜局长来寻他生事来了；然而定了神仔细想起来，自家是规规矩矩的生意人，又没犯法，只要生意好，不欠人家的钱，难道好无端生事，白诈他不成？而他的生意呢，眼前分明有一线生机。生了个女儿长的还端正，却又要招祸！早些定了亲，也许不会出这岔子？——商会长是不是肯真心帮忙呢，只有恳求他设法——可是林大娘又在打呃了，咳，她这病！

天刚发白，林先生就起身，眼圈儿有点红肿，头里发昏。可是他不能不打起精神招呼生意。铺面上靠寿生一个到底不行，这小伙子近几天来也就累得够了。

林先生坐在账台里，心总不定。生意虽然好，他却时时浑身的肉发抖。看见面生的大汉子上来买东西，他就疑惑是卜局长派来的人，来侦察他，来寻事；他的心直跳得发痛。

却也作怪，这天生意之好，出人意料。到正午，已经卖了五六十元，买客们中间也有本镇人。那简直不像买东西，简直像是抢东西，只有倒闭了铺子拍卖底货的时候才有这种光景。林先生一边有点高兴，一边却也看着心惊，他估量"这样的好生意气色不正"。果然在午饭的时候，寿生就悄悄告诉道：

"外边又有谣言，说是你拆烂污卖一批贱货，捞到几个钱，就打算逃走！"

林先生又气又怕，开不得口。突然来了两个穿制服的人，直闯进来问道：

"谁是林老板？"

林先生慌忙站了起来，还没回答，两个穿制服的拉住他就走。寿生追上去，想要拦阻，又想要探询，那两个人厉声吆喝道：

"你是谁？滚开！党部里要他问话！"

六

那天下午，林先生就没有回来。店里生意忙，寿生又不能抽空身子尽自去探听。里边林大娘本来还被瞒着，不防小学徒漏了嘴，林大娘那一急几乎一口气死去。她又死不放林小姐出那对蝴蝶门儿，说是：

"你的爸爸已经被他们捉去了，回头就要来抢你！呃——"

她只叫寿生进来问底细，寿生瞧着情形不便直说，只含糊安慰了几句道：

"师母，不要着急，没有事的！师傅到党部里去理直那些存款呢。我们的生意好，怕什么的！"

背转了林大娘的面，寿生悄悄告诉林小姐，"到底为什么，还没得个准信儿，"他叮嘱林小姐且安心伴着"师母"，外边事有他呢。林小姐一点主意也没有，寿生说一句，她就点一下头。

这样又要招顾外面的生意，又要挖空心思找出话来对付林大娘不时的追询，寿生更没有工夫去探听林先生的下落。直到上灯时分，这才由商会长给他一个信：林先生是被党部扣住了，为的外边谣言林先生打算卷款逃走，然而林先生除有庄款和客账未清外，还有朱三阿太，桥头陈老七，张寡妇三位孤苦人儿的存款共计六百五十元没有保障，党部里是专替这些孤苦人儿谋利益的，所以把林先生扣起来，要他理直这些存款。

寿生吓得脸都黄了，呆了半晌，方才问道：

"先把人保出来，行么？人不出来，哪里去弄钱来呢？"

"嘿！保出人来！你空手去，让你保么？"

"会长先生，总求你想想法子，做好事。师傅和你老人家向来交情也不差，总求你做做好事！"

商会长皱着眉头沉吟了一会儿，又端相着寿生半晌，然后一把拉寿生到屋角里悄悄说道：

"你师傅的事，我岂有袖手旁观之理。只是这件事现在弄僵了！老实对你说，我求过卜局长出面讲情，卜局长只要你师傅答应一件事，他是肯帮忙的；我刚才到党部里会见你的师傅，劝他答应，他也答应了，那不是事情完了么？不料党部里那个黑麻子真可恶，他硬不肯——"

"难道他不给卜局长面子？"

"就是呀！黑麻子反而噜哩噜哔说了许多，卜局长几乎下不得台。两个人闹翻了！这不是这件事弄得僵透？"

寿生叹了口气，没有主意；停一会儿，他又叹一口气说：

"可是师傅并没犯什么罪。"

"他们不同你讲理！谁有势，谁就有理！你去对林大娘说，放心，还没吃苦，不过要想出来，总得花点儿钱！"

商会长说着，伸两个指头一扬，就匆匆地走了。

寿生沉吟着，没有主意；两个伙计攒住他探问，他也不回答。商会长这番话，可以告诉"师母"么？又得花钱！"师母"有没有私蓄，他不知道；

至于店里，他很明白，两天来卖得的现钱，被恒源提了八成去，剩下只有五十多块，济得什么事！商会长示意总得两百。知道还够不够呀！照这样下去，生意再好些也不中用。他觉得有点灰心了。

里边又在叫他了！他只好进去瞧光景再定主意。

林大娘扶住了女儿的肩头，气喘喘地问道：

"呃，刚才，呃——商会长来了，呃，说什么？"

"没有来呀！"

寿生撒一个谎。

"你不用瞒我，呃——我，呃，全知道了；呃，你的脸色吓得焦黄！阿秀看见的，呃！"

"师母放心，商会长说过不要紧。——卜局长肯帮忙——"

"什么？呃，呃——什么？卜局长肯帮忙！——呃，呃，大慈大悲的菩萨，呃，不要他帮忙！呃，呃，我知道，你的师傅，呃呃，没有命了！呃，我也不要活了！呃，只是这阿秀，呃，我放心不下！呃，呃，你同了她去！呃，你们好好地做人家！呃，呃，寿生，呃，你待阿秀好，我就放心了！呃，去呀！他们要来抢！呃——狠心的强盗！观世音菩萨怎么不显灵呀！"

寿生睁大了眼睛，不知道怎样回话。他以为"师母"疯了，但可又一点不像疯。他偷眼看他的"师妹"，心里有点跳；林小姐满脸通红，低了头不作声。

"寿生哥，寿生哥，有人找你说话！"

小学徒一路跳着喊进来。寿生慌忙跑出去，总以为又是商会长什么的来了，哪里知道竟是斜对门裕昌祥的掌柜吴先生。"他来干什么？"寿生肚子里想，眼光盯住在吴先生的脸上。

吴先生问过了林先生的消息，就满脸笑容，连说"不要紧"。寿生觉得那笑脸有点异样。

"我是来找你划一点货——"

吴先生收了笑容，忽然转了口气，从袖子里摸出一张纸来。是一张横单，写着十几行，正是林先生所卖"一元货"的全部。寿生一眼瞧见就明白了，原来是这个把戏呀！他立刻说：

"师傅不在，我不能作主。"

"你和你师母说，还不是一样！"

寿生踌躇着不能回答。他现在有点懂得林先生之所以被捕了。先是谣言林先生要想逃，其次是林先生被扣住了，而现在却是裕昌祥来挖货，这一连串的线索都明白了。寿生想来有点气，又有点怕，他很知道，要是答应了吴先生的要求，那么，林先生的生意，自己的一番心血，都完了。可是不答应呢，还有什么把戏来，他简直不敢想下去了。最后他姑且试一试说：

"那么，我去和师母说，可是，师母女人家专要做现钱交易。"

"现钱么？哈，寿生，你是说笑话罢？"

"师母是这种脾气，我也是没法。最好等明天再谈罢。刚才商会长说，卜局长肯帮忙讲情，光景师傅今晚上就可以回来了。"

寿生故意冷冷地说，就把那张横单塞还吴先生的手里。吴先生脸上的肉一跳，慌忙把横单又推回到寿生手里，一面没口应承道：

"好，好，现账就是现账。今晚上交货，就是现账。"

寿生皱着眉头再到里边，把裕昌祥来挖货的事情对林大娘说了，并且劝她：

"师母，刚才商会长来，确实说师傅好好的在那里，并没吃苦；不过总得花几个钱，才能出来。店里只有五十块。现在裕昌祥来挖货，照这单子上看，总也有一百五十块光景，还是挖给他们罢，早点救师傅出来要紧！"

林大娘听说又要花钱，眼泪直淌，那一阵呃，当真打得震天响，她只是摇手，说不出话，头靠在桌子上，把桌子捶得怪响。寿生瞧来不是路，悄悄地退出去，但在蝴蝶门边，林小姐追上来了。她的脸色像死人一样白，她的声音抖而且哑，她急口地说：

"妈是气糊涂了！总说爸爸已经被他们弄死了！你，你赶快答应裕昌祥，赶快救爸爸，寿生哥，你——"

林小姐说到这里，忽然脸一红，就飞快地跑进去了。寿生望着她的后影，呆立了半分钟光景，然后转身，下决心担负这挖货给裕昌祥的责任，至少"师妹"是和他一条心要这么办了。

夜饭已经摆在店铺里了，寿生也没有心思吃，立等着裕昌祥交过钱来，他拿一百在手里，另外身边藏了八十，就飞跑去找商会长。

半点钟后，寿生和林先生一同回来了。跑进"内宅"的时候，林大娘看见了倒吓一跳。认明是当真活的林先生时，林大娘急急爬在瓷观音前磕响头，比她打呃的声音还要响。林小姐光着眼睛站在旁边，像是要哭，又像是要笑。寿生从身旁掏出一个纸包来，放在桌子上说：

"这是多下来的八十块钱。"

林先生叹了一口气，过一会儿，方才有声没气地说道：

"让我死在那边就是了，又花钱弄出来！没有钱，大家还是死路一条！"

林大娘突然从地下跳起来，着急地想说话，可是一连串的呃把她的话塞住了。林小姐忍住了声音，抽抽咽咽地哭。林先生却还不哭，又叹一口气，梗咽着说：

"货是挖空了！店开不成，债又逼的紧——"

"师傅！"

寿生叫了一声，用手指蘸着茶，在桌子上写了一个"走"字给林先生看。

林先生摇头，眼泪扑簌簌地直淌；他看看林大娘，又看看林小姐，又叹一口气。

"师傅！只有这一条路了。店里拼凑起来，还有一百块，你带了去，过一两个月也就够了；这里的事，我和他们理直。"

寿生低声说。可是林大娘却偏偏听得了，她忽然抑住了呃，抢着叫道：

"你们也去！你，阿秀。放我一个人在这里好了，我拼老命！呃！"

忽然异常少话起来，林大娘转身跑到楼上去了。林小姐叫着"妈"随后也追了上去。林先生望着楼梯发怔，心里感到有什么要紧的事，却又乱麻麻地总是想不起。寿生又低声说：

"师傅，你和师妹一同走罢！师妹在这里，师母是不放心的！她总说他们要来抢——"

林先生淌着眼泪点头，可是打不起主意。

寿生忍不住眼圈儿也红了，叹一口气，绕着桌子走。

忽然听得林小姐的哭声。林先生和寿生都一跳。他们赶到楼梯头时，林大娘却正从房里出来，手里捧一个皮纸包儿。看见林先生和寿生都已在楼梯头了，她就缩回房去，嘴里说"你们也来，听我的主意"。她当着林先生和寿生的跟前，指着那纸包说道：

"这是我的私房，呃，光景有两百多块。分一半你们拿去。呃！阿秀，我做主配给寿生！呃，明天阿秀和她爸爸同走。呃，我不走！寿生陪我几天再说。呃，知道我还有几天活，呃，你们就在我面前拜一拜，我也放心！呃——"

林大娘一手拉着林小姐，一手拉着寿生，就要他们"拜一拜"。

都拜了，两个人脸上飞红，都低着头。寿生偷眼看林小姐，看见她的泪痕中含着一些笑意，寿生心头卜卜地跳了，反倒落下两滴眼泪。

林先生松一口气，说道：

"好罢，就是这样。可是寿生，你留在这里对付他们，万事要细心！"

七

林家铺子终于倒闭了。林老板逃走的新闻传遍了全镇。债权人中间的恒源庄首先派人到林家铺子里封存底货。他们又搜寻账簿。一本也没有了。问寿生。寿生躺在床上害病。又去逼问林大娘。林大娘的回答是连珠炮似的打呃和眼泪鼻涕。

为的她到底是"林大娘"，人们也没有办法。

十一点钟光景，大群的债权人在林家铺子里吵闹得异常厉害。恒源庄和其他的债权人争执怎样分配底货。铺子里虽然淘空，但连"生财"合计，也足够偿还债权者七成，然而谁都只想给自己争得九成或竟至十成。商会长说得舌头都有点僵硬了，却没有结果。

来了两个警察，拿着木棍站在门口吆喝那些看热闹的闲人。

"怎么不让我进去？我有三百块钱的存款呀！我的老本！"

朱三阿太扭着瘪嘴唇和警察争论，巍颤颤地在人堆里挤。她额上的青筋就有小指头儿那么粗。她挤了一会儿，忽然看见张寡妇抱着五岁的孩子在那里哀求另一个警察放她进去。那警察斜着眼睛，假装是调弄那孩子，却偷偷地用手背在张寡妇的乳部揉摸。

"张家嫂呀——"

朱三阿太气喘喘地叫了一声，就坐在石阶沿上，用力地扭着她的瘪嘴唇。

张寡妇转过身来，找寻是谁唤她；那警察却用了亵昵的口吻叫道：

"不要性急！再过一会儿就进去！"

听得这句话的闲人都笑起来了。张寡妇装作不懂，含着一泡眼泪，无目的地又走了一步。恰好看见朱三阿太坐在石阶沿上喘气。张寡妇跌撞似的也到了朱三阿太的旁边，也坐在那石阶沿上，忽然就放声大哭。她一边哭，一边喃喃地诉说着：

"阿大的爷呀，你丢下我去了，你知道我是多么苦啊！强盗兵打杀了你，前天是三周年……绝子绝孙的林老板又倒了铺子，——我十个指头做出来的百几十块钱，丢在水里了，也没响一声！啊哟！穷人命苦，有钱人心狠——"

看见妈哭，孩子也哭了；张寡妇搂住了孩子，哭的更伤心。

朱三阿太却不哭，弩起了一对发红的已经凹陷的眼睛，发疯似的反复说着一句话：

"穷人是一条命，有钱人也是一条命；少了我的钱，我拼老命！"

此时有一个人从铺子里挤出来，正是桥头陈老七。他满脸紫青，一边挤，一边回过头去嚷骂道：

"你们这伙强盗！看你们有好报！天火烧，地火爆，总有一天现在我陈老七眼睛里呀！要吃倒账，就大家吃，分摊到一个边皮儿，也是公平，——"

陈老七正骂得起劲，一眼看见了朱三阿太和张寡妇，就叫着她们的名字说：

"三阿太，张家嫂，你们怎么坐在这里哭！货色，他们分完了！我一张嘴吵不过他们十几张嘴，这班狗强盗不讲理，硬说我们的钱不算账，——"

张寡妇听说，哭得更加苦了。先前那个警察忽然又踅过来，用木棍子拨着张寡妇的肩膀说：

"喂，哭什么？你的养家人早就死了。现在还哭哪一个！"

"狗屁！人家抢了我们的，你这东西也要来调戏女人么？"

陈老七怒冲冲地叫起来，用力将那警察推了一把。那警察睁圆了怪眼睛，扬起棍子就想要打。闲人们都大喊，骂那警察。另一个警察赶快跑来，拉开陈老七说：

"你在这里吵，也是白吵。我们和你无怨无仇，商会里叫来守门，吃这碗饭，没办法。"

"陈老七，你到党部里去告状罢！"

人堆里有一个声音这么喊。听声音就知道是本街有名的闲汉陆和尚。

"去，去！看他们怎样说。"

许多声音乱叫了。但是那位作调人的警察却冷笑，扳着陈老七的肩膀道：

"我劝你少找点麻烦罢。到那边，中什么用！你还是等候林老板回来和他算账，他倒不好白赖。"

陈老七虎起了脸孔，弄得没有主意了。经不住那些闲人们都撺怂着"去"，他就看着朱三阿太和张寡妇说道：

"去去怎样？那边是天天大叫保护穷人的呀！"

"不错。昨天他们扣住了林老板，也是说防他逃走，穷人的钱没有着落！"

又一个主张去的拉长了声音叫。于是不由自主似的，陈老七他们三个和一群闲人都向党部所在那条路去了。张寡妇一路上还是啼哭，咒骂打杀了她丈夫的强盗兵，咒骂绝子绝孙的林老板，又咒骂那个恶狗似的警察。

快到了目的地时，望见那门前排立着四个警察，都拿着棍子，远远地就吆喝道：

"滚开！不准过来！"

"我们是来告状的，林家铺子倒了，我们存在那里的钱都拿不到——"

陈老七走在最前排，也高声的说。可是从警察背后突然跳出一个黑麻子来，怒声喝打。警察们却还站着，只用嘴威吓。陈老七背后的闲人们大噪起来。黑麻子怒叫道：

"不识好歹的贱狗！我们这里管你们那些事么？再不走，就开枪了！"

他跺着脚喝那四个警察动手打。陈老七是站在最前，已经挨了几棍子。闲人们大乱。朱三阿太老迈，跌倒了。张寡妇慌忙中落掉了鞋子，给人们一冲，也跌在地下，她连滚带爬躲过了许多跳过的和踏上来的脚，站起来跑了一段路，方才觉到她的孩子没有了。看衣襟上时，有几滴血。

"啊哟！我的宝贝！我的心肝！强盗杀人了，玉皇大帝救命呀！"

她带哭带嚷的快跑，头发纷散；待到她跑过那倒闭了的林家铺面时，她已经完全疯了！

1932年6月18日作完。

［原载1932年7月15日《申报月刊》第1卷第2号。］

注释

1. 官利：此处指利润盈余，用的是此词的泛指义。

2. 送灶日：即中国传统的"小年"，由于各地风俗，被称为小年的节日也不尽相同。一般指腊月二十三或二十四日，旧俗在这天祭灶。

3. 捐税：各种捐和税的总称。

4. 斡旋（wò xuán）：调解周旋。

5. 仄（zè）：此处指心里不安。

6. 剜肉补疮（wān ròu bǔ chuāng）：比喻只顾眼前，用有害的方法来救急。

7. 庄票：旧时钱庄发行的本票。因采用不记名式，故可在市面流通，视同现金。

8. 黄病：病名。由瘀热宿食相搏所致身体面目皆变黄色的病症。

导读

　　《林家铺子》是茅盾短篇小说代表作之一。原题为《倒闭》，于1932年6月18日写完，送交《申报月刊》。当时，《申报月刊》刚创办，编辑认为创刊号上就刊登《倒闭》，未免有点不吉利，因而商定改为《林家铺子》。

　　《林家铺子》曾被茅盾自己看做是"短短的五年的文学生涯的'里程碑'之一"。作品叙述"一·二八"事变前后江南水乡小镇上林家杂货小店在军阀混战、民生凋敝、洋货倾销、社会黑暗的环境中苦苦挣扎而最终破产的故事。作品虽然描写的是一个江南小镇，实际上却是当时中国社会的一个缩影，以清秀静谧的江南水乡反衬复杂动荡的时代乱象，以林家铺子生意的一衰再衰，再现了当时在帝国主义的侵略、封建主义的剥削和国民党反动派的压榨下，中国民族工商业命悬一线的情景，从而挖掘了生活在水深火热之中的中下层百姓的悲惨命运的根源。

　　小说刻画了众多鲜明人物形象，特别生动地刻画出了林老板这个小商人的形象：精明而不强悍，能干而又懦弱。由于身处在乱世之中，他虽然精明能干，善于做生意，但是仍然难以继续支撑，不仅要拿银子四处打点，连自己的女儿都差点被局长抢去，无奈之下只得逃走，小店被迫倒闭。作品对林老板这个小人物形象的刻画，目的并非在于披露商人性格中的双重性，而是要写出一个特定环境中的小商人在逆境中被敲诈勒索，最终被逼得倾家荡产的悲惨结局，其批判锋芒直指令人无法生存的黑暗社会。林老板这一人物形象血肉丰满，真实生动，充分显示出作者在刻画、塑造人物形象上的深刻功力。

　　从表现手法上来看，作品采用了传统的"家国"的叙述结构，即通过"小家"的兴衰来反映"大家"这个社会现实，这是一些具有史诗性、传奇性的长篇小说惯用的手法。这种叙述手法用在短篇小说中，更突出了其立意上的重要性，也使作品更为饱满，内容更为充实。

从结构上来看，作品以林老板的挣扎和破产为情节主线，以林老板的女儿林小姐的婚姻作为副线，两相交织，从而共同组成一个有机的整体。整个作品的情节发展可谓有起有伏，有主有次，通过大量细节描写的穿插，将故事逐步推向高潮，最后以林老板的"出逃"以及因为"出逃"而给朱三太、张寡妇等穷苦人带来的打击作结。

茅盾自己曾点明过小说的主题：国民党对于民众的抗日救亡运动从来是限制和镇压的。他们自己大卖日货，当民众自发起来抵制日货时，他们却又借抵制日货之名来敲诈勒索小商人，没收他们的日货，转手之间，沟通了大商户，又把日货充作国货大卖而特卖。国民党的腐败已到了无法容忍的地步！作品针砭时弊的主题是明显的，也是强有力的。正因为作品所具有的这种现实主义的艺术魅力而被改编为电影，并引起了更为广泛的关注。

春　蚕

一

　　老通宝坐在"塘路"边的一块石头上，长旱烟管斜摆在他身边。"清明"节后的太阳已经很有力量，老通宝背脊上热烘烘地，像背着一盆火。"塘路"上拉纤的快班船上的绍兴人只穿了一件蓝布单衫，敞开了大襟，弯着身子拉，额角上黄豆大的汗粒落到地下。

　　看着人家那样辛苦的劳动，老通宝觉得身上更加热了；热的有点儿发痒。他还穿着那件过冬的破棉袄，他的夹袄还在当铺里，却不防才得"清明"边，天就那么热。

　　"真是天也变了！"

　　老通宝心里说，就吐一口浓厚的唾沫。在他面前那条"官河"内，水是绿油油的，来往的船也不多，镜子一样的水面这里那里起了几道皱纹或是小小的涡旋，那时候，倒影在水里的泥岸和岸边成排的桑树，都晃乱成灰暗的一片。可是不会很长久的。渐渐儿那些树影又在水面上显现，一弯一曲地蠕动，像是醉汉，再过一会儿，终于站定了，依然是很清晰的倒影。那拳头模样的桠枝顶都已经簇生着小手指儿那么大的嫩绿叶。这密密层层的桑树，沿着那"官河"一直望去，好像没有尽头。田里现在还只有干裂的泥块，这一带，现在是桑树的势力！在老通宝背后，也是大片的桑林，矮矮的，静穆的，在热烘烘的太阳光下，似乎那"桑拳"上的嫩绿叶过一秒钟就会大一些。

　　离老通宝坐处不远，一所灰白色的楼房蹲在"塘路"边，那是茧厂。十多天前驻扎过军队，现在那边田里留着几条短短的战壕。那时都说东洋兵要打进来，镇上有钱人都逃光了；现在兵队又开走了，那座茧厂依旧空关在那里，等候春茧上市的时候再热闹一番。老通宝也听得镇上小陈老爷的儿子——陈大少爷说过，今年上海不太平，丝厂都关门，恐怕这里的茧厂也不能开；但老通宝是不肯相信的。他活了六十岁，反乱年头也经过好几个，从没见过绿油油的桑叶白养在树上等到成了"枯叶"去喂羊吃；除非是"蚕花"不熟，但那是老天爷的"权柄"，谁又能够未卜先知？

"才得清明边，天就那么热！"

老通宝看着那些桑拳上怒茁的小绿叶儿，心里又这么想，同时有几分惊异，有几分快活。他记得自己还是二十多岁少壮的时候，有一年也是"清明"边就得穿夹，后来就是"蚕花二十四分[1]"，自己也就在这一年成了家。那时，他家正在"发"；他的父亲像一头老牛似的，什么都懂得，什么都做得；便是他那创家立业的祖父，虽说在长毛[2]窝里吃过苦头，却也愈老愈硬朗。那时候，老陈老爷去世不久，小陈老爷还没抽上鸦片烟，"陈老爷家"也不是现在那么不像样的。老通宝相信自己一家和"陈老爷家"虽则一边是高门大户，而一边不过是种田人，然而两家的命运好像是一条线儿牵着。不但"长毛造反"那时候，老通宝的祖父和陈老爷同被长毛掳去，同在长毛窝里混上了六七年，不但他们俩同时从长毛营盘里逃了出来，而且偷得了长毛的许多金元宝——人家到现在还是这么说；并且老陈老爷做丝生意"发"起来的时候，老通宝家养蚕也是年年都好，十年中间挣得了二十亩的稻田和十多亩的桑地，还有三开间两进的一座平屋。这时候，老通宝家在东村庄上被人人所妒羡，也正像"陈老爷家"在镇上是数一数二的大户人家。可是以后，两家都不行了；老通宝现在已经没有自己的田地，反欠出三百多块钱的债，"陈老爷家"也早已完结。人家都说"长毛鬼"在阴间告了一状，阎罗王追还"陈老爷家"的金元宝横财，所以败的这么快。这个，老通宝也有几分相信，不是鬼使神差，好端端的小陈老爷怎么会抽上了鸦片烟？

可是老通宝死也想不明白为什么"陈老爷家"的"败"会牵动到他家。他确实知道自己家并没得过长毛的横财。虽则听死了的老头子说，好像那老祖父逃出长毛营盘的时候，不巧撞着了一个巡路的小长毛，当时没法，只好杀了他，——这是一个"结"！然而从老通宝懂事以来，他们家替这小长毛鬼拜忏念佛烧纸锭，记不清有多少次了。这个小冤魂，理应早投凡胎。老通宝虽然不很记得祖父是怎样"做人"，但父亲的勤俭忠厚，他是亲眼看见的；他自己也是规矩人，他的儿子阿四，儿媳四大娘，都是勤俭的。就是小儿子阿多年纪轻，有几分"不知苦辣"，可是毛头小伙子，大都这么着，算不得"败家相"！

老通宝抬起他那焦黄的皱脸，苦恼地望着他面前的那条河，河里的船，以及两岸的桑地。一切都和他二十多岁时差不了多少，然而"世界"到底变了。他自己家也要常常把杂粮当饭吃一天，而且又欠出了三百多块钱的债。

呜！呜，呜，呜，——

汽笛叫声突然从那边远远的河身的弯曲地方传了来。就在那边，蹲着又一个茧厂，远望去隐约可见那整齐的石"帮岸³"。一条柴油引擎的小轮船很威严地从那茧厂后驶出来，拖着三条大船，迎面向老通宝来了。满河平静的水立刻激起泼剌剌的波浪，一齐向两旁的泥岸卷过来。一条乡下"赤膊船⁴"赶快拢岸，船上人揪住了泥岸上的树根，船和人都好像在那里打秋千。轧轧轧的轮机声和洋油臭，飞散在这和平的绿的田野。老通宝满脸恨意，看着这小轮船来，看着它过去，直到又转一个弯，呜呜呜地又叫了几声，就看不见。老通宝向来仇恨小轮船这一类洋鬼子的东西！他从没见过洋鬼子，可是他从他的父亲嘴里知道老陈老爷见过洋鬼子：红眉毛，绿眼睛，走路时两条腿是直的。并且老陈老爷也是很恨洋鬼子，常常说"铜钿都被洋鬼子骗去了"。老通宝看见老陈老爷的时候，不过八九岁，——现在他所记得的关于老陈老爷的一切都是听来的，可是他想起了"铜钿都被洋鬼子骗去了"这句话，就仿佛看见了老陈老爷捋着胡子摇头的神气。

洋鬼子怎样就骗了钱去，老通宝不很明白。但他很相信老陈老爷的话一定不错。并且他自己也明明看到自从镇上有了洋纱，洋布，洋油，——这一类洋货，而且河里更有了小火轮船以后，他自己田里生出来的东西就一天一天不值钱，而镇上的东西却一天一天贵起来。他父亲留下来的一分家产就这么变小，变做没有，而且现在负了债。老通宝恨洋鬼子不是没有理由的！他这坚定的主张，在村坊上很有名。五年前，有人告诉他：朝代又改了，新朝代是要"打倒"洋鬼子的。老通宝不相信。为的他上镇去看见那新到的喊着"打倒洋鬼子"的年青人们都穿了洋鬼子衣服。他想来这伙年青人一定私通洋鬼子，却故意来骗乡下人。后来果然就不喊"打倒洋鬼子"了，而且镇上的东西更加一天一天贵起来，派到乡下人身上的捐税也更加多起来。老通宝深信这都是串通了洋鬼子干的。

然而更使老通宝去年几乎气成病的，是茧子也是洋种的卖得好价钱；

洋种的茧子，一担要贵上十多块钱。素来和儿媳总还和睦的老通宝，在这件事上可就吵了架。儿媳四大娘去年就要养洋种的蚕。小儿子跟他嫂嫂是一路，那阿四虽然嘴里不多说，心里也是要洋种的。老通宝拗不过他们，末了只好让步。现在他家里有的五张蚕种，就是土种四张，洋种一张。

"世界真是越变越坏！过几年他们连桑叶都要洋种了！我活得厌了！"

老通宝看着那些桑树，心里说，拿起身边的长旱烟管恨恨地敲着脚边的泥块。太阳现在正当他头顶，他的影子落在泥地上，短短地像一段乌焦木头，还穿着破棉袄的他，觉得浑身躁热起来了。他解开了大襟上的钮扣，又抓着衣角搧了几下，站起来回家去。

那一片桑树背后就是稻田。现在大部分是匀整的半翻着的燥裂的泥块。偶尔也有种了杂粮的，那黄金一般的菜花散出强烈的香味。那边远远地一簇房屋，就是老通宝他们住了三代的村坊，现在那些屋上都袅起了白的炊烟。

老通宝从桑林里走出来，到田塍上，转身又望那一片爆着嫩绿的桑树。忽然那边田野跳跃着来了一个十来岁的男孩子，远远地就喊道：

"阿爹！妈等你吃中饭呢！"

"哦——"

老通宝知道是孙子小宝，随口应着，还是望着那一片桑林。才只得"清明"边，桑叶尖儿就抽得那么小指头儿似的，他一生就只见过两次。今年的蚕花，光景是好年成。三张蚕种，该可以采多少茧子呢？只要不像去年，他家的债也许可以拔还一些罢。

小宝已经跑到他阿爹的身边了，也仰着脸看那绿绒似的桑拳头；忽然他跳起来拍着手唱道：

"清明削口，看蚕娘娘拍手！"

老通宝的皱脸上露出笑容来了。他觉得这是一个好兆头。他把手放在小宝的"和尚头"上摩着，他的被穷苦弄麻木了的老心里勃然又生出新的希望来了。

二

天气继续暖和，太阳光催开了那些桑拳头上的小手指儿模样的嫩叶，现在都有小小的手掌那么大了。老通宝他们那村庄四周围的桑林似乎发长得更好，远望去像一片绿锦平铺在密密层层灰白色矮矮的篱笆上。"希望"在老通宝和一般农民们的心里一点一点一天一天强大。蚕事的动员令也在各方面发动了。藏在柴房里一年之久的养蚕用具都拿出来洗刷修补。那条穿村而过的小溪旁边，蠕动着村里的女人和孩子，工作着，嚷着，笑着。

这些女人和孩子们都不是十分健康的脸色，——从今年开春起，他们都只吃个半饱；他们身上穿的，也只是些破旧的衣服。实在他们的情形比叫花子好不了多少。然而他们的精神都很不差。他们有很大的忍耐力，又有很大的幻想。虽然他们都负了天天在增大的债，可是他们那简单的头脑老是这么想：只要蚕花熟，就好了！他们想像到一个月以后那些绿油油的桑叶就会变成雪白的茧子，于是又变成丁丁当当响的洋钱，他们虽然肚子里饿得咕咕地叫，却也忍不住要笑。

这些女人中间也就有老通宝的媳妇四大娘和那个十二岁的小宝。这娘儿两个已经洗好了那些"团匾"和"蚕箪"，坐在小溪边的石头上撩起布衫角揩脸上的汗水。

"四阿嫂！你们今年也看（养）洋种么？"

小溪对岸的一群女人中间有一个二十岁左右的姑娘隔溪喊过来了。四大娘认得是隔溪的对门邻舍陆福庆的妹子六宝。四大娘立刻把她的浓眉毛一挺，好像正想找人吵架似的嚷了起来：

"不要来问我！阿爹做主呢！——小宝的阿爹死不肯，只看了一张洋种！老糊涂的听得带一个洋字就好像见了七世冤家！洋钱，也是洋，他倒又要了！"

小溪旁那些女人们听得笑起来了。这时候有一个壮健的小伙子正从对岸的陆家稻场上走过，跑到溪边，跨上了那横在溪面用四根木头并排做成的雏形的"桥"。四大娘一眼看见，就丢开了"洋种"问题，高声喊道：

"多多弟！来帮我搬东西罢！这些匾，浸湿了，就像死狗一样重！"

小伙子阿多也不开口，走过来拿起五六只"团匾"，湿漉漉地顶在头上，却空着一双手，划桨似的荡着，就走了。这个阿多高兴起来时，什么事都肯做，碰到同村的女人们叫他帮忙拿什么重家伙，或是下溪去捞什么，他都肯；可是今天他大概有点不高兴，所以只顶了五六只"团匾"去，却空着一双手。那些女人们看着他戴了那特别大箬帽似的一叠"匾"，袅着腰，学镇上女人的样子走着，又都笑起来了，老通宝家紧邻的李根生的老婆荷花一边笑，一边叫道：

"喂，多多头！回来！也替我带一点儿去！"

"叫我一声好听的，我就给你拿。"

阿多也笑着回答，仍然走。转眼间就到了他家的廊下，就把头上的"团匾"放在廊檐口。

"那么，叫你一声干儿子！"

荷花说着就大声的笑起来，她那出众地白净然而扁得作怪的脸上看去就好像只有一张大嘴和眯紧了好像两条线一般的细眼睛。她原是镇上人家的婢女，嫁给那不声不响整天苦着脸的半老头子李根生还不满半年，可是她的爱和男子们胡调已经在村中很有名。

"不要脸的！"

忽然对岸那群女人中间有人轻声骂了一句。荷花的那对细眼睛立刻睁大了，怒声嚷道：

"骂哪一个？有本事，当面骂，不要躲！"

"你管得我？棺材横头踢一脚，死人肚里自得知：我就骂那不要脸的骚货！"

隔溪立刻回骂过来了，这就是那六宝，又一位村里有名淘气的大姑娘。

于是对骂之下，两边又泼水。爱闹的女人也夹在中间帮这边帮那边。小孩子们笑着狂呼。四大娘是老成的，提起她的"蚕箪"，喊着小宝，自回家去。阿多站在廊下看着笑。他知道为什么六宝要跟荷花吵架；他看着那"辣货"六宝挨骂，倒觉得很高兴。

老通宝掮着一架"蚕台"从屋子里出来，这三棱形家伙的木梗子有几条给白蚂蚁蛀过了，怕的不牢，须得修补一下。看见阿多站在那里笑嘻嘻地望着外边的女人们吵架，老通宝的脸色就板起来了。他这"多多头"的小儿子不老成，他知道。尤其使他不高兴的，是多多也和紧邻的荷花说说笑笑。"那母狗是白虎星，惹上了她就得败家"，——老通宝时常这样警戒他的小儿子。

"阿多！空手看野景么？阿四在后边扎'缀头'，你去帮他！"

老通宝像一匹疯狗似的咆哮着，火红的眼睛一直盯住了阿多的身体，直到阿多走进屋里去，看不见了，老通宝方才提过那"蚕台"来反复审察，慢慢地动手修补。木匠生活，老通宝早年是会的；但近来他老了，手指头没有劲，他修了一会儿，抬起头来喘气，又望望屋里挂在竹竿上的三张蚕种。

四大娘就在廊檐口糊"蚕篁"。去年他们为的想省几百文钱，是买了旧报纸来糊的。老通宝直到现在还说是因为用了报纸——不惜字纸，所以去年他们的蚕花不好。今年是特地全家少吃一餐饭，省下钱来买了"糊篁纸"来了。四大娘把那鹅黄色坚韧的纸儿糊得很平贴，然后又照品字式糊上三张小小的花纸——那是跟"糊篁纸"一块儿买来的，一张印的花色是"聚宝盆"，另两张都是手执尖角旗的人儿骑在马上，据说是"蚕花太子"。

"四大娘！你爸爸做中人借来三十块钱，就只买了二十担叶。后天米又吃完了，怎么办？"

老通宝气喘喘地从他的工作里抬起头来，望着四大娘。那三十块钱是二分半的月息。总算有四大娘的父亲张财发做中人，那债主也就是张财发的东家"做好事"，这才只要了二分半的月息。条件是蚕事完后本利归清。

四大娘把糊好了的"蚕篁"放在太阳底下晒，好像生气似的说：

"都买了叶！又像去年那样多下来——"

"什么话！你倒先来发利市了！年年像去年么？自家只有十来担叶；五张布子（蚕种），十来担叶够么？"

"噢，噢；你总是不错的！我只晓得有米烧饭，没米饿肚子！"

四大娘气哄哄地回答；为了那"洋种"问题，她到现在常要和老通宝抬杠。

老通宝气得脸都紫了。两个人就此再没有一句话。

但是"收蚕"的时期一天一天逼进了。这二三十人家的小村落突然呈现了一种大紧张，大决心，大奋斗，同时又是大希望。人们似乎连肚子饿都忘记了。老通宝他们家东借一点，西赊一点，居然也一天一天过着来。也不仅老通宝他们，村里哪一家有两三斗米放在家里呀！去年秋收固然还好，可是地主，债主，正税，杂捐，一层一层地剥削来，早就完了。现在他们唯一的指望就是春蚕，一切临时借贷都是指明在这"春蚕收成"中偿还。

他们都怀着十分希望又十分恐惧的心情来准备这春蚕的大搏战！

"谷雨"节一天近一天了。村里二三十人家的"布子"都隐隐现出绿色来。女人们在稻场上碰见时，都匆忙地带着焦灼而快乐的口气互相告诉道：

"六宝家快要'窝种'了呀！"

"荷花说她家明天就要'窝'了。有这么快！"

"黄道士去测一字，今年的青叶要贵到四洋！"

四大娘看自家的五张"布子"。不对！那黑芝麻似的一片细点子还是黑沉沉，不见绿影。她的丈夫阿四拿到亮处去细看，也找不出几点"绿"来。四大娘很着急。

"你就先'窝'起来罢！这余杭种，作兴是慢一点的。"

阿四看着他老婆，勉强自家宽慰。四大娘堵起了嘴巴不回答。

老通宝哭丧着干皱的老脸，没说什么，心里却觉得不妙。

幸而再过了一天，四大娘再细心看那"布子"时，哈，有几处转成绿色了！而且绿的很有光彩。四大娘立刻告诉了丈夫，告诉了老通宝，多多头，也告诉了她的儿子小宝。她就把那些布子贴肉揾在胸前，抱着吃奶的婴孩似的静静儿坐着，动也不敢多动了。夜间，她抱着那五张"布子"到被窝里，把阿四赶去和多多头做一床。那"布子"上密密麻麻的蚕子儿贴着肉，怪痒痒的；四大娘很快活，又有点儿害怕，她第一次怀孕时胎儿在肚子里动，她也是那样半惊半喜的！

全家都是惴惴不安地又很兴奋地等候"收蚕"。只有多多头例外。他说：今年蚕花一定好，可是想发财却是命里不曾来。老通宝骂他多嘴，他还是要说。

蚕房早已收拾好了。"窝种"的第二天，老通宝拿一个大蒜头涂上一些泥，放在蚕房的墙脚边；也是年年的惯例，但今番老通宝更加虔诚，手也抖了。去年他们"卜"的非常灵验。可是去年那"灵验"，现在老通宝想也不敢想。

现在这村里家家都在"窝种"了。稻场上和小溪边顿时少了那些女人们的踪迹。一个"戒严令"也在无形中颁布了：乡农们即使平日是最好的，也不往来；人客来冲了蚕神不是玩的！他们至多在稻场上低声交谈一二句就走开。这是个"神圣"的季节。

老通宝家的五张布子上也有些"乌娘"蠕蠕地动了。于是全家的空气，突然紧张。那正是"谷雨"前一日。四大娘料来可以挨过了"谷雨"节那一天。布子不须再"窝"了，很小心地放在"蚕房"里。老通宝偷眼看一下那个躺在墙脚边的大蒜头，他心里就一跳。那大蒜头上还只有一两茎绿芽！老通宝不敢再看，心里祷祝后天正午会有更多更多的绿芽。

终于"收蚕"的日子到了。四大娘心神不定地淘米烧饭，时时看饭锅上的热气有没有直冲上来。老通宝拿出预先买了来的香烛点起来，恭恭敬敬放在灶君神位前。阿四和阿多去到田里采野花。小小宝帮着把灯芯草剪成细末子，又把采来的野花揉碎。一切都准备齐全了时，太阳也近午刻了，饭锅上水蒸气嘟嘟地直冲，四大娘立刻跳了起来，把"蚕花"和一对鹅毛插在发髻上，就到"蚕房"里。老通宝拿着秤杆，阿四拿了那揉碎的野花片儿和灯芯草碎末。四大娘揭开"布子"，就从阿四手里拿过那野花碎片和灯芯草末子撒在"布子"上，又接过老通宝手里的秤杆来，将"布子"挽在秤杆上，于是拔下发髻上的鹅毛在"布子"上轻轻儿拂；野花片，灯芯草末子，连同"乌娘"，都拂在那"蚕箪"里了。一张，两张，……都拂过了；最后一张是洋种，那就收在另一个"蚕箪"里。末了，四大娘又拔下发髻上那朵"蚕花"，跟鹅毛一块插在"蚕箪"的边儿上。

这是一个隆重的仪式！千百年相传的仪式！那好比是誓师典礼，以后就要开始了一个月光景的和恶劣的天气和恶运以及和不知什么的连日连夜无休息的大决战！

"乌娘"在"蚕箪"里蠕动，样子非常强健；那黑色也是很正路的。四大娘和老通宝他们都放心地松一口气了。但当老通宝悄悄地把那个"命运"的大蒜头拿起来看时，他的脸色立刻变了！大蒜头上还只得三四茎嫩芽！天哪！难道又同去年一样？

三

然而那"命运"的大蒜头这次竟不灵验。老通宝家的蚕非常好！虽然头眠二眠的时候连天阴雨，气候是比"清明"边似乎还要冷一点，可是那些"宝宝"都很强健。

村里别人家的"宝宝"也都不差。紧张的快乐弥漫了全村庄，似那小溪里琮琮的流水也像是朗朗的笑声了。只有荷花家是例外。她们家看了一张"布子"，可是"出火"只称得二十斤；"大眠"快边人们还看见那不声不响晦气色的丈夫根生倾弃了三"蚕箪"在那小溪里。

这一件事，使得全村的妇人对于荷花家特别"戒严"。她们特地避路，不从荷花的门前走，远远地看见了荷花或是她那不声不响丈夫的影儿就赶快躲开；这些幸运的人儿惟恐看了荷花他们一眼或是交谈半句话就传染了晦气来！

老通宝严禁他的小儿子多多头跟荷花说话。——"你再跟那东西多嘴，我就告你忤逆！"老通宝站在廊檐外高声大气喊，故意要叫荷花他们听得。

小小宝也受到严厉的嘱咐，不许跑到荷花家的门前，不许和他们说话。

阿多像一个聋子似的不理睬老头子那早早夜夜的唠叨，他心里却在暗笑。全家就只有他不大相信那些鬼禁忌。可是他也没有跟荷花说话，他忙都忙不过来。

"大眠"捉了毛三百斤，老通宝全家连十二岁的小宝也在内，都是两日两夜没有合眼。蚕是少见的好，活了六十岁的老通宝记得只有两次是同样的，一次就是他成家的那年，又一次是阿四出世那一年。"大眠"以后的"宝宝"第一天就吃了七担叶，个个是生青滚壮，然而老通宝全家都瘦了一圈，失眠的眼睛上充满了红丝。

谁也料得到这些"宝宝"上山前还得吃多少叶。老通宝和儿子阿四商是了：

"陈大少爷借不出，还是再求财发的东家罢？"

"地头上还有十担叶，够一天。"

阿四回答，他委实是支撑不住了，他的一双眼皮像有几百斤重，只想合下来。老通宝却不耐烦了，怒声喝道：

"说什么梦话！刚吃了两天老蚕呢。明天不算，还得吃三天，还要三十担叶，三十担！"

这时外边稻场上忽然人声喧闹，阿多押了新发来的五担叶来了。于是老通宝和阿四的谈话打断，都出去"捋叶"。四大娘也慌忙从蚕房里钻出来。隔溪陆家养的蚕不多，那大姑娘六宝抽得出工夫，也来帮忙了。那时星光满天，微微有点风，村前村后都断断续续传来了吆喝和欢笑，中间有一个粗暴的声音嚷道：

"叶行情飞涨了！今天下午镇上开到四洋一担！"

老通宝偏偏听得了，心里急得什么似的。四块钱一担，三十担可要一百二十块呢，他哪来这许多钱！但是想到茧子总可以采五百多斤，就算五十块钱一百斤，也有这么二百五，他又心一宽。那边"捋叶"的人堆里忽然又有一个小小的声音说：

"听说东路不大好，看来叶价钱涨不到多少的！"

老通宝认得这声音是陆家的六宝。这使他心里又一宽。

那六宝是和阿多同站在一个筐子边"捋叶"。在半明半暗的星光下，她和阿多靠得很近。忽然她觉得在那"杠条"的隐蔽下，有一只手在她大腿上拧了一把。好像知道是谁拧的，她忍住了不笑，也不声张。蓦地那手又在她胸前摸了一把，六宝直跳起来，出惊地喊了一声：

"嗳哟！"

"什么事？"

同在那筐子边捋叶的四大娘问了，抬起头来。六宝觉得自己脸上热烘烘了，她偷偷地瞪了阿多一眼，就赶快低下头，很快地捋叶，一面回答：

"没有什么。想来是毛毛虫刺了我一下。"

阿多咬住了嘴唇暗笑。虽然在这半个月来也是半饱而且少睡，也瘦了许多了，他的精神可还是很饱满。老通宝那种忧愁，他是永远没有的。他永不相信靠一次蚕花好或是田里熟，他们就可以还清了债再有自己的田；他知道单靠勤俭工作，即使做到背脊骨折断也是不能翻身的。但是他仍旧很高兴地工作着，他觉得这也是一种快活，正像和六宝调情一样。

第二天早上，老通宝就到镇里去想法借钱来买叶。临走前，他和四大娘商量好，决定把他家那块出产十五担叶的桑地去抵押。这是他家最后的产业。

叶又买来了三十担。第一批的十担发来时，那些壮健的"宝宝"已经饿了半点钟了。"宝宝"们尖出了小嘴巴，向左向右乱晃，四大娘看得心酸。叶铺了上去，立刻蚕房里充满着萨萨萨的响声，人们说话也不大听得清。不多一会儿，那些"团匾"里立刻又全见白了，于是又铺上厚厚的一层叶。人们单是"上叶"也就忙得透不过气来。但这是最后五分钟了。再得两天，"宝宝"可以上山。人们把剩余的精力榨出来拼死命干。

阿多虽然接连三日三夜没有睡，却还不见怎么倦。那一夜，就由他一个人在"蚕房"里守那上半夜，好让老通宝以及阿四夫妇都去歇一歇。那是个好月夜，稍稍有点冷。蚕房里熱了一个小小的火。阿多守到二更过，上了第二次的叶，就蹲在那个"火"旁边听那些"宝宝"萨萨萨地吃叶。渐渐儿他的眼皮合上了。恍惚听得有门响，阿多的眼皮一跳，睁开眼来看了看，就又合上了。他耳朵里还听得萨萨萨的声音和屑索屑索的怪声。猛然一个跟跄，他的头在自己膝头上磕了一下，他惊醒过来，恰就听得蚕房的芦帘拍又一声响，似乎还看见有人影一闪。阿多立刻跳起来，到外面一看，门是开着，月光下稻场上有一个人正走向溪边去。阿多飞也似跳出去，还没看清那人是谁，已经把那人抓过来摔在地下。他断定了这是一个贼。

"多多头！打死我也不怨你，只求你不要说出来！"

是荷花的声音，阿多听真了时不禁浑身的汗毛都竖了起来。月光下他又看见那扁得作怪的白脸儿上一对细圆的眼睛定定地看住了他。可是恐怖的意思那眼睛里也没有。阿多哼了一声，就问道：

"你偷什么？"

"我偷你们的宝宝！"

"放到哪里去了？"

"我扔到溪里去了！"

阿多现在也变了脸色。他这才知道这女人的恶意是要冲克他家的"宝宝"。

"你真心毒呀！我们家和你们可没有冤仇！"

"没有么？有的，有的！我家自管蚕花不好，可并没害了谁，你们都是好的！你们怎么把我当作白老虎，远远地望见我就别转了脸？你们不把我当人看待！"

那妇人说着就爬了起来，脸上的神气比什么都可怕。阿多瞅着那妇人好半晌，这才说道：

"我不打你，走你的罢！"

阿多头也不回地跑回家去，仍在"蚕房"里守着。他完全没有睡意了。他看那些"宝宝"，都是好好的。他并没想到荷花可恨或可怜，然而他不能忘记荷花那一番话；他觉到人和人中间有什么地方是永远弄不对的，可是他不能够明白想出来是什么地方，或是为什么。再过一会儿，他就什么都忘记了。"宝宝"是强健的，像有魔法似的吃了又吃，永远不会饱！

以后直到东方快打白了时，没有发生事故。老通宝和四大娘来替换阿多了，他们拿那些渐渐身体发白而变短了的"宝宝"在亮处照着，看是"有没有通"。他们的心被快活胀大了。但是太阳出山时四大娘到溪边汲水，却看见六宝满脸严重地跑过来悄悄地问道：

"昨夜二更过，三更不到，我远远地看见那骚货从你们家跑出来，阿多跟在后面，他们站在这里说了半天话呢！四阿嫂！你们怎么不管事呀？"

四大娘的脸色立刻变了，一句话也没说，提了水桶就回家去，先对丈夫说了，再对老通宝说。这东西竟偷进人家"蚕房"来了，那还了得！老通宝气得直跺脚，马上叫了阿多来查问。但是阿多不承认，说六宝是做梦见鬼。老通宝又去找六宝询问。六宝是一口咬定了看见的。老通宝没有主意，回家去看那"宝宝"，仍然是很健康，瞧不出一些败相来。

但是老通宝他们满心的欢喜却被这件事打消了。他们相信六宝的话不会毫无根据。他们唯一的希望是那骚货或者只在廊檐口和阿多鬼混了一阵。

"可是那大蒜头上的苗却当真只有三四茎呀！"

老通宝自心里这么想，觉得前途只是阴暗。可不是，吃了许多叶去，一直落来都很好，然而上了山却干僵了的事，也是常有的。不过老通宝无论如何不敢想到这上头去；他以为即使是肚子里想，也是不吉利。

四

"宝宝"都上山了，老通宝他们还是捏着一把汗。他们钱都花光了，精力也绞尽了，可是有没有报酬呢，到此时还没有把握。虽则如此，他们还是硬着头皮去干。"山棚"下爇了火，老通宝和阿四他们伛着腰慢慢地从这边蹲到那边，又从那边蹲到这边。他们听得山棚上有些屑屑索索的细声音，他们就忍不住想笑，过一会儿又不听得了，他们的心就重甸甸地往下沉了。这样地，心是焦灼着，却不敢向山棚上望。偶或他们仰着的脸上淋到了一滴蚕尿了，虽然觉得有点难过，他们心里却快活；他们巴不得多淋一些。

阿多早已偷偷地挑开"山棚"外围着的芦帘望过几次了。小小宝看见，就扭住了阿多，问"宝宝"有没有做茧子。阿多伸出舌头做一个鬼脸，不回答。

"上山"后三天，息火了。四大娘再也忍不住，也偷偷地挑开芦帘角看了一眼，她的心立刻卜卜地跳了。那是一片雪白，几乎连"缀头"都瞧不见；那是四大娘有生以来从没有见过的"好蚕花"呀！老通宝全家立刻充满了欢笑。现在他们一颗心定下来了！"宝宝"们有良心，四洋一担的叶不是白吃的；他们全家一个月的忍饿失眠总算不冤枉，天老爷有眼睛！

同样的欢笑声在村里到处都起来了。今年蚕花娘娘保佑这小小的村子。

二三十人家都可以采到七八分，老通宝家更是比众不同，估量来总可以采一个十二三分。

小溪边和稻场上现在又充满了女人和孩子们。这些人都比一个月前瘦了许多，眼眶陷进了，嗓子也发沙，然而都很快活兴奋。她们嘈嘈地谈论那一个月内的"奋斗"时，她们的眼前便时时现出一堆堆雪白的洋钱，她们那快乐的心里便时时闪过了这样的盘算：夹衣和夏衣都在当铺里，这可先得赎出来；过端阳节也许可以吃一条黄鱼。

那晚上荷花和阿多的把戏也是她们谈话的资料。六宝见了人就宣传荷花的"不要脸，送上门去！"男人们听了就粗暴地笑着，女人们念一声佛，骂一句，又说老通宝家总算幸气，没有犯克，那是菩萨保佑，祖宗有灵！

接着是家家都"浪山头"了，各家的至亲好友都来"望山头"。老通宝的亲家张财发带了小儿子阿九特地从镇上来到村里。他们带来的礼物，是软糕，线粉，梅子，枇杷，也有咸鱼。小小宝快活得好像雪天的小狗。

"通宝，你是卖茧子呢，还是自家做丝？"

张老头子拉老通宝到小溪边一棵杨柳树下坐了，这么悄悄地问。这张老头子张财发是出名"会寻快活"的人，他从镇上城隍庙前露天的"说书场"听来了一肚子的疙瘩东西；尤其烂熟的，是"十八路反王，七十二处烟尘"，程咬金卖柴扒，贩私盐出身，瓦岗寨做反王的《隋唐演义》。他向来说话"没正经"，老通宝是知道的；所以现在听得问是卖茧子或者自家做丝，老通宝并没把这话看重，只随口回答道：

"自然卖茧子。"

张老头子却拍着大腿叹一口气。忽然他站了起来，用手指着村外那一片秃头桑林后面耸露出来的茧厂的风火墙说道：

"通宝，茧子是采了，那些茧厂的大门还关得紧洞洞呢！今年茧厂不开秤！——十八路反王早已下凡，李世民还没出世；世界不太平！今年茧厂关门，不做生意！"

老通宝忍不住笑了，他不肯相信。他怎么能够相信呢？难道那"五步一岗"似的比露天毛坑还要多的茧厂会一齐都关了门不做生意？况且听说和东洋人也已"讲拢"，不打仗了，茧厂里驻的兵早已开走。

张老头子也换了话，东拉西扯讲镇里的"新闻"，夹着许多"说书场"上听来的什么秦叔宝，程咬金。最后，他代他的东家催那三十块钱的债，为的他是"中人"。

然而老通宝到底有点不放心。他赶快跑出村去，看看"塘路"上最近的两个茧厂，果然大门紧闭，不见半个人；照往年说，此时应该早已摆开了柜台，挂起了一排乌亮亮的大秤。

老通宝心里也着慌了，但是回家去看见了那些雪白发光很厚实硬古古的茧子，他又忍不住嘻开了嘴。上好的茧子！会没有人要，他不相信。并且他还要忙着采茧，还要谢"蚕花利市"，他渐渐不把茧厂的事放在心上了。

可是村里的空气一天一天不同了。才得笑了几声的人们现在又都是满脸的愁云。各处茧厂都没开门的消息陆续从镇上传来，从"塘路"上传来。往年这时候，"收茧人"像走马灯似的在村里巡回，今年没见半个"收茧人"，却换替着来了债主和催粮的差役。请债主们就收了茧子罢，债主们板起面孔不理。

全村子都是嚷骂，诅咒，和失望的叹息！人们做梦也不会想到今年"蚕花"好了，他们的日子却比往年更加困难。这在他们是一个青天的霹雳！并且愈是像老通宝他们家似的，蚕愈养得多，愈好，就愈加困难，——"真正世界变了！"老通宝捶胸跺脚地没有办法。然而茧子是不能搁久了的，总得赶快想法：不是卖出去，就是自家做丝。村里有几家已经把多年不用的丝车拿出来修理，打算自家把茧做成了丝再说。六宝家也打算这么办。老通宝便也和儿子媳妇商量道：

"不卖茧子了，自家做丝！什么卖茧子，本来是洋鬼子行出来的！"

"我们有四百多斤茧子呢，你打算摆几部丝车呀！"

四大娘首先反对了。她这话是不错的。五百斤的茧子可不算少，自家做丝万万干不了。请帮手么？那又得花钱。阿四是和他老婆一条心。阿多抱怨老头子打错了主意，他说：

"早依了我的话，扣住自己的十五担叶，只看一张洋种，多么好！"

老通宝气得说不出话来。

终于一线希望忽又来了。同村的黄道士不知从哪里得的消息，说是无锡脚下的茧厂还是照常收茧。黄道士也是一样的种田人，并非吃十方的"道士"，向来和老通宝最说得来。于是老通宝去找那黄道士详细问过了以后，便又和儿子阿四商量把茧子弄到无锡脚下去卖。老通宝虎起了脸，像吵架似的嚷道：

"水路去有三十多九呢！来回得六天！他妈的！简直是充军！可是你有别的办法么？茧子当不得饭吃，蚕前的债又逼紧来！"

阿四也同意了。他们去借了一条赤膊船，买了几张芦席，赶那几天正是好晴，又带了阿多。他们这卖茧子的"远征军"就此出发。

五天以后，他们果然回来了；但不是空船，船里还有一筐茧子没有卖出。原来那三十多九水路远的茧厂挑剔得非常苛刻：洋种茧一担只值三十五元，土种茧一担二十元，薄茧不要。老通宝他们的茧子虽然是上好的货色，却也被茧厂里挑剩了那么一筐，不肯收买。老通宝他们实卖得一百十一块钱，除去路上盘川，就剩了整整的一百元，不够偿还买青叶所借的债！老通宝路上气得生病了，两个儿子扶他到家。

打回来的八九十斤茧子，四大娘只好自家做丝了。她到六宝家借了丝车，又忙了五六天。家里米又吃完了。叫阿四拿那丝上镇里去卖，没有人要；上当铺当铺也不收。说了多少好话，总算把清明前当在那里的一石米换了出来。

就是这么着，因为春蚕熟，老通宝一村的人都增加了债！老通宝家为的养了五张布子的蚕，又采了十多分的好茧子，就此白赔上十五担叶的桑地和三十块钱的债！一个月光景的忍饥熬夜还不算！

1932年。
[原载1932年11月1日《现代》第2卷第1期。]

注释

1. 蚕花二十四分："蚕花"，既可作为蚕桑生产的代用词，又是蚕农祈望蚕茧丰收的惯用祝颂词。至于"二十四分"，是一个象征丰收的数字。"蚕花二十四分"是蚕乡蚕农寄托美好心愿的一句口彩，此处意为蚕桑生产获得大丰收。
2. 长毛：满清统治者对太平天国军队的蔑称。因太平军反抗清政府剃发留辫的规定，一律蓄发，故称。后民间也如此称呼太平天国军。
3. 帮岸：江浙水乡一带对堤岸的称呼。
4. 赤膊船：指没有船篷、船棚等遮蔽设备的简易船只。

导读

人们谈到茅盾的短篇小说，首先就会想到《春蚕》，它和本书所选的另两部短篇小说《秋收》《残冬》被文学史家合称为"农村三部曲"。《春蚕》《秋收》《残冬》以三部曲的形式，深刻反映了中国农村农民破产的悲惨命运及他们走上反抗道路的历史必然，揭示了日益深化的中国农村的阶级矛盾。特别值得一提的是，"三部曲"中时代风情与地方风俗交相辉映，为读者提供了二十世纪三十年代中国农村大变化的生动场景和历史画面。

《春蚕》写成于1932年，《秋收》和《残冬》完稿于1933年。创作期间，中国农村特别是江南一代乡村农民破产、"丰收成灾"的现象日益严重，许多农民因为破产而负债，甚至卖儿卖女、流离失所。茅盾观察、关注到这些触目惊心的社会景象，在心中酝酿、创作出了《春蚕》这篇杰作。

小说通过江南农村老通宝一家养蚕"丰收成灾"的悲惨故事，形象地揭露了帝国主义的经济侵略与中国统治阶层的危机转嫁导致的中国农村民不聊生的情景，也勾勒出了两代中国农民不同的思想和行为及所走的不同道路。老通宝勤劳俭朴、忠厚老实，具有韧性和忍受精神，却因循守旧、受封建旧意识毒害较深，是老一代农民的典型形象。老通宝的儿子多多头，则豪爽、热情、乐观，具有独立见解，认识到农民的命运单靠勤俭劳动即使累得背脊骨折断也不能翻身。他和老通宝冥顽不化的封建意识形成了鲜明的对照，是正在觉醒中的中国农村新一代的农民形象。茅盾通过小说形象对比地描写了两代农民的言行，展示了他们所走的不同道路。

"农村三部曲"既体现出了茅盾对中国社会经济状况整体的独到把握和敏锐观察，在人物和细节描写的真实性、生动性上，又体现出其高超的艺术表现能力。夏志清评论《春蚕》时说："整个故事给人的印象是：茅盾几乎不自觉地歌颂劳动分子的尊严"，是一篇"人性尊严的赞美诗"。朱自清称赞"《春蚕》《秋收》，分析得细"。

秋　收

一

直到旧历五月尽头，老通宝那场病方才渐渐好了起来。除了他的媳妇四大娘到祖师菩萨那里求过两次"丹方"而外，老通宝简直没有吃过什么药；他就仗着他那一身愈穷愈硬朗的筋骨和病魔挣扎。

可是第一次离床的第一步，他就觉得有点不对了；两条腿就同踏在棉花堆里似的，软软地不得劲，而且他无论如何也不能把腰板挺直。"躺了那么长久，连骨节都生了锈了！"——老通宝不服气地想着，努力想装出还是少壮的气概来。然而当他在洗脸盆的水中照见了自己的面相时，却也忍不住叹一口气了。那脸盆里的面影难道就是他么？那是高撑着两根颧骨，一个瘦削的鼻头，两只大廓落落的眼睛，而又满头乱发，一部灰黄的络腮胡子，喉结就像小拳头似的突出来；——这简直七分像鬼呢！老通宝仔细看着，看着，再也忍不住那眼眶里的泪水往脸盆里直滴。

这是倔强的他近年来第一次淌眼泪。四五十年辛苦挣成了一份家当的他，素来就只崇拜两件东西：一是菩萨，一是健康。他深切地相信：没有菩萨保佑，任凭你怎么刁钻古怪，弄来的钱财到底是不"作肉"的；而没有了健康，即使菩萨保佑，你也不能挣钱活命。在这上头，老通宝所信仰的菩萨就是"财神"。每逢旧历朔望，老通宝一定要到村外小桥头那座简陋不堪的"财神堂"跟前磕几个响头，四十余年如一日。然而现在一场大病把他弄到七分像鬼，这打击就比茧子卖不起价钱还要厉害些。他觉得他这一家从此完了，再没有翻身的日子。

"唉！总共不过困了个把月，怎么就变了样子！"

望着那蹲在泥灶前吹火的四大娘，老通宝轻轻说了这么一句。

没有回答。蓬松着头发的四大娘头脸几乎要钻进灶门去似的一股劲儿在那里呼呼地吹。白烟弥漫了一屋子，又从屋前屋后钻出去，可是那半青的茅草不肯旺燃。十二三岁的小宝从稻场上跑进来，呛着那烟气就咳起来了；一边咳，一边就嚷肚子饿。老通宝也咳了几声，抖颤着一对腿，走到那泥灶跟前，打算帮一手。但此时灶门前一亮，茅草燃旺了，接着就有小声儿的必剥必剥的爆响。四大娘加了几根桑梗在灶里，这才抬起头来，却已是满脸泪水；不知道是为了烟熏了眼睛呢，还是另有原因，总之，这位向来少说话多做事的女人现在也是淌眼泪。

公公和儿媳妇两个，泪眼对看着，都没有话。灶里现在燃旺了，火舌头舐到灶门外。那一片火光映得四大娘满脸通红。这火光，虽然掩过了四大娘脸上的菜色，可掩不过她那消瘦。而且那发育很慢的小宝这时倚在他母亲身边，也是只剩了皮包骨头，简直像一只猴子。这一切，老通宝现在是看得十分清楚，——他躺在那昏暗的病床上也曾摸过小宝的手，也曾觉得这孩子瘦了许多，可总不及此时他看的真切，——于是他突然一阵心酸，几乎哭出声来了。

"呀，呀，小宝！你怎么的？活像是童子痨呢！"

老通宝气喘喘地挣扎出话来，他那大廓落落的眼睛钉住了四大娘的面孔。

仍旧没有回答，四大娘撩起那破洋布衫的大襟来抹眼泪。

锅盖边嘟嘟地吹着白的蒸汽了。那汽里还有一股香味。小宝踅到锅子边凑着那热气嗅了一会儿，就回转头撅起嘴巴，问他的娘道：

"又是南瓜！娘呀！你怎么老是南瓜当饭吃！我要——我想吃白米饭呢！"四大娘猛的抽出一条桑梗来，似乎要打那多嘴的小宝了；但终于只在地上鞭了一下，随手把桑梗折断，别转脸去对了灶门，不说话。

"小宝，不要哭；等你爷回来，就有白米饭吃。爷到你外公家去——托你外公借钱去了；借钱来就买米，烧饭给你吃。"老通宝的一只枯瘠的手抖簌簌地摸着小宝的光头，喃喃地说。

他这话可不是撒谎。小宝的父亲，今天一早就上镇里找他岳父张财发，当真是为的借钱，——好歹要揪住那张老头儿做个"中人"向镇上那专放"乡债[1]"的吴老爷"借转"这么五块十块钱。但是小宝却觉得那仍旧是哄他的。足有一个半月了，他只听得爷和娘商量着"借钱来买米"。可是天天吃的还不是南瓜和芋头！讲到芋头，小宝也还有几分喜欢；加点儿盐烧熟了，上口也还香腻。然而那南瓜呀，松波波的，又没有糖，怎么能够天天当正经吃？不幸是近来半个月每天两顿总是老调的淡南瓜！小宝想起来就心里要作呕了。他含着两泡眼泪望着他的祖父，肚子里却又在咕咕地叫。他觉得他的祖父，他的爷，娘，都是硬心肠的人；他就盼望他的叔叔多多头回来，也许这位野马似的好汉叔叔又像上次那样带几个小烧饼来偷偷地给他香一香嘴巴。

然而叔父多多头已经有三天两夜不曾回家，小宝是记得很真的！

锅子里的南瓜也烧熟了，滋滋地叫响。老通宝揭开锅盖一看，那小半锅的南瓜干渣渣地没有汤，靠锅边并且已经结成"南瓜锅巴"了；老通宝眉头一皱，心里就抱怨他的儿媳妇太不知道俭省。蚕忙以前，他家也曾断过米，也曾烧南瓜当饭吃，但那时两个南瓜就得对上一锅子的水，全家连大带小五个人汤漉漉地多喝几碗也是一个饱；现在他才只病倒了个把月，他们年青人就专往"浪费"这条路上跑，这还了得么？他这一气之下，居然他那灰青的面皮有点红彩了。他抖抖簌簌地走到水缸边正待舀起水来，想往锅里加，猛不防四大娘劈头抢过去就把那干渣渣的南瓜糊一碗一碗盛了起来，又哑着嗓子叫道：

"不要加水！就只我们三个，一顿吃完，晚上小宝的爷总该带回几升米来了！——嗳，小宝，今回的南瓜干些，滋味好，你来多吃一碗罢！"

嚓！嚓！嚓！四大娘手快，已经在那里铲着南瓜锅巴了。老通宝气得说不出话来，捧了一碗南瓜就巍颤颤地踱到"廊檐口"，坐在门槛上慢慢地吃着，满肚子是说不明白的不舒服。

面前稻场上一片太阳光，金黄黄地耀得人们眼花。横在稻场前的那条小河像一条银带；可是河水也浅了许多了，岸边的几枝水柳叶子有点发黄。河岸两旁静悄悄地没个人影，连黄狗和小鸡也不见一只。往常在这正午时分，河岸上总有些打水洗衣洗碗盏的女人和孩子，稻场上总有些刚吃过饭的男子衔着旱烟袋，蹲在树底下，再不然，各家的廊檐口总也有些人像老通宝似的坐在门槛上吃喝着谈着，但现在，太阳光暖和地照着，小河的水静悄悄地流着，这村庄却像座空山了！老通宝才只一个半月没到廊檐口来，可是这村庄已经变化，他几乎认不得了，正像他的小宝瘦到几乎认不得一样！

碗里的南瓜糊早巳完了，老通宝瞪着一对大廓落落的眼睛望着那小河，望着隔河的那些冷寂的茅屋，一边还在机械地啜着。他也不去推测村里的人为什么整伙儿不见面，他只觉得自己一病以后这世界就变了！第一是他自己，第二是他家里的人，——四大娘和小宝，而最后，是他所熟悉的这个生长之乡。有一种异样的悲酸冲上他鼻尖来了。他本能地放下那碗，双手捧着头，胡乱地想这想那。

他记得从"长毛窝"里逃出来的祖父和父亲常常说起"长毛""洗劫过"（那叫做"打先风"罢）的村庄就是没半个人影子，也没鸡狗叫。今年新年里东洋小鬼打上海的时候，村里大家都嚷着"又是长毛来了"。但以后不是听说又讲和了么？他在病中，也没听说"长毛"来。可是眼前这村庄的荒凉景象多么像那"长毛打过先风"的村庄呀！他又记得他的祖父也常常说起，"长毛"到一个村庄，有时并不"开刀"，却叫村里人一块儿跟去做"长毛"；那时，也留下一座空空的村庄。难道现在他这村里的人也跟了去做"长毛"？原也听说别处地方闹"长毛"闹了好几年了，可是他这村里都还是"好百姓"呀，难道就在他病中昏迷那几天里"长毛"已经来过了么？这，想来也不像。

突然一阵脚步声在老通宝跟前跑过。老通宝出惊地抬起头来，看见扁阔的面孔上一对细眼睛正在对着他瞧。这是他家紧邻李根生的老婆，那出名的荷花！也是瘦了一圈，但正因为这瘦，反使荷花显得俏些：那一对眼睛也像比往常讨人欢喜，那眼光中混乱着同情和惊讶。但是老通宝立刻想起了春蚕时候自己家和荷花的宿怨来，并且他又觉得病后第一次看见生人面却竟是这个"白虎星[2]"那就太不吉利，他恨恨地吐了一口睡沫，赶快垂下头去把脸藏过了。

一会儿以后，老通宝再抬起头来看时，荷花已经不见了，太阳光晒到他脚边。于是他就想起这时候从镇上回到村里来的航船正该开船，而他的儿子阿四也许在那船上，也许已经借到了几块钱，已经买了米。他下意识地咂着舌头了。实在他亦厌恶那老调的南瓜糊，他也想到了米饭就忍不住咽口水。

"小宝！小宝！到阿爹这里来罢！"

想到米饭，便又想到那饿瘦得可怜的孙子，老通宝扬着声音叫了。这是他今天离了病床后第一次像个健康人似的高声叫着。没有回音。老通宝看看天空，第二次用尽力气提高了嗓子再叫。可是出他意外，小宝却从紧邻的荷花家里跳出来了，并且手里还拿一个扁圆东西，看去像是小烧饼。

这猴子似的小孩子跳到老通宝跟前，将手里的东西冲着老通宝的脸一扬，很卖弄似的叫一声"阿爹，你看，烧饼！"就慌忙塞进嘴里去了。

老通宝忍不住也咽下一口唾沫，嘴角边也掠过一丝艳羡的微笑；但立刻他放沉了脸色，轻声问道：

"小宝！谁给你的？这——烧饼！"

"荷——荷——"

小宝嘴里塞满了烧饼，说不出来。老通宝却已经明白，他的脸色更加难看了。他这时的心理很复杂：小宝竟去吃"仇人"的东西，真是太丢脸了！而且荷花家里竟有烧饼，那又是什么"天理"呀！老通宝恨得咬牙跺脚，可又不舍得打这可怜的小宝。这时小宝已经吞下了那个饼，就很得意地说道：

"阿爹！荷花给我的。荷花是好人，她有饼！"

"放屁！"

老通宝气得脸都红了，举起手来作势要打。可是小宝不怕，又接着说：

"她还有呢！她是镇上拿来的。她说明天还要去拿米，白米！"

老通宝霍地站了起来，浑身发抖。一个半月没有米饭下肚的他，本来听得别人家有米饭就会眼红，何况又是他素来看不起的荷花家！他铁青了脸，粗暴地叫骂道：

"什么希罕！光景是做强盗抢来的罢！有朝一日捉去杀了头，这才是现世报！"

骂是骂了，却是低声的。老通宝转眼睃着他的孙子，心里便筹算着如果荷花出来"斗口"，怎样应付。平白地诬人"强盗"，可不是玩的。然而荷花家意外地毫无声响。倒是不识趣的小宝又做着鬼脸说道：

"阿爹！不是的！荷花是好人，她有烧饼，肯给我吃！"

老通宝的脸色立刻又灰白了。他不做声，转脸看见廊檐口那破旧的水车旁边有一根竹竿，随手就扯了过来。小宝一瞧神气不对，撒腿就跑，偏偏又向荷花家钻进去了。老通宝正待追赶，蓦地一阵头晕眼花，两腿发软，就坐在泥地上，竹竿撒在一边。这时候，隔河稻场上闪出一个人来，踱过那四根木头并排做成的"桥"，向着老通宝叫道：

"恭喜，恭喜！今天出来走动走动了！老通宝！"

虽则眼前还有几颗黑星在那里飞舞，可是一听那声音，老通宝就知道那人是村里的黄道士，心里就高兴起来。他俩在村里是一对好朋友，老通宝病时，这黄道士就是常来探问的一个。村里人也把他俩看成一双"怪物"：因为老通宝是有名的顽固，凡是带着一个"洋"字的东西他就恨如"七世冤家"，而黄道士呢，随时随地卖弄他在镇上学来的几句"斯文话"，例如叫铜钱为"孔方兄"，对人谈话的时候总是"宝眷""尊驾"那一套，村里人听去就仿佛是道士念咒，——因此就给他取了这绰号：道士。可是老通宝却就懂得这黄道士的"斯文话"。并且他常常对儿子阿四说，黄道士做种田人，真是"埋没"！

当下老通宝就把一肚子牢骚对黄道士诉说道：

"道士！说来活活气死人呢！我病了个把月，这世界就变到不像样了！你看，村坊里就像'长毛'刚来'打过先风'！那母狗白虎星，不知道到哪里去偷摸了几个烧饼来，不争气的小宝见着嘴馋！道士，你说该打不该打？"

老通宝说着又抓起身边那竹竿，扑扑地打着稻场上的泥地。黄道士一边听，一边就学着镇上城隍庙里那"三世家传"的测字先生的神气，肩膀一摇一摆地点头叹气，末后，他悄悄地说：

"世界要反乱呢！通宝兄你知道村坊里人都干什么去了？——咳，吃大户，抢米囤！是前天白淇浜的乡下人做开头，今天我们村坊学样去了！令郎阿多也在内——可是，通宝兄，尊驾贵恙刚好，令郎的事，你只当不晓得罢了。哈哈，是我多嘴！"

老通宝听得明白，眼睛一瞪，忽地跳了起来，但立刻像头顶上碰到了什么似的又软瘫在地下，嘴唇簌簌地抖了。吃大户，抢米囤么？他心里乱扎扎地又惊又喜：喜的是荷花那烧饼果然来路"不正"，他刚才一口喝个正着，惊的是自己的小儿子多多头也干那样的事，"现世报"莫不要落在他自己身上。黄道士眯着一双细眼睛，很害怕似的瞧着老通宝，又连声说道：

"抱歉，抱歉！贵体保重要紧，要紧！是我嘴快闯祸了！目下听说'上头'还不想严办，不碍事。回头你警戒警戒令郎就行了！"

"咳，道士，不瞒你说，我一向看得那小畜生做人之道不对，老早就疑心是那'小长毛'冤鬼投胎，要害我一家！现在果然做出来了！——他不回来便罢，回来时我活埋这小畜生！道士，谢谢你，给我透个信；我真是瞒在鼓心里呀！"

老通宝抖着嘴唇恨恨地说，闭了眼睛，仿佛他就看见那冤鬼"小长毛"。黄道士料不到老通宝会"古板"到这地步，当真在心里自悔"嘴快"了，况又听得老通宝谢他，就慌忙接口说：

"岂敢，岂敢，舍下还有点小事，再会，再会；保重，保重！"

像逃走似的，黄道士转身就跑，撇下老通宝一个人坐在那里痴想。太阳晒到他头面上了，——很有些威力的太阳，他也不觉得热，他只把从祖父到父亲口传下来的"长毛"故事，颠倒地乱想。他又想到自身亲眼见过的光绪初年间全县乡下人大规模的"闹漕³"，立刻几颗血淋淋的人头挂在他眼前了。他的一贯的推论于是就得到了："造反有好处，'长毛'应该老早就得了天下，可不是么？"

现在他觉得自己一病以后，世界当真变了！而这一"变"，在刚从小康的自耕农破产，并且幻想还是极强的他，想起来总是害怕！

二

到太阳落山的时候，老通宝的儿子阿四回家了：他并没借到钱，但居然带来了二斗米。"吴老爷说没有钱。面孔很难看。可是他后来发了善心，赊给我三斗米。他那米店里囤着百几十担呢！怪不得乡下人没饭吃！今天我们赊了三斗，等到下半年田里收起来，我们就要还他五斗糙米！这还是天大的情面！有钱人总是越拌越多！"

阿四阴沉地说着，把那三斗米分装在两个氅⁴里，就跑到屋子后边那半旧的猪棚跟前和老婆叽叽咕咕讲"私房话"。老通宝闷闷地望着猪棚边的儿子和儿媳，又望望那两口米氅，觉得今天阿四的神气也不对，那三斗米的来路也就有点不明不白。可是他不敢开口追问。刚才为了小儿子多多头的"不学好"，老通宝和四大娘已经吵过架了。四大娘骂他"老糊涂"，并且取笑他："好，好！你去告多多头连逆⁵，你把他活埋了，人家老爷们就会赏赐你一只金元宝罢！"老通宝虽然拿出"祖传"的圣贤人的大道理——"人穷了也要有志气"这句话来，却是毫无用处。"志气"不能当饭吃，比南瓜还不如！但老通宝因这一番吵闹就更加心事重了。他知道儿子阿四尽管"忠厚正派"，却是耳根太软，经不起老婆的怂恿⁶。而现在，他们躲到猪棚边密谈了！老通宝恨得牙痒痒地，没有办法。他远远地望着阿四和四大娘的，他的思想忽又落到那半旧的猪棚上。这是五六年前他亲手建造的一个很像样的猪棚，单买木料，也花了十来块钱呢；可是去年这猪棚就不曾用，今年大概又没有钱去买小猪；当初造这棚也曾请教过风水先生，真料不到如今这么"背时"！

老通宝的一肚子怨气就都呵在那猪棚上了。他抖簌簌地向阿四他们走去，一面走，一边叫道：

"阿四！前回听说小陈老爷要些旧木料。明天我们拆这猪棚卖给他罢！倒霉的东西，养不起猪，摆在这里干么！"

喳喳地密谈着的两个人都转过脸儿来了。薄暗中看见四大娘的脸异常兴奋，颧骨上一片红。她把嘴唇一撇，就回答道：

"值得几个钱呢！这些脏木头，小陈老爷也不见得要！"

"他要的！我的老面子，我们和陈府上三代的来往，他怎么好说不要！"

老通宝吵架似的说，整个的"光荣的过去"忽又回到他眼前来了。和小陈老爷的祖父有过共患难的关系（长毛窝里一同逃出来），老通宝的祖父在陈府上是很有面子的；就是老通宝自己也还受到过分的优待，小陈老爷有时还叫他"通宝哥"呢！而这些特殊的遭遇，也就是老通宝的"驯良思想"的根基。

四大娘不再说什么，撅着嘴就走开了。

"阿四！到底多多头干些什么，你说！——打量我不知道么？等我断了气，这才不来管你们！"

老通宝看着四大娘走远了些，就突然转换话头，气吼吼地看着他的大儿子。

一只乌鸦停在屋脊上对老通宝父子俩哑哑地叫了几声。阿四随手拾起一起碎瓦片来赶走那乌鸦，又吐了口唾沫，摇着头，却不作声。他怎么说，而且说什么好呢？老子的话是这样的，老婆的话却又是一个样子，兄弟的话又是第三个样子。他这老实人，听听全有道理，却打不起主意。

"要杀头的呢！满门抄斩！我见过得多！"

"那——杀得完这许多么？"

阿四到底开口了，懦弱地反对着老子的意见。但当他看见老通宝两眼一瞪，额上青筋直爆，他就转口接着说道：

"不要紧！阿多去赶热闹罢哩！今天他们也没到镇上去——"

"热你的昏！黄道士亲口告诉我，难道会错？"

老通宝咬着牙齿骂，心里断定了儿子媳妇跟多多头全是一伙了。

"当真没有。黄道士，丝瓜缠到豆蔓里[7]！他们今天是到东路的杨家桥去。老太婆女人打头，男人就不过帮着摇船。多多头也是帮她们摇船！不瞒你！"

阿四被他老子追急了，也就顾不得老婆的叮嘱，说出了真情实事。然而他还藏着两句要紧话，不肯泄漏，一是帮着摇船的多多头在本村里实在是领袖，二是阿四他本人也和老婆商量过，要是今天借不到钱，量不到米，明天阿四也帮她们"摇船"去。

老通宝似信非信地钉住了阿四看，暂时没有话。

现在天色渐渐黑下来了，老通宝家的烟囱里开始冒白烟，小宝在前面屋子里唱山歌。四大娘的声音唤着："小宝的爷！"阿四赶快应了一声，便离开他老子和那猪棚；却又站住了，松一门气似的说道：

"眼前有这三斗米，十天八天总算是够吃了；晚上等多多头回来，就叫他不要再去帮她们摇船罢！"

"这猪棚也要拆的。摆在这里，风吹雨打，白糟塌坏了！拆下来到底也变得几个钱。"

老通宝又提到那猪棚，言外之意仿佛就是：还没有山穷水尽，何必干那些犯"王法"的事呢！接着他又用手指敲着那猪棚的木头，像一个老练的木匠考查那些木头的价值。然后，他也踱进屋子去了。

这时候，前面稻场上也响动了人声。村里"出去"的人们都回来了。小宝像一只小老鼠蹿了出去找他的叔叔多多头。四大娘慌慌忙忙的塞了一大把桑梗到灶里，也就赶到稻场上，打听"新闻"。灶上的锅盖此时也开始吹热汽，啵啵地。现在这热汽里是带着真实的米香了，老通宝嗅到了只是咽口水。他的肚子里也咕咕地叫了起来。但是他的脑子里却忙着想一点别的事情。他在计算怎样"教训"那野马似的多多头，并且怎样去准备那快就来到的"田里生活"。在这时候，在这村里，想到一个多月后的"田里生活"的，恐怕就只有老通宝他一个！

然而多多头并没回来。还有隔河对邻的陆福庆也没有回来。据说都留在杨家桥的农民家里过夜，打算明天再帮着"摇船"到鸭嘴滩，然后联合那三个村坊的农民一同到"镇上"去。这个消息，是陆福庆的妹子六宝告诉了四大娘的。全村坊的人也都兴奋地议论这件事。却没有人去告诉老通宝。大家都知道老通宝的脾气古怪。

"不回来倒干净！地痞胚子！我不认账这个儿子！"

吃晚饭的时候，老通宝似乎料到了几分似的，看着大儿子阿四的脸，这样骂起来了。阿四哑着嘴巴不开腔。四大娘朝老头子横了一眼，鼻子似乎哼了一声。

这一晚上，老通宝睡不安稳。他一合上眼，就是梦，而且每一个梦又是很短，而且每一个梦完的时候，他总像被人家打了一棍似的在床上跳醒。他不敢再睡，可是他又倦得很，他的眼皮就像有千斤重。朦胧中他又听得阿四他们床上叽叽咕咕有些声音，他以为是阿四夫妇俩枕头边说体己话，但突然他浑身一跳，他听得阿四大声嚷道：

"阿多头，爹要活埋你呢！——咳，你这话怕不对么！老头子不懂时势！可是会不会弥天大罪都叫你一个人去顶，人家到头来一个一个都溜走？……"

这是梦话呀！老通宝听得清楚时，浑身汗毛直竖，眼睛也睁得大大的。他撑起上半身，叫了一声：

"阿四！"

没有回音。孙子小宝从梦中笑了起来。四大娘唇舌不清地骂了一句。接着是床板响，接着又是鼾声大震。

现在老通宝睡意全无，睁眼看着黑暗的虚空，满肚子的胡思乱想。他想到三十年前的"黄金时代"，家运日日兴隆的时候；但现在除了一叠旧账簿而外，他是什么也没剩。他又想起本年"蚕花"那样熟，却反而赔了一块桑地。他又想起自己家从祖父下来代代"正派"，老陈老爷在世的时候是很称赞他们的，他自己也是从二十多岁起就死心塌地学着镇上老爷们的"好样子"，——虽然捏锄头柄，他"志气"是有的，然而他现在落得个什么呢？天老爷没有眼睛！并且他最想不通的，是天老爷还给他阿多头这业种[8]。难道隔开了五六十年，"小长毛"的冤魂还没转世投胎么？——于是突然间老通宝冷汗直淋，全身发抖。天哪！多多头的行径活像个"长毛"呢！而且，而且老通宝猛又记起四五年前闹着什么"打倒土豪劣绅"的时候，那多多头不是常把家里藏着的那把"长毛刀"拿出来玩么？"长毛刀！"这是老通宝的祖父从"长毛营盘"逃走的时候带出来的；而且也就是用这把刀杀了那巡路的"小长毛"！可是现在，那阿多头和这刀就像夙世有缘似的！

老通宝什么都想到了，而且愈想愈怕。只有一点，他没有想到，而且万万料不到；这就是正当他在这里咬牙切齿恨着阿多头的时候，那边杨家桥的二三十户农民正在阿多头和陆福庆的领导下，在黎明的浓雾中，向这里老通宝的村坊进发！而且这里全村坊的农民也在兴奋的期待中做了一夜热闹的梦，而此时梦回神清，正也打算起身来迎接杨家桥来的一伙人了！

鱼肚白从土壁的破洞里钻进来了。稻场上的麻雀噪也听得了。喔，喔，喔！全村坊里仅存的一只雄鸡——黄道土的心肝宝贝，也在那里啼了。喔喔……喔！这远远地传来的声音有点像是女人哭。

老通宝这时忽然又朦胧睡去；似梦非梦的，他看见那把"长毛刀"亮晶晶地在他面前晃。俄而那刀柄上多出一只手来了！顺着那手，又见了栗子肌肉的臂膊，又见了浓眉毛圆眼睛的一张脸了！正是那多多头！"呔！——"老通宝又怒又怕地喊了一声，从床上直跳起来，第一眼就看见屋子里全是亮光。四大娘已经在那里烧早粥，灶门前火焰活泼地跳跃。老通宝定一定神，爬下床来时，猛又听得外边稻场上人声像阵头风似的卷来了。接着，锽锽锽！是锣声。

"谁家火起么？"

老通宝一边问，一边就跑出去。可是到了稻场上，他就完全明白了。稻场上的情形正和他亲身经过的光绪初年间的"闹漕"一样。杨家桥的人，男男女女，老太婆小孩子全有，乌黑黑的一簇，在稻场上走过。"出来！一块儿去！"他们这样乱哄哄地喊着。而且多多头也在内！而且是他敲锣！而且他猛的抢前一步，跳到老通宝身前来了！老通宝脸全红了，眼里冒出火来，劈面就骂道：

"畜生！杀头胚！……"

"杀头是一个死，没有饭吃也是一个死！去罢！阿四呢？还有阿嫂？一伙儿全去！"

多多头笑嘻嘻地回答。老通宝也没听清，抡起拳头就打。阿四却从旁边钻出来，拦在老子和兄弟中间，慌慌忙忙叫道：

"阿多弟！你听我说。你也不要去。昨天赊到三斗米。家里有饭吃了！"

多多头的浓眉毛一跳，脸色略变，还没出声，突然从他背后跳出一个人来，正是那陆福庆，一手推开了阿四，哈哈笑着大叫道：

"你家里有三斗米么？好呀！杨家桥的人都没吃早粥，大家来罢！"

什么？"吃"到他家来了么？阿四简直不能相信自己的耳朵。可是杨家桥的人发一声喊，已经拥上来，已经闯进阿四家里去了。老通宝就同心头割去了块肉似的，狂喊一声，忽然眼前乌黑，腿发软，就蹲在地下。阿四像疯狗似的扑到陆福庆身上，夹脖子乱咬，带哭的声音哼哼唧唧骂着。陆福庆一面招架，一面急口喝道：

"你发昏么？算什么！——阿四哥！听我讲明白！哒！阿多！你看！"

突然阿四放开陆福庆，转身揪住了多多头，一边打，一边哭，一边嚷：

"毒蛇也不吃窝边草！你引人来吃自家了！你引人来吃自家了！"

阿多被他哥哥抱住了头，只能荷荷地哼。陆福庆想扭开他们也不成功。老通宝坐在地上大骂。幸而来了陆福庆的妹子六宝，这才帮着拉开了阿四。

"你有门路，赊得到米，别人家没有门路，可怎么办呢？你有米吃，就不去，人少了，事情弄不起来，怎么办呢？——嘿嘿！不是白吃你的！你也到镇上去，也可以分到米呀！"

多多头喘着气，对他的哥哥说。阿四这时像一尊木偶似的蹲在地下出神。陆福庆一手捺着颈脖上的咬伤，一手拍着阿四的肩膀，也说道：

"大家讲定了的：东村坊上谁有米，就先吃谁，吃光了同到镇上去！阿四哥！怪不得我！大家讲定了的！"

"长毛也不是这样不讲理的，没有这样蛮！"老通宝到底也弄明白那是怎么一回事，就轻声儿骂着，却不敢看着他们的脸骂，只把眼睛望住了地下。同时他心里想道：好哇！到镇上去！到镇上去吃点苦头，这才叫做现世报，老天爷有眼！那时候，你们才知道老头子的一把年纪不是活在狗身上罢！

这时候，杨家桥的人也从老通宝家里回出来了，嚷嚷闹闹的捧着那两个米鬈。四大娘披散着头发，追在米鬈后面，一边哭，一边叫：

"我们自家吃的！自家吃的！你们连自家吃的都要抢么？强盗！杀胚！"

谁也不去理她。杨家桥的人把两个米鬈放在稻场中央，就又敲起锣来。六宝下死劲把四大娘拉开，吵架似的大声喊着，想叫四大娘明白过来：

"有饭大家吃！你懂么？有饭大家吃！谁叫你磕头叫饶去赊米来呀？你有地方赊，别人家没有呀！别人都饿死，就让你一家活么？嘘，嘘！号天号地哭，像死了老公呀！大家吃了你的，回头大家还是帮你要回来！哭什么呀！"

蹲在那里像一尊木偶的阿四这时忽然叹一口气，跑到他老婆身边，好像劝慰又好像抱怨似的说道：

"都是你出的主意！现在落得一场空！有什么法子？跟他们一伙儿去罢！天坍压大家！"

不知道从哪里弄来的两口大锅子，已经摆在稻场上了。东村坊的人和杨家桥的人合在一伙，忙着淘米烧粥，清早的浓雾已散，金黄的太阳光斜射在稻场上，晒得那些菜色的人脸儿都有点红喷喷了。在那小河的东端，水深而且河面阔的地点，人家摆开五六条赤膊船，船上人兴高采烈地唱着山歌。就是这些船要载两个村庄的人向镇上去的！

老通宝蹲在地上不出声，用毒眼望住那伙人嚷嚷闹闹地吃了粥，又嚷嚷闹闹地上船开走。他像做梦似的望着望着，他望见使劲摇船的阿多头，也望见哭丧脸的阿四和四大娘——现在她和六宝谈得很投契似的；他又望见那小宝站在船梢上，站在阿多头旁边，学着摇船的姿势。

然后，像梦里醒过来似的，老通宝猛跳起身，沿着那小河滩，从东头跑到西头。为什么要这样跑，他自己也不大明白；他只觉得心口里有一团东西塞住，非要找一个人谈一下不可而已。但是全村坊静悄悄地没有人影，连小孩子也没有。

终于当他沿着河滩从西头又跑到东头的时候，他看见隔河也有一个人发疯似的迎面跑来。最初他看不清那人的面孔，——那人头上包着一块白布。但在那四根木头的小桥边，他看明白那人正是黄道士的时候，他就觉得心口一松，猛喊道：

"长毛也不是那么不讲理！记住！老子一把年纪不是活在狗身上的！到镇上去吃苦头！他们这伙杀胚！"

黄道士也站住了。好像不认识老通宝似的，这黄道士端详了半晌，这才带着哭声说：

"岂有此理，岂有此理！我告诉你，我的老雄鸡也被他们吃了，岂有此理！"

"杀胚——你说一只老雄鸡么？算什么！人也要杀呢！杀，杀，杀胚！"

老通宝一边嚷，一边就跑回家去。

当天晚上全村坊的人都安然回来，而且每人带了五升米。这使得老通宝十分惊奇。他觉得镇上的老爷们也不像"老爷"了；怎么看见三个村坊一百多乡下人闹到镇里来，就怕得什么似的赶快"讲好"，派给每人半斗米？而且因为他们"老爷"太乏，竟连他老通宝的一把年纪也活到狗身上去！当真这世界变了，变到他想来想去想不通，而多多头他们耀武扬威！

三

现在"抢米囤"的风潮到处发勃发了。周围二百里内的十多个小乡镇上，几乎天天有饥饿的农民"聚众滋扰"。那些乡镇上的绅士觉得农民太不识趣，就把慈悲面孔撩开，打算"维持秩序"了。于是县公署，区公所，乃至镇商会，都发了堂皇的六言告示，晓谕四乡：不准抢米囤，吃大户，有话好好儿商量。同时地方上的"公正"绅士又出面请当商和米商顾念"农艰"，请他们亏些"血本"，开个方便之门，渡过眼前那恐慌。

可是绅士们和商人们还没议定那"方便之门"应该怎么一个开法，农民的肚子已经饿得不耐烦了。六言告示没有用，从图董[9]变化来的村长的劝告也没有用，"抢米囤"的行动继续扩大，而且不复是百来人，而是五六百，上千了！而且不复限于就近的乡镇，却是用了"远征军"的形式，向城市里来了！

离开老通宝的村坊约有六十多里远的一个繁盛的市镇上就发生了饥饿的农民和军警的冲突，军警开了"朝天枪"。农民被捕了几十，第二天，这市镇就在数千愤怒农民的包围中和邻近各镇失了联络。

这被围的市镇不得不首先开了那"方便之门"。这是简单的三条。农民可以向米店赊米，到秋收的时候，一石还一石；当铺里来一次免息放赎；镇上的商会筹措一百五十担米交给村长去俵分[10]。绅商们很明白目前这时期只能坚守那"大事化为小事"的政策，而且一百五十担米的损失又可以分摊到全镇的居民身上。

同时，省政府的保安队也开到交通枢纽的乡镇上保护治安了。保安队与"方便之门"双管齐下，居然那"抢米囤"的风潮渐渐平下去；这时已经是阴历六月底，农事也迫近到眉毛梢了。

老通宝一家总算仰仗那风潮，这一晌来天天是一顿饭，两顿粥，而且除了风潮前阿四赊来的三斗米是冤枉债而外，竟也没有添上什么新债。但是现在又要种田了，阿四和四大娘觉得那就是强迫他们把债台再增高。

老通宝看见儿子媳妇那样懒懒地不起劲，就更加暴躁。虽则一个多月来他的"威望"很受损伤，但现在是又要"种田"而不是"抢米"，老通宝便像乱世后的前朝遗老似的，自命为重整残局的识途老马。他朝朝暮暮在阿四和四大娘跟前哓哓不休地讲着田里的事，讲他自己少壮的时候怎样勤奋，讲他自己的老子怎样永不灰心地做着，做着，终于创立了那份家当。每逢他到田里去了一趟回来，就大声喊道：

"明天，后天，一定要分秧了！阿四，你鬼迷了么？还不打算打算肥料？"

"上年还剩下一包肥田粉在这里呀！"

阿四有气无力地回答。突然老通宝跳了起来，恶狠狠地看定了他的儿子说：

"什么肥田粉！毒药！洋鬼子害人的毒药！我就知道祖宗传下来的豆饼[11]好！豆饼力道长！肥田粉吊过了壮气，那田还能用么？今年一定要用豆饼了！"

"哪来的钱去买一张饼呢？就是剩下来那包粉，人家也说隔年货会走掉了力，总是撖一半新的；可是买粉的钱也没有法子想呀！"

"放屁！照你说，就不种田了！不种田，吃什么，用什么，拿什么来还债？"

老通宝跳着脚咆哮，手指头戳到阿四的脸上。阿四苦着脸叹气。他知道老子的话不错，他们只有在田里打算半年的衣食，甚至还债；可是近年来的经验又使他知道借了债来还本钱种田，简直是替债主做牛马，——牛马至少还能吃饱，他一家却是吃不饱。"还种什么田！白忙！"四大娘也时常这么说。他们夫妇俩早就觉得多多头所谓"乡下人欠了债就算一世完了"这句话真不错，然而除了种田有别的活路么？因此他们夫妇俩最近的决议也不过是：决不为了种田要本钱而再借债。

看见儿子总是不做声，老通宝赌气，说是"不再管他们的账了"了。当天下午他就跑到镇里，把儿子的"败家相"告诉了亲家张老头儿，又告诉了小陈老爷；两位都劝老通宝看破些，"儿孙自有儿孙福"。那一天，老通宝就住在镇上过夜。可是第二天一清早，小陈老爷刚刚抽足了鸦片打算睡觉，老通宝突然来借钱了。数目不多，一张豆饼的代价。一心想睡觉的小陈老爷再三推托不开，只好答应出面到豆饼行去赊。

豆饼拿到手后，老通宝就回家，一路上有说有笑。到家后他把那饼放在廊檐下，扳起了面孔对儿子媳妇说：

"死了才不来管你们呀！什么债，你们不要多问，你们只管替我做！"

春蚕时期的幻想，现在又在老通宝的倔强的头脑里蓬勃发长，正和田里那些秧一样。天天是金黄色的好太阳，微微的风，那些秧就同有人在那里拔似的长得非常快。河里的水却也飞快地往下缩。水车也拿出来摆在埂头了。阿四一个人忙不过来。老通宝也上去踏了十多转就觉得腰酸腿重气喘。"哎！"叹了一声，他只好爬下来，让四大娘上去接班。

稻发疯似的长起来，也发疯似的要水喝。每天的太阳却又像火龙似的把河里的水一寸一寸地喝干。村坊里到处嚷着"水车上要人"，到处拉人帮忙踏一班。荷花家今年只种了些杂粮，她和她那不声不响的可怜相的丈夫是比较空闲的，人们也就忘记了荷花是"白虎星"，三处四处拉他们夫妇俩走到车上替一班。陆福庆今年退了租，也是空身子，他们兄妹俩就常常来帮老通宝家。只有那多多头，因为老通宝死不要见他，村里很少来；有时来了，只去帮别人家的忙。

每天早上人们起来看见天像一块青石板似的晴朗，就都皱了眉头。偶尔薄暮时分天空有几片白云，全村的人都欢呼起来。老太婆眯着老花眼望着天空念佛。但是一次一次只是空高兴。扣到一个足月，也没下过一滴雨呀！

老通宝家的田因为地段高，特别困难。好容易从那干涸的河里车起了浑浊的泥水来，经过那六七丈远的沟，便被那燥渴的泥土截收了一半。田里那些壮健的稻梗就同患了贫血症似的一天一天见得黄萎了。老通宝看着心疼，急得搓手跺脚没有办法。阿四哭丧着脸不开口。四大娘冷一句热一句抱怨；咬定了今年的收成是没有巴望的了，白费了人工，而且多欠出一张豆饼的债！

"只要有水，今天的收成怕不是上好的！"

老通宝听到不耐烦的时候，软软地这样回答。四大娘立刻叫了起来：

"呀！水，水！这点子水，就好比我们的血呀！一古脑儿只有我和老四，再搭上陆家的哥哥妹妹俩算一个，三个人能有多少血？磨了这个把月，也干了呀！多多头是一个生力，你又不要他来！呀——呀——"

"当真叫多多头来罢！他比得上一条牛！"

阿四也抢着说，对老婆努了一下嘴巴。

老通宝不做声，吐了一口唾沫。

第二天，多多头就笑嘻嘻地来帮着踏车了。可是已经太迟。河水干到只剩河中心的一泓，阿四他们接了三道戽 [12]，这才戽 [13] 的到水头，然而半天以后就不行了，任凭多多头力大如牛，也车不起水来。靠西边，离开他们那水车地位四五丈远，水就深些，多多头站在那里没到腰。可是那边没有埂头，没法排水车。如果晚上老天不下雨，老通宝家的稻就此完了。

不单是老通宝家，村里谁家的田不是三五天内就要干裂的像龟甲呀！人们爬到高树上向四下里张望。青石板似的一个天，简直没有半点云彩。

唯一的办法是到镇上去租一架"洋水车"来救急。老通宝一听到"洋"字，就有点不高兴。况且他也不大相信那洋水车会有那么大的法力。去年发大水的时候，邻村的农民租用过那水车。老通宝虽未目睹，却曾听得那爱管闲事的黄道士啧啧称羡。但那是"踏大水车"呀，如今却要从半里路外吸水过来，怕不灵罢？正在这样怀疑着的老通宝还没开口，四大娘却先怂怂地叫了起来：

"洋水车倒好，可是租钱呢？没有钱呀！听说踏满一爿田就要一块多钱！"

"天老爷显灵。今晚上落一场雨就好了！"

老通宝也决定了主意。他急急忙忙跑到村外小桥头那座简陋不堪的"财神堂"前磕了许多响头，许了大大的愿心。

这一夜，因为无水可车，阿四他们倒呼呼地睡了一个饱。老通宝整夜没有合眼。听见有什么簌簌的响声，便以为是在下雨了，他就一骨碌爬起来，到廊檐口望着天。并没有雨，但也没有星，天是一张灰色的脸。老通宝在失望之下还有点希望，于是又跪在地下祷告。到第三次这样爬起来探望的时候，东方已经发白，他就跑到田里去看他那宝贝的稻。夜来露水是有的，稻比白天在骄阳下稍稍显得青健。但是田里的泥土已经干裂，有几处简直把手指头压上去不觉得软。老通宝心里跳得卜卜地响。他知道过一会儿来了太阳光一照，这些稻准定是没命的，他一家也就没命了。

他回到自家门前的稻场上。一轮血红的太阳正在东方天边探出头来。稻场前那差不多干到底的小河长满了一身的野草。本村坊的人又利用那河滩种了些玉蜀黍，现在都像人那样高了。五六个人站在那玉蜀黍旁边吵架似的嚷着。老通宝惘然走过去，也站在那伙人旁边。他们都是村里人，正在商量大家打伙儿去租用镇上那条"洋水车"。他们中间一个叫做李老虎的说：

"要租，就得赶快！洋水车天天有生意。昨晚上说是今天还没定出，你去迟了就扑一个空，那不是糟糕？老通宝，你也来一股罢？"

老通宝瞪着眼发怔，好像没有听明白。有两个念头填满了他的心，使他说不出话来；一个是怕的"洋水车"也未必灵，又一个是没有钱。而且他打算别人用过了洋水车，当真灵，然后他再来试一下。钱呢，也许可以欠几天。

这天上午，老通宝和阿四他们就像守着一个没有希望的病人似的在圩头下来来回回打磨旋。稻是一刻比一刻"不像"了，最初垂着头，后来就折腰，田李的泥土喷喷地发出燥裂的叹息。河里已经无水可车，村坊里的人全都闲着。有几个站在村外的小桥上，焦灼地望着那还没见来的医稻的郎中，——那洋水车！

正午时分，毒太阳就同火烫一般，那些守在小桥上的人忽然发一声喊：来了！一条小船上装着一副机器——那就是洋水车！看去并没有什么出奇的地方，然而这东西据说抽起水来就比七八个健壮的男人还厉害。全村坊的人全出来观看了。老通宝和他的儿子也在内。他们看见那装着机器的船并不拢岸，就那么着泊在河心，却把几丈长臂膊粗的发亮的软管子拖到岸上，又搁在田横埂头。

"水就从这管口里出来，灌到田里！"

管理那软管子的镇上人很卖弄似的对旁边的乡下人说。

突然，那船上的机器发喘似的叫起来。接着，咕的一声，第一口水从软管子口里吐出来了，于是就汩汩地直泻，一点也不为难。村里人看着，嚷着，笑着，忘记了这水是要花钱的。

老通宝站得略远些，瞪出了眼睛，注意地看着。他以为船上那突突地响着地家伙里一定躲着什么妖怪，——也许就是镇上土地庙前那池潭里的泥鳅精，而水就是泥鳅精吐的涎沫，而且说不定到晚上这泥鳅精又会悄悄地来把它此刻所吐的涎沫收回去，于是明天镇上人再来骗钱。

但是这一切的狐疑始终敌不住那绿汪汪的水的诱惑。当那洋水车灌好了第二丬田的时候，老通宝决定主意请教这"泥鳅精"，而且决定主意夜里拿着锄头守在田里，防那泥鳅精来偷回它的唾沫。

他也不和儿子媳妇商量，径拉了黄道士和李老虎做保人，担保了二分月息的八块钱，就取得船上人的同意，也叫那软管子到他田里放水去了。

太阳落山的时候，老通宝的田里平铺着一寸深的油绿绿的水，微风吹着，水皱的像老太婆的脸。老通宝看着很快活，也不理四大娘的唠唠叨叨聒着"又是八块钱的债"！八块钱诚然不是小事，但收起米不是可以卖十块钱一担么？去年糙米也还卖到十一块半呀！一切的幻想又在老通宝心里复活起来了。

阿四仍然摆着一张哭丧脸，呆呆地对田里发怔。水是有了，那些稻依然垂头弯腰，没有活态。水来得太迟，这些娇嫩的稻一经被太阳晒脱了力。

"今晚上用一点肥田粉，明后天就会好起来。"

忽然多多头的声音在阿四耳边响。阿四心里一跳。可不是，还有一包肥田粉，没有用过呀！现在是用当其时了。吊完了地里的壮气么？管他的！但是猛不防老通宝在那边也听得多多头那句话，这老头子就像风老虎似的扑过来喊道：

"毒药！小长毛的冤鬼，杀胚！你要下毒药么？"

大家劝着，把老通宝拉开。肥田粉的事，就此不提了。老通宝余怒未息地对阿四说：

"你看！过一夜，就会好的！什么肥田粉，毒药！"

于是既怕那泥鳅精来收回唾液，又怕阿四他们偷偷去下肥田粉，这一夜里，老通宝抵死也要在田塍[14]上看守了。他不肯轻易传授他的"独得之秘"，他不说是防着泥鳅精，只说恐怕多多头串通了阿四还要来胡闹。他那顽固是有名的。

一夜平安过去了，泥鳅精并没有来收回它的水，阿四和多多头也没胡闹。可是那稻照旧奄奄无生气，而且有几处比昨天更坏。老通宝疑惑是泥鳅精的唾液到底不行，然而别人家田里的稻都很青健。四大娘噪得满天红，说是"老糊涂断送了一家的性命"。老通宝急得脸上泛成猪肝色。陆福庆劝他用肥田粉试试看，或者还中用，老通宝呆瞪着眼睛只不做声。那边阿四和多多头早已拿出肥田粉来撒布了。老通宝别转脸去不愿意看。

以后接连两天居然没有那烫得皮肤上起泡的毒太阳。田里水还有半寸光景。稻又生青健壮起来了。老通宝还是不肯承认肥田粉的效力，但也不再说是毒药了。阴天以后又是萧索索的小雨。雨过后有微温的太阳光。稻更长得有精神了，全村坊的人都松一口气，现在有命了：天老爷还是生眼睛的！

接着是凉爽的秋风来了。四十多天的亢旱酷热已成为过去的噩梦。村坊里的人全有喜色。经验告诉他们这收成不会坏。"年纪不是活在狗身上"的老通宝更断言着"有四担米的收成"，是一个大熟年！有时他小心地抚着那重甸甸下垂的稻穗，便幻想到也许竟有五担的收成，而且粒粒谷都是那么壮实！

同时他的心里便打着算盘：少些说，是四担半罢，他总共可以收这么四十担；完了八八六担四的租米，也剩三十来担；十块钱一担，也有三百元，那不是他的债清了一大半？他觉得十块钱一担是最低的价格！

只要一次好收成，乡下人就可以翻身，天老爷到底是生眼睛的！

但是镇上的商人却也生着眼睛，他们的眼睛就只看见自己的利益，就只看见铜钱，稻还没有收割，镇上的米价就跌了！到乡下人收获他们几个月辛苦的生产，把那粒粒壮实的谷打落到稻箪[15]里的时候，镇上的米价飞快地跌倒六元一石！再到乡下人不怕眼睛盲地砻谷[16]的时候，镇上的米价跌到一担糙米只值四元！最后，乡下人挑了糙米上市，就是三元一担也不容易出脱！米店的老板冷冷地看着哭丧着脸的乡下人，爱理不理似的冷冷地说："这还是今天的盘子呀！明天还要跌！"

然而讨债的人却川流不绝地在村坊里跑，汹汹然嚷着骂着。请他们收米罢？好的！糙米两元九角，白米三元六角！

老通宝的幻想的肥皂泡整个儿爆破了！全村坊的农民哭着，嚷着，骂着。"还种什么田！白辛苦了一阵子，还欠债！"——四大娘发疯似的见到人就说这一句话。

春蚕的惨痛经验作成了老通宝一场大病，现在这秋收的惨痛经验便断送了他一条命。当他断气的时候，舌头已经僵硬不能说话，眼睛却还是明朗朗的；他的眼睛看着多多头似乎说："真想不到你是对的！真奇怪！"

1933年1月。

[原载1933年4月15日、5月15日《申报月刊》第2卷第4、5期。]

注释

1. 乡债：指农村里的高利贷。
2. 白虎星：封建迷信的说法，指那些会给人带来灾祸的人。
3. 闹漕：旧时指农民抵制官府征收漕粮的斗争。
4. 甏（bèng）：一种口小腹大的陶制盛器。
5. 迕逆（wǔ nì）：违逆，引申为对父母不孝。
6. 怂恿（sǒng yǒng）：从旁劝说鼓动。
7. 丝瓜缠到豆蔓里：江浙一带方言，意为纠缠不清。
8. 业种：詈（lì）词，犹孽种。
9. 图董：亦称"图长"。我国农村旧时基层行政组织的半公职人员。清代在南方各省县以下设乡，乡以下设图；图设图董，总管一图事务。
10. 俵分（biào fēn）：按份儿或按人分发。
11. 豆饼：大豆榨油后剩下的渣子压成饼形，叫豆饼。可以用来制造大豆胶，也用作肥料或饲料。
12. 戽（hù）：即戽斗，取水灌田的旧时农具，形状像斗，两边有绳，由两人拉绳牵斗取水。
13. 彀（gòu）：通"够"。
14. 田塍（chéng）：方言词，即田埂，意思是田间的土埂子。
15. 筩（tǒng）：通"筒"。
16. 礱（lóng）谷：即将稻谷变成米的劳动过程。

导读

　　《秋收》发表于 1933 年 4 月、5 月的《申报月刊》第 2 卷第 4 期、第 5 期，接着《春蚕》老通宝得病开始写："直到旧历五月尽头，老通宝那场病才渐渐好了起来"；到六月底，"春蚕时期的幻想，现在又在老通宝的倔强的头脑里蓬勃发长，正如田里那些秧一样"；他设法赊来豆饼施肥，动员全家没日没夜地车水灌溉；又经历了许多紧张和奋斗，到凉爽的秋风吹来时，终于见到稻穗重甸甸下垂，又获得了一个好收成，可是结果米价暴跌，白白辛苦了一年，又背了一身债，希望的肥皂泡又"整个儿爆破了"！"春蚕的惨痛经验作成了老通宝的一场大病，现在这秋收的惨痛经验便送了他一条命"。

　　《秋收》延续了《春蚕》中"丰收成灾"的主题，并通过老通宝这个人物形象内心世界的纠结，进一步描绘了 20 世纪 30 年代中国农村的生活情状，并通过对"抢米风潮"的描绘，暗示了农民即将走上的反抗之路。

　　"农村三部曲"的成功即在于塑造刻画了新旧两代农民形象，并通过这种形象的成功塑造深化了作品的主题思想。这在《秋收》中通过老通宝与其小儿子多多头的对比得到了进一步的延伸与丰富。老通宝一心幻想恢复他的家业，顽固地相信，"只要一次好收成，乡下人就可以翻身"，然而，秋季丰收，他得来的依然是饥饿贫困，债台高筑。事实无情地宣告了老通宝理想的破灭。在他弥留之际，觉悟到自己的道路是走不通的。事实上，老通宝这样的老一辈庄稼人，无论是养茧、种田都是能手，更不用说他们自身的勤劳了。纵然如此，老通宝最终仍然逃不脱食不果腹最终破产的命运。由此，通过生动的艺术形象，引导着读者去思考，农民的破产是由那个社会制度造成的，就如多多头所说的，"农民累断了脊梁骨，也是要饿肚子的"。

　　与老通宝形象形成鲜明对比的，是其小儿子多多头。如果说《春蚕》中，阿多仅是思想上对旧社会旧风习的不满、怀疑，到《秋收》中，饥饿群众的革命要求，推动他行动起来，要砸碎这个社会秩序了。他的这种行为，从根本上动摇了封建家长的权威。这个人物形象在之后的《残冬》中得到了进一步发展。到残冬的时候，农民生存的环境更加恶劣，生活更加不堪。在新的斗争环境里，以多多头为代表的新一代农民开始铤而走险，被逼造反了。

　　作品中对江南小镇的风土人情的着力描绘，地方方言的成功运用，以及充满地方色彩的人物塑造，使小说具有了二三十年代乡土文学创作的特点。然而，茅盾曾经指出，乡土文学不应仅仅注重单纯的地方色彩，还应该注重"自然环境与社会环境的错综相交"。在"农村三部曲"中，读者可以看到，作品在展示地方色彩的同时，也在努力反映出中国政治革命的现状和发展方向。也正因为此，使"农村三部曲"最终有别于一般的乡土小说。

残　冬

一

连刮了几年西北风，村里的树枝都变成光胳膊。小河边的衰草也由金黄转成灰黄，有几处焦黑的一大块，那是玩童放的野火。

太阳好的日子，偶然也有一只瘦狗躺在稻场上；偶然也有一二个村里人，还穿着破夹袄，拱起了肩头，蹲在太阳底下捉虱子。要是阴天，西北风吹那些树枝叉叉地响，彤云像快马似的跑过天空，稻场上就没有活东西的影踪了。全村庄就同死了的一样。全个村庄，一望只是死样的灰白。

只有村北那个张家坟园独自葱茏翠绿，这是镇上张财主的祖坟，松柏又多又大。

这又是村里人的克星。因为偶尔那坟上的松树少了一棵——有些客籍人常到各处坟园去偷树，张财主就要村里人赔偿。

这一天，太阳光是淡黄的，西北风吹那些枯枝苏苏地响，然而稻场上破例有了人了。

被大家叫做"白虎星"的荷花指手划脚地嚷道：

"刚才我去看了来，可不是，一棵！地下的木屑还是香喷喷的。这伙贼，一定是今天早上。嘿，还是这么大的一棵！"

说着，就用手比着那松树的大小。

听的人都皱了眉头叹气。

"赶快去通知张财主——"

有人轻声说了这么半句，就被旁人截住；那些人齐声喊道：

"赶紧通知他，那老剥皮就饶过我们么？哼！"

"捱得一天是一天！等到老剥皮晓得了，那时再碰运气。"

过了一会儿，荷花的丈夫根生出了这个主意。却不料荷花第一个就反对：

"碰什么运气呢？那时就有钱赔他么？有钱，也不该我们来赔！我们又没吃张剥皮的饭，用张剥皮的钱，干么要我们管他坟上的树？"

"他不同你讲理呀！去年李老虎出头跟他骂了几句，他就叫了警察来捉老虎去坐牢。"

阿四也插嘴说。

"害人的贼！"四大娘带着哭声骂了一句，心里却也赞成李根生的主意。

于是大家都骂那伙偷树贼来出气了。他们都断定是邻近那班种"荡田"的客籍人。只有"弯舌头"才下得这般"辣手"。因为那伙"弯舌头"也吃过张剥皮的亏，今番偷树，是报仇。可是却害了别人哩！就有人主张到那边的"茅草棚"里"起赃"。

没有开口的多多头再也忍不住了；好像跟谁吵架似的，他叫道：

"起赃么？倒是好主意！你又不是张剥皮的灰子灰孙，倒要你瞎起劲？"

"噢，噢，噢！你——半路里杀出个陈咬金，你不偷树好了，干么要你着急呢？"

主张去"起赃"的赵阿大也不肯让步。李根生拉开了多多头，好像安慰他似的乱嘈嘈地说道：

"说说罢了，谁去起赃呢！吵什么嘴！"

"不是这么说的！人家偷了树，并不是存心来害我们。回头我们要吃张剥皮的亏，那是张剥皮该死！干么倒去帮他捉人搜赃？人家和我并没有交情，可是——"

多多头一面分辨着，一面早被他哥哥拉进屋里去了。

"该死的张剥皮！"

大家也这么狠狠地说了一句。几个男人就走开了，稻场上就剩下荷花和四大娘，呆呆地望着那边一团翠绿的张家坟。忽然像是揭去了一层幔，眼前一亮，淡黄色的太阳光变做金黄了。风也停止。这两个女人仰脸朝天松一口气，便不约而同的蹲了下去，享受那温暖的太阳。

荷花在镇上做过丫头，知道张财主的底细，悄悄地对四大娘说道："张剥皮自己才是贼呢！他坐地分赃。"

"哦！——"

"贩私盐的，贩鸦片的，他全有来往！去年不是到了一伙偷牛贼么？专偷客民的牛，也偷到镇上的粉坊里；张剥皮他——就是窝家！"

"难道官府不晓得么？"

"哦！局长么？局长自己也通强盗！"

荷花说时挤着眼睛把嘴唇皮一披，鼻子里轻轻哼了一声。近来这荷花瘦得多了，皮色是白里泛青，一张大嘴更加显得和她的细眼睛不相称。

四大娘摇着头叹一口气，忽然站起来发狠地说：

"怪道多多头老是说规规矩矩做人就活不了命呀！"

"不错，世界要反乱了！"

"小宝的阿爹也说长毛要来呢！听说还有女长毛。你知道我们家里有一把长毛刀。……可是，我的爸爸说，真命天子还没出世。"

"呸！出世不出世，他倒晓得么？玉皇大帝告诉他的么？上月里西方天边有一个星红暴暴的，酒盅那么大，生八只角，这就是真命天子的本命星呀！八只角就是下凡八年了，还说没出世。"

"那是反王！我的老头子说是反王！你得懂什么！白虎星！"

"咦，咦，咦！"

荷花跳了起来，细眼睛眯紧了，怒气冲冲地瞅着四大娘。

这两个女人恶狠狠地对看了一会儿，旧怨仇便趁机发作；四大娘向来看不起荷花，说她"丫头出身，轻骨头，臭花娘子"。荷花呢，因为也不是"好惹的"，曾经使暗计，想冲克四大娘的蚕花。俩人总有半年多工夫见面不打招呼。直到新近四大娘的公公老通宝死了，这贴邻的两个女人方才又像是邻舍了。现在却又为了一点不相干的事，争吵起来，个人都觉得自己不错。

末了，四大娘用劲地啐了一声，朝地下吐一口唾沫，正打算"小事化为无事"，抽身走开了。但是荷花的脾气宁愿挨一顿打，却守不住这样的"文明式"的无言的侮辱；她跳前一步，怪声嚷道：

"骂了人家一句就想溜的，不是好货！"

"你是贱货！白虎星！"

四大娘也回骂，仍旧走。但是她并不回家，却走到小河那边去。荷花看见挑不起四大娘的火性，便觉得很寂寞；她是爱"热闹"的，即使是吵架的热闹，即使吵架的结果是她吃亏，——她被打了，她也不后悔。她觉得打架吃亏总比没有人理睬她好些。她最恨的是人家不把她当一个"人"！她做丫头的时候，主人当她是一件东西，主人当她是没有灵性的东西，比猫狗都不如；然而荷花自己知道自己是有灵性的。她之所以痛恨她那旧主人，这也是一个原因。

从丫头变做李根生老婆的当儿，荷花很高兴。为的她从此可以当个人了。然而不幸，她嫁来半个月后，根生就患了一场大病，接着是瘟羊瘟鸡；于是她就得了个恶名：白虎星！她在村里又不是"人"了！但也因为到底是在乡村，——荷花就发明了反抗的法子。她找机会和同村的女人吵嘴，和同村的单身男人胡调。只在吵架与胡调时，她感觉到几分"我也是一个人"的味儿。

春蚕以后大家没有饭吃，乱哄哄地抢米店吃大户的时候，荷花的"人"的资格大见增进。也好久没有听得她那最痛心的诨名：白虎星。她自己呢，也"规矩"些了。但是现在四大娘又挑起了那旧疮疤，并且摆出了不屑跟荷花吵嘴的神气。

看着四大娘走向小河去的背影，荷花咬着牙齿，心里的悲痛比挨打还厉害些。

西北风忽然转劲了。荷花听去，那风也在骂她：虎，虎，虎！

到了小河边的四大娘也蓦然地站住，回头来望了荷花一眼又赶快转过脸去，吐了一口唾沫。这好比火上添油！荷花怒喊一声，就向四大娘奔去。但是刚跑了两步，荷花脚下猛的一绊，就扑地一交，跌得两眼发昏。

"哈，哈，哈！白虎星！"

四大娘站得远远地笑骂。同时小河对面的稻场上也跑来了一个女子，也拍着手笑。她叫做六宝，也是荷花的对头。

"呃，呃，有本事的不要逃走！"

荷花坐在地上，仰起了她的扁脸孔，一边喘气，一边恨恨地叫骂。她这一跤跌得不轻，尾尻骨[1]就像发烧似的发痛；可是她忘记了痛，她一心想着怎样出这口气。对方是两个人了，骂呢，六宝的一张嘴，村里有名，那么打架罢，她们是两个！荷花一边爬起来，一边心里踌躇。刚好这时候有人从东边走来，荷花一眼瞥见，就改变了主意。

二

来人就是黄道士。自从老通宝死后，这黄道士便少了一个谈天说地的对手，村里的年青人也不大理睬他；大家忘记了村里还有他这"怪东西"。本来他也是种田的，甲子年上被军队拉去挑子弹，去的时候田里刚在分秧，回来时已经腊尽，总算赶到家吃了年夜饭，他的老婆就死了；从此剩下他一个光身子，爽性卖了他那两亩多田，只留下一小条的"埂头"种些菜蔬挑到镇上去卖，倒也一年一年混得过。有时接连四五天村里不见他这个人。到镇上去赶市回来的，就说黄道士又把卖菜的钱都喝了酒，白天红着脸坐在文昌阁下的测字摊头听那个测字老姜讲"新闻"，晚上睡在东岳庙的供桌底下。

这样在镇上混得久了，黄道士在村里就成为"怪东西"。他嘴里常有些镇上人的"口头禅"，又像是念经，又像是背书，村里人听不懂，也不愿听。

最近，卖菜的钱不够他吃饱肚子，黄道士也戒酒了。他偶然到镇上去，至多半天就回来。回来后就蹲在小河边的树根上，瞪大了眼睛。要是有人走过他跟前，朝他看了一眼，他就跳起来拉住了那人喊道："世界要发乱了！东北方——东北方出了真命天子！"于是他就唠唠叨叨说了许多人家听不懂的话，直到人家吐了一口唾沫逃走。

但在西北风扫过了这村庄以后，小河边的树根上也不见有瞪大了眼睛蹲着的黄道士。他躲在他那破屋子里，悉悉苏苏地不知道干些什么。有人在那扇破板门外偷偷地看过，说是这"怪东西"在那里拜四方，屋子里供着三个小小的草人儿。

村里的年青人都说黄道士着了"鬼迷"，可是老婆子和小孩子却就赶着黄道士问他那三个草人儿是什么神。后来村里的年青女人也要追问根底了。黄道士的回答却总是躲躲闪闪的，并且把他板门上的破逢儿都糊上了纸。

然而黄道士只不肯讲他的三个草人罢了，别的谇话是很多的。荷花所说的什么"出角红星"就是拾了黄道士的牙慧。所以现在看见黄道士瞪大着眼睛走了过来，荷花便赶快迎上去。她想拉这黄道士做帮手，对付那四大娘和六宝。

"喂，喂，黄道士，你看！四大娘说那颗红星是反王啦！真是热昏！"

荷花大声嚷着，就转脸朝那两个女人狂笑。可是刚才忘记了尾尻骨疼痛却忽然感到了，立刻笑脸变成了哭脸，双手捧住了屁股。

黄道士的眼睛瞪得更大，看看六宝她们，又看看荷花，然后摇着头，念咒似的说：

"托塔李天王，哪吒三太子，二朗神，嘿，二朗神是玉皇大帝的外孙！……啊，四大娘，真命天子出世了，远在天边，近在眼前！喏！南京脚下有一座山，山边有一个开豆腐店的老头子，天天起五更磨豆腐，喏！天天，笃笃笃！有人敲店板，问那老头子：'天亮了没有哪？天亮了没有哪？'哈哈，自然天没亮呵，老头子就回答'没有！'他不知道这问的人就是真命天子！"

"要是回答他'天亮了'就怎样？"

走近来的六宝抢着说，眼睛盯住了黄道士的面孔。

"说是'天亮了'么？那就，那就——"

黄道士皱了眉头，一连说几个"那就"，又眯细了眼睛看天，很神秘地摇着头。

"那就是我们穷人翻身！"

荷花等得不耐烦，就冲着六宝的脸大声叫喊，同时又忘记了屁股痛。

"嗳，可不是！总有点好处落在我们头上呢！比方说，三年不用完租。"

黄道士松一口气，心里感激着荷花。

但是六宝这大姑娘粗中有细，一定要根究，倘是回答了"天亮"就怎样。她不理荷花，只逼着黄道士，四大娘却在旁边呆着脸喃喃地自语道：

"豆腐店的老头子早点回答'天亮了'，多么好呢！"

"哪里成？哪里成！他不能犯天条，天机不可泄漏！——呀，回答了'天亮'就怎样么？咳，咳，六宝，那就，天兵天将下来，帮着真命天子打天下！"

"哦！"

六宝还是不很满意黄道士的回答，但也不再追问，只扁起了嘴唇摇头。

忽然荷花哈哈地笑了。她看见六宝那扁着嘴的神气，就想要替六宝起一个诨名。

"豆腐店的老头子也是星宿下凡的罢？喂，喂，黄道士，你怎么知道那敲门问'天亮'的就是真命天子？他是个什么样儿？"

四大娘又轻声问。

黄道士似乎不耐烦了，就冷笑着回答道：

"我怎么会知道呀？我自然会知道。豆腐店老头子么？总该有点来历。

笃笃笃，天天这么敲着他的店板。懂么？敲他的店板，不敲别人家的！'天亮了没有？天亮了没有？'天天是问这一句！老头子就听得声音，并没见过面。他敢去偷看么？不行！犯了天条，雷打！不过那一定是真命天子！"

说到最后一句，黄道士板着脸，又瞪大了眼睛，那神气很可怕。听的人都觉得毛骨悚然，就好像听得那笃笃叩门声。

西北风扑面吹来，那四个人都冷的发抖。六宝抹下一把鼻涕，擦着眼睛，忽又问道：

"你那三个草人呢？"

"那也有道理——有道理的！"

黄道士眨起了眼白，很卖弄似的回答。随即他举起左手，伸出一个中指，向北方天空连指了几下，他的脸色更严重了。三个女人的眼光也跟着黄道士的中指一齐看着天空的北方。四大娘觉得黄道士的瘦黑指头就像在空中戳住了什么似的，她的心有点跳。

"哪一方出真命天子，哪一方就有血光！懂么？血光！"

黄道士看着那三个女人厉声说，眼睛瞪得更大。

三个女人都吃了一惊。究竟"血光"是什么意思，她们原也不很明白。但在黄道士那种严重的口气下，她们就好像懂得了。特别是那四大娘，忽然福至心灵，晓得所谓"血光"就是死了许多人，而且一定要死许多人，因为出产真命天子的地方不能没有代价。

黄道士再举起左手，伸出中指，向北方天空指了三下。四大娘的心就是卜地三跳。蓦地黄道士回手指着自己的鼻子，闷着声音似的又说道：

"这里，这里，也有血光！半年罢，你们都要做刀下的鬼，村坊要烧白！"

于是他低下了头，嘴唇翕翕地动，像是念咒又像是抖。

三个女人都叹了一口气。荷花看着六宝，似乎说："先死的，看是你呢还是我！"六宝却盯住了黄道士的面孔看，有点不大相信的样子。末了，四大娘绝望似的吐出了半句：

"没有救星了么？那可——"

黄道士忽然跳起来，吵架似的呵斥道：

"谁说！我叫三个草人去顶刀头了！七七四十九天，还差几天——把你的时辰八字写来，外加五百钱，草人就替了你的灾难，懂么？还差几天。"

"那么真命天子呢，几时来？"

荷花又觉得尾尻骨上隐隐有点痛，便又提起了这话来。

黄道士瞪大了眼睛向前看，好像没有听得荷花那句话。北风劈面吹来，吹得人流眼泪了。那边张家坟上的许多松树呼呼地响着。黄道士把中指在眼眶上抹了一下，就板起面孔说道：

"几时来么？等那边张家坟的松树都死光了，那是就来！"

"呵，呵，松树！"

三个女人齐声喊了起来。她们的眼里一齐闪着恐惧和希望的光。少了一棵松树就要受张剥皮的压迫，她们是恐惧的；然而这恐惧后面就伏着希望么？这样在恐惧与希望的交织线下，她们对于黄道士的信口开河，就不知不觉发生了多少信仰。

三

四大娘心魂不定了好几天。因为她的丈夫阿四还想种"租田"，而她的父亲张财发却劝她去做女佣，——吃出一张嘴，多少也有几块钱的工钱。她想想父亲的话不错。但是阿四不种田又干什么呢？男人到镇上去找工作，比女人还难。要是仍旧种田，那么家里就需要四大娘这一双做手。

多多头另是一种意见，他气冲冲地说：

"租田来种么？你做断了背梁骨还要饿肚子呢！年成好，一亩田收了三担米，五亩田十五担，去了'一五得五，三五十五'六石^{2}五斗的租米，剩下那么一点留着自家吃罢，可是欠出的债要不要利息，肥料要不要本钱？你打打算盘刚好是白做，自家连粥也没得吃！"

阿四苦着脸不做声。他也知道种"租田"不是活路。四大娘做女佣多少能赚几个钱，就是他自己呢，做做短工也混一口饭，但是有个什么东西梗在他的心头，他总觉得那样办就是他这一世完了。他望着老婆的脸，等待她的主意。多多头却又接着说道：

"不要三心两意了！现在——田，地，都卖得精光，又欠了一身的债，这三间破屋也不是自己的，还死守在这里干什么？依我说，你们两个到镇上去'吃人家饭'，老头子借的债，他妈的，不管！"

"小宝只好寄在他的外公身边，——"

四大娘惘然呐出了半句，猛的又缩住了。"外公"也没有家。也是"吃人家饭"，况且已经为的带着小孙子在身边，"东家"常有闲话，再加一个外孙，恐怕不行罢？也许会连累到外公打破饭碗。镇上人家都不喜欢雇了个佣人却带着小孩。……想到这些，四大娘就觉得"吃人家饭"也是为难。

"我都想过了，就是小把戏没有地方去呀！"

阿四看着他老婆的面孔说，差不多要哭出来。

"嘿嘿！你这样没有主意的人，少有少见！我带了小宝去，包你有吃有穿！到底是十二岁的孩子，又不是三岁半要吃奶的！"

多多头不耐烦极了，就想要跟他哥哥吵架似的嚷着。

阿四苦着脸只是摇头。四大娘早已连声反对了：

"不行，不行！我不放心！唉，唉，像个什么！一家人七零八落！一份人家拆散，不行的！怎么就把人家拆散！"

"哼，哼，乱世年成，饿死的人家上千上万，拆散算得什么！这年成死一个人好比一条狗，拆散一下算得什么！"

多多头暴躁地咬着牙齿说。他睁圆了眼睛看他的哥哥嫂嫂，怒冲冲地就像要把这一对没有主意的人儿一口吞下去。

因为多多头发脾气，阿四和四大娘就不再开口了。他们却也觉得多多头这一番怒骂爽辣辣地怪受用似的。梗在阿四心头的那块东西，——使他只想照老样子种田，即使是种的租田，使他总觉得"吃人家饭"不是路，使他老是哭丧着连打不起主意的那块东西，现在好像被多多头一脚踢破露出那里边的核心。原来就是"不肯拆散他那个家"！

因为他们向来有一个家，而且还是"自田自地"过得去的家，他们就以为做人家的意义无非为要维持这"家"，现在要他们拆散了这家去过"浮尸"样的生活，那非但对不起祖宗，并且也对不起他们的孩子——小宝。"家"，久已成为他们的信仰。刚刚变成为无产无家的他们怎么就能忘记了这久长生根了的信仰呵！

然而多多头的话却又像一把尖刀戳穿了他们的心，——他们的信仰。"乱世年成，人家拆散，算得什么呢！死一个人，好比一条狗！"四大娘愈想愈苦，就哭起来了。

"多早晚真命天子才来呢？黄道士的三个草人灵不灵？"

在悲泣中，她又这么想，仿佛看见了一道光明。

四

一天一天更加冷了。也下过雪。菜蔬冻坏了许多。村里人再没有东西送到镇上去换米了，有好多天，村和镇断绝了交通。全村的人都在饥饿中。

有人忽然发现了桑树的根也可以吃，和芋头差不多。于是大家就掘桑根。

四大娘看见了桑根就像碰见了仇人。为的他家就伤在养蚕里，也为的这块桑地已经抵给债主。虽然往常她把桑树当作性命。

村里少了几个青年人：六宝的哥哥福庆，和镇上张剥皮闹过的李老虎，还有多多头，忽然都不知去向。但村里人谁也不关心；他们关心的，倒是那张家坟园里的松树。即使是下雪天，也有人去看那坟上的松树到底还剩几棵。上次黄道士那一派胡言早就传遍了全村，而且很多人相信。

黄道士破屋里的三个草人身上渐渐多些纸条，写着一些村里人的"八字[3]"。四大娘的儿子小宝的"八字"也在内。四大娘还在设法再积五百个钱也替她丈夫去挂个条儿。

女人中间就只有六宝不很相信黄道士的浑话。可是她也不在村里了。有人说她到上海去"进厂"了，也有人说她就在镇上。

将近"冬至"的时候，忽然村里又纷纷传说，真命天子原来就出在邻村，叫做七家浜的小地方。村里的赵阿大就同亲眼看过似的，在稻场上讲那个"真命天子"的故事：

"不过十一二岁呢，和小宝差不多高。也是鼻涕拖有寸把长……"

站在旁边听的人就轰然笑了。赵阿大的脸立刻涨红，大声喊道：

"不相信，就自己去看罢！'真人不露相'？嗨，这就叫做'真人不露相'！慢点儿，等我想一想。对了，是今年夏天的时候，这孩子，真命天子，一场大病，死去三日三夜。醒来后就是'金口'了！人家本来也不知道。八月半那天，他跟了人家去拔芋头，田塍上有一块大石头——就是大石头，他喊一声'滚开'，当真！那石头就骨碌碌地滚开了！他是金口[4]。"

听的人都睁大了眼睛看着赵阿大，又转脸去看四大娘背后的瘦得不成样子的小宝。

有人松一口气似的小声说：

"本来真命天子早该出世了！"

"金口还说了些什么？阿大！"

阿四不满足地追问。但是赵阿大瞪出了眼睛，张大着嘴巴，没有回答。他是不会撒谎的，有一句说一句，不能再添多。过一会儿，他发急了似的乱嚷道：

"各村坊里都讲开了，'人'是在那里！十一二岁，拖鼻涕，跟小宝差不多！"

"唉！还只得十一二岁！等到他坐龙庭，我的骨头快烂光了！"

四大娘忽然插嘴说，怕冷似的拱起了两个肩膀。

"谁说！当作是慢的，反而快！有文曲星武曲星帮忙呢！福气大的人，十一二岁也就坐上龙庭了！要等到你骨头烂，大家就没命了！"

荷花找到机会，就跟四大娘抬杠。

"你也是'金口'么？不要脸！"

四大娘回骂，心里也觉得荷花的话大概不错，而且盼望它不错，可是当着那么多人面前，四大娘嘴里怎么肯认输。这两个女人又要吵起来了。黄道士一向没开口，这时他便拦在中间说道：

"自家人吵什么！可是，阿大，七家浜离这里多少路！不到'一九'罢？那，我们村坊正罩在'血光'里了！几天前，桥头小庙里的菩萨淌眼泪，河里的水发红光，——哦！快了！半年，一年！——记牢！"

最后两个字像猫头鹰叫，听的人都打了个寒噤，希望中夹着害怕。黄道士三个古怪草人都浮出在众人眼前了，草人上挂着一些纸条。于是已经花了五百文的人不由得松一口气，虔诚地望着黄道士的面孔。

"这几天里，松树砍去了三棵！"

荷花喃喃地说，脸向着村北的一团青绿的张家坟。

大家都会意似的点头。有几个嘴里放出轻松的一声嘘。

赵阿大料不到真命天子的故事会引出这样严重的结果，心里着实惊慌。他还没在黄道士的草人身上挂一纸条儿，他和老婆为了这件事还闹过一场，现在好像要照老婆的意思破费几文了。五百个钱虽是大数目，可是他想来倒还有办法。保卫团捐，他已经欠了一个月，爽性再欠一个月，那不就有了么？派到他头上的捐是第三等，每月一角。

不单是赵阿大存了这样的心。早已有人把保卫团捐移到黄道士的草人身上了。他们都是会打算盘的：保卫团捐是每月一角，——也有的派到每月二角，可是黄道士的草人却只要一次的五百文就够了，并且村里人也不相信那住在村外三里远的土地庙里的什么"三甲联合队"的三条枪会有多少力量。在乡下人眼里，那什么"三甲联合队"队长，班长，兵，共计三人三条枪，远不及黄道士的三个草人能够保佑村坊。

他们也不相信那"三甲联合队"真能来保卫他们什么。那三条枪是七月里来的，正当乡下人没有饭吃，闹哄哄地抢米的时候，饭都没的吃的人，还有什么值钱的东西要保卫么？

可是那"三甲联合队"三个人"管"的事却不少。并且管事的本领也不小。虽然天气冷，他们三个人成天躲在庙里，他们也知道七家浜出了"真命天子"，也知道黄道士家里有什么草人，并且那天赵阿大他们在稻场上说的那些话也都落到他们三个人耳朵里了。

并且，村里的人不缴保卫团捐却去送钱给黄道士那三个草人的事，也被"三甲联合队"的三个人知道了！

就在赵阿大讲述"真命天子"的故事的三四天以后，"三甲联合队"也把七家浜那个"金口"的拖鼻涕的孩子验明本身捉到那土地庙里来了。

这是在微雨的下午，天空深灰色，雨有随时变作雪的样子。土地庙里暗得很。"三甲联合队"的全体——队长，班长，和士兵，一共三个人，以为出了这一趟远差，都疲倦了，于是队长下命令，就把那孩子锁在土地公公的泥腿上，班长改作"值日官"，士兵改作门岗兼"卫兵"，等到明天再报告基干队请示发落。

那拖鼻涕的"真命天子"蹲在土地公公泥脚边悄悄地哭。

队长从军衣袋掏出一支香烟来，烟已经揉曲了，队长慢慢地把它弄直，吸着了，喷一口烟，就对那"值日官"说道：

"咱们破了这件案子，您想来该得多少奖赏？"

"别说奖赏了，听说基干队的棉军衣还没着落。"

值日官冷冷地回答。于是队长就皱这眉头再喷一口烟。

天色更加黑了，值日官点上了洋油灯，正想去权代那"卫兵"做"门岗"，好替回那"卫兵"来烧饭，忽然队长双手一拍，站起来拿那洋油灯照到那"真命天子"的脸上，用劲地看着。看了一会儿，他就摆出老虎威风了，吓唬那孩子道：

"想做皇帝么？你犯的杀头罪，杀头，懂得么？"

孩子不敢再哭，也不说话，鼻涕拖有半尺长。

"同党还有谁？快说！"值日官也在旁边吆喝。

回答是摇头。

队长生气了，放下洋油灯，抓住了那孩子的头发往后一揪，孩子的脸就朝上了，队长狞视着那拖鼻涕的脏瘦脸儿，厉声骂道：

"没有耳朵么？谁是同党？招出来，就不打你！"

"我不知道哟？我只知道拾柴捉草，人家说我什么，我全不知道。"

"混蛋！那就打！"

队长一边骂，一边就揪住那孩子的头到土地公公的泥腿上重重地碰了几下。孩子像杀猪似的哭叫了。土地公公腿上的泥簌簌地落在孩子的头上。

值日官背卷着手，侧着头，瞧着土地公公脸上蚀剩一半的白胡子。他知道队长的心事，他又瞧出那孩子实在笨得不像人样。等队长怒气稍平，他扯着队长的衣角，在队长耳边轻轻说了一句，两个人就踅到一边去低声商量。

孩子头上肿高了好几块，睁大着眼睛发愣，连哭都忘记了。

"明天把黄道士捉来，就有法子好想。"

值日官最后这么说了一句，队长点头微笑。再走到那孩子跟前，队长就不像刚才那股凶相，倒很和气地说：

"小孩子，你是冤枉了，明天就放你回去。可是你得告诉我，村里有几家有钱？要是你不肯说，好，再打！"

突然队长的脸又绷紧了，还用脚跺了一下。

孩子仰着脸，浑身都抖了。抖了一会儿，他就摇头，一边就哭。

"贱狗！不打不招！"

队长跺着脚咆哮。值日官早拾起一根木柴，只等队长一声命令，就要打了。

但是庙门外蓦地来了一声狂呼，队长和值日官急转脸去看时，灯光下照见他们那卫兵兼门岗抱着头飞奔进来，后边是黑魆魆[5]几条人影子。值日官丢了木柴就往土地公公座边的小门跑了。队长毕竟有胆，哼了一声，跳起来就取那条挂在泥塑"功曹"身上的枪，可是枪刚到手，他已经被人家拦腰抱住，接着是兜头吃了一锄头，不曾再哼得一声，就死在地上。

卫兵被陆福庆捉住，解除了他身上的子弹带。

"逃走了一个！"

多多头抹着脸，大声说。队长脑袋里的血溅了多多头一脸和半身。

"三条枪全在这里了。子弹也齐全。逃走的一个，饶了他罢。"

这是李老虎的声音。接着，三个人齐声哈哈大笑。

多多头揪断了那"真命天子"身上的铁链，也拿过洋油灯来照他的脸。这孩子简直吓昏了，定住了眼睛，牙齿抖得格格地响。陆福庆和李老虎搀他起来，又拍着他的胸脯，揪他的头发。孩子惊魂中醒过来，第一声就哭。

多多头放下洋油灯，笑着说道：

"哈哈！你就是什么真命天子么？滚你的罢！"

这时庙门外风赶着雪花，磨旋似的来了。

1933年。

[原载1933年7月1日《文学》第1卷第1号。]

注释

1. 尻骨（kāo gǔ）：即屁股，脊骨的末端。
2. 石（dàn）：中国市制容量单位，十斗为一石。
3. 八字：也叫四柱，是从历法查出的天干地支八个字，用以表示人出生的年、月、日、时，合起来是八个字。八字是一种据此推命的迷信方法。
4. 金口：旧时用以指天子之言。后泛指说话正确，不能改变。
5. 黑魆魆（hēi xū xū）：形容词，形容黑暗。

导读

《残冬》延续着"农村三部曲"前两部《春蚕》与《秋收》的主题，在叙述线索上具有明显的时间性，所不同的是，作者将更多的笔墨用在了对新一代农民的刻画上。老通宝的儿子多多头，他早知道父辈们想靠苦干来改善处境只不过是幻想，在那个社会里"规规矩矩做人就活不了命"，正是基于这样的认识，读者看到了：在《秋收》中，他组织和率领饥饿的村民们到镇上抢米囤，吃大户；而在《残冬》中，他和陆福庆等人，在一个风雪弥漫的夜晚，摸进武装保卫团"三甲联合队"的驻地，缴了他们的枪，勇敢地走上了武装革命斗争的道路。

茅盾在一些回忆《子夜》创作的文章里,都提到写这本书时构思的"野心":打算一面写革命势力正在蓬勃发展的农村,一面写反动势力强大的城市,写一部农村与城市的"交响曲"。这个创作意图在《子夜》未能完全实现,作为"交响曲"一部分的"革命势力正在蓬勃发展的农村",由"农村三部曲"进行了很好地弥补,使我们看到了二十世纪三十年代初中国从农村到城市动荡不安和革命发展的生动情景。

茅盾的"农村三部曲",从《春蚕》写蚕丝业萧条所引起的农村破产,到《秋收》写农民在饥饿中的抢粮风潮,再到《残冬》写农民在一年生计完全绝望以后,终于自发起来进行武装斗争,全面地反映了那个年代旧中国农村变化和农民觉醒的全过程,给我们留下了一幅清楚、生动的历史图画。

就人物塑造上而言,"农村三部曲"为我们提供了一幅血肉丰满的农民形象的画卷。如果说,《春蚕》与《秋收》的笔墨侧重于新旧两代农民(其代表人物分别是老通宝和多多头)之间的比较,那么在《残冬》中,随着老通宝的去世,作者将更多的笔墨落在了多多头这个新一代农民身上。然而,这个人物形象远远不如老通宝那样饱满、真实、丰富。老通宝是扎根于其生存的乡土环境,富有江南水乡的泥土气息,人物的精神状态与作品的乡土环境是一致的;但在表现多多头这类年轻人走上革命道路的时候,作者的眼光更多地放在了对中国社会政治革命进程的描写上,人物所处的特定的乡土环境在有意无意中被忽略了。因此,多多头们反抗、革命行为背后的思想表现显得有些单薄无力。

茅盾谈到《春蚕》的创作过程时曾说:"先是看到了帝国主义的经济侵略以及国内政治的混乱造成了那时的农村破产……从这一认识出发,算是《春蚕》的主题已经有了,其次便是处理人物,构造故事。"这实际上也是对"农村三部曲"构思过程的概括。作者有意以新旧两代农民不同人生道路的对比来表达自己对农村社会发展趋势的乐观估计,也就是说,"农村三部曲"实际上是作者在先进的理论指导下观察生活,表现生活的结果,是"先从一个社会科学的命题"开始创作的。这一方面固然能使作品表现出对社会的独到认识,显现出更为宽广的视野与深刻的预见性,但也易于导致人物塑造的概念化。这一点在多多头身上得到了体现。多多头形象的意义,主要是它提供了中国农民如何由自发反抗到自觉革命的过程,因而具有某种程度的认知价值。

水 藻 行

一

连刮了两天的西北风，这小小的农村里就连狗吠也不大听得见。天空，一望无际的铅色，只在极东的地平线上有晕黄的一片，无力然而执拗地，似乎想把那铅色的天盖慢慢地熔开。

散散落落七八座矮屋，伏在地下，甲虫似的。新稻草的垛儿像些枯萎的野菌；在他们近旁及略远的河边，脱了叶的乌桕[1]树伸高了新受折伤的桠枝，昂藏地在和西北风挣扎。乌桕树们是农民的慈母；平时，她们不用人们费心照料，待到冬季她们那些乌黑的桕子绽出了白头时，她们又牺牲了满身的细手指，忍受了千百的刀伤，用她那些富于油质的桕子弥补农民的生活。

河流弯弯地向西去，像一条黑蟒，爬过阡陌纵横的稻田和不规则形的桑园，愈西，河身愈宽，终于和地平线合一。在夏秋之交，这快乐而善良的小河到处点缀着铜钱似的浮萍和丝带样的水草，但此时都被西北风吹刷得精光了，赤膊的河身在寒威下皱起了鱼鳞般的碎波，颜色也愤怒似的转黑。

财喜，将近四十岁的高大汉子，从一间矮屋里走出来。他大步走到稻场的东头，仰脸朝天空四下里望了一圈，极东地平线上那一片黄晕，此时也被掩没，天是一只巨大的铅罩子了，没有一点罅隙。财喜看了一会，又用鼻子嗅，想试出空气中水分的浓淡来。

"妈的！天要下雪。"财喜喃喃地自语着，走回矮屋去。一阵西北风呼啸着从隔河的一片桑园里窜出来，揭起了财喜身上那件破棉袄的下襟。一条癞黄狗刚从屋子里出来，立刻将头一缩，拱起了背脊；那背脊上的乱毛似乎根根都竖了起来。

"嘿，你这畜生，也那么怕冷！"财喜说着，便伸手一把抓住了黄狗的颈皮，于是好像一身的精力要找个对象来发泄发泄，他提起这条黄狗，顺手往稻场上抛了去。

黄狗滚到地上时就势打一个滚，也没吠一声，夹着尾巴又奔回矮屋来。哈哈哈！——财喜一边笑，一边就进去了。

"秀生！天要变啦。今天——打蕰草²去！"财喜的雄壮的声音使得屋里的空气登时活泼起来。

屋角有一个黑魆魆的东西正在蠕动，这就是秀生。他是这家的"户主"，然而也是财喜的堂侄。比财喜小了十岁光景，然而看相比财喜老得多了。这个种田人是从小就害了黄疸病的。此时他正在把五斗米分装在两口麻袋里，试着两边的轻重是不是平均。他伸了伸腰回答：

"今天打蕰草去么？我要上城里去卖米呢。"

"城里好明天去的！要是落一场大雪看你怎么办？——可是前回卖了柏子的钱呢？又完了么？"

"老早就完了。都是你的主意，要赎冬衣。可是今天油也没有了，盐也用光了，昨天乡长又来催讨陈老爷家的利息，一块半：——前回卖了柏子我不是说先付还了陈老爷的利息么，冬衣慢点赎出来，可是你们——"

"哼！不过错过了今天，河里的蕰草没有我们的份了？"财喜暴躁地叫着就往屋后走。

秀生迟疑地望了望门外的天色。他也怕天会下雪，而且已经刮过两天的西北风，河身窄狭而又弯曲的去处，蕰草大概早已成了堆，迟一天去，即使天不下雪也会被人家赶先打了去；然而他又忘不了昨天乡长说的"明天没钱，好！拿米去作抵！"米一到乡长手里，三块多的，就只作一块半算。

"米也要卖，蕰草也要打；"秀生一边想一边拿扁担来试挑那两个麻袋。放下了扁担时，他就决定去问问邻舍，要是有人上城里去，就把米托带了去卖。

二

财喜到了屋后，探身进羊棚（这是他的卧室），从铺板上抓了一条蓝布腰带，拦腰紧紧捆起来，他觉得暖和得多了。这里足有两年没养过羊，——秀生没有买小羊的余钱，然而羊的特有的骚气却还存在。财喜是爱干净的，不但他睡觉的上层的铺板时常拿出来晒，就是下面从前羊睡觉的泥地也给打扫得十分光洁。可是他这样做，并不为了那余留下的羊骚气——他倒是喜欢那淡薄的羊骚气的，而是为了那种阴湿泥地上带有的腐浊的霉气。

财喜想着趁天还没下雪，拿两束干的新稻草来加添在铺里。他就离了羊棚，往近处的草垛走。他听得有哼哼的声音正从草垛那边来。他看见一只满装了水的提桶在草垛相近的泥地上。接着他又嗅到一种似乎是淡薄的羊骚气那样的熟习的气味。他立即明白那是谁了，三脚两步跑过去，果然看见是秀生的老婆哼哼唧唧地蹲在草垛边。

"怎么了？"财喜一把抓住了这年青壮健的女人，想拉她起来。但是看见女人双手捧住了那彭亨的大肚子，他就放了手，着急地问道："是不是肚子痛？是不是要生下来了？"

女人点了点头；但又摇着头，挣扎着说：

"恐怕不是，——还早呢！光景是伤了胎气，刚才，打一桶水，提到这里，肚子——就痛的厉害。"

财喜没有了主意似的回头看看那桶水。

"昨夜里，他又寻我的气，"女人努力要撑起身来，一边在说，"骂了一会儿，小肚子旁边吃了他一踢。恐怕是伤了胎气了。那时痛一会儿也就好了，可是，刚才……"

女人吃力似的唉了一声，又靠着草垛蹲了下去。

财喜却怒叫道："怎么？你不声张？让他打？他是哪一门的好汉，配打你？他骂了些什么？"

"他说，我肚子里的孩子不是他的，他不要！"

"哼！亏他有脸说出这句话！他一个男子汉，自己留个种也做不到呢！"

"他说，总有一天他白刀子进，红刀子出，——我怕他，会当真……"

财喜却笑了："他不敢的，没有这胆量。"于是秀生那略带浮肿的失血的面孔，那干柴似的臂膊，在财喜眼前闪出来了；对照着面前这个充溢着青春的活力的女子，发着强烈的近乎羊骚臭的肉香的女人，财喜确信他们这一对真不配；他确信这么一个壮健的，做起工来比差不多的小伙子还强些的女人，实在没有理由忍受那病鬼的丈夫的打骂。

然而财喜也明白这女人为什么忍受丈夫的凌辱；她承认自己有对他不起的地方，她用辛勤的操作和忍气的屈伏来赔偿他的损失。但这是好法子么？财喜可就困惑了。他觉得也只能这么混下去。究竟秀生的孱弱也不是他自己的过失。

财喜轻轻叹一口气说：

"不过，我不能让他不分轻重乱打乱踢。打伤了胎，怎么办？孩子是他的也罢，是我的也罢，归根一句话，总是你的肚子里爬出来的，总是我们家的种呀！——咳，这会儿不痛了罢？"

女人点头，就想要站起来。然而像抱着一口大鼓似的，她那大肚子使她的动作不便利。财喜抓住她的臂膊拉她一下，而这时，女人身上的刺激性强烈的气味直钻进了财喜的鼻子，财喜忍不住把她紧紧抱住。

财喜提了那桶水先进屋里去。

<h1 style="text-align:center">三</h1>

蕰草打了来是准备到明春作为肥料用的。江南一带的水田，每年春季"插秧"时施一次肥，七八月稻高及人腰时又施一次肥。在秀生他们乡间，本来老法是注重那第二次的肥，得用豆饼。有一年，豆饼的出产地发生了所谓"事变"，于是豆饼的价钱就一年贵一年，农民买不起，豆饼行也破产。

贫穷的农民于是只好单用一次肥，就是第一次的，名为"头壅"；而且这"头壅"的最好的材料，据说是河里的水草，秀生他们乡间叫做"蕰草"。

打蕰草，必得在冬季刮了西北风以后；那时风把蕰草吹聚在一处，打捞容易。但是冬季野外的严寒可又不容易承受。

失却了豆饼的农民只好拼命和生活搏斗。

财喜和秀生驾着一条破烂的"赤膊船"向西去。根据经验，他们知道离村二十多里的一条叉港里，蕰草最多；可是他们又知道在他们出发以前，同村里已经先开出了两条船去，因此他们必得以加倍的速度西行十多里再折南十多里，方能赶在人家的先头到了目的地。这都是财喜的主意。

西北风还是劲得很，他们两个逆风顺水，财喜撑篙，秀生摇橹。

西北风戏弄着财喜身上那蓝布腰带的散头，常常搅住了那支竹篙。财喜随手抓那腰带头，往脸上抹一把汗，又刷的一声，篙子打在河边的冻土上，船唇泼剌剌地激起了银白的浪花来。哦——呵！从财喜的厚实的胸膛来了一声雄壮的长啸，竹篙子飞速地伶俐地使转来，在船的另一边打入水里，财喜双手按住篙梢一送，这才又一拖，将水淋淋的丈二长的竹篙子从头顶上又使转来。

财喜像找着了泄怒的对象，舞着竹篙，越来越有精神，全身淌着胜利的热汗。

约莫行了十多里，河面宽阔起来。广漠无边的新收割后的稻田，展开在眼前。发亮的带子似的港汊在棋盘似的千顷平畴中穿绕着。水车用的茅篷像一些泡头钉，这里那里钉在那些"带子"的近边。疏疏落落灰簇簇一堆的，是小小的村庄，隐隐浮起了白烟。

而在这朴素的田野间，远远近近傲然站着的青森森的一团一团，却是富人家的坟园。

有些水鸟扑索索地从枯苇堆里飞将起来，忽然分散了，像许多小黑点子，落到远远的去处，不见了。

财喜横着竹篙站在船头上，忽然觉得眼前这一切景物，虽则熟习，然而又新鲜。大自然似乎用了无声的语言对他诉说了一些什么。他感到自己胸里也有些什么要出来。

"哦——呵！"他对那郁沉的田野，发了一声长啸。

西北风把这啸声带走消散。财喜慢慢地放下了竹篙。岸旁的枯苇苏苏地呻吟。从船后来的橹声很清脆，但缓慢而无力。

财喜走到船梢，就帮同秀生摇起橹来。水像败北了似的嘶叫着。

不久，他们就到了目的地。

"赶快打罢！回头他们也到了，大家抢就伤了和气。"

财喜对秀生说，就拿起了一副最大最重的打蕰草的夹子来。他们都站在船头上了，一边一个，都张开夹子，向厚实实的蕰草堆里刺下去，然后闭了夹子，用力绞着，一拖，举将起来，连河泥带蕰草，都扔到船肚里去。

叉港里泥草像一片生成似的，抵抗着人力的撕扯。河泥与碎冰屑，又增加了重量。财喜是发狠地搅着绞着，他的突出的下巴用力扭着；每一次举起来，他发出胜利的一声叫，那蕰草夹子的粗毛竹弯得弓一般，吱吱地响。

"用劲呀，秀生，赶快打！"财喜吐一口唾沫在手掌里，两手搓了一下，又精神百倍地举起了蕰草夹。

秀生那张略带浮肿的脸上也钻出汗汁来了。然而他的动作只有财喜的一半快，他每一夹子打得的蕰草，也只有财喜一半多。然而他觉得臂膀发酸了，心在胸腔里发慌似的跳，他时时轻声地哼着。

带河泥兼冰屑的蕰草渐渐在船肚里高起来了，船的吃水也渐渐深了；财喜每次举起满满一夹子时，脚下一用力，那船便往外侧，冰冷的河水便漫上了船头，浸过了他的草鞋脚。他已经把破棉袄脱去，只穿件单衣，可是那蓝布腰带依然紧紧地捆着；从头部到腰，他像一只蒸笼，热气腾腾地冒着。

四

欸乃的橹声和话语声从风里渐来渐近了。前面不远的枯苇墩中，闪过了个毡帽头。接着是一条小船困难地钻了出来，接着又是一条。

"啊哈，你们也来了么？"财喜快活地叫着，用力一顿，把满满一夹的蕰草扔在船肚里了；于是，狡猾地微笑着，举起竹夹子对准了早就看定的蕰草厚处刺下去，把竹夹尽量地张开，尽量地搅。

"嘿，怪了！你们从哪里来的？怎么路上没有碰到？"

新来的船上人也高声叫着。船也插进蕰草阵里来了。"我们么？我们是……"秀生歇下了蕰草夹，气喘喘地说。

然而财喜的元气旺盛的声音立刻打断了秀生的话：

"我们是从天上飞来的呢！哈哈！"

一边说，第二第三夹子又对准蕰草厚处下去了。

"不要吹！谁不知道你们是钻烂泥的惯家！"新来船上的人笑着说，也就杂乱地抽动了粗毛竹的蕰草夹。

财喜不回答，赶快向拣准的蕰草多处再打了一夹子，然后横着夹子看了看自己的船肚，再看看这像是铺满了乱布的叉港。他的有经验的眼睛知道这里剩下的只是表面一浮层，而且大半是些萍片和细小的苔草。

他放下了竹夹子，捞起腰带头来抹满脸的汗，敏捷地走到了船梢上。

洒滴在船梢板上的泥浆似乎已经冻结了，财喜那件破棉袄也胶住在船板上；财喜扯了它起来，就披在背上，蹲了下去，说："不打了。这满港的，都让给了你们罢。"

"浑！拔了鲜儿去，还说好看话！"新来船上的人们一面动手工作起来，一面回答。

这冷静的港汊里登时热闹起来了。

秀生揭开船板，拿出那预先带来的粗粉糰子。这也冻得和石头一般硬。秀生奋勇地啃着。财喜也吃着粉糰子，然而仰面看着天空，在寻思；他在估量着近处的港汊里还有没有蕰草多的去处。

天空彤云密布，西北风却小些了。远远送来了呜呜的汽笛叫，那是载客的班轮在外港经过。

"哦，怎么就到了中午了呀？那不是轮船叫么！"

打蕰草的人们嘈杂地说，仰脸望着天空。

"秀生！我们该回去了。"财喜站起来说，把住了橹。

这回是秀生使篙了。船出了那叉港，财喜狂笑着说："往北，往北去罢！那边的断头浜里一定有。"

"再到断头浜？"秀生吃惊地说，"那我们只好在船上过夜了。"

"还用说么！你不见天要变么，今天打满一船，就不怕了！"财喜坚决地回答，用力地推了几橹，早把船驶进一条横港去了。

秀生默默地走到船梢，也帮着摇橹。可是他实在已经用完了他的体力了，与其说他是在摇橹，还不如说橹在财喜手里变成一条活龙，在摇他。

水声泼鲁鲁泼鲁鲁地响着，一些不知名的水鸟时时从枯白的芦苇中惊飞起来，啼哭似的叫着。

财喜的两条铁臂像杠杆一般有规律地运动着；脸上是油汗，眼光里是愉快。他唱起他们村里人常唱的一支歌来了：

姐儿年纪十八九：

大奶奶，抖又抖，

大屁股，扭又扭；

早晨挑菜城里去，

亲丈夫，挂在扁担头。

五十里路打转回。

煞忙里，碰见野老公，——

羊棚口：

一把抱住摔觔斗。

秀生却觉得这歌句句是针对了自己的。他那略带浮肿的面孔更见得苍白，腿也有点颤抖。忽然他腰部一软，手就和那活龙般的橹脱离了关系，身子往后一挫，就蹲坐在船板上了。

"怎么？秀生！"财喜收住了歌声，吃惊地问着，手的动作并没停止。

秀生垂头不回答。

"没用的小伙子，"财喜怜悯地说，"你就歇一歇罢。"于是，财喜好像想起了什么，纵目看着水天远处；过一会儿，歌声又从他喉间滚出来了。

"财——喜！"忽然秀生站了起来，"不唱不成么！——我，是没有用的人，病块，做不动，可是，还有一口气，情愿饿死，不情愿做开眼乌龟！"

这样正面的谈判和坚决的表示，是从来不曾有过的。财喜一时间没了主意。他望着秀生那张气苦得发青的脸孔，心里就涌起了疚悔；可不是，那一支歌虽则是流传已久，可实在太像了他们三人间的特别关系，怨不得秀生听了刺耳。财喜觉得自己不应该在秀生面前唱得这样高兴，好像特意嘲笑他，特意向他示威。然而秀生不又说"情愿饿死"么？事实上，财喜寄住在秀生家不知出了多少力，但现在秀生这句话仿佛是拿出"家主"身份来，要他走。转想到这里，财喜也生了气。

"好，好，我走就走！"财喜冷冷地说，摇橹的动作不由地慢了一些。

秀生似乎不料有这样的反响，倒无从回答，颓丧地又蹲了下去。

"可是，"财喜又冷冷地然而严肃地说，"你不准再打你的老婆！这样一个女人，你还不称意？她肚子里有孩子，这是我们家的根呢……"

"不用你管！"秀生发疯了似的跳了起来，声音尖到变哑，"是我的老婆，打死了有我抵命！"

"你敢？你敢！"财喜也陡然转过身来，握紧了拳头，眼光逼住了秀生的面孔。

秀生似乎全身都在打颤了："我敢就敢，我活厌了。一年到头，催粮的，收捐的，讨债的，逼得我苦！吃了今天的，没有明天，当了夏衣，赎不出冬衣，自己又是一身病……我活厌了！活着是受罪！"

财喜的头也慢慢低下去了，拳头也放松了，心里是又酸又辣，又像火烧。船因为没有人把橹，自己横过来了：财喜下意识地把住了橹，推了一把，眼睛却没有离开他那可怜的侄儿。

"唉，秀生！光是怨命，也不中用。再说，那些苦处也不是你老婆害你的；

她什么苦都吃，帮你对付。你骂她，她从不回嘴，你打她，她从不回手。今年夏天你生病，她服侍你，几夜没有睡呢。"

秀生惘然听着，眼睛里渐渐充满了泪水，他像熔化似的软瘫了蹲在船板上，垂着头；过一会儿，他悲切地自语道：

"死了干净，反正我没有一个亲人！我死了，让你们都高兴。"

"秀生！你说这个话，不怕罪过么？不要多心，没有人巴望你死。要活，大家活，要死，大家死！"

"哼！没有人巴望我死么？嘴里不说，心里是那样想。"

"你是说谁？"财喜回过脸来，摇橹的手也停止了。

"要是不在眼前，就在家里。"

"啊哟！你不要冤枉好人！她待你真是一片良心。"

"良心？女的拿绿头巾给丈夫戴，也是良心！"秀生的声音又提高了，但不愤怒，而是从悲痛，无自信力，转成的冷酷。

"哎！"财喜只出了这么一声，便不响了。他对于自己和秀生老婆的关系，有时也极为后悔，然而他很不赞成秀生那样的见解。在他看来，一个等于病废的男人的老婆有了外遇，和这女人的有没有良心，完全是两件事。可不是，秀生老婆除了多和一个男人睡过觉，什么也没有变，依然是秀生的老婆，凡是她本分内的事，她都尽力做而且做得很好。

然而财喜虽有这么个意思，却没有能力用言语来表达；而看着秀生那样地苦闷，那样地误解了那个"好女人"，财喜又以为说说明白实属必要。

在这样的夹攻之下，财喜暴躁起来了，他泄怒似的用劲摇着橹，——一味的发狠摇着，连方向都忘了。

"啊哟！他妈的，下雪了！"财喜仰起了他那为困恼所灼热的面孔，本能地这样喊着。

"呵！"秀生也反应似的抬起头来。

这时风也大起来了，远远近近是风卷着雪花，旋得人的眼睛都发昏了。在这港湾交错的千顷平畴中特为方向指标的小庙，凉亭，坟园，石桥，乃至年代久远的大树，都被满天的雪花搅旋得看不清了。

"秀生！赶快回去！"财喜一边叫着，一边就跳到船头上，抢起一根竹篙来，左点右刺，立刻将船驶进了一条小小的横港。再一个弯，就是较阔的河道。财喜看见前面雪影里仿佛有两条船，那一定就是同村的打蕰草的船了。

财喜再跳到了船梢，那时秀生早已青着脸咬着牙在独力扳摇那支大橹。财喜抢上去，就叫秀生"拉绷"。

"哦——呵！"财喜提足了胸中的元气发一声长啸，橹在他手里像一条怒蛟，豁嚓嚓地船头上跳跃着浪花。

然而即使是"拉绷"，秀生也支撑不下去了。

"你去歇歇，我一个人就够了！"财喜说。

像一匹骏马的快而匀整的走步，财喜的两条铁臂膊有力而匀整地扳摇那支橹。风是小些了，但雪花的朵儿却变大。

财喜一手把橹，一手倒脱下身上那件破棉袄回头一看，缩做一堆蹲在那里的秀生已经是满身的雪，就将那破棉袄盖在秀生身上。

"真可怜呵，病，穷，心里又懊恼！"财喜这样想。他觉得自己十二分对不起这堂侄儿。虽则他一年前来秀生家寄住，出死力帮助工作，完全是出于一片好意，然而鬼使神差他竟和秀生的老婆有了那么一回事，这可就像他的出死力全是别有用心了。而且秀生的懊恼，秀生老婆的挨骂挨打，也全是为了这呵。

"我还是走开吧？"他在心里自问。但是一转念，就自己回答：不！他一走，田里地里那些工作，秀生一个人干得了么？秀生老婆虽然强，到底也支不住呵！而况她又有了孩子。

"孩子是一朵花！秀生，秀生大娘，也应该好好活着！我走他妈的干么？"财喜在心里叫了，他的突出的下巴努力扭着，他的眼里放光。

像有一团火在他心里烧，他发狠地摇着橹；一会儿追上了前面的两条船，又一会儿便将它们远远撇落在后面了。

五

那一天的雪，到黄昏时候就停止了。这小小的村庄，却已变成了一个白银世界。雪覆盖在矮屋的瓦上，修葺得不好的地方，就挂下手指样的冰箸，人们瑟缩在这样的屋顶下，宛如冻藏在冰箱。人们在半夜里冻醒来，听得老北风在头顶上虎虎地叫。

翌日清早，太阳的黄金光芒惠临这苦寒的小村了。稻场上有一两条狗在打滚。河边有一两个女人敲开了冰在汲水；三条载薀草的小船挤得紧紧的，好像是冻结成一块了。也有人打算和严寒宣战，把小船里的薀草搬运到预先开在田里的方塘，然而带泥带水的薀草冻得比铁还硬，人们用钉耙筑了几下，就搓搓手说：

"妈的，手倒震麻了。除了财喜，谁也弄不动它罢？"

然而财喜的雄伟的身形并没出现在稻场上。

太阳有一竹竿高的时候，财喜从城里回来了。他是去赎药的。城里有些能给穷人设法的小小的中药铺子，你把病人的情形告诉了药铺里唯一的伙计，他就会卖给你二三百文钱的不去病也不致命的草药。财喜说秀生的病是发热，药铺的伙计就给了退热的药，其中有石膏。

这时村里的人们正被一件事烦恼着。

财喜远远看见有三五个同村人在秀生家门口探头探脑，他就吃了一惊："难道是秀生的病变了么？"——他这样想着就三步并作两步的奔过去。

听得秀生老婆喊"救命"，财喜心跳了。因为骤然从阳光辉煌的地方跑进屋里去，财喜的眼睛失了作用，只靠着耳朵的本能，觉出屋角里——而且是秀生他们卧床的所在，有人在揪扑挣扎。

秀生坐起在床上，而秀生老婆则半跪半伏地死按住了秀生的两手和下半身。

财喜看明白了，心头一松，然而也糊涂起来了。

"什么事？你又打她么？"财喜抑住了怒气说。

秀生老婆松了手，站起来摸着揪乱的头发，慌张地杂乱地回答道：

"他一定要去筑路！他说，活厌了，钱没有，拿性命去拼！你想，昨天回来就发烧，哼了一夜，怎么能去筑什么路？我劝他等你回来再商量，乡长不依，他也不肯。我不让他起来，他像发了疯，说大家死了干净，又掐住了我的喉咙，没头没脸打起来了。"

这时财喜方看见屋里还有一个人，却正是秀生老婆说的乡长。这位"大人物"的光降，便是人们烦恼的原因。事情是征工筑路，三天，谁也不准躲卸。

门外看的人们有一二个进来了，围住了财喜七嘴八舌讲。财喜一手将秀生按下到被窝里去，嘴里说：

"又动这大的肝火干么？你大娘劝你是好心呵！"

"我不要活了。钱，没有；命，——有一条！"

秀生还是倔强，但说话的声音没有力量。

财喜转身对乡长说：

"秀生真有病。一清早我就去打药（拿手里的药包在乡长脸前一晃），派工么也不能派到病人身上。"

"不行！"乡长的脸板得铁青，"有病得找替工，出钱。没有替工，一块钱一天。大家都推诿有病，公事就不用办了！"

"上回劳动服务，怎么陈甲长的儿子人也没去，钱也没花？那小子连病也没告。这不是你手里的事么？"

"少说废话！赶快回答：写上了名字呢，还是出钱，——三天是三块！"

"财喜，"那边的秀生又厉声叫了起来了，"我去！钱，没有；命，有一条！死在路上，总得给口棺材我睡！"

像一头受伤的野兽似的，秀生掀掉盖被，颤巍巍地跳起来了。

"一个铜子也没有！"财喜丢了药包，两只臂膊像一对钢钳，叉住了那乡长的胸膊，"你这狗，给我滚出去！"

秀生老婆和两位邻人也已经把秀生拉住。乡长在门外破口大骂，恫吓着说要报"局"去。财喜走到秀生面前，抱一个小孩子似的将秀生放在床上。

"唉，财喜，报了局，来抓你，可怎么办呢？"

秀生气喘喘地说，脸上烫的跟火烧似的。

"随它去。天塌下来，有我财喜！"

是镇定的坚决地回答。

秀生老婆将药包解开，把四五味的草药抖到瓦罐里去。末了，她拿起那包石膏，用手指捻了一下，似乎决不定该怎么办，但终于也放进了瓦罐去。

六

太阳的光线成了垂直，把温暖给予这小小的村子。

稻场上还有些残雪，斑斑剥剥的像一块大网油。人们正在搬运小船上的蕰草。

人们中之一，是财喜。他只穿一身单衣，蓝布腰带依然紧紧地捆在腰际，袖管卷得高高的，他使一把大钉耙，"五丁开山"似的筑松了半冻的蕴草和泥浆,装到木桶里。田里有预先开好的方塘,蕴草和泥浆倒在这塘里,再加上早就收集得来的"垃圾[3]",层层相间。

"他妈的,连钉耙都被咬住了么? ——喂,财喜!"

邻人的船上有人这样叫着。另外一条船上又有人说:"啊,财喜! 我们这一担你给带了去罢? 反正你是顺路呢。"

财喜满脸油汗的跳过来了,贡献了他的援手。

太阳蒸发着泥土气,也蒸发着人们身上的汗气。乌桕树上有些麻雀在啾啾唧唧啼。

人们加紧他们的工作,盼望在太阳落山以前把蕴草都安置好,并且盼望明天仍是个好晴天,以便驾了船到更远的有蕴草的去处。

他们笑着,嚷着,工作着,他们也唱着没有意义的随口编成的歌句,而在这一切音声中,财喜的长啸时时破空而起,悲壮而雄健,像是申诉,也像是示威。

1936年2月26日作毕。

[原载1937年6月16日上海《月报》1卷6期。]

注释

1. 乌桕(jiù):大戟科乌桕属落叶乔木,种子黑色含油,圆球形,为中国特有的经济树种,已有一千四百多年的栽培历史。应用于园林中,集观形、观叶、观果于一体,具有极高的观赏价值。
2. 蕴(wēn)草:一种水草。可作饲料或肥料。多生于浅水中。
3. 垃圾:稻草灰和残余腐烂食物的混合品。这是农民到市镇上去收集得来的。——作者原注。

导读

在茅盾创作的短篇小说中,《水藻行》的地位是极其独特的,这是一篇具有人性、人道意义的短篇小说,它突破了社会剖析的思想意识,更趋于生活实感和人性的挖掘,反映了作家对婚姻中男女两性关系及其伦理意义的把握。《水藻行》反映的是农民的内心情感,作者"着力刻画的是两个性格、体魄、思想、情感截然不同的农民"，通过财喜、秀生叔侄俩对生活的不同态度和性爱纠葛，力图"塑造一个真正的中国农民的形象"——财喜，"他健康、乐观、正直、善良、勇敢，他热爱劳动，他蔑视恶势力，他也不受封建伦常的束缚。他是中国大地上的真正主人"。茅盾自己说这篇小说"是专门写给外国读者的"，"想告诉外国的读者们：中国农民是这样的，而不像赛珍珠在《大地》中所描写的那个样子。日本国立大阪外国语大学教授是永骏在评价这部小说时称它"以其高度的文学精神在作品中创造了闪烁出现实主义光辉的真实性"。

小说写于 1936 年 2 月，是茅盾应日本《改造》杂志社的山本实彦先生之约撰写的，由日本作家山上正义译成日文，发表于 1937 年 5 月东京《改造》杂志 19 卷 5 期，中文则刊于同年 6 月上海《月报》1 卷 6 期。这是茅盾唯一一篇先在国外发表的小说。

小说发表后，并未在国内产生像《春蚕》、《林家铺子》等作品那样的强烈反响。因为，在人们心目中，茅盾是以政治家的头脑、社会学家的眼光从事文学创作的，他的作品几乎都具有政治意味和社会色彩，都是关于国家、民族、社会重大问题的——即后人所谓的"社会分析小说"或"社会剖析派"。而这篇小说却通过中国乡土社会上发生的一段不伦关系，在人性的深度上进行了开掘，真实地揭示了中国农民的内心世界。

故事发生在二十世纪三十年代中国农村社会里一个看似平凡得不能再平凡的农户，但平凡中却隐含着一个惊人的事实，两个住在同一屋檐下的堂叔侄，却拥有着同一个女人。财喜——一个高大壮硕、洪武有力、将近四十岁的汉子，寄住在他体弱多病的堂侄秀生的破农屋中，却和秀生的妻子有了不可告人的关系，而秀生媳妇的怀孕暴露了他们之间的这种关系。两个男人之间的矛盾终于在打蕰草成功之后爆发了……

小说以极其简洁而又富于个性的语言来展开叙述、描写景物并塑造人物。小说一开头就是一大段景物描写，不仅交代了人物生存的环境，也奠定了全文的基调——阴沉、昏暗、苍凉、奋力挣扎以求生存的无奈与颓然，仿佛令人看到了日本著名导演黑泽明的电影《七武士》中的那个破落小乡村。

小说中两个主要人物的出场也安排得极富特色，并形成了鲜明的对比，同时间接暗示了这两个男人的不同性格：财喜虽然是在凄厉的寒风中出场的，但给人留下的印象却是有一种草根般不屈的野性和生命力，这为后文展现他的勤快、坚忍、友善等性格特征做好了铺垫；而秀生的出场也令人印象深刻："屋角有一个黑魆魆的东西正在蠕动，这就是秀生。他是这家的'户主'，然而也是财喜的堂侄。比财喜小了十岁光景，然而看相比财喜老得多了。这个种田人是从小就害了黄疸病的。"寥寥数语，同样抓住了人物的特征和本质：作为一个庄稼人，害黄疸病导致的乏力是致命的打击，使他必须得依附强壮劳力财喜的帮助。"黑魆魆的东西正在蠕动"不仅交代了秀生的身体状态，也为后面对秀生性格的揭示奠定了基础：这是一个可怜人，也是一个失却了男性尊严、性格被扭曲的人。也正因此，折磨妻子就成了他发泄情感的唯一途径，仿佛要通过这种方式来捍卫自己仅存的一点尊严。秀生媳妇则是一个典型的忍辱负重的乡村妇女，承受并忍受着命运给予她的一切不幸和屈辱，包括丈夫的拳脚，可望而不可即的爱情，精神上内疚的折磨，生活上的极端贫瘠。

小说的语言精炼而透彻，仿佛具有千钧之力，生命中不可承受之重不仅堆积在每个人物的肩上，也沉重地压在读者的心间，而这就是那个年代的真实的情景再现。财喜、秀生和秀生"女人"之间的畸形关系是恶劣的生存环境逼迫生成的，是传统乡土社会家族共同体的一种畸变。也正是在这一点上，小说显示了中国20世纪二三十年代乡土小说的独特品格。

幻　灭

一

"我讨厌上海，讨厌那些外国人，讨厌大商店里油嘴的伙计，讨厌黄包车夫，讨厌电车上的卖票，讨厌二房东，讨厌专站在马路旁水门汀上看女人的那班瘪三……真的，不知为什么，全上海成了我的仇人，想着就生气！"

慧女士半提高了嗓子，紧皱着眉尖说；她的右手无目的地折弄左边的衣角，露出下面的印度红的衬衫。

和她并肩坐在床沿的，是她的旧同学静女士：年约二十一二，身段很美丽，服装极幽雅，就只脸色太憔悴了些。她见慧那样愤愤，颇有些不安，拉住了慧的右手，注视她，恳切地说道：

"我也何尝喜欢上海呢！可是我总觉得上海固然讨厌，乡下也同样的讨厌；我们在上海，讨厌它的喧嚣，它的拜金主义化，但到了乡间，又讨厌乡村的固陋，呆笨，死一般的寂静了；在上海时，我们神昏头痛；在乡下时，我们又心灰意懒，和死了差不多。不过比较起来，在上海求知识还方便……我现在只想静静儿读一点书。"她说到"读书"，苍白的脸上倏然掠过了一片红晕；她觉得这句话太正经，或者是太夸口了；可是"读书"两个字实在是她近来唯一的兴奋剂。她自从去年在省里的女校闹了风潮后，便很消极，她看见许多同学渐渐地丢开了闹风潮的正目的，却和"社会上"那些仗义声援的漂亮人儿去交际——恋爱，正合着人家的一句冷嘲，简直气极了。她对于这些"活动"，发生极端的厌恶，所以不顾热心的同学嘲笑为意志薄弱，她就半途抽身事外，她的幻想破灭了，她对一切都失望，只有"静心读书"一语，对于她还有些引诱力。为的要找一个合于理想的读书的地方，她到上海来不满一年，已经换了两个学校。她自己也不大明白她的读书抱了什么目的：想研究学问呢？还是想学一种谋生的技能？她实在并没仔细想过。不过每逢别人发牢骚时，她总不自觉地说出"现在只想静静儿读点书"这句话来，此时就觉得心头宽慰了些。

慧女士霍地立起来，两手按在静女士的肩胛，低了头，她的小口几乎吻着静女士的秀眉，很快地说道："你打算静心读书么？什么地方容许你去静心读书呢？你看看你的学校！你看看你的同学！他们在这里不是读书，却是练习办事——练习奔走接洽，开会演说，提议决议罢了！"她一面说，一面捧住了静女士的面孔，笑道："我的妹妹，你这书呆子一定还要大失望！"

静女士半羞半怯不以为然的，推开了慧的手，也立起身来，说道："你没有逢到去年我受的经验，你自然不会了解我的思想何以忽然变迁了。况且——你说的也过分，他们尽管忙着跑腿开会，我自管读我的书！"她拉了慧女士同到靠窗的小桌子旁坐下，倒了两杯茶，支颐凝眸，无目的地看着窗外。

静女士住的是人家边厢的后半间，向西一对窗开出去是晒台，房门就在窗的右旁，朝北也有一对窗，对窗放了张书桌。卧床在书桌的对面，紧贴着板壁；板壁的那一面就是边厢的前半间，二房东的老太太和两个小孙女儿住着。书桌旁边东首的壁角里放着一只半旧的藤榻。书桌前有一把小椅子，慧女士就坐在这椅上，静女士自己坐在书桌右首深埋在西壁角的小凳上。

房内没有什么装饰品。书桌上堆了些书和文具，却还要让出一角来放茶具。向西的一对窗上遮了半截白洋纱，想来是不要走到晒台上的人看见房内情形而设的，但若静女士坐在藤榻上时，晒台上一定还是看得见的。

"你这房，窄得很，恐怕也未必静，怎么能够用功呢？"慧女士喝了一口茶，眼看着向西的一对窗，慢慢地说。

静女士猛然回过头来，呆了半晌，才低声答道："我本来不讲究这些，你记得我们在一女中同住的房间比这还要小么？至于静呢，我不怕外界不静，就只怕心里——静——不——下来。"末了的一句，很带几分幽怨感慨。

刚果自信的慧，此时也似受了感触，很亲热地抓住了静女士的右手，说："静妹，我们一向少通信，我不知道这两年来你有什么不得意；像我，在外这两年，真真是甜酸苦辣都尝遍了！现在我确信世界上没有好人，人类都是自私的，想欺骗别人，想利用别人。静！我告诉你，男子都是坏人！他们接近我们，都不是存了好心！用真心去对待男子，犹如把明珠丢在粪窖里。静妹，你看，我的思想也改变了。我比从前老练了些，是不是？"

她微微叹了口气，闭了眼睛，像是不愿看见她想起来的旧人旧事。

"哦……哦……"静不知道怎样回答。

"但是我倒因此悟得处世的方法。我就用他们对待我的法子回敬他们呵！"慧的粉涡上也泛出淡淡的红晕来，大概是兴奋，但也许是因为想起旧事而动情。

沉默了好几分钟。

静呆呆地看着慧，嘴里虽然不作声，心里却扰乱得很。她辨出慧的话里隐藏着许多事情——自己平素最怕想起的事情。静今年只有二十一岁，父亲早故，母亲只生她一个，爱怜到一万分，自小就少见人，所以一向过的是静美的生活。也许太娇养了点儿，她从未梦见人世的污浊险巇[1]，她是一个耽于幻想的女孩子。她对于两性关系，一向是躲在庄严、圣洁、温柔的锦幛后面，绝不曾挑开这锦幛的一角，看看里面是什么东西；她并且是不愿挑开，不敢挑开。现在慧女士的话却已替她挑开了一角了，她惊疑地看着慧，看着她的两道弯弯的眉毛，一双清澈的眼睛，和两点可爱的笑涡；一切都是温柔的，净丽的，她真想不到如此可爱的外形下却伏着可丑和可怕。

她冲动地想探索慧的话里的秘密，但又羞怯，不便启齿，她只呆呆地咀嚼那几句话。

慧临走时说，她正计划着找事做，如果找到了职业，也许留在上海领略知识界的风味。

二

一夜的大风直到天明方才收煞，接着又下起牛毛雨来，景象很是阴森。静女士拉开蚊帐向西窗看时，只见晒台上二房东太太隔夜晾着的衣服在细雨中飘荡，软弱无力，也像是夜来失眠。天空是一片灰色。街上货车木轮的辘辘的重声，从湿空气中传来，分外滞涩。

静不自觉地叹了口气，支起半个身体，惘然朝晒台看。这里晾着的衣服中有一件是淡红色的女人衬衫；已经半旧了，但从它的裁制上还可看出这不过是去年的新装，并且暗示衫的主人的身分。

静的思想忽然集中在这件女衫上了。她知道这衫的主人就是二房东家称为新少奶奶的少妇。她想：这件旧红衫如果能够说话，它一定会告诉你整篇的秘密——它的女主人生活史上最神圣，也许就是最丑恶的一页；这少妇的欢乐，失望，悲哀，总之，在她出嫁的第一年中的经验，这件旧红衫一定是目击的罢？处女的甜蜜的梦做完时，那不可避免的平凡就从你头顶罩下来，直把你压成粉碎。你不得不舍弃一切的理想，停止一切的幻想，让步到不承认有你自己的存在。你无助地暴露在男性的本能的压迫下，只好取消了你的庄严圣洁。处女的理想，和少妇的现实，总是矛盾的；二房东家的少妇，虽然静未尝与之接谈，但也是这么一个温柔，怯弱，幽悒的人儿，该不是例外罢？

静忽然掉下眼泪来。是同情于这个不相识的少妇呢，还是照例的女性的多愁善感，连她自己也不明白。

但这些可厌的思想，很无赖地把她缠缚定了，却是事实。她憎恨这些恶毒思想的无端袭来。她颇自诧：为什么自己失了常态，会想到这些事上。她又归咎于夜来失眠，以至精神烦闷。最后，她又自己宽慰道：这多半是前天慧女士那番古怪闪烁的话引起来的。实在不假，自从慧来访问那天起，静女士心上常若有件事难以解决，她几次拿起书来看，但茫茫地看了几页，便又把书抛开。她本来就不多说话，现在更少说。周围的人们的举动，也在她眼中显出异样来。昨日她在课堂上和抱素说了一句"天气真是烦闷"，猛听得身后一阵笑声，而抱素也怪样地对她微笑。她觉得这都是不怀好意的，是侮辱。

"男子都是坏人！他们接近我们，都不是存了好心！"

慧的话又在耳边响起来。她叹了一口气，无力地让身体滑了下去。正在那时，她仿佛见有一个人头在晒台上一伸，对她房内窥视。她像见了鬼似的，猛将身上的夹被向头面一蒙，同时下意识地想道："西窗的上半截一定也得赶快用白布遮起来！"

但是这陡然的虚惊却把静从灰色的思潮里拉出来，而多时的兴奋也发生了疲乏，竟意外地又睡着了。

这一天，静没有到学校去。

下午，静接到慧写来的一封信。

静妹：

昨日和你谈的计划，全失败了；三方面都已拒绝！咳！我想不到找事如此困难。我的大哥对我说："多少西洋留学生——学士，硕士，博士，回国后也找不到事呢。像你那样只吃过两年外国饭的，虽然懂得几句外国话，只好到洋行里做个跑楼；然而洋行里也不用女跑楼！"

我不怪大哥的话没理，我只怪他为什么我找不到事他反倒自喜幸而料着似的。嫂嫂的话尤其难受，她劝大哥说："慧妹本来何必定要找事做，有你哥哥在，还怕少吃一口苦粥饭么。"我听了这话，比尖刀刺心还痛呢！

静妹，不是我使性，其实哥哥家里不容易住；母亲要我回乡去是要急急为我"择配"；"嫁了个好丈夫，有吃有用，这是正经，"她常常这么说的。所以我现在也不愿回乡去。我现在想和你同住，一面还是继续找事。明天下午我来和你面谈一切，希望你不拒绝我这要求。

慧 5月21日夜

静捏着信沉吟。她和慧性格相反，然而慧的爽快，刚毅，有担当，却又常使静钦佩，两人有一点相同，就是娇养惯的高傲脾气。所以在中学时代，静和慧最称莫逆，但也最会呕气吵嘴。现在读了这来信，使静想起三年前同宿舍时的情形，宛然有一个噘起小嘴，微皱眉尖的生气的"娇小姐"——这是慧在中学里的绰号——再现在眼前。

回忆温馨了旧情，静对于慧怜爱起来。她将自己和慧比较，觉得自己幸福得多了：没有生活的恐慌，也没有哥哥来给她气受，母亲也不在耳边絮聒。自己也是高傲的"娇小姐"，想着慧忍受哥哥的申斥，嫂嫂的冷嘲，觉得这样的生活，一天也是难过的。

静决定留慧同住几时，为了友谊，也为了"对于被压迫者的同情"。况且，今晨晒台上人头的一伸，在静犹有余惊，那么，多一个慧在这里壮壮胆，何尝不好呢。

下面二房东客堂里的挂钟，打了三下，照例的骨牌声，就要来了。静皱着眉尖，坐到书桌前补记昨日的日记。

牌声时而缓一阵，时而紧一阵，又夹着爆发的哗笑，很清晰地传到静的世界里。往常这种喧声，对于静毫无影响，她总是照常地看书作事。但是今天，她补记一页半的日记，就停了三次笔，她自己也惊讶为什么如此心神不宁，最后她自慰地想着："是因为等待慧来。她信里说今天下午要来，为什么还不见来呢？"

牛毛雨从早晨下起，总没有停过，但亦不加大；软而无力的湿风时止时作。在静的小室里，黑暗已经从壁角爬出来，二房东还没将总电门开放。静躺在藤榻上默想。慧还是没有来。

忽然门上有轻轻的弹指声。这轻微的击浪压倒了下面来的高出数倍的牌声笑声，刺入静的耳朵。她立刻站起，走到门边。

"我等候你半天了！"她一面开门，一面微笑地说。

"密司章，生了病么？"进来的却是男同学抱素。"哦，你约了谁来谈罢？"他又加一句，露着牙齿嘻嘻地笑。

静有些窘了，觉得他的笑颇含疑意，忙说道："没……有。不过是一个女朋友罢了。"同时她又联想到昨天在课堂上对他说了句"天气真是烦闷"后他的怪样的笑；她现在看出这种笑都有若干于己不利的议论做背景的。她很有几分生气了。

抱素在书桌前的椅子上坐了，一双眼闪烁地向四下里瞧。静仍旧回到她的藤榻上。

"今天学生会又发通告，从明天起为'废除不平等条约的宣传周'，每日下午停课出发演讲。"抱素向着静，慢慢地说。"学校当局已经同意了。本来不同意也没有办法。周先生孙先生本已请了假，所以明后天上午也没有课。今天你没到校，我疑惑你是病着，所以特来报告这消息。借此你可以静养几天。"

静点了点头，表示谢意，没有回答。

"放假太多了，一学期快完，简直没有读什么书！"抱素慨叹似的作了他的结论，这结论，显然是想投静之所好。

"读书何必一定上课呢！"静冷冷地说。"况且，如果正经读书，我们的贵同学怕一大半要落伍罢。"

"骂得痛快！"抱素笑了一笑，"可惜不能让他们听得。但是，密司章，你知道他们是怎样批评你来？"

"小姐，博士太太候补者，虚荣心，思想落伍，哦，还有，小资产阶级。是不是？左右不过是这几句话，我早听厌了！我诚然是小姐，是名副其实的小资产阶级！虚荣心么？哼！他们那些跑腿大家才是虚荣心十足！他们这班主义的迷信者才是思想落伍呢！"

"不是，实在不是！"

"意志薄弱！哦，一定有许多人说我意志薄弱呵！"静自认似的说。

"也不是！"颇有卖弄秘密的神气。

"那么，我也不愿意知道了。"静冷冷地回答。

"他们都说你，为恋爱而烦闷！"

我们的"小姐"愕然了。旋又微笑说："这真所谓己之所欲，必施于人了。恋爱？我不曾梦见恋爱，我也不曾见过世上有真正的恋爱！"

抱素倒茶来喝了一口，又讪讪地加一句道："他们很造了些谣言，你和我的。你看，这不是无聊么？"

"哦？"声音里带着几分不快。静女士方始恍然她的同学们的种种鬼态——特别是在她和抱素谈话时——不是无因的。

向后靠在椅背上，凝视着静的面孔，抱素继续着轻轻儿说道："本来你在同班中，和我谈话的时候多些。我们的意见又常一致。也难怪那些轻薄鬼造谣言，但是，密司章是明白的，我对你只是正当的友谊——咳，同学之谊。你是很孤僻的，不喜欢他们那么胡闹；我呢，和他们也格格不相入，这又是他们造谣言的根据。他们看我们是另一种人。他们看自己是一伙，看我们又是一伙；因而生出许多无聊的猜度来。我素来反对恋爱自由，虽然我崇拜克鲁泡特金[2]。至于五分钟热度速成的恋爱，我更加反对！"

静双眼低垂，不作回答。半晌，她抬眼看抱素，见他的一双骨碌碌的眼还在看着自己，不禁脸上一红，随即很快地说道："谣言是谣言，事实是事实；我是不睬，并且和我不相干！"她站起身来向窗外一看，半自语道："已经黑了，怎么还不来？"

"只要你明白，就好了。我是怕你听着生气，所以特地向你表白。"抱素用手掠过披下来的长发，分辩着说，颇有些窘了。

静微笑，没有回答。

虽然谈话换了方向，静还是神情不属地随口敷衍；抱素在探得静确是在等候一位新从国外回来的女朋友以后，终于满意地走了。

突然一亮，电灯放光了。左近工厂呜呜地放起汽笛来。牛毛雨似乎早已停止，风声转又尖劲。天空是一片乌黑。慧小姐终于没有来。

抱素在归途中遇见一位姓李的同学，那短小的人儿叫道：

"抱，从密司章那里来罢？"

"何消问得！"抱素卖弄似的回答。

"哈哈！恭贺你成功不远！"

抱素不回答，大踏步径自走去，得意把他的瘦长身体涨胖了。

三

S大学的学生都参加"五卅"周年纪念会去了——几乎是全体，但也有临时规避不去的，例如抱素和静女士。学校中对于他俩的关系，在最近一星期中，有种种猜度和流言，这固然因为他们两个人近来过从甚密，但大半还是抱素自己对男同学泄露秘密。短小精悍的李克，每逢听完抱素炫奇似的自述他的恋爱的冒险的断片以后，总是闭目摇头，像是讽刺，又像是不介意，说道："我又听完一篇小说的朗诵了。"这个"理性人"——同学们公送他的绰号——本来常说世界万事皆小说，但他说抱素的自述是小说，则颇有怀疑的意味。可是其余的同学都相信抱素和静的关系确已超过了寻常的友谊，反以李的态度为妒忌，特别是有人看见抱素和静女士同看影戏以后，更加证实了；因为静女士从没和男同学看过影戏，据精密调查的结果。

现在这"五卅"纪念日，抱素和静女士又被发现在P影戏院里。还有个青年女子——弯弯的秀眉，清澈的小眼睛，并且颊上有笑涡的，也在一起。

这女士就是我们熟识的慧女士，住在静那里已快一星期了。她的职业还没把握。她搬到静处的第二日，就遇见了抱素，又是来"报告消息"的。这一天，抱素穿了身半旧的洋服；血红的领结——他喜欢用红领带，据说他是有理由地喜欢用红领带——衬着他那张苍白的脸儿，乱蓬蓬的长头发，和两道剑眉，就颇有些英俊气概，至少确已给慧女士一个印象——这男子似乎尚不讨厌。在抱素方面呢，自然也觉得这位女性是惹人注意的。当静女士给两人介绍过以后，抱素忙把这两天内有不少同学因为在马路上演讲废除不平等条约而被捕的消息，用极动听的口吻，报告了两位女士，末了还附着批评道："这些运动，我们是反对的；空口说白话，有什么意思，徒然使西牢 [3] 里多几个犯人！况且，听说被捕的'志士'们的口供竟都不敢承认是来讲演的，实在太怯，反叫外国人看不起我们！"说到最后一句，他猛把桌子拍了一下，露出不胜愤慨的神气。

静是照例地不参加意见，慧却极表同情；这一对初相识的人儿便开始热闹地谈起来，像是多年的老朋友。

自此以后，静的二房东便常见这惹眼的红领带，在最近四五天内，几乎是一天两次。并且静女士竟也破例出去看影戏；因为慧女士乐此不疲，而抱素一定要拉静同去。

这天，他们三个人特到 P 影戏院，专为瞻仰著名的陀斯妥以夫斯基 [4] 的《罪与罚》。在静女士的意思，以为"五卅"日到外国人办的影戏院去未免"外惭清议"，然而终究拗不过慧的热心和抱素的鼓动。影片演映过一半，休息的十分钟内，场里的电灯齐明，我们看得见他三人坐在一排椅子上，静居中。五月末的天气已经很暖，慧穿了件紫色绸的单旗袍，这软绸紧裹着她的身体，十二分合式，把全身的圆凸部分都暴露得淋漓尽致；一双清澈流动的眼睛，伏在弯弯的眉毛下面，和微黑的面庞对照，越显得晶莹；小嘴唇包在匀整的细白牙齿外面，像一朵盛开的花。慧小姐委实是迷人的呵！但是你也不能说静女士不美。慧的美丽是可以描写的，静的美丽是不能描写的；你不能指出静女士面庞上身体上的哪一部分是如何的合于希腊的美的金律，你也不能指出她的全身有什么特点，肉感的特点；你竟可以说静女士的眼，鼻，口，都是平平常常的眼，鼻，口，但是一切平凡的，凑合为"静女士"，就立刻变而为神奇了；似乎有一样不可得见不可思议的东西，联系了她的肢骸，布满在她的百窍，而结果便是不可分析的整个的美。慧使你兴奋，她有一种摄人的魔力，使你身不由己地只往她旁边挨；然而紧跟着兴奋而来的却是疲劳麻木，那时你渴念逃避慧的女性的刺激，而如果有一千个美人在这里任凭你挑选时，你一定会奔就静女士那样的女子，那时，她的幽丽能熨贴你的紧张的神经，她使你陶醉，似乎从她身上有一种幽香发泄出来，有一种电波放射出来，愈久愈有力，你终于受了包围，只好"缴械静候处分"了。

但是现在静女士和慧并坐着，却显得平凡而憔悴，至少在抱素那时的眼光中。他近日的奔波，同学们都说是为了静，但他自己觉得多半是已变做为了慧了。只不过是一个"抱素"，在理是不能抵抗慧的摄引力的！有时他感得在慧身边虽极快意，然而有若受了什么威胁，一种窒息，一种过度的刺激，不如和静相对时那样甜蜜舒泰，但是他下意识地只是向着慧。

嘈杂的人声，不知从什么时候腾起，布满了全场；人人都乘此十分钟松一松过去一小时内压紧的情绪。慧看见坐在她前排斜右的一对男女谈的正忙，那男子很面熟，但因他低了头向女的一边，看不清是谁。

"一切罪恶都是环境逼成的，"慧透了一口气，回眸对抱素说。

"所以我对于犯罪者有同情。"抱素从静女士的颈脖后伸过头来，像预有准备似的回答。"所以国人皆曰可杀的恶人，未必真是穷凶极恶！所以一个人失足做了错事，堕落，总是可怜，不是可恨。"接着也叹息似的吐了一口气。

"据这么说，'罚'的意义在哪里呢？"静女士微向前俯，斜转了头，插进这一句话；大概颈后的咻咻然的热气也使她颇觉不耐了。

抱素和慧都怔住了。

"如果陀斯妥以夫斯基也是你们的意见，他为什么写少年赖斯柯尼考夫[5]是慎重考虑，认为杀人而救人是合理的，然后下手杀那个老妪呢？为什么那少年暗杀人后又受良心的责备呢？"静说明她的意见。

"哦……但，但这便是陀氏思想的未彻底处，所以他只是一个文学家，不是革命家！"抱素在支吾半晌之后，突然福至心灵，发现了这一警句！

"那又未免是遁辞了。"静微微一笑。

"静妹，你又来书呆子气了，何必管他作者原意，我们自己有脑，有主张，依自己的观察是如何便如何。我是承认少年赖斯柯尼考夫为救母姊的贫乏而杀老妪，拿了她的钱，是不错的。我所不明白的，他既然杀了老妪，为什么不多拿些钱呢？"慧激昂地说，再看前排的一双男女，他们还是谈的很忙。

静回眼看抱素，等待他的意见；抱素不作声，似乎他对于剧中情节尚未了了。静再说："慧姊的话原自不错。但这少年赖斯柯尼考夫是一个什么人，很可研究。安那其呢？个人主义呢？唯物史观呢？"

慧还是不断地睃着前排的一对男女，甚至抱素也有些觉得了；慧猛然想起那男人的后影像是谁来，但又记不清到底是谁；旧事旧人在她的记忆里早是怎样地纠纷错乱了！

静新提出的问题，又给了各人发言的机会。于是"罪"与"罚"成了小小辩论会的中心问题。但在未得一致同意的结论以前，《罪与罚》又继续演映了。

在电影的继续映演中，抱素时时从静的颈后伸过头去发表他的意见，当既得慧的颔首以后，又必转而问静；但静似乎一心注在银幕上，有时不理，有时含胡地点了一下头。

等到影片映完，银幕上放出"明日请早"四个淡墨的大字，慧早已站起来，她在电灯重明的第一秒钟时，就搜看前排的一对男女，却见座位空着，他俩早已走了。这时左右前后的人都已经站起来，蠕蠕地嘈杂地移动；慧等三人夹在人堆里，出了 P 戏院。马路上是意外地冷静。两对印度骑巡，缓缓地，正从院前走过。戏院屋顶的三色旗，懒懒地睡着，旗竿在红的屋面画出一条极长的斜影子。一个烟纸店的伙计，倚在柜台上，捏着一张小纸在看，仿佛第一行大字是"五卅一周纪念日敬告上海市民"。

四

抱素在学校里有个对头——不，应该说是他的畏忌者，——便是把世间一切事都作为小说看的短小精悍的李克。短小，是大家共见的；精悍，却是抱素一人心内的批评，因为他弄的玄虚，似乎李克都知道。抱素每次侃侃而谈的时候，听得这个短小的人儿冷冷地说了一句"我又听完一篇小说的朗诵了"，总是背脊一阵冷；他觉得他的对手简直是一个鬼，不分日夜地跟踪自己，侦察着，知道他的一切秘密，一切诡谲。抱素最恨的，是知道他的秘密。"一个人应该有些个人的秘密；不然，就失了生存的意义。"抱素常是这么说的。但是天生李克，似乎专为侦察揭发抱素的秘密，这真是莫大的不幸。

除此而外，抱素原也觉得李克这人平易可亲。别的同学常讥抱素为"堕落的安那其主义[6]者"，李克却不曾有过一次。别的同学又常常讥笑抱素想做"镀金博士"，李克也不曾有过一次。在同学中，李克算是学问好的一个，他的常识很丰富，举动极镇定，思想极缜密；他不爱胡闹，也不爱做出剑拔弩张的志士的模样来，又不喜嬲[7]着女同学讲恋爱：这些都是抱素对劲的，尤其是末一项，因为静女士在同学中和李克也说得来。总之，他对于李克，凭真心说话，还是钦佩的成分居多；所有一点恨意，或可说一点畏忌，都是"我又听完一篇小说的朗诵了"那样冷讽的话惹出来的。

但在最近，抱素连这一点恨意也没有了。这个，并不是因为他变成大量了，也不是因为他已经取消了"个人应有秘密"的人生观，却是因为李克不复知道他的秘密了。更妥当的说，因为抱素自己不复在男同学前编造自己与静女士的恋爱，因而"我又听完一篇小说的朗诵了"那样刺心的话亦不再出自李克之口了。抱素现在有一个新秘密。这新秘密，他自以为很不必在男同学跟前宣传的。

这新秘密，从何日发芽？抱素不大记得清楚了。在何日长成？却记得清清楚楚，就是在P影戏院里看了《罪与罚》出来后的晚上。

那一天下午，他和两位女士出了戏院，静女士说是头痛，一人先回去了，抱素和慧女士在霞飞路的行人道上闲步。大概因为天气实在困人罢，慧女士殢着一双眼，腰肢软软的，半倚着抱素走。血红的夕阳挂在远处树梢，道旁电灯已明，电车轰隆隆驶来，又轰隆隆驶去。路上只有两三对的人儿挽着臂慢慢地走。三五成群的下工来的女工，匆匆地横穿马路而去，唧唧嘈嘈，不知在说些什么。每逢有人从他们跟前过去，抱素总以为自己是被注视的目标，便把胸脯更挺直些，同时更向慧身边挨近些。一路上两人没有说话。慧女士低了头，或者在想什么心事；抱素呢，虽然昂起了头，却实在忐忑地盘算一件事至少有一刻钟了。

夕阳的半个脸孔已经没入地平线了，天空闪出几点疏星，凉风开始一阵一阵地送来。他们走到了吕班路转角。

"密司周，我们就在近处吃了夜饭罢？"踌躇许久以后，抱素终于发问。

慧点头，但旋又迟疑道："这里有什么清静的菜馆么？"

"有的是。然而最好是到法国公园内的食堂去。"抱素万分鼓舞了。

"好罢，我也要尝尝中国的法国菜是什么味儿。"

他们吃过了夜饭，又看了半小时的打木球，在公园各处走了一遍，最后，拣着园东小池边的木椅坐着歇息。榆树的巨臂伸出在他们头顶，月光星光全都给遮住了。稍远，蒙蒙的夜气中，透露一闪一闪的光亮，那是被密重重的树叶遮隔了的园内的路灯。那边白茫茫的，是旺开的晚香玉，小池的水也反映出微弱的青光。此外，一切都混成灰色的一片了。慧和抱素静坐着，这幽静的环境使他们暂时忘记说话。

忽然草间一个虫鸣了，是细长的颤动的鸣声。跟着，池的对面也有一声两声的虫鸣应和。阁阁的蛙鸣，也终于来到，但大概是在更远的沟中。夏初晚间的阵风，虽很软弱，然而树枝也索索地作响。

慧今晚多喝了几杯，心房只是突突地跳；眼前景色，又勾起旧事如潮般涌上心头。她懒懒地把头斜靠在椅背上，深深嘘了口气——你几乎以为就是叹息。抱素冒险似的伸过手去轻轻握住了慧的手。慧不动。

"慧！这里的菜比巴黎的如何？"他找着题目发问了。

慧扑嗤地一笑。

"差不远罢？"抱素不得要领地再问，更紧些握着慧的手。

"说起菜，我想起你吃饭时那种不自然而且费力的神气来了！"慧吃吃地笑，"中国人吃西菜，十有九是这般的。"抚慰似的又加了一句。

"究竟是手法生疏。拜你做老师罢！"抱素无聊地解嘲。

酒把慧的话绪也引出来了。他们谈巴黎，又谈上海的风俗，又谈中国影片，最后又谈到《罪与罚》。

"今天章女士像有些儿生气？"抱素突然问。

"她……她向来是这个态度。"慧沉吟着说，"但也许是恼着你罢？"慧忽然似戏非戏地转了口。

即使是那么黑，抱素觉得慧的一双眼是在灼灼地看住了他的。

"绝对不会！我和她不过是同学，素来是你恭我敬的，她为什么恼着我。"他说时声音特别低，并且再挨近慧些，几乎脸贴着脸了。慧不动。

"不骗人么？"慧慢声问。

一股甜香——女性特有的香味，夹着酒气，直奔抱素的鼻孔，他的太阳穴的血管跳动起来，心头像有许多蚂蚁爬过。

"决不骗你！也不肯骗你！"说到"肯"字加倍用力。

慧觉得自己被握的手上加重了压力，觉得自己的仅裹着一层薄绸的髀股之间感受了男性的肉的烘热。这热，立刻传布于全身。她心里摇摇的有点不能自持了。

"慧！你知道，我们学校内是常闹恋爱的，前些时，还出了一桩笑话。但我和那些女同学都没关系，我是不肯滥用情……"他顿了一顿，又接着说："除非是从今以后，我不曾恋爱过谁。"

没有回答。在灰色的微光中，抱素仿佛看见慧两眼半闭，胸部微颤。他仿佛听得耳边有个声音低低说："她已经动情！"自己也不知怎么着，他突然一手挽住了慧的颈脖，喃喃地说道："我只爱你！我是说不出的爱着你！"

慧不作声。但是她的空着的一手自然而然地勾住了抱素的肩胛。他在她血红的嘴唇上亲了一个嘴。

长时间的静默。草虫似乎早已停止奏乐。近在池边的一头蛙，忽然使劲地阁阁地叫了几声，此后一切都是静寂。渐渐地，凉风送来了悠扬的钢琴声，断断续续，听不清奏什么曲。

慧回到住所时，已经十一点钟，酒还只半醒，静女士早已睡熟了。

慧的铺位，在西窗下，正对书桌，是一架行军床，因为地方窄，所以特买的，也挂着蚊帐。公园中的一幕还在她的眼前打旋，我们这慧小姐躺在狭小的行军床上辗转翻身，一时竟睡不着。一切旧事都奔凑到发胀的脑壳里来了：巴黎的繁华，自己的风流逸宕，几个朋友的豪情胜概，哥哥的顽固，嫂嫂的嘲笑，母亲的爱非其道，都一页一页地错乱不连贯地移过。她又想起自己的职业还没把握，自己的终身还没归宿；粘着她的人有这么多，真心爱她的有一个么？如果不事苛求，该早已有了恋人，该早已结了婚罢？然而不受指挥的倔强的男人，要行使夫权拘束她的男人，还是没有的好！现在已经二十四岁了，青春剩下的不多，该早打定了主意罢？但是有这般容易么？她觉得前途是一片灰色。她忍不住要滴下眼泪来。她想：若在家里，一定要扑在母亲怀里痛哭一场了。"二十四岁了！"她心里反复说："已经二十四岁了么？我已经走到生命的半路了么？二十一，二十二，二十三，像飞一般过去，是快乐，还是伤心呀？"她努力想捉住过去的快乐的片段，但是刚想起是快乐时，立即又变为伤心的黑影了。她发狂似的咬着被角，诅咒这人生，诅咒她的一切经验，诅咒她自己。她想：如果再让她回到十七八——就是二十也好罢，她一定要十二分谨慎地使用这美满的青春，她要周详计划如何使用这美满的青春，她决不能再让它草草地如痴如梦地就过去了。但是现在完了，她好比做梦拾得黄金的人，没等到梦醒就已胡乱花光，徒然留得醒后的懊怅。"已是二十四了！"她的兴奋的脑筋无理由地顽强地只管这么想着。真的，"二十四"像一支尖针，刺入她的头壳，直到头盖骨痛的像要炸裂；"二十四"又像一个飞轮，在她头里旋，直到她发昏。冷汗从她额上透出来，自己干了，又从新透出来。胸口胀闷的像有人压着。她无助地仰躺着，张着嘴喘气，她不能再想了！

不知在什么时候，胸部头部已经轻快了许多；茫茫地，飘飘地，似乎身体已经架空了。决不是在行军床上，也不是在影戏院，确是在法国公园里；她坐在软褥似的草地上，抱素的头枕着她的股。一朵粉红色的云彩，从他们头上飞过。一只白鹅，"拍达，拍达"，在他们面前走了过去。树那边，跑来了一个孩子——总该有四岁了罢——弯弯的眉儿，两点笑涡，跑到她身边，她承认这就是自己的孩子。她正待举手摩小孩的头顶，忽然一个男子从孩子背后闪出来，大声喝道："我从戏院里一直找你，原来你在这里！"举起手杖往下就打："打死了你这不要脸的东西罢！在外国时我何曾待亏你，不料你瞒着我逃走！这野男子又是谁呀！打罢，打罢！"她慌忙地将两手护住了抱素的头，"拍"的一下，手杖落在自己头上了，她分明觉得脑壳已经裂开，红的血，灰白色的脑浆，直淋下来，沾了抱素一脸。她又怒又怕，又听得那男子狂笑。她那时只是怒极了，猛看见脚边有一块大石头，双手捧过来，霍地站起身；但是那男子又来一杖。……她浑身一震，睁大眼看时，却好好地依旧躺在行军床上，满室都是太阳光。她定了定神，再想那梦境，心头兀自突突地跳。脑壳并不痛，嘴里却异常干燥。她低声唤着"静妹"，没人回答。她挣扎起半个身体拉开蚊帐向静的床里细看，床是空着，静大概出去了。

慧颓然再躺下，第二次回忆刚才的恶梦。梦中的事已忘了一大半，只保留下最精采的片段。她禁不住自己好笑。头脑重沉沉的实在不能再想。"抱素这个人值得我把全身交给他么？"只是这句话在她脑中乱转。不，决不，他至多等于她从前所遇的男子罢了。刚强与狷傲，又回到慧的身上来了。她自从第一次被骗而又被弃以后，早存了对于男性报复的主意；她对于男性，只是玩弄，从没想到爱。议论讥笑，她是不顾的；道德，那是骗乡下姑娘的圈套，她已经跳出这圈套了。当她确是她自己的时候，她回想过去，决无悲伤与悔恨，只是愤怒——报复未尽快意的愤怒。如果她也有悲哀的时候，大概是想起青春不再，只剩得不多几年可以实行她的主义。或者就是这一点幽怨，作成了夜来恶梦的背景。

慧反复地自己分析，达到了"过去的策略没有错误"的结论，她心安理得地起身了，当她洗好脸时，她已经决定：抱素再来时照旧和他周旋，公园里的事，只当没有。

但在抱素呢，大概是不肯忘记的；他要把"五卅"夜作为他的生活旅程上的界石，他要用金字写他这新秘密在心叶上。他还等机会作进一步的动作，进一步的要求。

下午两点钟，静女士回来，见慧仍在房里。慧把昨晚吃饭的事告诉了静，只没提起她决定"当作没有"的事。静照例地无表示。抱素照常地每日来，但是每来一次，总增加了他的纳闷。并且他竟没机会实行他的预定计划。他有时自己宽解道："女子大概面嫩，并且不肯先表示，原是女子的特性。况且，公园中的一幕，到底太孟浪了些——都是酒作怪！"

五

又是几天很平淡地过去了。抱素的纳闷快到了不能再忍受的地步。

一天下午，他在校前的空场上散步，看见他最近不恨的李克走过。他猛然想起慧女士恰巧是李克的同乡，不知这个"怪人"是不是也知道慧女士的家世及过去的历史。他虽则天天和慧见面，并且也不能说是泛泛的交情，然而关于她的家世等等，竟茫无所知；只知她是到过巴黎两年的"留学生"，以前和静女士是同学。慧固然没曾对他提起过家里的事，即如他自己从前的事也是一字不谈的；他曾经几次试探，结果总是失败——他刚一启口，就被慧用别的话支开去；他又有几分惧怕慧，竟不敢多问，含胡直到如今。这几天，因为慧的态度使他纳闷，他更迫切地要知道慧的过去的历史。现在看见了李克，决意要探询探询，连泄露秘密的危险也顾不得了。

"密司忒李，往哪里去？"抱素带讪地叫着。

那矮小的人儿立住了，向四下里瞧，看见抱素，就不介意似的回答说："随便走走。"

"既然你没事，我有几句话和你讲，行么？"抱素冒失地说。

"行！"李克走前几步，仍旧不介意似的。

"你府上是玉环么？你有多久不回家了？"抱素很费斟酌，才决定该是这般起头的。

"是的，三个月前我还回家去过一次呢。"那"理性人"回答，他心里诧异，他已经看出来，抱素的自以为聪明然而实在很拙劣的寒暄，一定是探询什么事的冒头。

"哦，那么你大概知道贵同乡周定慧女士这个人了？"抱素单刀直入地转到他的目的物了。

李克笑了一笑。抱素心里一抖，他分辨不出这笑是好意还是恶意。

"你认识她么？"不料这"理性人"竟反问。

抱素向李克走近一步，附耳低语道："我有一个朋友认识她。有人介绍她给我的朋友。"旋又拍着李克的肩膀道："好朋友，你这就明白了罢？"

李克又笑了一笑。这一笑，抱素断定是颇有些不尴不尬的气味。

"这位女士，人家说她的极多。我总共只见过一面，仿佛人极精明厉害的。"李克照例地板着脸，慢吞吞地说。"如果你已经满意了，我还要去会个朋友。"他又加了一句。

"人家说什么呢？"抱素慌忙追询，"你何妨说这么一两件呢？"

但是李克已经向右转，提起脚跟要走了。他说："无非是乡下人少见多怪的那些话头。你的朋友大可不必打听了。"

抱素再想问时，李克随口说了句"再见"，竟自走了，身后拖着像尾巴样的一条长影，还在抱素跟前晃；但不到几秒钟，这长影子亦渐远渐淡，不见了。抱素惘然看着天空。他又顺着脚尖儿走，在这空场里绕圈子。一头癞虾蟆，意外地从他脚下跳出来；跳了三步，又挪转身，凸出一对揶揄的眼睛对抱素瞧。几个同学远远地立着，望着他，似乎有议论；他也没有觉到。他反复推敲李克那几句极简单的话里的涵义。他已经断定：大概李克是实在不知道慧的身世，却故意含胡闪烁其词作弄人的；可是一转念又推翻了这决定，不，这个"理性人"素来说话极有分寸，也不是强不知以为知的那类妄人，他的话是值得研究的。他这么一正一负地乱想着，直到校里一阵钟声把他唤回去。

Ｓ大学的学生对于闻钟上课，下课，或是就寝，这些小节，本来是不屑注意的；当上课钟或就寝钟喤喤地四散并且飞到草地，停歇在那里以后，你可以听到宿舍中依然哗笑高纵。然而这一次钟声因为是意外的，是茶房的临时加工,所以凡是在校的学生居然都应召去了。抱素走进第三教室——大家知道,意外的鸣钟,定规是到这教室里来的——只见黑压压一屋子人。一个同学拉住他问道:"什么事又开会?"抱素瞪着眼,摇了摇头。背后一个尖锐的声音说道:"真正作孽!夜饭也吃弗成!"抱素听得出声音,是一位姓方的女同学,上课时惯和静女士坐在一处的,诨名叫"包打听";她得这个美号,一因她最爱刺探别人的隐秘,如果你有一件事被方女士知道了,那就等于登过报纸;二因她总没说过"侦探"二字,别人说"侦探",她总说"包打听",如果你和她谈起"五卅"惨案的经过,十句话里至少有一打"包打听"。当下抱素就在这包打听的方女士身边一个座位上坐了。不待你开口问,我们这位女士已经抢着把现在开会的原因告诉你了。她撒着嘴唇,作她的结论道:

"真正难为情,人家勿喜欢,放仔手拉倒[8],犯弗着作死作活吓别人!"她的一口上海白也和她的"包打听"同样地出名。

抱素惘然答道:"你不知道恋爱着是怎样地热烈不顾一切,失恋了是怎样难受呢!"

主席按了三四次警铃,才把那几乎涨破第三教室的嘈声压低下去。抱素的座位太落后了,只见主席嘴唇皮动,听不出声音,他努力听,方始抓住了断断续续的几句:"恋爱不反对……妨碍工作却不行……王女士太浪漫了……三角恋爱……"

"主席说,要禁止密司忒龙同王女士恋爱。为仔王女士先有恋人,气得来要寻死哉。"包打听偏有那么尖的耳朵,现在传译给抱素。

忽然最前排的人鼓起掌来。抱素眼看着方女士,意思又要她传译;但是这位包打听皱着眉头咕噜了一句"听勿清"。几个人的声音嚷道:"赞成!强制执行!"于是场中大多数的臂膊都陆续举起来了。主席又说了几句听不清的话。场中哄然笑起来了。忽然一个人站起来高声说道:"恋爱不能派代表的,王既不忍背弃东方,就不该同时再爱龙。现在,又不忍不爱东方,又不肯不爱龙,却要介绍另一女同学给龙,作自己的替身,这是封建思想!这是小资产阶级女子的心理,大会应给她一个严重的处分!"

抱素认得这发言者是有名的"大炮"史俊。

有几个人鼓掌赞成,有几个人起来抢着要说话,座位落后的人又大呼"高声儿,听不清",会场中秩序颇呈动摇了。抱素觉得头发胀起来。辩论在纷乱中进行，一面也颇有几人在纷乱中逃席出去。最后，主席大声说道："禁止王龙的恋爱关系，其余的事不问，赞成者举手！"手都举起来，抱素也加了一手，随即匆匆地挤出会场。他回头看见方女士正探起身来隔着座位和一个女子讲话——这女子就是大炮史俊的爱人赵赤珠。

"不愧为包打听。"抱素一边走，一边心里说。他忽然得了个主意："我的事何不向她探询呢？虽然不是同乡，或许她倒知道的。"

六

从早晨起，静女士又生气。

她近来常常生气；说她是恼着谁罢，她实在没有被任何人得罪过，说她并不恼着谁罢，她却见着人就不高兴，听着人声就讨厌。本来是少说话的，近来越发寡言了，简直忘记还有舌头，以至她的同座包打听方女士新替她题了个绰号："石美人"。但是静女士自己却不承认是生气，她觉得每日立也不是，坐也不是，看书也不是，不看书也不是，究竟自己要的是什么，还是一个不知。她又觉得一举一动，都招人议论，甚至于一声咳嗽，也像有人在背后做鬼脸嘲笑。她出外时，觉得来往的路人都把眼光注射在她身上；每一冷笑，每一诪骂，每一喳喳切切的私语，好像都是暗指着她。她害怕到不敢出门去。有时她也自为解释道："这都是自己神经过敏，"但是这可怪的情绪已经占领了她，不给她一丝一毫的自由了。

这一天从早晨起，她并没出门，依然生气，大概是因为慧小姐昨日突然走了，说是回家乡去。昨晚上她想了一个钟头，总不明白慧女士突然回去的原因。自然而然的结论，就达到了"慧有意见"。但是"意见"从何而来呢？慧在静处半月多，没一件事不和静商量的；慧和抱素亲热，静亦从未表示不满的态度。"意见"从何来呢？静最后的猜度是：慧的突然归家，一定和抱素有关；至于其中细情，局外人自然不得而知。

但虽然勉强解释了慧的回家问题，静的"无事生气"依然如故，因为独自个生气，已经成为她的日常功课了。她靠在藤榻上，无条理地乱想。

前楼的二房东老太太正在唠唠叨叨地数说她的大孙女。窗下墙脚，有一对人儿已经在那里谈了半天，不知怎的，现在变为相骂，尖脆的女子口音，一句句传来，异常清晰，好像就在窗外。一头苍蝇撞在西窗的玻璃片上，依着它的向光明的本能，固执地硬钻那不可通的路径，发出短促而焦急的嘤嘤的鸣声。一个撕破口的信封，躺在书桌上的散纸堆中，张大了很难看的破口，似乎在抱怨主人的粗暴。

静觉得一切声响，一切景象，都是可厌的；她的纷乱的思想，毫无理由地迁怒似的向四面放射。她想起方女士告诉她的那个笑话——一个男同学冒了别人的名写情书；她又想起三天前在第五教室前走过，瞥见一男一女拥抱在墙角里；她又想起不多几时，报纸上载着一件可怕的谋杀案，仿佛记得原因还是女人与金钱。她想起无数的人间的丑恶来。这些丑恶，结成了大的黑柱，在她眼前旋转。她宁愿地球毁灭了罢，宁愿自杀了罢，不能再忍受这无尽的丑恶与黑暗了！

她将两手遮住了面孔，颓然躺在藤榻上，反复地机械地念着"毁灭"，从她手缝里淌下几点眼泪来。

眼泪是悲哀的解药，会淌眼泪的人一定是懂得这句话的意义的。静的神经现在似乎略为平静了些，暂时的全无思想，沉浸在眼泪的神奇的疗救中。

然后，她又想到了慧。她想，慧此时该已到家了罢？慧的母亲，见慧到家，大概又是忙着要替她定亲了。她又想着自己的母亲，她分明记得——如同昨日的事一样——到上海来的前晚，母亲把她的用品，她的心爱的东西，一件一件理入网篮里，衣箱里。她记得母亲自始就不愿意她出外的，后来在终于允许了的一番谈话中，母亲有这样几句话："我知道你的性情，你出外去，我没有什么不放心，只是你也一年大似一年了，趁早就定个亲，我也了却一桩心事。"她那时听了母亲的话，不知为什么竟落下眼泪来。她记得母亲又安慰她道："我决不硬做主，替你定亲，但是你再不可执拗着只说一世不嫁了。"她当时竟感动得放声哭出来了。她又记起母亲常对她说："大姨母总说我纵容你，我总回答道：'阿静心里凡事都有个数儿，我是放心的。'你总得替你妈争口气，莫要落人家的话柄。"静又自己忖量：这一年来的行为总该对得住母亲？她仿佛看见母亲的温和的面容，她扑在母亲怀里说道："妈呀！阿静牢记你的教训，不曾有过半点荒唐，叫妈伤心！"

静猛然想起，箱子里有一个金戒指，是母亲给她的，一向因为自己不喜欢那种装饰品，总没戴过。她慌忙开了箱子，找出那个戒指来。她像见了最亲爱的人，把戒指偎在胸口，像抱着一个孩子似的，轻轻地摇摆她的上半身。

玻璃窗上那个苍蝇，已经不再盲撞，也不着急地嘤嘤地叫，此时它静静地爬在窗角，搓着两只后脚。

母亲的爱的回忆，解除了静的烦闷的包围。半小时紧张的神经，此时松弛开来。金戒指抱在怀里，静女士醉醺醺地回味着母亲的慈爱的甜味。半小时前，她觉得社会是极端的黑暗，人间是极端的冷酷，她觉得生活太无意味了；但是现在她觉得温暖和光明到底是四处地照耀着，生活到底是值得留恋的。不是人人有一个母亲么？不是每一个母亲都有像她的母亲那样的深爱么？就是这母亲的爱，温馨了社会，光明了人生！

现在静女士转又责备自己一向太主观，太是专从坏处着想，专戴了灰色眼镜看人生。她顿然觉得平日被她鄙夷的人们原来不是那么不足取的；她自悔往日太冷僻，太孤傲，以至把一切人都看作仇敌。她想起抱素规劝她的话来，觉得句句是知道她的心的，知道她的好处，她的缺点的，是体贴她爱惜她的。

于是一根温暖的微丝，掠过她的心，她觉得全身异样地软瘫起来，她感觉到一种像是麻醉的味儿。她觉得四周的物件都是异常温柔地对着她，她不敢举手，不敢动一动脚，恐怕损伤了它们；她甚至于不敢深呼吸，恐怕呵出去的气会损伤了什么。

太阳的斜射光线，从西窗透进来，室中温度似乎加高了。静还穿着哔叽旗袍，颇觉得重沉沉，她下意识地拿一件纱的来换上。当换衣时，她看着自己的丰满的处女身，不觉低低叹了一声。她又坐着，温理她的幻想。

门上来了轻轻的弹指声。静侧耳谛听。弹指声第二次来了，是一个耳熟的弹指声。静很温柔地站起来，走到门边，开了门时，首先触着眼帘的，是血红的领带，来者果然是抱素。不知是红领带的反映呢，或者别的缘故，静的脸上倏然浮过一片红晕。

抱素眼眶边有一圈黑印，精神微现颓丧。他坐在书桌前的椅子上，看着前天还是安放慧的行军床的地方。两人暂时没有话。静的眼光追随着抱素的视线，似乎在寻绎他的思路。

"慧昨天回家去了。"静破例地先提起了话头。

抱素点头，没有话。一定有什么事使这个人儿烦闷了。静猜来大概是为了慧女士。她自以为有几分明了慧的突然回去的原因了。

"慧这人很刚强，有决断；她是一个男性的女子。你看是么？"静再逗着说。

"她家里还有什么人罢？"抱素管自地问。

"慧素来不谈她自己家里的事。我也不喜欢打听。"静淡然回答。"你也不知道她的家庭情形么？"

"她不说，我怎么知道呢？况且，我和她的交情，更次于你和她。"抱素觉得静女士的话中有核，急自分辩说。

静笑了一笑，从心的深处发出来的愉快的笑。不多时前温柔的幻境，犹有余劲，她现在看出来一切都是可爱的淡红色了。

"你知道她在外国做些什么？"抱素忍不住问了。

静女士摇头，既而说："说是读书，我看未必正式进学校罢。"

抱素知道静是真不知道，不是不肯说。他迟疑了一会，后来毅然决然地对静说道："密司章，你不知道慧突然回去的原因罢？"

静一怔，微微摇头。

"你大概想不到是我一席话将她送走的罢？"抱素接着说，他看见静变色了，但是他不顾，继续说下去。"请你听我的供状罢。昨晚上我躲在床里几乎哭出声来了。我非在一个亲人一个知心朋友面前，尽情地诉说一番，痛哭一场，我一定要闷死了。"他用力咽下一口气去。

静亦觉惨然，虽则还是摸不着头绪。

慢慢地，但是很坚定地，抱素自述他和慧的交涉。他先讲他们怎样到法国公园，在那里，慧是怎样的态度，第二天，慧又是怎样的变了态度；他又讲自己如何的纳闷，李克的话如何可疑；最后，他说还是在"包打听"方女士那里知道了慧不但结过几次婚，并且有过不少短期爱人，因此他在前天和慧开诚布公地谈了一次。

"你总能相信，"抱素叹息着收束道，"如果不是她先对我表示亲热，我决不敢莽撞的；那晚在法国公园里，她捧着我的面孔亲嘴，对我说了那样多的甜蜜蜜的话语，但是第二天她好像都忘却了，及至前天我责问她时，她倒淡淡地说：'那不过乘着酒兴玩玩而已。你未免太认真了！'我的痛苦也就可想而知！自从同游法国公园后，我是天天纳闷；先前我还疑惑那晚她是酒醉失性，我后悔不该喝酒，自恨当时也受了热情的支配，不能自持。

后来听人家告诉了她的从前历史，因为太不堪了，我还是半信半疑，但是人家却说得那么详细，那么肯定，我就不能不和她面对面地谈一谈，谁料她毫不否认，反理直气壮地说是'玩玩'，说我'太认真'！咳……"这可怜的人儿几乎要滴下眼泪来了，"咳，我好像一个处女，怀着满腔的纯洁的爱情，却遇着了最无信义的男子，受了他的欺骗，将整个灵魂交给他以后，他便翻脸不认人，丢下了我！"他垂下头，脸藏在两手里。

半晌的沉默。

抱素仰起头来，又加了一句道："因为我当面将她的黑幕揭穿了，所以她突然搬走。"

静女士低着头，没有话；回忆将她占领了。慧果真是这样一个人么？然而错误亦不在她。记得半月前慧初来时,不是已经流露过一句话么？"我就用他们对待我的法子回敬他们呵！"这句话现在很清晰地还在静的耳边响呢。从这句话，可以想见慧过去的境遇，想见慧现在的居心。犹如受了伤的野兽，慧现在是狂怒地反噬，无理由无选择地施行她的报复。最初损害她的人，早已挂着狞笑走得不知去向了，后来的许多无辜者却做了血祭的替身！人生本就是这么颠倒错误的！静迷惘地想着，她分不清对慧是爱是憎，她觉得是可怜，但怜悯与憎恨也在她的情绪中混为一片，不复能分。她想：现在的抱素是可怜的，但慧或者更可怜些；第一次蹂躏了慧，使慧成为现在的慧的那个男子，自然是该恨了，但是安知这胜利者不也是被损害后的不择人而报复，正像现在慧之对于抱素呢？依这么推论，可恨的人都是可怜的。他们都是命运的牺牲者！静这么分析人类的行为，心头夷然舒畅起来，她认定怜悯是最高贵的情感，而爱就是怜悯的转变。

"你大概恨着慧罢？"静打破了沉寂，微笑，凝视着抱素。

"不恨。为什么恨呢？"抱素摇着他的长头发，"但是爱的意味也没有了。我是怕她。哦，我过细一想，连怕的意味也没有了，我只是可惜她。"

"可惜她到底是糟蹋了自己身体。"静仍旧微笑着，眼睛里射出光来。

"也不是。我可惜她那样刚毅，有决断，聪明的人儿，竟自暴自弃，断送了她的一生。"他说着又微喟。

"你认定这便是她的自暴自弃么？"

抱素愕然半晌，他猜不透静的意思，他觉得静的泰然很可怪，他原先料不及此。

"你大概知道她是不得已，或是……"他机警地反问。

"慧并没对我直接谈过她自己的事，"静拦住了说，"但是我从她无意中流露的对于男子的憎恨，知道她现在的行为全是反感，也可以说是变态心理。"

抱素低了头，不响；半晌，他抬起头，注视静的脸，说道："我真是太粗心了！我很后悔，前天我为什么那样怒气冲冲，我一定又重伤了她的心！"他的声音发颤，最后的一句几乎带着悲咽了。

静心里一软，还带些酸，眼眶儿有些红了。也许是同情于慧，然而抱素这几句话对于静极有影响，却是不能讳言的。她的"怜悯哲学"已在抱素心里起了应和，她该是如何的欣慰，如何的感动呵！从前抱素说的同学们对于他俩的议论，此时候又闯进她的记忆；她不禁心跳了，脸也红了。她不敢看抱素，恐怕碰着他的眼锋。她心的深处似乎有一个声音说道："走上前，对他说，你真是我的知心。"但是她忸怩地只是坐着不动。

然而抱素像已经看到她的心，他现在立起来，走到她身边。静心跳的更厉害，迷惘地想道：他这不是就要来拥抱的姿势么？她惊奇，她又害怕；但简直不曾想到"逃避"。她好像从容就义的志士，闭了眼，等待那最后的一秒钟。

但是抱素不动手，他只轻轻地温柔地说道："我也替你常担忧呢！"静一怔，不懂他的意思。这人儿又接着说："你好端端的常要生气，悲观，很伤身的。你是个聪明人，境遇也不坏，在你前途的，是温暖和光明，你何必常常悲观，把自己弄成了神经病。"

这些话，抱素说过不止一次，但今天钻到静的耳朵里，分外的恳切，热刺刺的，起一种说不出的奇趣的震动。自己也不知怎么的，静霍然立起，抓住了抱素的手，说："许多人中间，就只你知道我的心！"她意外地滴了几点眼泪。

从静的手心里传来一道电流，顷刻间走遍了抱素全身；他突然挽住了静的腰肢，拥抱她。静闭着眼，身体软软的，没有抵拒，也没有动作；她仿佛全身的骨节都松开了，解散了，最后就失去了知觉。当她回复知觉的时候，她看见自己躺在床上，抱素的脸贴着自己的。

"你发晕去了！"他低低地说。

没有回答，静翻转身，把脸埋在枕头里。

七

第二天，静女士直到十点多钟方才起来。昨夜的事，像一场好梦，虽有不尽的余味，然而模模胡胡地总记不清晰。她记得自己像酒醉般的昏昏沉沉过了一夜，平日怕想起的事，昨晚上是身不由己地做了。完全是被动么？静凭良心说："不是的。"现在细想起来，不忍峻拒抱素的要求，固然也是原因之一，但一大半还是由于本能的驱使，和好奇心的催迫。因为自觉并非被动，这位骄狷的小姐虽然不愿人家知道此事，而主观上倒也心安理得。

但是现在被剩下在这里，空虚的悲哀却又包围了她。确不是寂寞，而是空虚的悲哀，正像小孩子在既得了所要的物件以后，便发见了"原来不过如此"，转又觉得无聊了。人类本来是奇怪的动物。"希望"时时刺激它向前，但当"希望"转成了"事实"而且过去以后，也就觉得平淡无奇；特别是那些快乐的希望，总不叫人满意，承认是恰如预期的。

现在静女士坐在书桌前，左手支颐，惘然默念。生理上的疲乏，又加强了她的无聊。太阳光射在她身上，她觉得烦躁；移坐在墙角的藤榻上，她又嫌阴森。坐着腰酸，躺在床上罢，又似乎脑壳发胀。她不住地在房中蹀躞[9]。出外走走罢？一个人又有什么趣味呢？横冲直撞的车子，寻仇似的路人的推挤，本来是她最厌恶的。

"在家里，这种天气便是最好玩的。"静不自觉地说了这一句话。家乡的景物立刻浮现到她的疲倦的眼前；绿褥般的秧田，一方一方地铺在波浪形起伏的山间，山腰旺开的映山红像火一般，正合着乡谣所说的"红锦褥，红绫被"。和风一递一递地送来了水车的刮刮的繁音和断续的秧歌。向晚时，村前的溪边，总有一二头黄牛驯善地站在那里喝水，放牛的村童就在溪畔大榆树下斗纸牌，直到家里人高声寻唤了两三次，方才牵了牛懒懒地回去。梅子已经很大了，母亲总有一二天忙着把青梅用盐水渍过，再晒干了用糖来饯——这是静最爱吃的消闲品。呵！可爱的故乡！虽则静十分讨厌那些乡邻和亲戚见着她和母亲时，总是啧啧地说："静姑益发标致了！怎么还没有定个婆家？山后王家二官人今年刚好二十岁，模样儿真好……"她又讨厌家乡的固陋鄙塞和死一般的静止。然而故乡终究是可爱的故乡，那边的人都有一颗质朴的赤热的心。

一片幻景展开来了。静恍惚已经在故乡。她坐在门前大榆树根旁的那块光石头上面——正像七八年前光景——看一本新出版的杂志。母亲从门内出来，抱素后随；老黄狗阿金的儿子小花像翊卫似的在女主人身边绕走，摇着它的小尾巴，看住了女主人的面孔，仿佛说："我已经懂得事了！"母亲唇上，挂着一个照常的慈祥的微笑。

幻想中的静的脸上也透出一个甜蜜的微笑，但"现实"随即推开了幻想的锦幛，重复抓住了它的牺牲者。静女士喟然送别刚消失的幻象，依旧是万分无聊。幻想和一切兴奋剂一样，当时固然给你暂时的麻醉，但过后却要你偿还加倍的惆怅。

静坐到书桌前，提起笔来，想记下一些感想，刚写了十几个字，觉得不对，又抹去了。她乱翻着书本子，想找一篇平日心爱的文章来读，但看了两三行，便又丢开了。桌面实在乱的不像样，她下意识地拿起书本子，纸片，文具，想整理一下，忽然触着了一本面生的小小的皮面记事册，封面上粘着一条长方的纸，题着一句克鲁泡特金的话：

> 无论何时代，改革家和革命家中间，一定有一些安那其主义者在。
>
> 《近代科学与安那其主义》

静知道这小册子是抱素的，不知什么时候放在桌上，忘却带走了。她随手翻了一翻，扑索索地掉下几张纸片来。一帧女子的照相，首先触着眼睛，上面还写着字道："赠给亲爱的抱素。一九二六，六·九·金陵。"静脸色略变，掠开了照相，再拿一张纸看时，是一封信。她一口气读完，嘴唇倏地苍白了，眼睛变为小而红了。她再取那照相来细看。女子自然是不认识的，并且二寸的手提镜，照的也不大清楚，但看那风致，——蓬松的双鬓，短衣，长裙，显出腰肢的婀娜——似乎也是一个幽娴美丽的女子。静心里像有一块大石头压着，颞颥[10]部的血管固执地加速地跳，她拿着这不识者的照相，只是出神。她默念着信中的一句："你的真挚的纯洁的热烈的爱，使我不得不抛弃一切，不顾一切！"她闭了眼，咬她的失血的嘴唇，直到显出米粒大小的红痕。她浑身发抖，不辨是痛苦，是愤怒。照片从她手里掉在桌上，她摊开两手，往后靠住椅背，呆呆地看着天空。她不能想，她也没有思想。

像是出死劲挣扎又得了胜似的，她的意识回复过来，她的僵直而发抖的手指再拿起那照相来看。她机械地念着那一句:"赠给亲爱的抱素。一九二六·六·九·金陵。"她忽然记起来:六月九日,那不是抱素自己说的正是他向慧要求一个最后答复的一日么! 那时,这可怜的画中人却写了这封信,寄赠了整个的灵魂的象征! 那时,可怜的她,准是忙着做一些美满甜蜜的梦! 静像一个局外人,既可怜那被欺骗的女子,转又代慧庆幸。她暂时忘记了自身的悲痛。她机械地推想那不识面的女子此时知道了真相没有? 如果已经知道,是怎样一个心情? 忍受了呢? 还是斗争? 她好奇似的再检那小册子,又发现一张纸,写着这样几句:

> 信悉。兹又汇上一百元。帅座以足下之报告,多半空洞,甚为不满。此后务望切实侦察,总须得其机关地点及首要诸人姓名。不然,鄙人亦爱莫能助,足下津贴,将生问题矣。好自为之,不多及。……

因为不是情书,静已将这纸片掠开,忽然几个字跳出来似的拨动了她的思想:"帅座……报告……津贴。"她再看一遍,一切都明白了。暗探,暗探! 原来这位和她表同情专为读书而来的少年却不多不少正是一位受着什么"帅座"的津贴的暗探! 像揣着毒物似的,静把这不名誉的纸片和小册子,使劲地撩在地下。说不出的味儿,从她的心窝直冲到鼻尖。她跑到床前,把自己掷在床里,脸伏在被窝上。她再忍不住不哭了! 二十小时前可爱的人儿,竟太快地暴露了狰狞卑鄙的丑态。他是一个轻薄的女性猎逐者! 他并且又是一个无耻的卖身的暗探! 他是骗子,是小人,是恶鬼! 然而自己却就被这样一个人玷污了处女的清白! 静突然跳起来,赶到门边,上了闩,好像抱素就站在门外,强硬地要进来。

现在静女士的唯一思想就是如何逃开她的恶魔似的"恋人"。呜呜的汽笛声从左近的工厂传来,时候正是十二点。静匆忙中想出了一个主意。她拿了一两件衣服,几件用品,又检取那两封信,一张照片和小册子,都藏在身边,锁了门就走。在客堂里,看见二房东家的少妇正坐在窗前做什么针线。这温柔俏丽的少妇,此时映在静的眼里比平日更可爱;好像在乱离后遇见了亲人一般,静突然感动,几乎想拥抱她,从头儿诉说自己胸中的悲酸。但是到底只说了一句话:

"忽然生病了，此刻住医院去。病好了就来。"

少妇同情地点着头，目送静走出了大门，似乎对于活泼而自由的女学生的少女生活不胜其歆羡。她呆呆地半晌，然后又低了头，机械地赶她的针线。

八

住医院的第二日，静当真病了。医生说是流行性感冒，但热度很高，又咳嗽得厉害。病后第二天下午，这才断定是猩红症，把她移到了隔离病房。

十天之后，猩红症已过危险时期，惟照例须有两个月的隔离疗养。这一点，正合静的心愿，因为借此可以杜绝抱素的缠绕。即使他居然找到了这里，但既是医院内，又是猩红症的患者，他敢怎么样？静安心住下。而且这病，像已在现在和过去之间，划了一道界线，过去的一切不再闯入她的暂得宁静的灵魂了。

一个月很快地过去。每天除了睡觉，就是看报，——不看报，她更没事做。这一月中，她和家里通了三次信，此外不曾动过笔；她不愿别人知道她的踪迹。况且她的性格，也有几分变换了。本来是多愁善感的，常常沉思空想，现在几乎没有思想：过去的，她不愿想；将来的，她又不敢想。人们都是命运的玩具，谁能逃避命运的播弄？谁敢说今天依你自己的愿望安排定的计划，不会在明天被命运的毒手轻轻地一下就全部推翻了呢？过去的打击，实在太厉害，使静不敢再自信，不敢再有希望。现在她只是机械地生活着。她已经决定：出了医院就回家去，将来的事，听凭命运的支配罢。

医院里有一位助理医生黄兴华，和静认了同乡，常常来和她闲谈。黄医生是一个脚踏实地的人，俭朴，耐劳，又正直；所以虽然医道并不高明，医院里却深资倚畀。他是医生，然而极留心时事，最喜欢和人谈时事。人家到他房里，从没见他读医书，总见他在看报，或是什么政治性的杂志。他对于政治上的新发展，比医学上的新发明更为熟悉。

有一天，黄医生喜气冲冲地跑来，劈头一句话，就是：

"密司章，吴佩孚打败了[11]！"

"打败了？"静女士兴味地问，"报上没见这个消息？"

"明天该有了。我们院里刚接着汉口医院的电报。是千真万确的。吴佩孚自己受伤，他的军队全部溃散，革命军就要占领汉口了。"黄医生显然是十分兴奋。"这一下，中国局面该有个大变化了。"他满意地握着手。

"你看来准是变好的么？"静怀疑地问。

"自然。这几年来，中国乱的也够了，国家的主权也丧失尽了；难道我们五千年历史的汉族，就此算了么？如果你是这么存心，就不是中国人了。中国一定有抬头的一日。只要有一个名副其实的共和政府，把实业振兴起来，教育普及起来，练一支强大的海陆军，打败了外国人，便成为世界一等强国。"黄医生鼓起他常有的雄辩口吻，又讲演他的爱国论了。

在一年以前，此类肤浅的爱国论大概要惹起静女士的暗笑的，因为那时她自视甚高，自以为她的"政治思想"是属于进步的；但是现在她已经失掉了自信心，对于自己从前的主张，根本起了怀疑，所以黄医生的议论在她耳边响来就不是怎样的不合意。况且黄医生的品行早已得了静的信仰，自然他的议论更加中听了。静开始有点兴奋起来，然而悲观的黑影尚遮在她眼前；她默然半晌，慢慢地说：

"我们知道国民党有救国的理想和政策，我的同学大半是国民党。但是天意确是引导人类的历史走到光明的路么？你看有多少好人惨遭失败，有多少恶人意外地得意；你能说人生的鹄的是光明么？革命军目前果然得了胜利，然而黑暗的势力还是那么大！"

"怎么迷信命运了？"黄医生诧异地笑，"我们受过科学洗礼的人，是不应该再有迷信的。"他顿了一顿，"况且，便拿天意而论，天意也向着南方；吴佩孚兵多，粮足，枪炮好，然而竟一败涂地！"

他抢起指头，计算吴佩孚的兵力，他每天读报的努力此时发生作用了；他滔滔地讲述两军的形势，背诵两军高级军官的姓名；静女士凝神静听。后来，在外边高叫"黄医生"的声中，他作了结论道："报上说革命军打胜仗，得老百姓的帮助；这话，我有些不懂。民心的向背，须待打完了仗，才见分晓。说打仗的时候，老百姓帮忙，我就不明白 [12]。"

黄医生的热心至少已经引起静女士对于时事的注意了。她以前的每日阅报，不过是无所事事借以消闲，现在却起了浓厚的兴趣。每一个专电，每一个通讯，关于南北战事的，都争先从纸上跳起来欢迎她的眼光。并且她又从字缝中看出许多消息来。议论时事，成为她和黄医生的每日功课，比医院里照例的每日测验体温，有精神得多！一星期以后，静女士已经剥落了悲观主义的外壳，化为一个黄医生式的爱国主义者了。

然而她同时也还是一个旁观者。她以为在这争自由的壮剧中，像她那样的人，是无可贡献的；她只能掬与满腔的同情而已。

革命军的发展，引起了整个东南的震动。静连得了两封家信，知道自己的家乡也快要卷入战争的漩涡。母亲在第一封信中说：有钱的人家几乎已经搬尽，大姨夫劝她到上海避避。静当即复了封快信，劝母亲决定主意到上海来。但是母亲的第二封信，九月十日的，说已经决定避到省里大姨夫家去，省里有海军保护，是不怕的，况且大姨夫在海军里还有熟人；这封信，附带着又说："你大病初愈，不宜劳碌，即在医院中静养，不必回省来；且看秋后大局变化如何，再定行止。"因此，猩红症的隔离疗养期虽然满了，静还是住在这医院里；因为挂念着家乡，挂念着母亲，她更热切地留心时事。

战事的正确消息，报纸上早已不敢披露了。黄医生每天从私人方面总得了些来，但也不怎么重要。最新奇有趣的消息，却是静的旧同学李克传来的。双十节那天，静在院内草场上散步，恰遇李克来访友，正撞见了。这短小的人儿不知从什么地方探听得许多新闻。静当下就请他常来谈谈。——前月她派人到从前的二房东处取行李，得了抱素留下的一封信，知道他已回天津去了，所以静女士现在没有秘密行踪之必要了。

从李克那里，静又知道院内新来了两个女同学，一位是大炮史俊的恋人赵赤珠，一位是闹过三角恋爱的王诗陶。静和这两位，本来不大接谈，但现在恰如"他乡遇故知"，居然亲热起来，常到她们那里坐坐了。每天下午二时左右，赵女士王女士的病房里便像开了个小会议，李克固然来了，还有史俊和别的人；静总在那里消磨上半点钟，听完李克的新闻。

黄医生有时也来加入。

革命军占领九江的第二天，赵、王二女士的病房里格外热闹；五六个人围坐着听李克的新闻。王女士本来没有什么病，这天更显得活泼娇艳；两颗星眸不住地在各人脸上溜转，一张小嘴挂着不灭的微笑，呈露可爱的细白牙齿。她一只手挽在她的爱人东方明的肩上，歪着上半身，时时将脚尖点地，像替李克的报告按拍子。龙飞坐在她对面，一双眼瞅着她，含有无限深情。大家正在静听李克讲马回岭的恶战[13]，忽然龙飞按住王女士的腿说："别动！"王女士一笑，有意无意地在龙飞肩头打了一下。在场的人们都笑起来了。史俊伸过一只手来推着东方明道："提出抗议！你应该保障你的权利！""那天会场上，史大炮的提议失败了，你们看他老是记着，到处利用机会和王诗陶作对呢！"李克停顿了报告，笑着说。

"赤珠！我就不信没有男同志和你开玩笑。"王女士斜睨着赵女士，针对史大炮的话说。

"大家不要开玩笑了，谈正事要紧。"东方明解纷，截住了赵女士嘴边的话语。

"新闻也完了，"李克一面伸欠，一面说，"总之，现在武汉的地位巩固了。"

"到武汉去，明天就去！"史大炮奋然说，"那边需要人工作！"

"人家打完了，你才去！"王女士报复似的顶一句。

"我看你不去！"史大炮也不让。

"当真我们去做什么事呢？"赵女士冒冒失失地问。

龙飞偷偷地向王女士做了个鬼脸。李克微笑。

"那边的事多着呢！"东方明接着说，"女子尤其需要。"

"需要女子去做太太！"龙飞忍住了笑，板着脸抢空儿插入了这一句。

"莫开玩笑！"李克拦住，"真的，听说那边妇女运动落后。你们两位都可以去。"又转脸对静女士说，"密司章，希望你也能去。"

静此时已经站起来要走，听了李克的话，又立住了。"我去看热闹么？"她微笑地说，"我没做过妇女运动。并且像我那样没用的人，更是什么事都不会做的。"

赵女士拉静坐下，说道："我们一同去罢。"

"密司章，又不是冲锋打仗，那有不会的理。"史俊也加入鼓吹了，"你们一同去，再好没有。"

"章女士……"

龙飞刚说出三个字，赵女士立刻打断他道："不许你开口！你又来胡闹了！"

"不胡闹！"龙飞吐了口气，断然地说下去，"章女士很能活动，我是知道的。她在中学时代，领导同学反对顽固的校长，很有名的！"

"这话是谁说的？"静红着脸否认。

"包打听说的。"龙飞即刻回答，他又加一句道："包打听也要到汉口去，你们知道么？"

"她去干什么！"王女士很藐视地说。

"去做包打听！"大家又笑起来。

"密司章，你不是不能，你是不愿。"李克发言了，"你在学校的时候很消极，自然是因为有些同学太胡闹了，你看着生气。我看你近来的议论，你对于政治，也不是漠不关心的，你知道救国也有我们的一份责任。也许你不赞成我们的做派，但是革命单靠枪尖子就能成么？社会运动的力量，要到三年五年以后，才显出来，然而革命也不是一年半载打几个胜仗就可以成功的。所以我相信我们的做派不是胡闹。至于个人能力问题，我们大家不是顶天立地的英雄，改造社会亦不是一二英雄所能成功，英雄的时代已经过去了，现在是常识以上的人们合力来创造历史的时代。我们不应该自视太低。这就是我们所以想到武汉去的原因，也就是我劝你去的理由。"

"李克的话对极了！"史大炮跳起来说，"明天，不用再迟疑，和赤珠一同去。"

"也不能这么快。"东方明说着立起身来，"明天，后天，一星期内，谁也走不动呢。慢慢再谈罢。"

"会议"告了结束，三个男子都走了，留下三个女子。静女士默然沉思，王女士忙着对镜梳弄她的头发，赵女士无目的地望着天空。

静怀着一腔心事，回到自己房里；新的烦闷又凭空抓住了她了。这一次和以前她在学校时的烦闷，又自不同。从前的烦闷，只是一种强烈的本能的冲动，是不自觉的，是无可名说的。这一次，她却分明感得是有两种相反的力量在无形中牵引她过去的创痛，严厉地对她说道："每一次希望，结果只是失望；每一个美丽的憧憬，本身就是丑恶；可怜的人儿呀，你多用一番努力，多做一番你所谓奋斗，结果只加多你的痛苦失败的纪录。"但是新的理想却委婉地然而坚决地反驳道："没有了希望，生活还有什么意义呢？人之所以异于禽兽，就因为人知道希望。既有希望，就免不了有失望。失望不算痛苦，无目的无希望而生活着，才是痛苦呀！"过去的创痛又顽固地命令她道："命运的巨网，罩在你的周围，一切挣扎都是徒然的。"新的理想却鼓动她道："命运，不过是失败者无聊的自慰，不过是懦怯者的解嘲。人们的前途只能靠自己的意志自己的努力来决定。"这两股力一起一伏地牵引着静，暂时不分胜负。静悬空在这两力的平衡点，感到了不可耐的怅惘。她宁愿接受过去创痛的教训，然而新理想的诱惑力太强了，她委决不下。她屡次企图遗忘了一切，回复到初进医院来时的无感想，但是新的诱惑新的憧憬，已经连结为新的冲动，化成一大片的光耀，固执地在她眼前晃。她也曾追索这新冲动的来源，分析它的成分，企图找出一些"卑劣"来，那就可名正言顺地将它撇开了，但结果是相反，她反替这新冲动加添了许多坚强的理由。她刚以为这是虚荣心的指使，立刻在她灵魂里就有一个声音抗议道："这不是虚荣心，这是责任心的觉醒。现在是常识以上的人们共同创造历史的时代，你不能抛弃你的责任，你不应自视太低。"她刚以为这是静极后的反动，但是不可见的抗议者立刻又反驳道："这是精神活动的迫切的要求，没有了这精神活动，就没有现代的文明，没有这世间。"她待要断定这是自己的意志薄弱，抗议立刻又来了："经过一次的挫折而即悲观消极，像你日前之所为，这才是意志薄弱！"

争斗延长了若干时间，静的反抗终于失败了。过去的创痛虽然可怖，究不敌新的憧憬之迷人。她回复到中学时代的她了。勇气，自信，热情，理想，在三个月前从她身上逃走的，现在都回来了。她决定和赵女士她们同走。她已经看见新生活——热烈，光明，动的新生活，张开了欢迎的臂膊等待她。这个在恋爱场中失败的人儿，现在转移了视线，满心想在"社会服务"上得到应得的安慰，享受应享的生活乐趣了。

因为赵女士在上海还有一个月的停留，静女士先回到故乡去省视母亲。故乡已是青天白日的世界了，但除了表面的点缀外，依然是旧日的故乡，这更坚决了静女士的主意。在雨雪霏霏的一个早晨，她又到了上海，第二天便和赵女士一同上了长江轮船，依着命运的指定，找觅她的新生活去了。虽然静女士那时脑中断没有"命运"二字的痕迹。

九

静女士醒来时，已是十点十分。这天是阴天，房里光线很暗，倒也不显得时候不早。因为东方明跟军队出发去了，她和王女士同住人家一个大厢楼，她和王女士已经成了好朋友。昨夜她们谈到一点钟方才上床，兴奋的神经又使她在枕头上辗转了两小时许方才睡着；此时她口里发腻，头部胀而且昏。自从到汉口的两个多月里，她几乎每夜是十二点以后上床，睡眠失时，反正已成了习惯，但今天那么疲倦，却是少有的。她懊丧地躺着，归咎于昨夜的谈话太刺激。

街上人声很热闹。一队一队的军乐声，从各方传来。轰然的声音是喊口号。静女士瞿然一惊，不知从哪里来的精神，她一骨碌翻起身来，披了件衣服，跑到窗前看时，见西首十字街头正走过一队兵，颈间都挂着红蓝白三色的"牺牲带"，枪口上插着各色小纸旗，一个皮绑腿的少年，站在正前进的队伍旁边，扬高了手，领导着喊口号。静知道这一队兵立刻就要出发到前线去了。兵队的前进行伍，隔断了十字街的向东西的交通，这边，已经压积了一大堆的旗帜——各色各样人民团体的旗号，写口号的小纸旗，青天白日满地红旗；几个写着墨黑大字的白竹布大横幅，很局促地夹在旗阵中，也看不清是什么字句。旗阵下面，万头攒动，一阵阵的口号声，时时腾空而上。

静女士看了二三分钟，回身来忙倒水洗脸，失眠的疲乏，早已被口号呼声赶跑了。她猛看见桌上有一张纸，是王女士留的字条：

> 不来惊破你的好梦。我先走了。专渡各界代表的差轮在江汉
> 关一码头。十一点钟开。
>
> 诗　九时二十分

十分钟后，静女士已坐在车上，向一码头去了。她要赶上那差轮。昨夜她和王女士说好，同到南湖去参加第二期北伐誓师典礼。

到一码头时，江岸上一簇一簇全是旗帜；这些都是等候轮渡的各团体民众。江汉关的大钟正报十点三刻。喊口号的声音，江潮般地卷来。海关码头那条路上，已经放了步哨。正对海关，一个大彩牌楼，二丈多长红布的横额写着斗大的白字。几个泥面的小孩子，钻在人堆里，拾那些抛落在地上的传单。码头边并肩挨得紧紧地，泊着大小不等的七八条过江小轮，最后的一条几乎是泊在江心；粘在码头边的，是一只小兵舰，像被挤苦的胖子，不住地"吱啵吱啵"地喘气。几个黄制服的"卫士"，提着盒子炮，在舰上踱方步。

一切印象——每一口号的呼喊，每一旗角的飘拂，每一传单的飞扬，都含着无限的鼓舞。静女士感动到落了眼泪来。她匆匆地通过码头，又越

过二三条并肩靠着的小轮，才看见一条船的差轮旗边拖下一条长方白布，仿佛写着"各团体"等字。船的甲板上已经站满了人。她刚走近船舷，一个女子从人丛里挤出来迎着她招呼。

这女子原来是慧女士，她来了快一月了。她终究在此地找到了职业，是在一个政府机关内办事。

王女士终于不见，但差轮却拉着"口声"，向上流开走了。待到船靠文昌门布局码头，又雇了车到南湖时，已经是下午二点钟。南湖的广场挤满了枪刺和旗帜，巍巍然孤峙在枪刺之海的，是阅兵台的尖顶。

满天是乌云，异常阴森。军事政治学校的学生队伍中发出悲壮的歌声，四面包围的阴霾，也似乎动摇了。飘风不知从哪一方吹来，万千的旗帜，都猎猎作声。忽然轰雷般的掌声起来，军乐动了，夹着许多高呼的口号，誓师委员到场了。静和慧被挤住在人堆里，一步也动不得。

军乐声，掌声，口号声，传令声，步伐声，错落地过去，一阵又一阵，誓师典礼按顺序慢慢地过去。不知从什么时候下起头的雨，此时忽然变大了。许多小纸旗都被雨打坏了，只剩得一根光芦柴杆儿，依旧高举在人们手中，一动也不动。

"我再不能支持了！"慧抖着衣服说，她的绸夹衣已经湿透，粘在身上。

"怎么办呢？又没个避雨的地方，"静张望着四面说。"也像你那样穿厚呢衣服，就不怕了，"慧懊怅地说。"我们走罢，"她嗫嚅地加了一句，她们身后的人层，确也十分稀薄了。

静也已里外全湿，冷得发抖，她同意了慧的提议。那时，全场的光芦柴杆儿一齐摇动，口号声像连珠炮的起来，似乎誓师典礼也快完了。

十

参加誓师典礼回来后，静女士病了，主要原因是雨中受凉。但誓师典礼虽然使静肉体上病着，却给她精神上一个新的希望，新的安慰，新的憧憬。

过去的短短的两个多月，静女士已经换了三次工作，每一次增加了些幻灭的悲哀；但现在誓师典礼给她的悲壮的印象，又从新燃热了她的希望。

她和王、赵二女士本是一月二日就到了汉口的。那时，她自觉满身是勇气，满眼是希望。她准备洗去娇养的小姐习惯，投身最革命的工作。东方明和龙飞已是政治工作人员了，向她夸说政治工作之重要；那时有一个政治工作人员训练委员会成立，招收"奇才异能，遗大投艰"之士，静的心怦怦动了，便去报了名。笔试的一天，她满怀高兴，到指定的笔试处去。一进了场，这就背脊骨一冷；原来她料想以为应试者该都是些英俊少年的，谁知大不然，不但颇有些腐化老朽模样的人们捏着笔咿唔不止，并且那几位青年，也是油头光脸，像所谓"教会派"。应试人中只她一个女子，于是又成了众"考生"视线的焦点：有几位突出饿老鹰的眼，骨碌骨碌地尽瞧；有几位睁大了惊异的眼睛，犹如村童见了"洋鬼子"。试题并不难；然而应试者仍不乏交头接耳商量，直到灰布军服斜皮带的监试员慢慢地从身后走来，方才咳嗽一声，各自归了原号。这些现象，静女士看着又好笑又好气，她已经失望，但还是忍耐着定心写自己的答案。

"翻阅参考书本不禁止。但是尽抄《三民主义》原文也不中用，时间不早了，还是用心想一想，快做文章罢。"静忽听得一个监试员这么说。

场中有些笑声起来了。静隔座的一位正忙着偷偷地翻一本书，这才如梦初醒地藏过了书，把住了笔，咿唔咿唔摇起肩膀来。静不禁暗地想道："无怪东方明他们算是出色人才了，原来都是这等货！"

那天静女士回到寓所后，就把目睹的怪相对王女士说了，并且叹一口气道："看来这委员会亦不过是点缀革命的一种官样文章罢了，没有什么意思。"

"那也不尽然。"王女士摇着头说，"我听东方明说，他和委员会的主持者谈过，知道他们确主张认真办事，严格甄录。无奈应试者大抵是那一类脚色——冬烘学究，衙门蛀虫，又不能剥夺他们的考试权，只好让他们来考。这班人多半是徒劳，一定不取的。"

两天后，考试结果发表了，果然只取了五名——三名是正取，二名是备取。静女士居然也在正取之列。这总算把她对于委员会的怀疑取消了。于是她又准备去应口试。

出于意外，口试的委员是一个短小的说话声音很低的洋服少年，并不穿军装。他对每个应试者问了十几道的问题，不论应试者怎样回答，他那张板板的小脸总没一些表示，令人无从猜摸他的意向。

"你知道慕沙里尼[14]是什么人？"那短小的"委员"对一位应试者问了几个关于党国的大问题以后，突然取了常识测验的法儿了。他在纸上写了慕沙里尼的译名，又写了西方拼法。

"慕——沙——里——尼……他是一个老革命家！"应试者迟疑地回答。

"他是哪一国人？死了么？"

"他是俄国人。好像死得不久。"

"季诺维夫 [15] 是什么人？"口试委员毫无然否地换了题目。

"他是反革命，白党。"应试者抢着回答，显然自以为有十二分的把握。

口试委员写了"季诺维夫"四个字。

"哦，先前是听错做谢米诺夫了。这……这季诺夫，该是英国人罢。"应试者用了商量的口吻了。

"安格联 [16]，"口试委员再写。

"这卖国奴！这汉奸！他是北京的海关监督！"应试者爽快地答。

"许是奉天人罢？"口试委员追问一句，脸上的筋肉一根也不动。

"是。"应试者回答，迟疑地看着口试委员的脸。

静女士忍不住暗笑。

五个人的口试，消磨了一小时。最后，短小的口试委员站起身来宣布道："各位的事情完了。结果仍在报上发表。"他旋转脚跟要走了，但是四个人攒住了他：

"什么时候儿发表？"

"干么工作？"

"不会分发到省外去罢？"

"特务员是上尉阶级，也没经过考试。我们至少是少校罢？"

问题衔接着掷过来。口试委员似笑非笑地答道："明天就发表。看明天的报！派什么工作须待主任批示，我们管不着。"

问题还要来，但勤务兵拿了一叠的请见单进来了。那口试委员说了句"请和这里的杨书记接洽"，点着头像逃也似的走了。

第二天口试结果发表，只取了四名；正取中一名落选，二名备取倒全取上了。静觉得这委员会办事也还认真，也就决心进去了。

每天有四五十人应笔试，每天有七八人应口试，每天有四五人被录取；静的"同人"一天一天多起来。委员会把他们编成训练班，排定了讲堂的课程，研究的范围和讨论的题目。在训练班开始的前一日，静就搬进那指定的宿舍。她和王女士握别的时候说：

"我现在开始我的新生活。我是一个弱者，你和赤珠批评我是意志薄弱，李克批评我是多愁善感；我觉得你们的批评都对，都不对；我自己不知道我是怎样一个人，我承认我有许多缺点，但我自信我根本上不是一个耽安逸喜享乐的小姐。我现在决心去受训练，吃苦，努力，也望你时常督促我。"她顿了一顿，很亲热地挽住了王女士的臂膊，"从前我听人家说你浪漫，近来我细细观察，我知道你是一个豪爽不拘的人儿，你心里却有主见。但是人类到底是感情的动物，有时热情的冲动会使你失了主见。一时的热情冲动，会造成终身的隐痛，这是我的……"她拥抱了王女士，偷偷滴一点眼泪。

王女士感动到说不出话来。

然而抱了坚决主意的那时的静女士，只过了两星期多的"新生活"，又感到了万分的不满足。她确不是吃不得苦，她是觉得无聊。她看透了她的同班们的全副本领只是熟读标语和口号；一篇照例的文章，一次照例的街头宣讲，都不过凑合现成的标语和口号罢了。她想起外边人讥讽政治工作人员为"卖膏药"；会了十八句的江湖诀，可以做一个走方郎中卖膏药，能够颠倒运用现成的标语和口号，便可以当一名政治工作人员。有比这再无聊的事么？这个感想，在静的脑中一天一天扩大有力，直到她不敢上街去，似乎路人的每一注目就是一句"卖膏药"的讥笑。勉强挨满三个星期，她终于告退了。

此后，她又被王女士拉到妇女会里办了几星期的事，结果仍是嫌无聊，走了出来。她也说不出为什么无聊，哪些事无聊，她只感觉得这也是一种敷衍应付装幌子的生活，不是她理想中的热烈的新生活。

现在静女士在省工会中办事也已经有两个星期了。这是听了李克的劝告，而她自己对于这第三次工作也找出了差强人意的两点：第一是该会职员的生活费一律平等，第二是该会有事在办，并不是点缀品。

任事的第一日，史俊和赵女士——他俩早已是这里的职员，引静到各部分走了一遍，介绍几个人和她见面。她看见那些人都是满头大汗地忙着。静担任文书科里的事，当天就有许多文件待办，她看那些文件又都是切切实实关系几万人生活的事。她第一次得到了办事的兴趣，她终于踏进了光明热烈的新生活。但也不是毫无遗憾，例如同事们举动之粗野幼稚，不拘小节，以及近乎疯狂的见了单身女人就要恋爱，都使静感着不快。

更不幸是静所认为遗憾的，在她的同事们适成其为革命的行为，革命的人生观，非普及于人人不可，而静女士遂亦不免波及。她任事的第三日，就有一个男同事借了她的雨伞去，翌日并不还她，说是转借给别人了，静不得不再买一柄。一次，一位女同事看见了静的斗篷，就说："嘿！多漂亮的斗篷！可惜我不配穿。"然而她竟拿斗篷披在身上，并且扬长走了。四五天后来还时，斗篷肩上已经裂了一道缝。这些人们自己的东西也常被别人拿得不知去向，他们转又拿别人的；他们是这么惯了的，但是太文雅拘谨的静女士却不惯。闹恋爱尤其是他们办事以外唯一的要件。常常看见男同事和女职员纠缠，甚至嬲着要亲嘴。单身的女子若不和人恋爱，几乎罪同反革命——至少也是封建思想的余孽。他们从赵女士那里探得静现在并没爱人，就一齐向她进攻，有一个和她纠缠得最厉害。这件事，使静十二分地不高兴，渐渐对于目前的工作也连带地发生了嫌恶了。

现在静病着没事，所有的感想都兜上了心头。她想起半年来的所见所闻，都表示人生之矛盾。一方面是紧张的革命空气，一方面却又有普遍的疲倦和烦闷。各方面的活动都是机械的，几乎使你疑惑是虚应故事，而声嘶力竭之态，又随在暴露，这不是疲倦么？"要恋爱"成了流行病，人们疯狂地寻觅肉的享乐，新奇的性欲的刺激；那晚王女士不是讲过的么？某处长某部长某厅长最近都有恋爱的喜剧。他们都是儿女成行，并且职务何等繁剧，尚复有此闲情逸趣，更无怪那班青年了。然而这就是烦闷的反映。在沉静的空气中，烦闷的反映是颓丧消极；在紧张的空气中，是追寻感官的刺激。所谓"恋爱"，遂成了神圣的解嘲。这还是荦荦大者[17]的矛盾，若毛举细故，更不知有多少。铲除封建思想的呼声喊得震天价响，然而亲戚故旧还不是拔芽连茹地登庸[18]了么？便拿她的同事而言，就很有几位是裙带关系来混一口饭的！

矛盾哪，普遍的矛盾。在这样的矛盾中革命就前进了么？静不能在理论上解决这问题，但是在事实上她得了肯定。她看见昨天的誓师典礼是那样地悲壮热烈，方恍然于平日所见的疲倦和烦闷只是小小的缺点，不足置虑；因为这些疲倦烦闷的人们在必要时确能慷慨为伟大之牺牲。这个"新发现"鼓起了她的勇气。所以现在她肉体上虽然小病，精神上竟是空前的健康。

在静女士小病休养的四五日中，"异乡新逢"的慧女士曾来过两次。

第二次来时，静女士已经完全回复健康，便答应了慧女士请吃饭的邀请。

慧请的客大半是同僚，也有她在外国时的朋友。静都不认识，应酬了几句，她就默默地在旁观察。一个黑矮子，人家称为秘书的，说话最多；他说话时每句末了的哈哈大笑颇有几分像"百代"唱片里的"洋人大笑"，静女士每见他张开口，便是一阵恶心。

"你们那里新来了位女职员，人还漂亮？哈，哈，哈。"黑矮子对一位穿洋服的什么科长说。

"总比不上周女士呵！"洋服科长回答，"倒是一手好麻雀¹⁹。"

"周女士好酒量，更其难得了。哈，哈，哈。"

细长脖子，小头，穿中山装的什么办事处主任，冒冒失失对慧嚷道："来！来！赌喝一瓶白兰地！"

静觉得那细长脖子小头的办事处主任，本身就像一个白兰地酒瓶。

慧那时和左首一个穿华达呢军装的少年谈得正忙，听着"白兰地酒瓶"嚷，只回眸微笑答道："秘书又来造我的谣言了。"

"一瓶白兰地。"黑矮子跳起来大声嚷，"昨天见你喝的。今天你是替自己省酒钱了！哈，哈，哈。"

"那就非喝不可了！"一个人插进说。

"某夫人用中央票收买夏布，好打算呵！"坐在静右首的一位对一个短须的人说。

"这笔货，也不过是囤着瞧罢了。"一个光头人回答。静看见有一条小青虫很细心地在那个光头上爬。

黑矮子和"白兰地酒瓶"飙着慧喝酒，似乎已得了胜利，慧终究喝了一大杯白兰地。

渐渐谈锋转了方向，大家向女主人进攻。"白兰地酒瓶"一定要问慧用什么香水，军装少年拉着慧要和她跳舞，后来，黑矮子说要宣布慧最近的恋爱史，慧淡淡答道："有，你就宣布，只不许造谣！"

提到恋爱，这一伙半醉的人儿宛如听得前线的捷报，一齐鼓舞起来了；他们攒住了慧，不但动口，而且动手。然而好像还有点"封建思想残余"，竟没波及到静女士。

很巧妙地应付着，慧安然渡过了这一阵子扰动，宣告了"席终"。

慧女士送静回寓的途中，静问道："他们时常和你这般纠缠么？"她想起了慧从前所抱的主张，又想起抱素和慧的交涉。"可不是，"慧坦白地回答。"我高兴的时候，就和他们鬼混一下；不高兴时，我简直不理。静妹，你以为我太放荡了么？我现在是一个冷心人，尽管他们如何热，总温暖不了我的心！"

静仿佛看见慧的雪白浑圆的胸脯下，一颗带着伤痕的冷硬的心傲然地抖动着。她拥抱了慧，低声答道：

"我知道你的心！"

十一

又是半个月过去了。静女士，慧女士和王女士，现在成了最亲密的朋友。三位女士的性格绝不相同，然而各人有她的长处，各人知道各人的长处。两位都把静女士视同小妹妹，因为她是怯弱，温婉，多愁，而且没主意。这两位"姊姊"，对于静实在是最大的安慰。这也是静虽已厌倦了武汉的生活而却不愿回到家里去的原因。自从到汉口以后，静接着母亲两次要她回去的信，说家乡现在也一样地有她所喜欢的"工作"呢。

静女士时常想学慧的老练精干，学王女士的外圆内方，又能随和，又有定见。然而天性所限，她只好罢休。在苦闷彷徨的时候，静一定要去找她的"慧姊姊"，因为慧的刚毅有决断，而且通达世情的话语，使她豁然超悟，生了勇气。在寂寞幽怨的时候，静就渴愿和王女士在一处，她偎在这位姊姊的丰腴温软的身上，细听她的亲热宛转的低语，便像沉醉在春风里，那时，王女士简直成了静的恋人。她俩既是这等亲热，且又同居，因此赵女士常说她们是同性爱。

然而王女士却要离开汉口了；因为东方明已经住定在九江，要王女士去。离别在即，三个好朋友都黯然神伤，静女士尤甚。她除了失去一个"恋人"，还有种种自身上的忧闷。王女士动身的前晚，她们三人同游首义公园，后来她们到黄鹤楼头的孔明墩边，坐着吹凉，谈心。

那晚好月光。天空停着一朵朵的白云，像白棉花铺在青瓷盘上。几点疏星，嵌在云朵的空隙，闪闪地射光。汉阳兵工厂的大起重机，在月光下黑魆魆地蹲着，使你以为是黑色的怪兽，张大了嘴，等待着攫噬。武昌城已经睡着了，麻布丝纱四局的大烟囱，静悄悄地高耸半空，宛如防御隔江黑怪兽的守夜的哨兵。西北一片灯火，赤化了半个天的，便是有三十万工人的汉口。大江的急溜，渐渐地响，武汉轮渡的汽笛，时时发出颤动哀切的长鸣。此外，更没有可以听到的声音。

孔明墩下的三位女士，在这夏夜的凉气中谈笑着。现在她们谈话的重心已经转移到静的工作问题了。

"工会里的事，我也厌倦了，"静女士说，"那边不少我这样的人，我决定不干了。诗陶姊到九江去，我更加无聊。况且住宿也成问题———一个人住怪可怕的。"她很幽悒地挽住了王女士的手。

"工会的事，你原可不干，"慧女士先发表她的意见，同时停止了她的踱方步。"至于住宿，你还是搬到我那里。我们在上海同住过，很有味。"

"你一天到晚在外边，我一个人，又没事做，真要闷死了。"
静不愿意似的回答。

"和我同到九江去，好不好？"王女士说的很恳切，把脸偎着静的颈脖。

静还没回答，慧女士抢着说道："我不赞成。"

"慧，你是怕我独占了静妹？"王女士笑着说。

"人家烦闷，你倒来取笑了，该打！"慧在王女士的臂上拧了一把，"我不赞成，为的是根本问题须先问静妹还想做事否；如想做事，自然应该在武汉。"

"我先前很愿做事，现在方知我这人到处不合宜。"静叹了口气，"大概是我的心眼儿太窄，受不住丝毫的委屈。我这人，又懦怯，又高傲。诗陶姊常说我要好心太切，可不是？我回想我到过的机关团体，竟没一处叫我满意。大概又是我太会吹毛求疵。比如工会方面，因为有一个人和我瞎纠缠，我就厌倦了工会的事。他们那班人，简直把恋爱当饭吃。"

王女士和慧都笑了，忽然慧跺着脚道：

"好了，不管那些新式的，新新式的色中饿鬼！我们三个都到九江游庐山去！"

"我到九江去本来没有确定做事。同去游庐山，好极了。"王女士也赞成。"静，就这么办罢。"

静女士摇了摇头说："我不赞成。带连你们都不做事，没有这个理！我本性不是懒惰人，而且在这时代，良心更督促我贡献我的一份力。刚才我不是已经说过么？两星期前我就不愿在工会中办事，后来在誓师典礼时我又感动起来，我想，我应该忍耐，因此又挨下来。现在我虽然决心不干工会的事，还是想做一点于人有益，于己心安的事。"

王女士和慧都点着头。

"但是我想来想去总没有，"静接着再说，"诗陶姊又要走，少了一个精神上的安慰！"她低下头去，滴了两点眼泪，忽然又仰着泪脸对慧女士说道："慧姊！我常常想，学得你的精练达观就好了，只恨我不能够！"

"明天一定不走！"王女士眼眶也红了，拥抱了静，很温柔地安慰她，"静妹，不要伤心，我一定等你有了理想中的事再走！"

"静！你叫我伤心！比我自己的痛苦还难受！"慧叹了口气，焦灼地来回走着。

大江的急溜，照旧渐渐作响。一朵云缓缓移动，遮没了半轮明月，却放出一颗极亮的星。

慧女士忽然站住了，笑吟吟地说道："我想出来了！"

"什么事？"王女士和静同声问。

"想出静妹的出路来了！做看护妇去，岂不是于人有益，于己心安么？"

"怎么我忘了这个！"王女士忙接着说，"伤兵医院正缺看护。救护伤兵委员会还征调市立各校的女教职员去担任呢！"

现在三个人又都是满脸的喜色了。她们商量之后，决定王女士明天还是不走，专留一日为静选定医院，觅人介绍进去。

王女士跑了个整天，把这件事办妥。她为静选定了第六病院。这是个专医轻伤官长的小病院，离慧的寓处也不远。在先士兵病院也有义务女看护，后来因为女看护大抵是小姐少奶奶女教员，最爱清洁，走到伤员面前时，总是用手帕掩了鼻子，很惹起伤员的反感，所以不久就撤消了。

十二

胜利的消息，陆续从前线传来。伤员们也跟着源源而来。有一天，第六病院里来了个炮弹碎片伤着胸部的少年军官，加重了静女士的看护的负担。

这伤者是一个连长，至多不过二十岁。一对细长的眼睛，直鼻子，不大不小的口，黑而且细的头发，圆脸儿，颇是斯文温雅，只那两道眉棱，表示赳赳的气概，但虽浓黑，却并不见得怎样阔。他裹在灰色的旧军用毯里，依然是好好的，仅仅脸色苍白了些；但是解开了军毯看时，左乳部已无完肤。炮弹的碎片已经刮去了他的左乳，并且在他的厚实的左下胸刻上了三四道深沟。据军医说，那炮弹片的一掠只要往下二三分，我们这位连长早已成了"国殇"。现在，他只牺牲了一只无用的左乳头。

这军官姓强名猛，表字惟力；一个不古怪的人儿却是古怪的姓名。

在静女士看护的负担上，这新来者是第五名。她确有富裕的时间和精神去招呼这后来者。她除了职务的尽心外，对于这新来者还有许多复杂的向"他"心。伤的部分太奇特，年龄的特别小，体格的太文秀：都引起了静的许多感动。她看见他的一双白嫩的手，便想像他是小康家庭的儿子，该还有母亲，姊妹，兄弟，平素该也是怎样娇养的少爷，或者现在他家中还不知道他已经从军打仗，并且失掉了一只乳头。她不但敬重他为争自由而流血——可宝贵的青春的血；她并且寄与满腔的怜悯。

最初的四五天内，这受伤者因为创口发炎，体温极高，神志不清；后来渐渐好了，每天能够坐起来看半小时的报纸。虽然病中，对于前线的消息，他还是十分注意。一天午后，静女士送进牛奶去，他正在攒眉苦思。静把牛奶杯递过去，他一面接杯，点头表示谢意，一面问道：

"密司章，今天的报纸还没来么？"

"该来了。现在是两点十五分。"静看着手腕上的表回答。

"这里的报太岂有此理。每天要到午后才出版！"

"强连长。军医官说你不宜多劳神。"静踌躇了些时，终于委婉地说，"我见你坐起来看报也很费力呢！"

少年把牛奶喝完，答道："我着急地要知道前方的情形。昨天报上没有捷电，我生怕是前方不利。"

"该不至于。"静低声回答，背过了脸儿。她见这负伤的少年还这样关心军事，不禁心酸了。

离开了病房，静女士就去找报纸；她先翻开一看，不禁一怔，原来这天的报正登着鄂西吃紧的消息。她立刻想到这个恶消息万不能让她的病人知道，这一定要加重他的焦灼；但是不给报看，又要引起他的怀疑，同样是有碍于病体。她想不出两全的法子，捏着那份报，痴立在走廊里。忽然一个人拍着她的肩头道：

"静妹，什么事发闷？"

静急回头看时，是慧女士站在她背后，她是每日来一次的。

"就是那强连长要看报，可是今天的报他看不得。"静回答，指出那条新闻给慧女士瞧。

慧拿起来看了几行，笑着说道：

"有一个好法子。你拣好的消息读给他听！"

又谈了几句，慧也就走了。静女士回到强连长的病房里，借口军医说看报太劳神，特来读给他听。少年不疑，很满意地听她读完了报上的好消息。从此以后，读报成了静女士的一项新职务。

强连长的伤，跟着报上的消息，一天一天好起来。静女士可以无须再读报了。但因她担任看护的伤员也一天一天减少，她很有时间闲谈，于是本来读报的时间，就换为议论军情。一天，这少年讲他受伤的经过。他是在临颍一仗受伤；两小时内，一团人战死了一半多，是一场恶斗。这少年神采飞扬地讲道：

"敌军在临颍布置了很好的炮兵阵地；他们分三路向我军反攻，和我们——七十团接触的兵力，在一旅左右。司令部本指定七十团担任左翼警戒，没提防敌人的反攻来的这么快。那天黄昏，我们和敌人接触，敌人一开头就是炮，迫击炮弹就像雨一般打来……"

"你的伤就是迫击炮打的罢？"静惴惴地问。

"不是。我是野炮弹碎片伤的。我们团长是中的迫击炮弹。咳，团长可惜！"他停了一停，又接下去，"那时，七十团也分三路迎战。敌人在密集的炮弹掩护下，向我军冲锋！敌人每隔二三分钟，放一排迫击炮，野炮是差不多五分钟一响。我便是那时候受了伤。"

他歇了一歇，微笑地抚他胸前的伤疤。

"你也冲锋么？"静低声问。

"我们那时是守，死守着吃炮弹，后来——我已经被他们抬回后方去了，团长裹了伤，亲带一营人冲锋，这才把进逼的敌人挫退了十多里，我们的增援队伍也赶上来，这就击破了敌人的阵线。"

"敌人败走了？"

"敌人守不住阵地，总退却！但是我们一团人差不多完了！团长胸口中了迫击炮，抬回时已经死了！"

静凝眸瞧着这少年，见他的细长眼睛里闪出愉快的光。她忽然问道：

"上阵时心里是怎样一种味儿？"

少年笑起来，他用手掠他的秀发，回答道：

"我形容不来。勉强作个比喻，那时的紧张心理，有几分像财迷子带了锹锄去掘拿得稳的窖藏；那时跃跃鼓舞的心理，大概可比是才子赴考；那时的好奇而兼惊喜的心理，或者正像……新嫁娘的第一夜！"

静自觉脸上一阵烘热。少年的第三种比喻，感触了她的尚有余痛的经验了，但她立即转换方向，又问道：

"受了伤后，你有什么感想呢？"

"没有感想。那时心里非常安定。应尽的一份责任已经做完了，自己也处于无能为力的境地了；不安心，待怎样？只是还不免有几分焦虑；正像一个人到了暮年时候，把半生辛苦创立的基业交给儿孙，自己固然休养不管事，却不免放心不下，惟恐后人把事情弄坏了。"

少年轻轻地抚摸自己胸前的伤疤，大似一个艺术家鉴赏自己的得意旧作。

"你大概不再去打仗了？"静低声问；她以为这一问很含着关切怜爱的意味。

少年似乎也感觉着这个，他沉吟半晌，才柔声答道：

"我还是要去打仗。战场对于我的引诱力，比什么都强烈。战场能把人生的经验缩短。希望，鼓舞，愤怒，破坏，牺牲——一切经验，你须得活半世去尝到的，在战场上，几小时内就全有了。战场的生活是最活泼最变化的，战场的生活并且也是最艺术的；尖锐而曳长的啸声是步枪弹在空中飞舞；哭哭哭，像鬼叫的，是水机关；——随你怎样勇敢的人听了水机关的声音没有不失色的，那东西实在难听！大炮的吼声像音乐队的大鼓，替你按拍子。死的气息，比美酒还醉人。呵！刺激，强烈的刺激！和战场生活比较，后方的生活简直是麻木的，死的！"

"据这么说，战场竟是俱乐部了。强连长，你是为了享乐自己才上战场去的罢？"静禁不住发出最娇媚的笑声来。

"是的。我在学校时，几个朋友都研究文学，我喜欢艺术。那时我崇拜艺术上的未来主义[20]；我追求强烈的刺激，赞美炸弹，大炮，革命——

一切剧烈的破坏的力的表现。我因为厌倦了周围的平凡，才做了革命党，才进了军队。依未来主义而言，战场是最合于未来主义的地方：强烈的刺激，破坏，变化，疯狂似的杀，威力的崇拜，一应俱全！"少年突然一顿，旋即放低了声音接着说："密司章，别人冠冕堂皇说是为什么为什么而战，我老老实实对你说，我喜欢打仗，不为别的，单为了自己要求强烈的刺激！打胜打败，于我倒不相干！"

静女士凝视着这少年军官，半晌没有话。

这一席新奇的议论，引起了静的别一感想。她暗中忖量：这少年大概也是伤心人，对于一切都感不满，都觉得失望，而又不甘寂寞，所以到战场上要求强烈的刺激以自快罢。他的未来主义，何尝不是消极悲观到极点后的反动。如果觉得世间尚有一事足惹留恋，他该不会这般古怪冷酷罢。静又想起慧女士来；慧的思想也是变态，但入于个人主义颓废享乐的一途，和这少年军官又自不同。

"密司章，你想什么？"

少年惊破了静的沉思。他的善知人意的秀眼看住了静的面孔，似乎在说：我已经懂得你的心。

"我想你的话很有意思，"她回答，忽然有几分羞怯，"无论什么好听的口号，反正不过是那么一回事。"凭空发了两句牢骚，同时她站起身来道："强连长，你该歇歇了。"

少年点着头，他目送静走出去，见她到门边，忽又站住，回过头来，看住了他，轻轻地问道：

"强连长，确没有别的事比打仗更能刺激你的心么？"

少年辨出那话音微带着颤，他心里一动。

"在今天以前，确没有。"这是回答。

那天晚上，慧女士到医院里去看望静女士，见静神情恍惚，若有心事。慧问起原因，听完了静转述少年军官的一番话，毫不介意地说道：

"世间尽有些怪人！但是为什么又惹起你来动心事？"

"因为想起他那样的人，却有如此悲痛的心理；他大概是一个过来的伤心人！"静回答，不自禁地叹了口气。

"这军官是哪里人？家里还有什么人？"慧沉吟有顷，忽然这么问。

"他是广东人。父亲是新加坡的富商。大概家庭里有问题，他的母亲和妹妹另住在汕头。"

慧低着头寻思，突然她笑起来，抱住了静女士的腰，说道：

"小妹妹，你和那军官可以成一对情人；那时，他也毋须再到战场上听音乐，你也不用再每日价悲天悯人地不高兴！"

静的脸红了。她瞅了慧女士一眼，没有说话。

十三

慧的预言，渐渐转变成为事实；果然世间还有一件事可以替代强连长对于战场的热心，那就是一个女子的深情。

这一个结合，在静女士方面是主动的，自觉的；在那个未来主义者方面或者可说是被摄引，被感化，但也许仍是未来主义的又一方面的活动。天晓得究竟是怎么一回事！然而两心相合的第一星期，确可说是自然主义的爱，而不是未来主义。

第二期北伐自攻克郑、汴后，暂告一段落，因此我们这位新跌入恋爱里的强连长，虽然尚未脱离军籍，却也有机会度他的蜜月。在他出医院的翌日，就是他和静女士共同宣告"恋爱结合"那一天，他们已经决定游庐山去；静女士并且发了个电报到九江给王女士，报告他们的行踪。

从汉口到九江，只是一夜的行程。清晨五点钟模样，静女士到甲板上看时，只见半空中迎面扑来四五个淡青色的山峰，峰下是一簇市街，再下就是滚滚的大江。那一簇市街夹在青山黄水之间，远看去宛如飘浮在空间的蜃楼海市。这便是九江到了。

住定了旅馆后，静的第一件事是找王女士。强是到过九江的，自然陪着走这一趟。他们在狭小的热得如蒸笼里的街道上，挤了半天，才找得王女士的寓处，但是王女士已经搬走了。后来又找到东方明所属的军部里，强遇见了一个熟人，才知道三天前东方明调赴南昌，王女士也一同去了。

第二天，静和强就上庐山去。他们住在牯岭的一个上等旅馆里。

在旅舍的月台上可以望见九江。牯岭到九江市，不过三小时的路程；牯岭到九江，有电报，有长途电话。然而住在牯岭的人们总觉得此身已在世外。牯岭是太高了，各方面的消息都达不到；即使有人从九江带来些新闻，但也如轻烟一般，不能给游客们什么印象。在这里，几个喜欢动的人是忙着游山，几个不喜欢动的人便睡觉。静女士和强连长取了前者。但他们也不走远，游了一天，还是回到牯岭旅馆里过夜。

静女士现在是第一次尝得了好梦似的甜蜜生活。过去的一年，虽然时间是那么短促，事变却是那么多而急，静的脆弱的灵魂，已觉不胜负担，她像用敝了的弹簧，弛松地摊着，再也紧张不起来。她早已迫切地需要幽静恬美的生活，现在，梦想的生活，终于到了。她要审慎地尽量地享受这久盼的快乐。她决不能再让它草草地过去，徒留事后的惆怅。

她有许多计划，有许多理想，都和强说过，他们只待一一实施了。

到牯岭的第二天，静和强一早起来，就跑出了旅馆。那天一点云气都没有，微风；虽在山中，也还很热。静穿一件水红色的袒颈西式纱衫，里面只衬一件连裤的汗背心，长统青丝袜，白帆布运动鞋。本来是不瘦不肥的身材，加上这套装束，更显得窈窕，活泼。强依旧穿着军衣，只取消了皮带和皮绑腿。

他们只拣有花木有泉石的地方，信步走去。在他们面前，是一条很阔，略带倾斜的石子路——所谓"洋街"，一旁是花木掩映的别墅，一旁是流水琤琮的一道清涧。这道涧，显然是人工的；极大的鹅卵石铺成了涧床，足有两丈宽，三尺深；床中时有怪石耸起，青玉似的泉水逆击在这上面，碎成了万粒珠玑，霍霍地响。静女士他们沿了涧一直走，太阳在他们左边；约摸有四五里路，突然前面闪出一座峭拔的山壁，拦住了去路。那涧水沿着峭壁脚下曲折过去，汩汩地翻出尺许高，半丈远的银涛来。峭壁并不高，顶上有一丛小树和一角红屋，那壁面一例是青铜色的水成岩，斧削似的整齐，几条女萝挂在上面，还有些开小黄花的野草杂生着；壁缝中伸出一棵小松树，横跨在水面。

"你瞧，惟力，松树下有一块大石头，刚好在泉水的飞沫上面，我们去坐一下罢。"

静挽着强的臂膊说，一面向四下里瞧，想找个落脚的东西走过去。

"坐一下倒好。躺着睡一会更好。万一涧水暴发，把我们冲下山去，那是最好了！"

强笑着回答，他已觑定水中一块露顶的鹅卵石，跨了上去，又挽着静的手，便到了指定的大石头上。强把维也拉的军衣脱下来，铺在石上，两人便坐下了。水花在他们脚下翻腾，咕咕地作响。急流又发出嘶嘶的繁音。

静女士偎在强的怀里，仰视天空；四五里的下山路也使她疲乏了，汗珠从额上渗出来，胸部微微起伏。强低了头，把嘴埋在静的乳壕里，半晌不起来。静抚弄他的秀发，很温柔地问道：

"惟力，你告诉我，有没有和别的女子恋爱过？"

强摇了摇头。

"那天你给我看的女子照相，大概就是你从前的爱人罢？"

强抬起头来，一对小眼珠，盯住了静的眼睛看，差不多有半分钟；静觉得那小眼珠发出的闪闪的光，似喜又似嗔，很捉摸不定。忽然强的右臂收紧，贴胸紧紧地抱住了静，左手托起她的头，在她唇上亲了一下，笑着回答道：

"我就不明白，竟做了你的俘虏了！从前很有几个女子表示爱我，但是我不肯爱。"

"照片中人就是其中的一个么？我看她很美丽呢。"静又问，吃吃地笑。

"是其中的一个，她是同乡。她曾使我觉得可爱，那时我还没进军队。但也不过可爱而已，她抓不住我的心。"

"可是你到底收藏着她的照相直到现在！"静一边说，一边笑着用手指抹强的脸，羞他。

"还藏着她的照片，因为她已经死了。"强说，看见静又要挽言，便握住了她的嘴，继续说道："不相干，是暴病死的。我进军队后，也有女子爱我。我知道她们大概是爱我的斜皮带和皮绑腿，况且我那时有唯一的恋人——战场。静！我是第一次被女子俘获，被你俘获！"

"依未来主义说，被俘获，该也是一种刺激罢？"静又问，从心的深处发出愉快的笑声来。

强的回答是一个长时间的接吻。

热情的冲动，在静的身上扩展开来；最初只是心头的微跳，渐渐呼吸急促，全身也有点抖颤了。她紧紧地抱住了强，脸贴着脸，她自觉脸上烘热得厉害。她完全忘记有周围一切的存在，有世间的存在，只知有他的存在。她觉得身体飘飘地望上浮，渴念强压住她。

"砉！"一股壮大的急流，打在这一对人儿坐着的大石根上，喷出伞样大的半圈水珠。静的纱衫的下幅，被水打湿了。

"山洪来了，可不是玩的！"强惊觉似的高喊了一声，他的壮健的臂膊把静横抱了，两步就跳到了岸上。

"耆！"那大石头边激起更高的水花来；如果他们还坐着，准是全身湿透了。强第二次下去捞取了他的浸湿的军衣。

"我们衣服都湿了，"他提着湿衣微笑说。

静低头看身上，纱衫的下幅还在滴下细小的水珠。

太阳在不知什么时候早已躲避得毫无踪迹，白茫茫的云气，正跨过了西首的山峰，包围过来。风景是极好，但山中遇雨却也可怕。静倚着强的肩膀，懒懒地立着。

"我们回去罢。"强抚摩静的头发，游移不决地说。

"我软软的，走不动了。"静低声回答，眼波掠过强的面孔，逗出一个迷人的微笑。

云气已经遮没了对面的峭壁，裹住了他们俩；钻进他们的头发，侵入他们的衬衣里。静觉得凉意沦浃肌髓，异常的舒适。

"找个地方避过这阵雨再回去，你的身体怕受不住冷雨。"

静同意地额首。

强的在野外有经验的锐眼，立刻看见十多步外有一块突出的岩石足可掩护两个人。他们走到岩石下时，黄豆大的雨点已经杂乱地打下来。几股挟着黄土的临时泉水从山上冲下来，声势很可怕。除了雨声水声，一切声息都没有了。

在岩石的掩护下，强坐在地上，静偎在他的怀里；她已经脱去了半湿的纱衫，开始有点受不住寒气的侵袭，她紧贴在强的胸前，一动也不动。

两人都没有话，雨声盖过了一切声响，静低声地反复唤着：

"惟力！呀，惟力！"

十四

一星期的时间，过的很快。这是狂欢的一个星期。

每天上午九点后，静和强带了水果干粮，出去游山；他们并不游规定的名胜，只是信步走去。在月夜，他们到那条"洋街"上散步，坐在空着的别墅的花园里，直到凉露沾湿衣服，方才回来。爱的戏谑，爱的抚弄，充满了他们的游程。他们将名胜的名字称呼静身上的各部分；静的乳部上端隆起处被呼为"舍身崖"，因为强常常将头面埋在那里，不肯起来。新奇的戏谑，成为他们每日唯一的事情。静寄给王女士的一封信中有这么几句话：

> 目前的生活是我有生以来第一次，也是有生以来第一次愉快的生活。诗姊，你不必问我每日作些什么。爱的戏谑，你可以想得到的。我们在此没遇见过熟人，也不知道山下的事；我们也不欲知道。这里是一个恋爱的环境，寻欢的环境。我以为这一点享乐，对于我也有益处。我希望从此改变了我的性格，不再消极，不再多愁。此地至多再住一月，就不适宜了，那时我们打算一同到我家里去。惟力也愿意。希望你能够来和我们同游几天的山。

那时，静对于将来很有把握。她预想回家以后的生活，什么都想到了，都很有把握。

但是，美满的预想，总不能圆满地实现。第二星期的第四天，静和强正预备照例出外游玩，旅馆的茶房引进来一个军装的少年。他和强亲热地握过了手，便匆匆拉了强出去，竟没有和静招呼。大约有半小时之久，强方才回来，神色有些异样。

"有什么事罢？"静很忧虑地问。

"不过是些军队上的事，不相干的。我们出去游山罢。"

强虽然很镇定，但是静已经看出他心里有事。他们照旧出去，依着静的喜欢，走那条"洋街"。一路上，两人例外地少说话。强似乎确有什么事箍在心头，静则在猜度他的心事。

他们走到了"内地公会"的园子里，静说要休息了，拉强坐在草地上。她很娇柔地靠在他身上，逗着他说笑。因为洋人都没上山来，这"内地公会"的大房子全体空着，园子里除了他们俩，只有树叶的莎莎的絮语。静决定要弄明白强有了什么心事，她的谈话渐渐转到那目标上。

"惟力，今天来的那个人是你的好朋友罢？"静微笑地问，捏住了强的手。

强点着头回答："他是同营的一个连长。"

"也是连长。"静笑着又说。"惟力，他和你讲些什么事，可以给我知道么？"

这少年有些窘了。静很盼切地看着他，等待他的回答。他拿起静的手来贴在自己的心口，静感觉他的心在跳。"静，这件事总是要告诉你的。"他毅然说，"日内南昌方面就要有变动。早上来的人找我去打仗。"

"你去么？惟力！"静迫切地问。

"我还没脱离军籍，静，你想我能够不答应么？"他在静的颊上亲了一个告罪的吻。

"惟力，你不如赶快告了病假。"

"他已经看见我好好的没有病。"

"究竟是和哪些人打仗？"

"他们要回南去，打我的家乡。"

静已经看出，她的爱人已经答应着再去带兵，她觉得什么都完了。她的空中楼阁的计划，全部推翻了。她忍不住滴下眼泪来。

"静，不要伤心。打仗不一定便死。"强拥抱静在怀里，安慰她。"我现在最焦灼的，就是没有安顿你的好法子。"

"我跟你走！"静忽然勇敢地说，"你再受伤，我仍旧看护你。要死，也死在一处。"眼泪还是继续地落下来。

"这次行军一定很辛苦，"强摇着头说，"况且多是山路，你的身体先就吃不住。"

静叹了口气，她绝望了。她倒在强的怀里很伤心地哭。

回到旅馆时，静的面色十分难看，她的活泼，她的笑容，全没有了。她惘惘然被强挽着到了房里，就扑在床上。一切安慰，一切解释，都没有效。

环境的逆转，又引起了静对于一切的怀疑。一切好听的话，好看的名词，甚至看来是好的事，全都靠得住么？静早都亲身经验过了，结果只是失望。强的爱，她本来是不疑的；但现在他忘记了她了。这个未来主义者以强烈的刺激为生命，他的恋爱，大概也是满足自己的刺激罢了。所以当这一种刺激已经太多而渐觉麻木的时候，他又转而追求别的刺激。

在愁闷的苦思中，这晚上，静辗转翻身，整夜不曾合眼。然而在她身旁的强却安然熟睡。他将极度的悲痛注入了静的灵魂，他自己却没事人儿似的睡着了。男子就是这样的一种怪物呵！静转为愤恨了；她恨强，恨一切男子。她又回复到去夏初入医院时的她了。她决定不再阻止强去打仗，自己呢，也不再在外找什么"光明的生活"了。达观知命的思想，暂时引渡静离开了苦闷的荆棘。天快亮时，她也沉沉入睡了。

但是第二天强竟不走。静不欲出去游玩，他就陪着在房里，依旧很亲热，很爱她，也不提起打仗。静自然不再提及这件事了。他们俩照常地过了一天。静是半消极地受强的抚爱。她太爱他了，她并且心里感谢他到底给了她终生不忘的快乐时光；现在他们中间虽然似乎已经完了，但静还宝贵这煞尾的快乐，她不忍完全抓破了自己的美幻，也不忍使强的灵魂上留一些悲伤。

第三天强还是不说走。打仗的事，似乎他已经完全忘了。

"惟力，你几时走呢？"

静忍不住，先提出这可怕的问题。

"我不走了。"强婉笑地回答，"从前，我的身子是我自己的；我要如何便如何。现在，我这身子和你共有了，你的一半不答应，我只好不走。"

这几句话钻入静的耳朵，直攻到心，异常地悲酸。她直觉到前夜悲痛之中错怪了她的心爱的人儿了。强还是她的最忠实的爱人，最爱惜她的人！她感动到又滴下眼泪来。她拥抱了强，说不出话。

静的温婉的女子心，转又怜悯她的爱人了；她知道一个人牺牲了自己的主张是如何痛苦的——虽然是为所爱者牺牲。在先静以为强又要从军便是对于自己的恋爱已经冷却，所以痛苦之中又兼愤懑；现在她明白了强的心理，认定了强的坚固的爱情，她不但自慰，且又自傲了。她天性中的利他主义的精神又活动起来。

"惟力，你还是去罢。"静摸着强的面颊，安详地而又坚决地说："我已经彻底想过，你是应该去的。天幸不死，我们还年青，还可以过快乐的生活，还可以实行后半世的计划！不幸打死，那是光荣的死，我也愉快，我终生不忘你我在这短促的时间内所有的宝贵的快乐！"

"我不过带一连兵，去不去无足重轻。"强摇着头回答，"我看得很明白：我去打仗的，未必准死；静，你不去打仗的，一定要闷死。你是个神经质的人，寂寞烦闷的时候，会自杀的。我万不能放你一个人在这里！"

"平淡的生活，恐怕也要闷死你。惟力，你是未来主义者。"

"我已经抛弃未来主义了。静，你不是告诉我的么？未来主义只崇拜强力，却不问强力之是否用得正当。我受了你的感化了。"他在静的脸上亲了一个敬爱的吻，"至于打仗，生在这个时代，还怕没机会么？我一定不去。也许别人笑我有了爱人就怕死，那也不管了。"

“不能，惟力，我不能让你被别人耻笑！”

强摇着头微笑，没有回答。

现在是静的理性和强的感情在暗中挣扎。

门上来了轻轻的叩声，两人都没觉到。门开了一条缝，现出一个女子的笑面来。静先看见了，她喊了一声，撇开强，跑到门边。女子也笑着进来了。

“诗陶！你怎么来的？”静抱了王女士，快乐到声音发颤。

和强介绍过以后，王女士的活泼的声音就讲她最近的事，简单地收束道：“所以东方明也随军出发了。我想回上海去，顺路来看望你们。”

“惟力，现在你当真可以放心走了。”静很高兴地说，“王姊姊伴着我，比你自己还妥当些。”她发出真心的愉快的笑。

三个人交换了意见之后，事情就这样决定下来：强仍旧实践他的从军的宿诺，静回家，王女士住到静的家里去。

因为时机迫促，强立刻就须下山去。他挽着静的手说道：

“静，此去最多三个月，不是打死，就是到你家里！”

一对大泪珠从他的细长眼睛里滚下来，落在静的手上。

“惟力，你一定不死的。”静女士很勇敢地说，她拿起强的手来放在自己胸口。“我准备着三个月后寻快乐的法儿罢。”

她极妩媚地笑了一笑，拥抱了强。

对王女士行了个军礼，强终于走了。到房门边，他忽又回身说道：

“王女士，我把静托付给你了！”

“强连长，我也把东方明托付给你了！”王女士笑着回答。

静看着强走得不见了，回身往床上一倒，悲梗的声音说道：

“诗姊！我们分离后，我简直是做了一场大梦！一场太快乐的梦！现在梦醒，依然是你和我。只不知道慧近来怎样了！”

“像慧那样的人，决不会吃亏的。”

这是王女士的回答。

1927年。

[原载1927年9月《小说月报》第18卷第9号。]

注释

1. 险巇（xī）：意为崎岖险恶。

2. 克鲁泡特金（ПётрАлексеевич Кропоткин，1842—1921），俄国无政府主义的主要理论家与活动家。

3. 西牢：这里指上海租界的监狱。

4. 陀斯妥以夫斯基：通译为陀思妥耶夫斯基（Фёдор Михайлович Достоевский，1821-1881），俄国著名作家，《罪与罚》是他所作长篇小说代表作，曾被改编成电影。

5. 赖斯柯尼考夫，《罪与罚》中的男主人公。

6. 安那其主义（Anarchism）："无政府主义"的旧译。

7. 嬲（niǎo）：此处意为戏弄。

8. 放仔手拉倒：上海方言，意即不去管它算了。

9. 蹀躞（dié xiè）：往来徘徊。

10. 颞颥（niè rú）：头部的两侧靠近耳朵上方的部位。

11. 吴佩孚打败了：一九二六年八月国民革命军进军湖北后，直系军阀吴佩孚纠集其主力，扼守咸宁境内的军事要隘汀泗桥，八月底，叶挺率领的独立团攻占了汀泗桥和贺胜桥，吴佩孚主力乃被击败。

12. 此句后，初版本还有如下文字："但也许两湖民情不同，老百姓都会打仗。"

13. 马回岭的恶战：马回岭位于江西九江至南昌之间。北伐战争时国民革命军在那里曾与军阀孙传芳部队展开激战。

14. 慕沙里尼（Benito Mussolini，1883-1945）：通译墨索里尼，意大利法西斯党魁、独裁者，第二次世界大战的主要战犯之一。

15. 季诺维夫（Zinoviev，1883—1936）：通译季诺维也夫。共产国际执行委员会首任主席，苏联共产党早期领导人，联共（布）党内新反对派的主要代表之一，曾任联共（布）中央委员、政治局委员等职。一九二七年被清除出党。

16. 安格联（F.A.Aglen）：英国人，一九一一年至一九二七年任职中国海关总税务司。

17. 荦荦（luò）大者：指明显的重大的方面。语出司马迁《史记·天官书》："此其荦荦大者。若至委曲小变，不可胜道。"

18. 拔芽连茹地登庸：拔芽连茹，比喻互相引荐，擢用一人就连带引进许多人，语出《易·泰》："拔芽茹以其汇。"登庸，意为选拔重用，语出《书·尧典》："帝曰：畴咨若时登庸。"

19. 麻雀：此处指麻将牌。

20. 未来主义：二十世纪初期在欧洲产生的文艺流派与思潮，创始人为意大利诗人、戏剧家马里内蒂。它否定一切文化遗产和传统，赞美资本主义机械文明的速度、科技和力量。汽车、飞机、工业化的城镇等等在未来主义者的眼中充满魅力，因为这是摧毁旧传统所必需的，象征着人类依靠技术的进步征服了自然。

导读

　　茅盾根据自己的经历和大革命中的一些人物、事件，以及原来写下的一个小说提纲，创作出了他的第一部小说《幻灭》。原稿笔名为"矛盾"，可见作者当时的心境，后由叶圣陶改为"茅盾"。接着他又完成了另两篇小说《动摇》和《追求》。1930年，这三篇带有连续性的中篇小说结集为《蚀》出版单行本，故《蚀》又称"《蚀》三部曲"，被看做是茅盾的第一部长篇小说。

　　时代的风云和革命的实践，赋予茅盾的创作以血肉；而文学的功力则使他出手不凡，显示出大家风范。《蚀》在《小说月报》一经发表，立即引起广泛反响，而茅盾作为小说家的地位，也从此被肯定下来。其主题，用茅盾自己的话来说，主要表现了"现代青年在革命壮潮中所经过的三个时期：（1）革命前夕的亢昂兴奋和革命既到面前时的幻灭；（2）革命斗争剧烈时的动摇；（3）幻灭动摇后不甘寂寞尚思作最后之追求。"在这一主题规约下，茅盾创造了诸多性格独特的人物形象，如《幻灭》中的静女士，《动摇》中的方罗兰以及《追求》中的张曼青、章秋柳等人。

　　这是一部反映动荡年代知识分子复杂心态的得力之作，作品以大革命前后一群小资产阶级青年知识分子的生活历程与心路历程为题材，深刻地揭示了革命年代波谲诡异的矛盾和斗争。

　　《幻灭》着力描绘了一个抱着美好幻想参加革命的小资产阶级女性静女士的悲剧。每一次希望，最终的结局都只是失望，罗曼蒂克的理想在现实面前每一次都显得那么苍白无力。作品通过对静女士的生活历程与精神幻灭的描绘，使我们看到了小资产阶级知识分子在缺乏思想准备、抱着美好幻想投身于大革命的情状下，带给他们的只能是个人主义的悲观和幻灭。

　　《幻灭》的背景是北伐前夕的上海和革命高潮中的武汉。大革命的浪潮曾激起了广大被压抑、处于苦闷生活中的知识分子的向往，他们具有追求光明的冲动；但是，他们却将革命理想化，而且崇尚空谈，行动迟疑，裹足不前，因此也常常处于幻灭的悲哀之中。主人公静女士身上便鲜明地烙上了青年知识分子的这种特性。

　　主人公静女士自幼在温馨的母爱和恬静的家庭生活中长大，把读书看成生活唯一的兴奋剂，因此看待事物总是带着诗情画意，看待"革命"也同样如此，然而每每一接触社会现实，就会给这个毫无思想准备的女性带来一次次的精神世界的"幻灭"。

　　作品着重描写了静女士所经历的三次"幻灭"：

第一次，当她决定用恋爱来打发她无聊的生活时，她很快发现自己所热恋的爱人抱素竟是一个卑鄙的军阀探子和已有妻室的骗子，她陷入了精神的"幻灭"。这次幻灭是因她自身的单纯与天真造成的，她相信爱情没有错，但爱情并不像她所想象的那样。她曾对慧女士不相信男人的话感到不屑，甚至认为这是一种病态，但事实上，慧女士和抱素在一起不仅没受伤害，反而把狡诈的抱素"耍"了一番，而她自己却受到了深深的伤害。

第二次，当"北伐"节节胜利，革命高潮不断高涨时，静女士迎来了新的希望，在医生与同学的鼓励下，她走出了自暴自弃的泥潭，奔向了革命的中心汉口投身革命工作。但却很快让她遭遇了第二次"幻灭"：工作并不是她想象的那么顺利，那么有意思，她总是感到失望，继之则采取逃避策略。她谴责社会的黑暗与腐朽，却从没想过自己应该在革命中如何行动，并作出改变，而依然是自暴自弃。她不断地追求，连续换了三次工作，却不断无聊、疲乏，不断地处于幻灭的悲哀中。

第三次，当又一次陷入爱情时，她真的"恋爱"了，找到了一个真正爱她的男人——强惟力强连长。她想和强惟力逃避这个现实世界，爬山，散步，陶醉于爱的世界，在不受人和外界打扰下过上优哉游哉的二人生活。她的确也获得了这样一段生活。然而，"美满的预想，总不能圆满地实现"，特别是在国人陷于水深火热的生活时，逃避现实是不可能的。强连长的旧日战友终于找了过来，静女士不得不面对强连长奔赴战场的现实，而等待她的很可能是强连长战死沙场的结局。她于是又遭遇了一次幻灭。

作品还巧妙地塑造了慧女士这个形象，在性格和为人处世等方面她与静女士形成了鲜明的对比，一个泼辣、老练，另一个则怯弱、游移、多愁善感，一个动，一个静，这一对比使静女士的形象更加丰满，也更加充实，作品也由此获得了一种动静结合的特殊效果。

动　摇

嘲讽与怜悯都是好的顾问；
前者的微笑使生命温馨，
后者的热泪使生命圣洁。

——阿那托尔·法朗士：《伊璧鸠鲁的花园》[1]

一

胡国光满肚子计划，喜攸攸地回家来。北风吹得他的鼻尖通红，淌出清水鼻涕，他也不觉得；他一心在盘算他的前程。刚进了大门，听得豁浪一响；他估准是摔碎了什么瓷器了，并且还料到一定又是金凤姐和太太吵闹。他三步并作两步地往里跑，穿过了大门后那两间空着的平屋，猛听得正三间里一个声音嚷道：

"不给么？好！你们是土豪劣绅。老头子，也许明天就要去坐监，家产大家来共！大家来共——我倒没份儿么？""土豪劣绅"四个字，钻进胡国光的耳朵，分外见得响亮；他打了个寒噤，同时脚下也放慢了，一句久在他脑里盘旋的话——"果然来查抄了"，此时几乎跳出他的嘴唇。他心里乱扎扎地，竟听不出嚷的声音是谁。半小时前，张铁嘴灌给他的满天希望，一下子消得无影无踪。他本能地收住了脚，已经向外转身，一个尖俏的声音却又在脑后叫：

"老爷，老爷！"

这回，胡国光听得明白，正是金凤姐的声音。他冒险回头一看，金凤姐已经走到跟前，依旧脸上搽着雪白的铅粉，嘴唇涂得猩红，依旧乜着眼，扭着腰，十分风骚，没有一些儿慌张倒楣的神气。

"么事儿？"胡国光定了定神问。他又看见小丫头银儿也躲躲闪闪地跟了出来。

"少爷又和太太闹呢！少爷摔坏了一把茶壶，跺着脚，嚷了半天了。"

"还打我呢！"银儿夹进来说；两只冻红的手，拱在嘴边不住地呵气。

胡国光松一口气，整个的心定下来了；他沉下脸儿，对银儿猛喝道："要你多嘴，滚开！"他又提高嗓音，咳了一下，然后大踏步抄过平屋前的小院子，走进了正三间——他的客厅。

这胡国光，原是本县的一个绅士；两个月前，他还在县前街的清风阁茶馆里高谈吴大帅怎样，刘玉帅怎样，虽然那时县公署已经换挂了青天白日旗。他是个积年的老狐狸。辛亥那年，省里新军起义[2]，占领了楚望台的军械库，吓跑了瑞澂以后，他就是本县内首先剪去辫子的一个。那时，他只得三十四岁，正做着县里育婴堂董事的父亲还没死，金凤姐尚未买来，儿子只有三岁。他仗着一块镀银的什么党的襟章，居然在县里开始充当绅士。直到现在，省当局是平均两年一换，县当局是平均年半一换，但他这绅士的地位，始终没有动摇过。他是看准了的：既然还要县官，一定还是少不来他们这伙绅士；没有绅，就不成其为官，他的"铁饭碗"决不会打破。所以当县公署换挂了青天白日旗，而且颇有些"打倒土豪劣绅"的小纸条发见在城隍庙的照壁上时，他还是泰然自若，在清风阁的雅座里发表了关于吴大帅刘玉帅的议论。

但是最近的半个月里，胡国光却有些心慌了。这是因为新县官竟不睬他，而多年的老绅士反偷偷地跑走了几个；"打倒劣绅"不但贴在墙上，而且到处喊着了。省里的几个老朋友，也已通知他，说："省局大变，横流莫挽；明哲保身，迁地为妥。"他不很明白省里究竟变到怎样，但也承认这回确比从前不同，风声确是一天一天地加紧。

他和太太商量怎样躲避外面的风头，太太以为应该先请张铁嘴起一卦，再作道理。今天他赶早就去，结果，张铁嘴不但说"毋须躲藏"，并且以为据卦象看，还要大发，有"委员"之份。他一头高兴，从张铁嘴那里回来，不料儿子却又在家里闹，累他老人家吃了个虚惊。

当下胡国光走进了正三间，在檐前的落地长窗边，就被太太看见了，一把拉住，就诉说儿子的不孝。厅里正中的一张八仙桌，也推歪了；茶壶的碎瓷片，散在地上，仰着死白色的破脸，像是十分委屈，又像是撒赖放泼的神气。剩下那茶壶盖子，却还是好好地蹲在茶几角。儿子铁青着脸，坐在右边的一张椅子里，看见父亲进来，似乎也出惊，但还是横着眼不理。

"昨天刚拿了两吊钱去，今天又要，"胡太太气咻咻地说，"定要五吊。

没给，就嚷骂，打了银儿还不算，又摔东西。我气急了，说了他一句连逆，他直跳起来，放了那么一大堆的混账话——你亲自问他去！"

她撩起了羊皮袄的衣角来擦眼睛；大概她自觉得要落下眼泪来，虽然事实上并没有。

胡国光只"哼"了一声。他将一双手反挽在背后，踱了几步，小而带凸的眼珠，黑溜溜地瞧着满屋里。他的相貌，本就是委琐里带几分奸猾的，此时更显得不尴不尬的非常难看。

厅里只有胡国光的脚步声。儿子胡炳鼓起腮巴，直挺挺地坐着，翻起两只眼，瞧楼板。胡太太疑问的眼光跟着胡国光的脚尖儿走，也不作声。一只花猫，本来是蹲在八仙桌上的，当胡太太母子嚷骂摔东西的时候，它似乎也很负罪的样子，偷偷地退到长窗的地槛边，收紧两片耳朵，贴在头皮上，不管事地躺着；此时它又大着胆子慢慢地走来，挨着主母的脚边站定，很注意地昂起了头。

胡国光踱到第三遍，突然立定了说：

"哼！你也骂劣绅么？老子快要做委员了。"

"你做么事，不和我相干；"胡炳恶狠狠地回答，"我只要钱用。不给，也不打紧；我另有法儿。——你的钱，还能算是你的么？"

胡国光知道儿子很有些不三不四的朋友；平日原也不怕，但现在却不能不格外小心，况且，也许日后要用到这班人，那就更不能不浇这个根了。他使眼色止住了胡太太口边的话，随即掏出一块钱来掷在八仙桌上，说："拿去，不许再多嘴！"又连声喊"银儿"。

在长窗边跑进来的银儿正和胡炳撞了个满怀；胡炳顺脚踢她一下，竟自扬长望外边去了。

胡太太叹了口气，看见胡国光还是一肚子心事似的踱方步。

"张铁嘴怎么说呢？"胡太太惴惴地问。

"很好。不用瞎担心事了。我还有委员的福分呢！"

"么事的桂圆！"

"是委员！从前兴的是大人老爷，现在兴委员了！你还不明白？"

"那不是做官么？又得拿银子去买。"胡太太恍然大悟地说。"做不上三天，大兵来了，又要丢了；我劝你别再劳碌了罢。"

胡国光微笑地摇着头。他知道现在的新花样，太太是决不会懂的，所以只是微笑地摇着头，心里仍很忙乱地盘算。

银儿已经把厅里的碎瓷片扫去，胡太太移正了八仙桌，看看太阳已经移到长窗边，该近午时了；她唤着银儿进去，留下胡国光一个人在八仙桌边打旋。

前进的平屋里，忽然传来吃吃的笑声，又似乎有两个人在那里追逐的脚音；俄而，笑声中拔出"你敢？"两个字来，又尖，又俏，分明是金凤姐的口音。

胡国光想不下去了。他满腹狐疑，顺脚走出厅来，刚到了院子里，迎面进来一个人，叫道：

"贞卿哥，原来你在家。"

这人是胡国光的姨表弟王荣昌，就是王泰记京货店的店东。

胡国光招呼过了，正要让进厅里坐，金凤姐也进来了。她的光头发显然有些乱了，搽粉的白脸涨成了猪肝色，而假洋缎的棉背心的大襟上竟有一大块揪皱的痕迹。她低着头进来，似乎还在喘气。

"刚才是你么？和谁嘻嘻哈哈的？"胡国光劈面喝问。

"嘻嘻哈哈？谁个？你问王老爷！"

金凤姐噘起嘴，很不敬地说；也不看胡国光，就走了进去。

胡国光诧异地看着王荣昌。这个小商人，一面走进厅里，一面说：

"贞卿哥，你的阿炳太胡闹了。我到府上门前时，他正拦着金凤姐，逼到墙角里，揪揪扯扯的——你不是早把金凤姐收做了小么？"

王荣昌一面就坐，还摇着头说："不成体统，不成体统！"

"并没有正式算做姨太太。"胡国光也坐下，倒淡淡地说。"现在变了，这倒是时髦的自由恋爱了。"

"然而父妾到底不可调戏。"

"荣弟，今天你难得有空来谈谈。"胡国光干笑一声，转了话头。

王荣昌是一个规矩的小商人，轻易不出店门的；今天特来拜访他的表兄，正有一件大事要商量。从前天起，县党部通告，要组织商民协会，发一张表格到王荣昌店里，那表上就有：店东何人，经理何人，何年开设，资本若干等等名目。而"资本若干"一条，正是王荣昌看了最吃惊的。

"你看，贞卿哥，调查资本，就是要来共产了。"在叙明了原委以后，王荣昌很发愁地说。

胡国光凝神在想，摇着头，在空中画了个半圆。

"也有人说不是共产，只要我们进什么商民协会，去投票。月底就要选举什么委员了。贞卿哥，你知道，我这人，只会做生意，进什么会，选举，我都是不在行的，我最怕进会，走官场。"

王荣昌现在几乎是哭丧着脸了。一个念头，突然撞到胡国光心上。

"你不进会又不行。他们要说你坏了章程呢！"胡国光郑重地说。

王荣昌苦着脸，只是摇头。

"共产是谣言，商民协会非进不可。你不出面或者倒可以。"

"可以找替手的么？"王荣昌忙低声问。

"现在通行的是派代表。你为什么不能派代表？自然可以。"

"好极了，贞卿哥，拜托你想个妥当的办法；我们至亲不客气。"王荣昌极亲密地说；这个可怜的人儿现在有点活气了。

胡国光闭目一笑；张铁嘴灌他米汤时的面容，又活现在眼前了。他突然冲动一件心事，睁开了眼，忙说道：

"几乎忘记叮嘱你。荣弟，你以后千万不要再叫我贞卿了，我已经废号。我也不叫做'胡国辅'了，现在我改名'国光'，以后，只叫我国光就是。"

"咦，几时改的？"

"就是今天。"

王荣昌张大了眼，很诧异。

"今天我去请教了张铁嘴——'斗姥阁'下的张铁嘴。他用心替我起一卦，断定我还要发迹，有委员之望。你想，要做委员，我这'国辅'的名儿，就有封建思想的臭味，决定不行，所以改'国光'。张铁嘴拆这'光'字，也说极好。我现在是国光了，你不要忘记。"

"哦，哦。"王荣昌似懂非懂地点头。

"相书上也有委员么？"他又出奇地问。

"大概没有。但官总是官，官场中有委员，张铁嘴的嘴里自然也有了。"

王荣昌恍然大悟似的又点着头。

"至于你的事，我还不帮助么？但是，先有一件，我得先看过那张表，总有办法。"胡国光微笑地继续说，似乎颇有把握的样子。

"看表容易。只是还有那商民协会，我说不上来。最好去找着陆慕游；他是一本账都熟在肚里。"

"陆慕游？"胡国光侧着头想。"是陆三爹的儿子罢？他居然不做少爷，来办地方上的事了。"

"表在店里。"王荣昌抓住了说。"贞卿——哦，国光哥，眼前你没事的话，就请到敝店里吃饭，带便看那张表。"

胡国光当然没有什么不愿意。对于这件事，他业已成竹在胸。

二

直到掌灯时分，胡国光还没回家，这是最近一个月外面风声不好以来从没有过的事，胡太太因此颇着急了。

金凤姐也是心不安定；她知道胡国光是和王荣昌同出去的，而王荣昌却又是清清楚楚看见胡炳和她厮缠的情形，她料来这老实的王老爷一定是什么都说出来了。她回想当时的经过：胡炳固然胆大，自己也有心撩拨；胡炳勾住她的头颈亲嘴的时候，她还斜着眼微笑，王荣昌都看得明明白白。他准是一五一十都告诉了老头子了，这还了得！

金凤姐脸上热烘烘了。她记得胡炳说："你总是我的。现在外边许多当官当司的姨太太都给了儿子当老婆。"她仿佛也听什么人说过：官府不许人家有姨太太，凡是姨太太都另外嫁人，或者分给儿子。这，果然是胡炳今天敢如此大胆调戏的原因，也是她自己竟然半推半就的原因。胡炳垂涎金凤姐，不是今天开始的；以前也捉空儿和她厮缠过几次。但那时，金凤姐怕老爷，所以总没被胡炳碰着皮肉。而胡炳也还怕老子，不十分敢。近来，不但胡炳常说"现在老子管不着儿子了"，并且今天的事就证明老子反有点怕儿子。这又是金凤姐敢于让胡炳拦住了亲嘴的缘故。

然而金凤姐是粗人，不懂得一切的新潮流，她又不比胡炳在外面听得多了——虽然他也是个一窍不通的浑人；所以金凤姐回想起来，还是有些怕。

晚上九点钟光景，胡国光方才回到家里，脸上略红，颇带几分酒意。

胡太太的第一句话是："外边风声好些么？"

"不要紧。我已经做了商民协会的会员，有选举权和被选举权。只要稍为运动一下，委员是拿得稳的。"胡国光十分得意地说。

王荣昌不敢出名做商民协会的会员，已经请胡国光代替。他们填报的表上是写着：店东，胡国光；经理，王荣昌；资本，贰千圆。

胡太太不大懂得胡国光的事，但看见他神色泰然，亦就放了心。

"阿炳还没回来呢！"胡太太第二桩心事来了。

"随他去罢。这小子也许会混出个名目来！"

金凤姐怀着鬼胎，侍候胡国光直到睡；他竟没追问白天的事，然而像在盘算什么，竟例外地不大理会金凤姐的撩拨，翻了一阵子身，就没有声息了。金凤姐蜷伏在这瘦黄脸人儿的身边，脸上只是一阵一阵地发热；畏惧的心理，与本能的冲动，在她全身内翻腾作怪。白天的事，不知怎的，总是挂在她眼前，不肯隐灭。她迷惘中看见胡炳张开了大嘴，直前拥抱她，喊道："县官已经出了告示，你是我的！……"

第二天，胡国光着手去实现他的计划。昨天他已找过了陆慕游，谈的很投机，已经约定互相帮忙。胡国光原也知道这陆慕游只是一个绔袴子弟，既没手腕，又无资望，请他帮忙，不过是一句话而已；但胡国光很有自知之明，并且也有知人之明。他知道现在自己还不便公然活动，有些地方，他还进不去，有些人，他还见不着，而陆慕游却到处可去，大可利用来刺探许多消息；他又知道陆慕游的朋友，虽然尽多浮浪子弟，但也有几个正派人，都是他父亲的门生，现今在本县都有势力，要结交这般人，则陆慕游的线索自不可少。还有一个念头，说来却不高明了，在胡国光亦不过是想想而已；那就是陆慕游还有一个待字深闺的妹子，陆慕云，是远近闻名的才女。

但是，胡国光却不是胡炳那样的浑人，他是精明老练的，他服膺一句古话："饭要一碗一碗地吃。"他现在确是把"才女"完全搁开，专进行他所以交结陆慕游的第一二原因。而况商民协会选举日期已很迫近，只剩了十天的宝贵时间，他还能够不加倍努力么？

奔走几天的结果，胡国光已经有十三票的把握；选举会的前一天上午，他又拉得两票，但是就在这一天，他听得了一个不好的消息，几乎跌到冰窖里。

这消息也是在消息总汇的清风阁茶馆里得来的。因为早约好了一个帮忙投票的小商人到清风阁面谈，胡国光独自在那里喝着茶等候。其时正是午后一点钟差几分，早市已过，晚市未上，清风阁里稀落落地只有三五个茶客。有两个胡国光所不认识的青年人正在议论商民协会的选举，胡国光清清楚楚听得其中一个说：

"商民协会执行委员也有人暗中运动当选，你说怪不怪？"

"执行委员，县党部早已指定了，"一个回答，"本来应该指定。也让那些运动钻谋的人得一教训！"

胡国光大吃一惊；并非为的这两位的谈话似乎是在骂他，却因为执行委员既系指定，他便没有指望了。他惘然狼顾左右，觉得并无可与言的人，便招呼跑堂的给他保留着那壶茶，匆匆忙忙地出了清风阁。

他是个会打算的人，又是个有决断的人。他要立刻探听出"指定"之说，是否确凿；如果属实，他就决定要在未选举时和他的所有的"抬轿人"毁约，因为他拉来的票子，虽然一半靠情面，但究竟也都是许了几个钱的。

第一著，自然是找到了陆慕游，先问个明白。但白天里要找陆慕游，确是一件难事；这野鸟，不到天黑不回家。然而选举会却是明天下午二时准开的，不是今天把事情办妥，明天是什么都不用办。当下胡国光料来陆慕游未必在家，便先到一个土娼家去找；正走到聚丰酒馆门前，瞥见一个穿中山装的少年和一个女子走了出来。那女子照在胡国光面前，比一大堆银子还耀眼。不幸此时胡国光心事太重，无暇端详那女子，径自迎着少年叫道：

"呵，朱同志，久违了，很忙罢？"

胡国光和这位少年相识，是最近四五日内的事，也是陆慕游的介绍。少年名朱民生，看去不过二十二三，姿容秀美，是县党部的候补委员。陆慕游曾在胡国光前极力夸说朱民生是一个好心热肠有担当的人物，但在胡国光看来，不过是一个"无所谓"的青年。

"今天不忙。你到哪去？"朱民生回答。他挽住女子的右臂，放慢了脚步。

胡国光觉得这是一个机会，抢前一步说：

"我要找慕游商量一件事，正没处去找呢。朱同志，你知道他的踪迹么？"

少年回眸看了女子一眼，微微一笑；他的红喷喷的丰腴的面颊上起了两点笑涡，委实很妩媚动人，不愧为全城第一美男子。

"陆慕游么？你不用找了，他今天有事。"朱民生说，还是带着微笑。"也许我可以碰到他。你有什么事？要紧么？我替你转达罢。"

"事体并不算很要紧。但我既然知道了，不能不告诉他。"

"哦，那么，停一刻我看见他时，就叫他先来找你罢。"

女子早已半面向左转，将一个侧背形对着胡国光；她这不耐烦的表示，使得朱民生也提起脚要走了。

胡国光料到朱民生他们和陆慕游一定有约，说不定此去就是赴约，所以转达一层，倒很可靠；但他此时一转念间，又得了个新主意，他赶快挪上半步，低声说：

"我听得明天的商民协会选举，党部已经指定了五个人叫大家通过；就恐怕陆慕游没知道，我所以要特地告诉他。"

"是指定三个，选举两个，"朱民生"无所谓"地说，"就是这点事么？我告诉他就是了。"

胡国光的眼前突然亮起来。"选举两个！"还有希望。但也不无可虑，因为只有两个！朱民生和那女子走离十多步远，胡国光方才从半喜半忧的情绪中回复过来。他方才嗅到一股甜香。他很后悔，竟不曾招呼朱民生的女伴，请介绍；甚至连面貌服装也没有看清。

他禁不住独自微笑了。究竟胡国光是自笑其张皇失措呢，抑是为了"还有希望"，还不大清楚；总之，他确是挂着微笑，又走进了清风阁。

一小时后，胡国光冒着尖针似的西北风，回家去了。他的脸色很愉快。坐茶馆的结果，他的统计上又增加了一票，一共是十八票了！十八票！说多是不多，说少也不少。可惜名额只有两个，不然他的委员简直是拿稳了。但是他不失望。他知道怎样去忍耐，怎样去韧干。在愉快的心情中，他想道：即使十八票还不当选，目前果然是失败了，但十八票不当选，也还是一种资格；从此可以出头，再找机会，再奋斗；只要肯干，耐烦地干，这世界上难道还少了机会么？

胡国光是如此地高兴，回家后竟允许给金凤姐做一件新羊皮袄过年；并且因为前天金凤姐擅自拿了太太的一副鞋面缎去自己做了鞋子，又惹起一场争吵，便当着太太的面，命令金凤姐照样做一双偿还太太，却暗中给金凤姐两块钱，算是补贴。

陆慕游是第二天一早才来。他已经有二十一票。他们又相约互投一票。

"我已经打听明白，互选是不犯法的。"陆慕游很得意地说。

下午，县商民协会第一届执行委员选举会就在县议会旧址的县党部里开幕了。县党部提出的三个人照例通过后，会员便投票。结果是：

陆慕游二十一票，胡国光二十票：当选。

陆慕游还只二十一票，大概是逃走了一票；胡国光多一票，是他临时弄来的。

县党部代表林子冲正跨上讲台，要致训词，忽然会员中一个人站起来喊："胡国光就是胡国辅，是本县劣绅！劣绅！取消他的委员。"

胡国光脸色全变了，陆慕游也愕然。全场的眼光，团团地转了一圈以后，终于集注在胡国光的身上。

全场七十多人的喁喁小语，顷刻积成了震耳的喧音。主席高叫"静些"，似乎也没有效；直到这第一次的惊奇的交头接耳，自己用完了力量，渐渐软弱下去，于是方由林子冲最后一声的"静些"奠定了会场的秩序，然而已经五六分钟过去了。林委员皱着眉头，向台下找那位抗议者，却已经不见了。他更皱紧了眉头，高声喊道：

"刚才是哪一位提出异议，请站起来！"

没有回答，也没有人站起来。林子冲更高声地再喊第二声，仍旧没有影响。他诧异地睁大了眼。胡国光脸上回复了活气；他想：这正是自己说话的机会。但是林委员第三次变换句法又喊了。

"刚才哪一位说胡国光是劣绅的，请快站起来呀！"

这一句话是被懂得了，一个人站起来；胡国光认得就是绰号"油泥鳅"的南货店老板倪甫庭。

"你说胡国光是劣绅，就请你当众宣布他的罪状。"

"他，胡国辅，劣绅。全县人都知道。劣绅！"油泥鳅哆着嘴，只是这么说。

林子冲笑起来了。胡国光见是自己的机会，毅然站起来声辩：

"主席，众位同志。我就是胡国光，原名胡国辅。攻击我的倪甫庭，去年私卖日货，被我查出，扣留他三包糖，以此恨我，今天他假公济私，来捣乱来了。国光服务地方十多年，只知尽力革命，有何劣迹可言？县党部明察秋毫，如果我是劣绅，也不待今天倪甫庭来告发了。"

油泥鳅被胡国光揭破了他的弱点，满面通红，更说不出话来。

"去年抵制劣货的时候，你就假公济私，现有某某人证。你还不是劣绅么？"

这个人声音很高，但并未站起来。

胡国光心里一跳。抵制日货的时候，他确实做了许多手脚。幸而陆慕游很巧妙地帮了他一手。他冷冷地说：

"请主席注意，刚才不起立的发言人就是黑板上的次多数，十八票的孙松如。"

林子冲看了黑板一眼，微笑。而孙松如又代替了胡国光受会众的注目了。

全场忽而意外地沉默起来。

"请党部代表发表意见罢。"商民协会的指定委员赵伯通挽回了哑场。

鼓掌声起来了。胡国光也在内。

"兄弟是初到此间，不很明了地方情形，"林子冲慢慢地说，"关于胡国光的资格问题，刚才有几位发表意见，都牵涉到从前的事，兄弟更属全无头绪。现在问我的意见，我是简单的两句话：此案请县党部解决，今天的会照旧开下去。"

许多手举起来表示赞成。最后举起来的是胡国光。

于是继续开会。但似乎刚才的紧张已经使大众疲倦，全场呈现异常的松懈和不耐。林子冲致了训话，会员没有演说，新选的执行委员竟连答词都忘了。

胡国光神志很是颓丧。他觉得当场解决，做不成委员，倒也罢了；现在交县党部办，万一当真查起旧事来，则自己的弱点落在别人手里的，原亦不少，那时一齐发作，实在太危险了。想到这里，他打了个寒噤。

"你不用担忧。到我家里坐坐，商量个好法子罢。"

陆慕游虽然自己得意，却尚不忘了分朋友之忧。

三

胡国光跟着陆慕游走出县党部的大门。五六个闲人，仰起了头，看着张贴在墙上的一幅白竹布的宣传画；见他俩出来，又一齐掉转头注视他们两个。胡国光瞥见那白竹布上红红绿绿绘着的，正是土豪劣绅敲诈农民然后又被农民打死的惊人的宣传。四十五度斜射的太阳光线，注在画上色彩的鲜明部分，使那些红颜色放出血的晶光来。画中的典型的劣绅，可巧也是黄瘦的脸，几根短须，嘴里含着长旱烟管。旁边写着大字：

"劣绅！打杀！"

胡国光心里一跳，下意识地举起手来摸着脑袋。他觉得那些闲人的眼光，向他脸上射过来，又都是满含着憎恨和嘲笑的。迎面走过几个商人，因为是向来认识的，都对胡国光点头，然而这些点头，在胡国光看来，又都含着"幸灾乐祸"的心理。他本能地跟着陆慕游走，极力想定神盘算盘算，可是作怪的思想总不肯集中在一点。他一路走着，非常盼切地望着每一个走的，站的，认识的，不认识的人们的脸色。

他们走得很快，早到了县前街的西端，县城内唯一热闹的所在。陆慕游的住宅就在那边横街内的陆巷。胡国光远远地看见王荣昌站在一家小杂货铺前和一个人附耳密谈。那人随即匆匆走了，王荣昌却低着头迎面而来。

"荣昌兄，哪里去？"

经陆慕游这一声猛喝，王荣昌突然站住了，却已经面对面，几乎撞了个满怀。

"呵，怎么也来了！"王荣昌很慌张地没头没脑说了这么一句，又张皇四顾，似乎有话欲说，却又不敢说。

"我们到慕游兄府上去，你有事么？同去谈谈。"

"正有事找你，"王荣昌还是迟疑吞吐地，"但何不到我店里去坐坐。一样是顺路呢。"

胡国光还没回答，陆慕游早拉了这小商人走了，一面说：

"我们商量极要紧的事。你店里太嘈杂。"

王荣昌跟着走了几步，将到横街口，见四面没有什么人，也忍不住悄悄问道：

"油泥鳅捣你的蛋，真的么？县前街上早已议论纷纷，大家都知道了。"

"不相干的，我不怕他。"胡国光勉强笑着说。

"没有说出别的话罢？我们——我们填写的那张表？"

胡国光这才恍然于王荣昌慌张的原因：他是怕牵连到王泰记京货店店东的真假问题上了。胡国光顶替了王泰记店东这件事，自然不会没有人知道的；然而胡国光对于这点，简直不放在心上，他知道这里无懈可击。

"这个，你千万放心。只要你承认了，别人还有什么话说？"

胡国光说的口气很坚决，而陆慕游也接着说：

"表上是没有毛病的。就是国光兄的委员也不是没有法子挽回。我们就为商量这件事。荣昌兄，这事和你也有关系，胡国光和王泰记是连带的，你正好也帮着想想法子。"

王荣昌此时才猛然悟到，照表上所填，王泰记和自己反没关系，店是胡国光的，那么，现在胡国光被控为劣绅，不要也连累了店罢。这新的忧愁，使这老实人不免又冒冒失失地问：

"他们办劣绅什么罪呢？"

但这时已经到了陆巷，胡、陆二人都没有回答，匆匆走进了那一对乌油的旧门。这门上本刻着一副对联，蓝地红字，现在已经剥落漶漫，仅存字的形式了。门楣上有一块直匾，也是同样的破旧，然而还隐隐约约看得出三个大字：翰林第。

这翰林第的陆府是三进的大厦，带一个不大不小的花园。因为人少，陆府全家住在花园内，前面的正屋，除第三进住了几个穷苦的远房本家，其余的全都空着。陆家可说是世代簪缨[3]的旧族。陆慕游的曾祖是翰林出身，做过藩台[4]。祖父也做过实缺府县。陆慕游的父亲行三，老大老二可惜的是早故，只剩下这老三，活到"望七"，尚目击最大的世变。人丁单薄，也是陆氏的家风。自从盖造了这所大房子后，总没见过同时有两个以上成年男子做这大屋的主人。陆慕游今年二十八岁，尚是老四，前面的三个，都殇亡[5]了。因此有人以为这是家宅风水不好，曾劝陆三爹卖去那三进大房子。但圣人之徒的陆三爹是不信风水的，并且祖业也不可轻弃，所以三大进的正屋至今空着养蝙蝠。

陆慕游引着胡国光和王荣昌穿过那满地散布着蝙蝠粪的空房子。这老房子的潦倒，活画出世代簪缨的大家于今颇是式微了。正厅前大院子里的两株桂树，只剩得老干；几枝蜡梅，还开着寂寞的黄花，在残冬的夕阳光下，迎风打战；阶前的书带草，也是横斜杂乱，虽有活意，却毫无姿态了。

从第三进正屋的院子，穿过一个月洞门，便是花园。

陆三爹正和老友钱学究在客厅里闲谈。虽然过了年，他就是"六十晋八"的高寿，然而眼，耳，齿，都还来得，而谈风之健，足足胜过乃郎。他是个会享福的人，少壮既未为利禄奔走，老来亦不因儿孙操心。他的夫人，在生产慕云小姐后成瘵而死，陆三爹从此就不续娶，也不纳妾。他常说：自己吃了二十年的"独睡丸"，又颇能不慕荣利，怡情诗词，才得此老来的健康。他是一个词章名家，门生不少，但他老人家从来不曾出过县境，近十年来，连园门也少出。他岂但是不慕荣利而已，简直是忘了世事，忘了家事的。

但今天他和钱学究闲谈，忽然感发了少见的牢骚。钱学究和陆三爹的二哥是同年，一世蹭蹬，未尝发迹。他常来和陆三爹谈谈近事又讲些旧话。

今天他们谈起张文襄的政绩，正是"老辈风流，不可再得"。钱学究很惋叹地说道：

"便是当初老年伯[6]在浔阳任上，也着实做了些兴学茂才的盛事；昨儿敝戚从那边来，说起近状，正和此地同样糟，可叹！"

陆三爹拈着那几根花白胡子，默默点头。提到他的父亲，他不禁想起当年的盛世风光，想起父亲死后直到现在的国事家运来。自己虽则健在，然而老境太凄凉了。儿子不成材，早没有指望的了；家计也逐渐拮据；虽有一个好女儿聊娱晚景，不幸儿媳又在去年死了。他这媳妇，原是世家闺秀，理想中的人物。他叹了口气说：

"自从先严弃养，接着便是戊戌政变。到现在，不知换了多少花样，真所谓世事白云苍狗了。就拿寒家而言，理翁，你是都明白的，还像个样儿么？不是我素性旷达，怕也早已气死了。"

"哦，哦，儿孙的事，一半也是天定。"钱学究不提防竟引起了老头儿的牢骚，很觉不安，"世兄人也不差，就只少年爱动，交游不免滥些。"

陆三爹的头从右侧慢慢向左移，待到和左肩头成了三十度左右的角度时，停了一二秒钟，又慢慢向右移回来；他慨然说：

"岂但少年好动而已，简直是荒谬浑沌！即论天资，也万万不及云儿。"

"说起云小姐，去年李家的亲事竟不成么？"

"那边原也是世家，和先兄同年。但听说那哥儿也平平。儿女婚姻的事，我现在是怕极了。当初想有个好儿媳持家，留心了多年，才定了吴家。无奈自己儿子不肖，反坑害了一位好姑娘。理翁，你是知道的，吴氏媳的病症，全为了心怀悒塞，以至不起。我久和亲旧疏隔了，为了这事，去年特地写了封亲笔长信，给吴亲家道歉。因而对于云儿的大事，我再不敢冒昧了。"

陆三爹慢慢地扯着他的长胡子，少停，又接着说：

"新派那些话头，就是那婚姻自由，让男女自择，倒还有几分道理。姑娘自己择婿，古人先我行之，本来也不失为艺林佳话，名士风流！"

"然而也不可一概而论，"铁学究沉吟着说，"如果灶婢厮养也要讲起自由来，那就简直成了淫风了。"

两个老头儿正谈着，陆慕游带了胡国光和王荣昌闯进来。

陆慕游一见他父亲和钱学究在这里，不免有些局促不安，但既已进来，又不好转身便走，勉强上前，招呼着胡、王二人过来见了。

陆三爹看见胡国光一脸奸猾，王荣昌满身俗气，心里老大不快；但又见陆慕游站在一处，到底是温雅韶秀得多，却也暗暗自慰。他忽然想起一件事，看着儿子说：

"早上，周时达差人送了个条子来，是给你的；云儿拿给我看，内中就有什么会，什么委员。究竟你近来在外边干些什么事呢？"

陆慕游不防父亲忽然查问起自己的事来，颇有些惶恐了，只得支吾着回答：

"那也无非是地方上公益，父亲只管放心。"又指着胡、王二人说，"此刻和这两位朋友来，也为的那件事。既然时达已经有字条来，我且去看一看。"

陆三爹点了点头，乘这机会，陆慕游就招呼胡、王二人走了出来，径到他自己的屋子里去。剩下陆三爹和钱学究继续他们的怀旧的感慨。

他们三个穿过一座假山的时候，陆慕游说：

"周时达是家严的门生，现在做县党部的常务委员，是有些地位的；国光兄的事，我们也可以托他。"

但是经过了郑重研究之后，似乎又应该先去拜访县党部的商民部长方罗兰，相机行事；周时达那边，不妨稍缓。因为周时达素来胆小，怕是非，未必肯担当，他这常务委员亦没有势力；而况县党部一定把胡案交给商民部核办，正是方罗兰职权内事。

"方罗兰和我们也是世交，方老伯在日，和家严极好。罗兰的夫人，陆梅丽女士，常来和舍妹谈天。老方对我也很客气。"

陆慕游这几句话，加重了应该先找方罗兰的力量，事情就这么决定下来，并且立即进行。陆慕游知道明天上午，县党部有常务会议，胡案是一定提出来的。他们三个人随即再上街。王荣昌对于"如何处治劣绅"一问题始终未得要领，满脸愁容地自回店里去了。胡国光现在倒很心安，一路上他专心揣摩如何对方罗兰谈判，他自觉得很有把握似的。

既和陆府有旧，方府当然也是世家，但住宅并没陆府那样宽大，也不像陆府那样充满了感伤的古香古色。刚进了门，胡国光就看见一个勤务兵模样的汉子拦住了去路。

"会方部长。"陆慕游昂然说。

"不在家。"是简短的回答。那汉子光着眼只管打量胡国光。

"那么，太太总该在家。给我去通报：要见太太。"

忽然聚丰酒馆前朱民生女伴的艳影，很模胡地在胡国光眼前一闪。胡国光想：方太太大概就是这么一个耀眼的女子罢。

那汉子又看了胡国光一眼，这才往里边走。陆慕游招呼着胡国光，也跟了进去。转过了砖砌的垂花门，一座小客厅出现在眼前；厅前是一个极清洁的小院子，靠南蹲着一个花坛，蜡梅和南天竹的鲜明色彩，渲染得满院子里富丽而又温馨。

一阵小孩子的笑声，从厅左的厢房里散出来。接着又是女子的软而快的话音。一个三岁模样的孩子，像急滚的雪球似的，冲到客厅的长窗边，撞在那刚进厅的勤务兵式汉子的身上。颀长而美丽的女子的身形也出来了。陆慕游忙抢前一步叫道：

"方太太，罗兰兄出去了么？"

胡国光看方太太时，穿一件深蓝色的圆角衫子，玄色长裙，小小的鹅蛋脸，皮肤细白，大约二十五六岁，但是剪短的头发从额际覆下，还是少女的装扮；出乎意料之外，竟很是温婉可亲的样子，并没新派女子咄咄逼人的威棱。

"是陆先生呵，坐一坐罢。"

方太太笑着说，同时揽着那孩子的手，交给刚从左厢出来的女仆带了走。

"这位是胡国光同志，专诚来拜访罗兰兄的。"

陆慕游很客气地给介绍过了，便拣右首的一个椅子坐下。

方太太微笑着对胡国光点头，让他上面坐，但胡国光很卑谦地挨着陆慕游的肩下坐了。他看见方太太笑时露出两排牙齿，很细很白。他虽然是奔走钻营的惯家，然而和新式女太太打交道，还是第一次，颇有些手足无措的样子。并且他也不知道是否应把来意先对这位可爱的太太说。

但是陆慕游却很自然地和方太太谈着；动问了方罗兰的起居以后，把来意也说明了。胡国光乘这机会，忙接上去说：

"久闻慕游兄说起方部长大名，是党国的柱石，今我特来瞻仰，乘此也想解释一下外边对于敝人的攻击。蒙方太太赐见，真是光荣极了。"

一个生得颇为白净的女仆送上茶来。

"真不巧，罗兰是县长请去，吃了饭就去的，大概快要回来了。"

方太太很谦虚地笑着回答；但又立即转了方向，对陆慕游问道：

"慕云妹妹近来好么？我是家里事太忙，好久不去看她了。请她得暇来坐坐。芳华这孩子，时常叫着她呢。"

于是开始了家常的琐细的问答；方太太问起陆三爹，问起陆三爹近来的酒量，陆慕云近来做什么诗。胡国光端坐恭听，心里暗暗诧异：这方太太和他想像中的方太太绝对两样；她是温雅和易，并且没有政治气味。胡国光一面听，一面瞧着客厅里的陈设。正中向外是总理遗像和遗嘱，旁边配着"革命尚未成功，同志仍须努力"的对联。左壁是四条张之洞的字，而正当通左厢的一对小门的门楣上立着一架二十四寸的男子半身放大像。那男子：方面，浓眉，直鼻，不大不小的眼睛，堪说一句"仪表不俗"。胡国光料来这便是方罗兰的相了。靠着左壁，摆了三张木椅，两条茶几，和对面的右壁下正是一式。两只大藤椅向外蹲着，相距三尺许，中间并没茶几，却放着一口白铜的火盆，青色的火焰正在盆沿跳舞。厅的正中，有一只小方桌，蒙着白的桌布。淡蓝色的瓷瓶，高踞在桌子中央，斜含着蜡梅的折枝。右壁近檐处，有一个小长方桌，供着水仙和时钟之类，还有一两件女子用品。一盏四方形的玻璃宫灯，从楼板挂下来，玻璃片上贴着纸剪的字是"天下为公"：这就完成了客厅的陈设。胡国光觉得这客厅的布置也像方太太：玲珑，文雅，端庄。

"去年夏间，省里一个女校曾经托人来请舍妹去教书，她也不肯去。其实出去走走也好，现在时势不同了，何必躲在家里；方太太，你说是不是？"

这几句话，跳出来似的击动了正看着那四条张之洞行书的胡国光的耳膜。他急把眼光从行书移到方太太脸上，见她又是微微地一笑。

"方太太在党部里一定担任着重要的工作罢？"胡国光忍不住再不问了。

"没有担任什么事。我不会办事。"

"方太太可惜的是家务太忙了。"陆慕游凑着说。

"近来连家务也招呼不上，"方太太怃然了，"这世界变得太快，说来惭愧，我是很觉得赶不上去。"

陆慕游似懂非懂地点着头。胡国光正在搜索枯肠，要想一句妥当的回答的话。忽听得外面一个声音轻轻地说：

"陆少爷和一个朋友，来了一刻儿了。"

胡国光和陆慕游，本能地站了起来。方太太笑了笑，向窗前走去。

进来一个中山装的男子。他挽住了方太太的手，跨进客厅来，一面说：

"梅丽，你替我招呼客人了。"

胡国光看方罗兰时，是中等身材，举止稳重，比那相片略觉苍老了些。

"所以倪甫庭是挟嫌报复，"在陆慕游说过了选举会的经过以后，胡国光接着这么说，"事实俱在，方部长一定是明白的。自问才具薄弱，商民协会委员的事，虽蒙大家推举，也不敢贸然担任。然而名誉为第二生命，'劣绅'二字，却是万万不能承认。因此不揣冒昧，特来剖析个清楚，还要请方部长指教。"

方罗兰点着头，沉吟不语。

但方罗兰此时并不是在考虑陆慕游的报告，胡国光的自白；他们的话，实在他只听了七分光景。一个艳影，正对于他的可怜的灵魂，施行韧性的逆袭，像一个勇敢的苍蝇，刚把它赶走了，又固执地飞回原处来。方罗兰今年不过三十二岁，离开学校，也有六年了；正当他大学毕业那年，和现在的方太太结了婚。父亲遗下的产业，本来也足够温饱，加以婉丽贤明的夫人，家庭生活的美满，确也使他有过一时的埋沉壮志，至于浪漫的恋爱的空想，更其是向来没有的。所以即使他此时心上时时有一个女子的艳影闪过，可以保证他尚是方太太的忠实同志。

"原来今天会场上还有这等事发生，"勉强按住了动摇的心，方罗兰终于开口了，"刚才兄弟正预备到会，忽然县长派人来找了去，直到此刻。那倪甫庭，并不认识。国光兄虽是初会，却久闻大名。"方罗兰的浓眉忽然往上一挺，好像是在"大名"这两个字旁加了注意的一竖。胡国光颇觉不安。"现在商民协会的事，兄弟一个人也不好做主。好在大会里已经议决了办法，国光兄静候结果就是了。"

"县党部大概是交商民部查复的，总得请罗兰兄鼎力维持。"陆慕游耐不住那些转弯的客气话，只好直说了。

"刚才已经对方部长说过，个人委员的事小，名誉的事大。倪甫庭胆敢欺蒙，似乎非彻底查究一下不可。"胡国光觑是机会，便这样轻轻地逗着说。

"自然要彻底查究的呵！可是，听说前月里，国光兄还在清风阁高谈阔论，说吴某怎样，刘某怎样，光景是真的罢？"

"哦，哦，那——那也无非是道听涂说的一些消息，偶尔对几个朋友谈谈，确有其事。"胡国光不提防方罗兰翻起旧话，不免回答的颇有些支吾了。"但是，人家不免又添些枝节，吹到方部长的耳朵里了。"

"据兄弟所闻，确不是什么道听涂说的消息，偶尔谈谈，那一类的事！"

胡国光觉得方罗兰的眼光在自己脸上打了个回旋，然后移到陆慕游身上。他又看见方罗兰微微地一笑。

"那个，请方部长明察，不要相信那些谣言。光复前，国光就加入了同盟会；近来对党少贡献，自己也知道，非常惭愧。外边的话，请方部长仔细考察，就知道全是无稽之谈了。国光生性太鲠直，结怨之处，一定不少。"

"哦——国光兄何以尽是仇人，太多了，哈，哈！"

方罗兰异样地笑着，掉转头望左厢门；方太太手挽着那一身白丝绒衣服的孩子，正从这厢房门里笑盈盈地走出来。

"方太太，几时带芳华到舍下玩玩去。我们园子里的山茶，今年开得很好。"

陆慕游觉得话不投机，方罗兰对于胡国光似乎有成见，便这么岔开了话头。这时客厅里也渐渐黑起来，太阳已经收回它最后的一条光线了。

胡国光怀着沉重的心，走出方府的大门。他和陆慕游分别后，闷闷地跑回家去。走过斗姥阁的时候，看见张铁嘴的测字摊已经收去，只剩一块半旧的布招儿，还高高地挂在墙头，在冷风里对着胡国光晃荡，像是嘲笑他的失意。胡国光忽然怨恨起这江湖术士来。他心里想："都是张铁嘴骗人，现在是画虎不成反类狗。"他忍不住这股怒气，抢前几步，打算撕碎那个旧布招儿。但是一转念，他又放手，急步向回家的路上去了。

第二天，胡国光在家里烦闷。小丫头银儿久已成为胡国光喜怒的测验器，这天当然不是例外，而且特别多挨了几棍子。因为有方太太珠玉在前，他看着自己的一大一小，愈觉生气；他整天地闭着嘴不多说话，只在那里发威。

但是到了晚上，他似乎气平了些。吃晚饭的时候，他忽然问道：

"阿炳呢？这小子连天黑了也不知道回家么？"

"近来他做了什么九只头，常常不回家过夜了。"胡太太说。"今天吃过中饭后，好像见过他。金凤姐和他说了半天话，是不是？"

胡国光突然记起那天王荣昌摇着头连说"不成体统"的神气来，他怀疑地看了金凤姐一眼。金凤姐觉得脸上一阵热，连忙低了眼，说道：

"少爷叫我做一块红布手巾。说是做九只头，一定得用红布手巾。"

"什么九只头？"

"我们也不知道。听说是什么会里的。还要带枪呢。"

金凤姐扭着头说。她看见自己掩饰得很有效，又胆大起来了。

"哦，你们懂什么！大概工会的纠察队罢。这小子倒混得过去！"

金凤姐咬着涂满胭脂的嘴唇，忍住了一个笑，胡国光也不觉得；他又忙着想一些事。他想到工会的势力，似乎比党部还大；商民协会自然更不如了。况且，和工人打交道，或者要容易些；仗着自己的手腕，难道对付不了几个粗人么？他又想起昨天方罗兰的口气虽然不妙，但是态度总还算客气，不至于对自己十分下不去。于是他转又自悔今天不应该躲在家里发愁，应该出去活动；儿子已是堂堂纠察队，可知活动的路正多着，只怕你自己不去。

"明天阿炳回来时，我要问问他纠察队的情形。"

胡国光这样吩咐了金凤姐。

四

那天送走了陆慕游、胡国光以后，方罗兰把两手插在衣袋里，站在客厅的长窗前，看着院子里的南天竹；在昏暗的暮气中，一切都消失了色彩，惟有这火珠一般的细子儿还闪着红光。

方罗兰惘然站着不动。夜带来的奇异的压迫，使他发生了渺茫惆怅的感觉。一个幻象，也在他的滞钝的眼前凝结起来，终于成了形象：兀然和他面对面的，已不是南天竹，而是女子的墨绿色的长外衣。全身洒满了小小的红星，正和南天竹一般大小。而这又在动了。墨绿色上的红星现在是全体在动了。它们驰逐迸跳了！像花炮放出来的火星，它们竞争地往上窜，终于在墨绿色女袍领口的上端聚积成为较大的绛红的一点；然而这绛红点也就即刻破裂，露出可爱的细白米似的两排。呵！这是一个笑，女性的迷人的笑！再上，在弯弯的修眉下，一对黑睫毛护住的眼眶里射出了黄绿色的光。

方罗兰不敢再看，赶快闭了眼，但是，那一张笑口，那一对颇浓的黑睫毛下的透露着无限幽怨的眼睛，依旧被关进在闭合的眼皮内了。他逃避似的跑进客厅，火油灯的光亮一耀，幻象退去了。火油灯的小火焰，突突地跳，方罗兰以为这就是自己的心跳，下意识地把右手从衣袋里伸出来按在心头。他感觉到手掌的灼热，正像刚受了那双灼热的肥白的小手的一握。

"舞阳，你是希望的光，我不自觉地要跟着你跑。"

方罗兰听得自己的声音很清晰地在耳边响。他惊得一跳。不是，原来不是他在说话；而除了他自己，客厅中也没有别人。他定了定神，在朝外的大藤椅上坐了。从左厢房里传来了方太太的话声和孩子的喧音，说明晚饭是在预备。方罗兰惘然站起来，一直望左厢房走。他自觉对不起方太太，然而要排除脑中那个可爱而又可恶的印象，又自觉似乎没有那种力量，他只好逃到人多的地方，暂时躲开了那幻象。

这晚上直到睡为止，方罗兰从新估定价值似的留心瞧着方太太的一举一动，一颦一笑。是要努力找出太太的许多优点来，好借此稳定了自己的心的动摇。他在醉醺醺的情绪中，体认出太太的人体美的焦点是那细腰肥臀和柔嫩洁白的手膀；略带滞涩的眼睛，很使那美丽的鹅蛋脸减色不少，可是温婉的笑容和语音，也就补救了这个缺憾。

"梅丽，你记得六年前我们在南京游雨花台的情形么？那时我们刚结婚，并且就是那年夏季，我们都毕业了。有一次游玩的情形，我现在还明明白白记得；我们在雨花台的小涧里抢着拾雨花石，你把半件纱衫，白裙子，全弄湿了。后来还是脱下来晒干了，方才回去。你不记得了么？"

大约是九点钟光景，房里只剩下他们两个了，方罗兰愉快地说。

方太太微微笑了一笑。没有回答。

"那时，你比现在活泼；青春的火，在你血管里燃烧！"

"年青的时候真会淘气，"方太太脸红了，"那一次，你骗我脱了衣服，你却又来玩笑——"

"当时你若是做了我，也不能不动心呢。你的颤动的乳房，你的娇羞的眼光，是男子见了谁都要动心的。"

方太太把脸握在手里，格格地笑。

方罗兰到她身边，热烈地抓住了她的手，低低地然而兴奋地接着说：

"可是，梅丽，近来你没有那么活泼了。从前的天真，从前的娇爱，你都收藏起来；每天像有无数心事，一股正经地忙着。连大声的笑，也不常听见了。你还是很娇艳，还在青春，但不知怎的，你很有些暮气了。梅丽，难道你已经燃尽了青春的情热么？"

　　方太太觉得丈夫这几句话，挟着多量的感伤的气氛；她仰起头，惊讶地看着他；看见方罗兰的浓眉微皱，目光定定的。方太太把头倚在丈夫的肩头，说：

　　"我果然变了么？罗兰，你说的很对。我是变了，没有从前那么活泼，总是兴致勃勃地了。恐怕年龄也有关系，但家务忙了，也是一个原因。不——我细想来，又都不是。二十七岁不能说是老；家务呢，实在很简单。可是我不同了：消沉，阑珊，处处，时时，都无从着劲儿似的。我好像没有从前那样地勇敢，自信了。我现在不敢动。我决不定主意。我不知道应该怎样做，才算是对的。罗兰，你不要笑。实在这世界变得太快，太复杂，太矛盾，我真真地迷失在那里头了！"

　　"太快，太复杂，太矛盾：一点儿不错。"方罗兰沉吟地说。"可是我们总得对付着过去。梅丽，你想在这复杂矛盾中间找出一条路，你非得先把定了心，认明了方向，然后不消沉，得劲儿么？这就办不到了。世间变得太快，它不耐烦等候你，你还没找出，还没认明，它又上前去了一大段了。"

　　"何尝不是呢！罗兰，大概我是赶不上。可是——并未绝望。"

　　方罗兰轻轻放下了她的手，挽住她的腰，疑问地看着她。

　　"并未绝望，"方太太重复说一句，"因为跟着世界跑的，或者反不如旁观者看得明白；他也许可以少走冤枉路。"

　　方罗兰点头微笑。他明白了太太目下的迷乱动摇不知所从的心情，也明白了太太的主意是暂时不动。他本来还想说："如果大家都做旁观者，还有什么人来跑给你看呢？"但是不忍揭破这位温柔太太的美妙的想象，他到底不说了。他给被拥抱了的太太一个甜蜜的吻，只说了这么一句双关的话：

　　"梅丽，你真聪明呵！要我跑着给你看。可是你站在路边看明白了方向时，别忘记招呼我一下。"

　　在两心融合的欢笑中，方罗兰走进了太太的温柔里，他心头的作怪的艳影，此时完全退隐了。

　　况且方罗兰正是"跟着世界跑"的人；党国的事，差不多占据了他的精神时间百分之百以上。而且他已经不是迫不及待不能已于"恋"的人。纷乱的事务，也足使他忘记了那个墨绿袍子的女性。属于他职分内的事，眼前就有不少。胡国光案只能算是最小的事。一个困难的问题，已经发生，便是店员的加薪运动。

却也为的店员问题把人追急了，胡国光案便敷衍过去，竟没彻底查究。方罗兰呈复县党部，是说"胡某不孚众望，应取消其委员当选资格"。县党部即据此转令商民协会，结束了事。

这个消息，由陆慕游带给胡国光时，胡府上正演着一幕活剧。帮忙胡国光投票的人，从前两天起，就来索报酬；这天来的一个便是胡国光在会场上临时抓得的一票，竟所望极奢，并且态度异常强硬。胡国光的方法用尽了，结果，还是从金凤姐头上拔了一枝挖耳，这才把那人打发了去。

金凤姐本来有新羊皮袄的希望，不料现在新年已在眼前，羊毛不见半根，反损失了一枝金挖耳，她这悲哀也就可想而知了。她虽然还不敢扭着胡国光闹，而关了房门嚷哭的胆量是有的。陆慕游到来的时候，这场戏已经开演了一半，胡国光脸色很难看，在他的厅里踱方步。

"国光兄，你已经知道了么？"陆慕游劈面这么问。

胡国光突出了一对细眼睛，不知道怎样回答。

"商民协会委员的事已经有了批示。你竟被牺牲了。"

胡国光两只眼睛一翻，摊开了两手，不知不觉地往最近的一张椅子里倒下了。查抄，坐牢……一幕一幕最不好的然而本在意料中的事，同时拥挤地闪电般在他脑膜上掠过。

"方罗兰你这小子！"他猛然跳起来大声嚷。

"国光兄，方罗兰还算是帮忙的呢！他查复的公文，我也看见了，只说你'不孚众望'，其余的事，概没提起。"

"不来查办了么？"胡国光难以相信似的着急地问。

"他只说你'不孚众望'，连劣绅的名儿也替你洗刷了。"

胡国光松了一口气。

"你的商民协会委员是被取消了。但县党部既然认为你仅仅是'不孚众望'，那么，并非劣绅，亦就意在言外，你倒很可以出来活动了。这也是不幸中之幸。"

胡国光背着手踱了几步，喟然道

"也罢。总算白费了一场辛苦。慕游兄，似乎方罗兰处，我应该再去一趟，谢谢他的维持，借此和他拉拢。你看对不对？"

"很好。可是不忙。我有些事正要和你商量，要请你帮个忙呢。"

一件事忽然拨动了胡国光的记忆；他记起七八天前和陆慕游走过那僻静的西直街时，在一个颇像小康人家的门前，陆慕游曾经歪着嘴低声说："这里面有一个小孤孀，十分漂亮！"当时也曾笑着回答："你老兄如果有意思，我帮你弄她到手。"现在大概就是商量这个了。

"是不是那天说的女字旁霜？"胡国光笑着问。

"哦，不是。那个，你还记得么？不是那个。今天是正正经经的党国大事。我总算是商民协会的委员了。我想来应该有篇宣言，一篇就职的宣言！"

胡国光很赞许地连点着头。

"我和你不客气，说老实话。这宣言的玩意，我有点弄不来。从小儿被家严逼着做诗做词，现在要我诌一首七言八言的诗，倒还勉强可以敷衍交卷，独有那长篇大论的宣言，恐怕做来不像。你老兄是刀笔老手，所以非请你帮忙不可了。"

"你的事自然要帮忙。但不知道你有什么主张？"

"主张么？有，有。今天我得个消息，店员要加薪——听说加的数目很大，许多店东都反对，县党部还没决定办法。我想赞成店员的要求。我们首先赞成，最有意思。宣言里对于店员的主张，就是这么着。其余还有什么话应该加进去，就要费神代我想想了。"

前天晚上听得儿子做了工会纠察队后所起的感想，现在又浮上胡国光的心头了；他不禁摸着他的短须，微微地笑了。

五

因为有店员运动轰轰然每天闹着，把一个阴历新年很没精采地便混过去了。自从旧腊二十五日，店员提出了三大要求以后，许多店东都不肯承认。那三大要求是：（一）加薪，至多百分之五十，至少百分之二十；（二）不准辞歇店员；（三）店东不得借故停业。店东们以为第一二款，尚可相当地容纳，第三款则万难承认，理由是商人应有营业自由权。然而店员工会坚持第三款，说是凡想停业的店东大都受土豪劣绅的勾结，要使店员失业，并且要以停业来制造商业上的恐慌，扰乱治安。县党部中对此问题，也是意见分歧，没有解决的办法。

待到接过照例的财神，各商店须得照旧营业的时候，这风潮便突然紧张起来了。店员工会的纠察队，三三两两的，在街上梭巡。劳动童子团，虽然都是便服，但颈际却围着一式的红布，掮着一根比他们的身体还高些的木棍子，在热闹的县前街上放了步哨。

初六那晚，工会提灯游行，举行改良的"闹龙蚌"，刚到了清风阁左近，突然那茶楼里跑出二十多个人来，冲断了游行的队伍。这一伙人，都有木棍铁尺，而"闹龙蚌"的人们也都有弹压闲人用的一根长竹片在手里，当下两边就混打起来。许多红绿纸灯碰破了，或是烧了，剩下那长竹柄，便也作为厮打的武器。大约混战了十分钟，纠察队和警察都大队地赶到了，捣乱的那伙人亦就逃散，遗下一个负伤的同伴。游行人们方面，伤的也有五六个。

第二天，纠察队便带了枪出巡，劳动童子团开始监视各商店，不准搬货物出门，并且店东们住宅的左近，也颇有童子团来徘徊窥探了。下午，近郊农民协会又派来了两百名农民自卫军，都带着丈八长的梭标，标尖有一尺多长闪闪发光的铁头。这农军便驻在县工会左近。

就是这天下午，县党部的几个委员在方罗兰家里有非正式的会议，交换对于店员风潮的意见。这不是预先约定的会议，更其不是方罗兰造意，只是偶然的不期而会。方罗兰今天神思恍惚，显然失了常态；这自然是挂念店员风潮之故，然而刚才他和太太中间有点小误会，现在还未尽释然，也是一个原因。说起那误会，方罗兰自信不愧不怍，很对得住太太，只是太太的心胸太窄狭了些儿，更妥当地说，太不解放了些儿，不知听了什么人的话，无端怀疑方罗兰的忠实，遂因了一方手帕的导火线，竟至伤心垂泪。方罗兰自然不愿他们中间有裂痕，再三对太太说："人家——虽然是一个女子——送一块手帕，我如果硬不受，也显见得太拘束，头脑陈旧。"在男女社交公开的现在，手帕之类，送来送去，原是极平常的事。然而方太太不谅解。

现在方罗兰不得不陪坐着谈正经事，他的一只耳朵听着周时达和陈中谈论店员风潮，别一只耳朵却依旧嗡嗡然充满了方太太的万分委屈的呜咽。他明知现在已有张小姐和刘小姐在那里慰劝，太太应该早已收泪，然而一只耳朵的嗡嗡然如故。他不知不觉叹了一口气。

"农民自卫军已经开来了两百，街上无形戒严，谣言极多，不是说明天要实行共产，就是说今天晚上土豪劣绅要暴动。说不定今晚上要闹大乱子。刚才时达兄说店员工会办得太操切了点儿，我也是这个意思。"

陈中气咻咻地说，也响应方罗兰似的叹了口气。他也是县党部的一个常务委员，和方罗兰原是中学时代的同学。

"罗兰兄有什么高见？我们来的时候，看见街上情形不对，便说此事总得你出来极力斡旋，立刻解决了，才能免避一场大祸。"

周时达一面说，一面用劲地摇肩膀，似乎每一个字是非摇不出的。

"我也无能为力呀。"方罗兰勉强收摄了精神，斥去一只耳朵里的嗡嗡然，慢慢地说，"最困难的，是党部里，商民协会里，意见都不一致，以至早不能解决，弄到如此地步。"

"说起商民协会，你看见过商民协会委员陆慕游的宣言么？"

陈中对着方罗兰说，仰起头喷出一口纸烟的白烟气。

"前天见到了。他赞成店员的要求。"

"那还是第一次的宣言呢。今天上午又有第二次宣言，你一定没有见到。今天的，其中有攻击你的句子。"

"奇怪了，攻击我？"方罗兰很惊异。

"慕游不会攻击你的，"周时达忙接起来说，"我见过这宣言，无非叙述县党部讨论店员要求的经过，文字中间带着你罢了。那语气确是略为尖刻了些儿，不很好。但是我知道慕游素来不善此道，大概是托人起草，为人所愚了。你看是不是？"

陈中微笑点头。他取出第二支烟来吸，接着说：

"那语气中间，似乎暗指店员风潮之所以不能早早解决，都由于罗兰兄反对店员的要求。本来这不是什么不可公开的阴私，党部开会记录将来也要公布的；但此时风潮正急，突然牵入这些话头，于罗兰兄未免不利。"

"我本没一毫私心，是非付之公论。"方罗兰说时颇为惋叹，"只是目前有什么方法去解决这争端呢？"

"争点在店东歇业问题。"陈中说，"我早以为店员工会此项要求太过分。你们两位也是同样的意见。然而今天事情更见纠纷了；店员既不让步，农民协会又来硬出头。店东们暗中也像有布置。暴动之说，也有几分可信。如此各趋极端，办事人就很棘手了。"

暂时的沉默。这三个人中，自以方罗兰为最有才干，可惜今天他耳朵里嗡嗡然，也弄得一筹莫展。再则，他总想办成两边都不吃亏，那就更不容易。

"店员生活果然困难，但照目前的要求，未免过甚；太不顾店东们的死活了！"方罗兰还是慨叹地说。

然而慨叹只是慨叹而已，不是办法。

细碎的履声从左厢房的门内来了。三个男子像听了口令似的同时转过头去，看见张小姐和方太太挽着手走出来，后面跟着刘小姐。

"你们还没商量好么？"

张小姐随随便便地问。但是她立刻看出这三个男子的苦闷的神气来，特别是方罗兰看见方太太时的怄怩不安的态度。

张小姐是中等身材，比方太太矮些，大约二十四五岁；肌肤的丰腴白皙，便是方太太也觉不及；又长又黑，发光的头发，盘成了左右相并的两个颇大的圆髻。这自然不是女子发髻的最新式样了，然而张小姐因为头发太长太多，不得不取这分立政策。可是倒也别有风姿。饱满的胸脯，细腰，小而红的嘴唇，都和方太太相像。她俩原是同学，又是最好的朋友。去年张小姐做县立女中的校长，方罗兰曾经破例去担任过四小时的功课。

"没有结果呢。"方罗兰回答，他又看着周、陈二人的面孔，接着说："我们三个人即使有了办法，也不能算数。我们还不是空口谈谈而已。"

张小姐看见方罗兰这少有的牢骚，也觉得说不下去；她看了看手腕上的表，回头对刘小姐说："已经三点了，我们走罢。"

但是方太太不放这两位小姐回去，方罗兰也热心地挽留。他还有几句话一定要在张小姐面前对太太剖白。刚才两位小姐来时，太太正在伤心的顶点，方罗兰一肚子冤屈，正想在太太好友的这两位小姐面前发泄一下，请她们证明他的清白无辜，不料陈中和周时达又来了，他不得不把满面泪痕的太太交给了两位小姐，连一句话也没多说，就离开了。现在他看见太太的神情还是不大自在，而眉宇间又颇有怨色，他猜不透她们在背后说他些什么话，他安得不急急要弄个明白。他再无心讨论店员风潮了，虽然陈中和周时达还像很热心。

又谈了十多分钟，终于两个男宾先走了。方罗兰伸了伸腰，走到太太面前，很温柔地说：

"梅丽，现在你都明白了罢。我和孙舞阳，不过是同志关系，连朋友都说不上，哪里来的爱？张小姐和刘小姐可以替我证明的。自然她常来和我谈谈，那也无非是工作上有话接洽罢了。我总不好不理她。梅丽，那天党部里举行新年恳亲会，可惜你生了病，没有去；不然，你就可以会见她。你就知道她只是一个天真活泼的女孩子，性情很爽快，对于男子们一概亲热。这是她的性格如此，也未必就是爱上了谁个。她那天忽然要送我一块手帕——也不是她自己用过的手帕——当着许多人面前，她就拿出来放在我的衣袋里。不是暗中授受，有什么意义的，她只是好玩而已。张小姐和刘小姐，不是都亲眼看见的么？这些话，我刚才说了又说，你总不肯相信。现在你大概问过张小姐了罢？张小姐决不会受我的运动，替我说谎的。"

似乎是太兴奋了，方罗兰额上渗出了一层薄薄的汗点；他随手从衣袋中摸出一块手帕来——一块极平常的淡黄边的白纱手帕，然而就是孙舞阳所送的。

"一块店里买来的手帕，没有一点儿记号，你也看过的。现在我转送给你了。"方罗兰将手帕在额上揩过后，抖着那手帕，又笑着说，随即塞在方太太的手里。

方太太将手帕撩在桌子上，没有话。

她经过张小姐的解释，刘小姐的劝慰，本已涣然，相信方罗兰无他；然而现在听得方罗兰赞美孙舞阳天真活泼，简直成为心无杂念的天女，和张小姐所说的孙舞阳完全不同，方太太的怀疑又起来了。因为在张小姐看来是放荡，妖艳，玩着多角恋爱，使许多男子疯狂似的跟着跑的孙舞阳，而竟在方罗兰口中成了无上的天女，那自然而然使得方太太达到两个结论：一是方罗兰为孙舞阳讳，二是以为孙舞阳真好。如果确是为孙舞阳讳，方太太觉得她和方罗兰中间似乎已经完了；一个男子而在自己夫人面前为一个成问题的女子讳，这用意还堪问么？即不然，而乃以为孙舞阳真好，这也适足证明了方罗兰确已着迷；想到这一点，方太太不寒而栗了。

这些思想，在刹那间奔凑而来的，就像毒蛇似的缠住了方太太，但她没有话，只是更颓丧地低了头。

方罗兰完全不知道自己的话已经发生了相反的效果，他错认方太太的沉默是无声的谅解；他又笑着说：

"张小姐，你是都知道的，梅丽素来很温柔，我还是今天第一次看见她生气。刚才我多么着急，幸而你们两位来了，果然梅丽马上明白过来。一天的乌云都吹散了。好了，这也总算是我们生活史上一点小小的波澜。

只是今天没来由惹梅丽生气，算来竟没有一个人应该负这责任。好了，说一句笑话，那便是鬼妒忌我们的幸福，无端来播弄我们一场，可怜我们竟落了圈套。"

"鬼是附在孙舞阳身上的，"张小姐看了方太太一眼，也笑着说，"她和朱民生搅得很好，倒不送他手帕。"

"孙舞阳这人真有些儿古怪。她见了人就很亲热似的，但是人家要和她亲热时，她又冷冷的不大理睬了。大家说她和朱民生很好，可是我在妇女协会里就看见过几次，朱民生来找她，对她说话，她好像不看见，不听得，歪着头走开，自和别人谈话去了。也不是和朱民生有口角，她只是忽然地不理。"

刘小姐不大开口，此时也发表了她的观察。她和孙舞阳同在妇女协会办事，差不多是天天见面的；一个月前，孙舞阳由省里派来到妇协办事，刘小姐就是首先和她接洽工作的一个人，她俩很说得来。

"可不是！她就是这么一团孩子气的。今天她忽然会送我手帕，明天我若是去找她说话，她一定也是歪了头不理的。梅丽，几时去试一试给你看，好不好？"

张小姐和刘小姐都笑起来，方太太也忍不住笑了。

方罗兰乘这机会，拉住了太太的手，说：

"梅丽，你应该常出去走走。一个人坐在家里多想，便会生出莫须有的怀疑来。譬如今天这件事，倘使你是见过孙舞阳几次的，便不至于为了一块手帕竟生起气来，怀疑我的不忠实了。"

方太太让手被握着，还是没有回答。他们的一切的话，投射在她心上，起了各式各样的反应，但都是些模模胡胡的，自相矛盾的，随起随落的感想。她得不到一个固定的见解。然而她的兴奋的情绪却也渐渐安静下来了；此时她的手被握着，便感到一缕温暖的慰藉，几乎近于愉快。不多时前，她自设的对于方罗兰的壁垒，此时完全解体了。

"梅丽，你怎么不说话？"方罗兰追进一句，把手更握紧些。

"张姊姊，刘姊姊，你们看罗兰的话对么？"

方太太避过了直接的回答；然而她已经很自然地很妩媚地笑了。

两位小姐都点着头。

"那么，我们现在就出去走走。"方太太忽然高兴起来。"罗兰，你今天没有事罢？刘姊姊的大衣在厢房里，你去拿了来，陪我们出去。"

街上的空气很紧张。

方罗兰和三位女士走了十多步远，便遇见一小队的童子团，押着一个人，向大街而去；那人的衣领口插着一面小小的白纸旗，大书："破坏经济的奸商"。童子团一路高喊口号，许多人家的窗里都探出人头来看热闹。几个小孩子跟在队伍后面跑，也大叫"打倒奸商"。

那边又来了四五个农民自卫军，揎着长梭标，箬笠掀在肩头，紫黑的脸上冒出一阵阵的汗气；他们两个一排，踏着坚定的步伐。两条黄狗，拦在前面怒嗥，其势颇不可蔑视，然而到底让他们过去，以便赶在后面仍旧吠。他们过去了，迎着斜阳，很严肃勇敢地过去了；寂寞的街道上，还留着几个魁梧的影子在摇晃，梭标的曳长的黑影，像粗大的栋柱，横贯这条小街。

县前街上，几乎是五步一哨；蓝衣的是纠察队，黄衣的是童子团，大箬笠掀在肩头的是农军。全街的空气都在突突地跳。商店都照旧开着，然而只有杂货铺粮食店是意外地热闹。

两个老婆子从方太太身边擦过，喳喳地谈得很热心。一句话拦入方太太的耳朵：

"明天要罢市了，多买些腌货罢。"

方太太拉着张小姐的苹果绿绸皮袄的衣角，眼睛看着她，似乎说："你听得么？"张小姐只是嫣然一笑，摇了摇头。

"谣言！但是刚才我们到你家里时，还没听得这个谣言呢。"

走在左首的刘小姐插进来说。她举手掠整她的剪短的头发，乌溜溜的一双眼睛不住地向那些"步哨"瞧。

迎面来了一个少年，穿一身半旧的黑呢中山服，和方罗兰打了个招呼，擦着肩膀过去了。方罗兰忽然拉住了方太太的手，回头叫道：

"林同志，有话和你讲。"

少年回身立定了。苍白的小脸儿对着张小姐和刘小姐笑了一笑，方太太却不认识他。他们一行人在窄狭的街道旁停下来，立刻有几个闲人慢慢地蹀过来，围成半个圈子。

"这是内人陆梅丽。林子冲同志。"方罗兰介绍，又接着问，"有罢市的谣言么？情形很不好。你知道店员工会的代表会已经完了没有？"

"完了，刚刚完了。"

"有什么重要的决议？"

"怎么没有！要严厉镇压反动派。我们知道土豪劣绅预备大规模的暴动呢。前夜清风阁的二三十个打手，就是他们买出来的，明天罢市的谣言也是他们放的，不镇压，还得了么？"

林子冲的小脸儿板起来了，苍白的两颊泛出红色；他看着那四五个愈挨愈紧的闲人，皱了皱眉头。

"但是店员要求的三款呢，讨论了没有？"

"三款是坚持，多数店东借口亏本要歇业，破坏市面，也是他们阴谋的一种。明天店员工会就会有代表向县党部请愿呢。"

三位女士都睁大了关切的眼睛，听林子冲说话。刘小姐把左臂挽在张小姐的腰围上，紧紧靠着，颇有些惊惶的神色。张小姐却还坦然。

后面来的一只黑手，从刘小姐的右腋下慢慢地往上移；但是没有一个人注意。

"没有别的事儿罢？"方罗兰再问。

林子冲靠前一些，似乎有重要的话；忽然刘小姐惊喊了一声。

大家都失色了，眼光都注视刘小姐。张小姐一手在自己身边摸索，同时急促地说："有贼！刘小姐丢了东西了！"

林子冲眼快，早看见张小姐身后一个人形疾电似的一闪，向旁边溜去。纠察队和童子团都来了。不知什么人冒冒失失地吹起警笛来。接着稍远处就有一声应和。忽然四下里都是警笛乱响了。嚷声，脚步声，同时杂乱地迸发了。方太太看见周围已是黑压压一厚层的人儿，颇觉不安，拉住了刘小姐，连问："丢了什么？"

"只丢了一块手帕，没有什么大事！"

张小姐高声向包围拢来的纠察队说。

"贼已经跑了！没有事了！注意秩序！"

林子冲也帮着喊，向街上那些乱闯的人挥手。

但是稍远处的警笛声还没停止。街的下端，似乎很扰乱；许多人影在昏黄的暮色中摇动。一排纠察队和几个警察，从人丛中挤出来，匆匆地赶过去。传来一个很响的呼叱声："谁个乱吹警笛！抓住！"

林子冲也跑去察看了。方罗兰皱着浓眉，昂起了头，焦灼地望着。纠察队和童子团早已从他们身边散去，闲人也减少了；扰动的中心已经移到街的下端。

"罗兰，没有事罢？"方太太问。

"大概只是小小的误会罢了。然而也可见人心浮动。"方罗兰低喟着说。

林子冲又跑回来了。据他说，抓住一个乱吹警笛的捣乱分子，现在街的下端临时戒严，过不去了。天色已经全黑，他们就各自回家。

方罗兰和太太到了家里，看见党部的通知，定于明日上午九时和商民协会，店员工会，妇女协会——总之，是各人民团体，开一个联席会议，解决店员三大要求的问题。

方罗兰慢慢地把纸条团皱，丢在字纸篓里。

他浸入沉思里了。

他想起刚才街上的纷扰，也觉得土豪劣绅的党羽确是布满在各处，时时找机会散播恐怖的空气；那乱吹的警笛，准是他们搅的小玩意。他不禁握紧了拳头自语道："不镇压，还了得！"

但是迷惘中他仿佛又看见一排一排的店铺，看见每家店铺门前都站了一个气概不凡的武装纠察队，看见店东们脸无人色地躲在壁角里……看见许多手都指定了自己，许多各式各样的嘴都对着自己吐出同样的恶骂："你也赞成共产么？哼！"

方罗兰毛骨耸然了，慌慌张张地站起来，向左右狼顾。

"罗兰，你发神经病了么？"方太太笑着唤他。

方罗兰这才看见太太就坐在对面的椅子里，手中玩着半天前撩在桌子上的鹅黄边的手帕。这手帕立刻转移了方罗兰的思想的方向；他带讪地走到太太跟前，挽住了她的颈脖，面对面地低声说：

"梅丽，我要你收用了这块手帕！"

方太太的回答是半嗔半喜的一笑。方罗兰狂热地吻她。这时，什么反动派，纠察队，商店，战栗的店东，戟指的手，咒骂的嘴，都逃得无影无踪了。

六

经过剧烈的辩论以后，待付表决的提案共有三个：

一，是陆慕游和店员工会委员长林不平的提案，主张照店员工会三大要求原案通过，组织特别委员会订定详细执行办法。附议者有商民协会的赵伯通。

二，是林子冲的提案，主张三大要求暂行保留，电省请派专员来指导解决，一面仍须严厉镇压土豪劣绅和反动店东的阴谋捣乱。附议者有妇女协会孙舞阳。

三，是方罗兰的提案，主张：a. 店员加薪，以年薪在五吊以下者增加百分之百，余渐差减为原则；b. 店东辞退店员，应得店员工会同意；c. 店东歇业问题由各关系团体推派代表合组专门委员会详细调查，呈由县党部斟酌办理；d. 纠察队及童子团的步哨，即日撤退，以免市面恐慌；e. 不得自由捕捉店东。附议者有陈中及周时达。

联席会议的临时主席彭刚将三个提案高声读完后，抬起他那常是渴睡样的眼睛在列席各人的脸上打了个圈子，照例地等待有无异议或补充。看见大家都没有话，他又慢吞吞地说道：

"第一第三提案都是趋向立刻解决本问题的，第二提案趋向维持现状，静候上级机关派人来办理。现在要付表决了，请各位发表意见，应该先将哪一个提案付表决？"

"目下市面甚为恐慌，本问题应得赶快解决；如果照现状拖延下去，恐怕纷纠愈多，危险更大。"

陈中这么暗示着应该暂时抛开第二提案，先谋立刻解决。

"先将第一提案付表决了，怎样？"主席又问。

没有反对。于是举手。列席的二十一人中，只举起了九只手。少数！

第三提案又付表决了。也只有十票，虽然比较多一票，也还是不足法定的过半数。始终没有举过手的是林子冲和孙舞阳。

全场情形，显然是有利于第二提案了；本来赞成第一第三案的人们总有许多会走这条"不得已"的路罢？陈中和周时达连坐，他在周时达耳边轻轻说了一句话，于是周时达在主席再发言之前起来说话了，照旧用力摇他的肩膀：

"请省里派人来解决，本是一个妥当的办法；可是极快也得四五天才有人来。现在谣言极多，反动派就利用我们还没决定办法，来散播谣言，恐吓商人。今天人心已极恐慌，再过四五天,说不定要闹出大乱来。所以鄙见，一面可以等候省里派人来根本解决，一面应当先把纠察队童子团的步哨撤退。要歇业的店铺暂时不准歇，童子团也不要去监视。农民自卫军请他们回去。我这意见对不对，请大家从长计较。"

"城里恐慌是一刻一刻加深了，果然也不无反动派从中造谣，但是纠察队，童子团，农军，汹汹然如临大敌，监视店铺，监视店东，不准货物出店门等等举动，也是使得人心恐慌的；我也主张根本问题不妨听候省里来人解决，而目前的恐慌一定先得赶快消灭了才是正当的办法。"方罗兰也发言了。

"不行，不行！"林不平大声反对。"反动派收买打手总有二百多，他们预备暴动。我们防备得这么严密，他们尚且时时捣乱。我可以断言，纠察队的步哨早上撤回，这县城晚上就落在反动派手里了。"

"县警备队有一百多，警察也有四五十，难道不能维持治安么？"方罗兰反驳。

林不平只"哼"了一声。

这一哼，既藐视而又愤愤，含有重大的暗示，所以全场的人都愕然相顾。

"时局很严重，不能多费时间；事实是明明白白摆在这里的，反动派的阴谋决非一朝一夕之故，现在非坚决镇压不可了。请主席宣布讨论终结，将第二提案付表决。然后我们再议具体的办法。"

在紧张的空气中，孙舞阳的娇软的声浪也显得格外袅袅。这位惹眼的女士，一面倾吐她的音乐似的议论，一面拈一枝铅笔在白嫩的手指上舞弄，态度很是镇静。她的一对略大的黑眼睛，在浓而长的睫毛下很活泼地溜转，照旧满含着媚，怨，狠，三种不同的摄人的魔力。她的弯弯的细眉，有时微皱，便有无限的幽怨，动人怜悯，但此时眉尖稍稍挑起，却又是俊爽英勇的气概。因为说话太急了些，又可以看见她的圆软的乳峰在紫色绸的旗袍下一起一伏地动。

主席正要询问有无异议，一个人满头大汗，闯进会场来，在林不平的耳边说了几句。林不平脸上的筋肉都紧缩起来了，坐在他旁边的陆慕游也变了色。

"这位同志来报告，县前街已经发生了暴动，"林不平霍然立起来大声说，几乎就是嚷，"童子团受伤！反动派已经动手了！"

几个声音同时发出一个"呀！"

但是会议室间壁，县党部常务委员室内的电话又叮零零响了。

"你们还主张撤退纠察队和农军，那简直是笼着手让人家来砍头！"林不平继续咆哮似的说。"你们爱高谈阔论，悉由尊便，我可不能奉陪了！"

主席很为难地笑了一笑。大家一时想不出适当的话，情形非常僵。幸而林子冲已经听了电话回来报告，这才把林不平恫吓的退席问题无形中搁下了。

"公安局长打的电话。"林子冲还算镇静地说。"县前街王泰记京货店的店东私自搬运店内货物，被童子团阻住了，不知怎的跑出许多人来干涉，便和童子团打起来；大概有几个受了伤，纠察队也到了，一场混打，许多商店便关门收市。现在情形极混乱。公安局请我们派人去弹压。"

原来事情并不怎样严重，大家倒松了一口气。这"王泰记"的名儿，大家听去也很平淡，然而陆慕游颇着急了；林子冲并没说明，这所谓"店东"究竟是王荣昌，抑是胡国光。

然而会议之不能再继续，并且希望有结果，却也是大家心心相照的了；于是依了孙舞阳第二次的催促，由主席指定三个人驰往出事地点，一面通过了第二提案电省请示。联席会议就此宣告结束。

当下是方罗兰，林不平，陆慕游三人被指派到出事地点，担任调解弹压。街上颇有三三两两的闲人在那里指手划脚谈论，但纠察队和童子团的步哨，似乎并没变动。他们急走了五分钟光景，早看见前面一大堆人把街道塞满了，那人堆中有蓝衣的纠察队，有最惹眼的红布围着的小小的头颅，还有梭标的铁尖闪烁地高出于人头。

人堆中忽然腾起一片鼓掌声。许多人臂争先地举起来，"拥护胡国光"的呼声也怪不入调地被听得了；而高举的人臂又混乱地动摇，似乎那些臂的主人正在那里狂跳。

两分钟后，三位特派员立即被告诉了事情的真相：

——原来是那老实的王荣昌被共产的谣言吓昏了，想偷运出一批货物去放在他认为妥当的地方，不料虽然搬出了店门，却在半路上被查见了；在货物押回原店的时候，就跟来了一大批闲人看热闹。王荣昌看见机密败露，早慌得说不出话来，忽然闲人中间挤出两三个来吆喝着"货物充公"，便不问情由地想拿了就走，这就和上前来质问禁止的童子团发生了冲突，乱打起来。当纠察队和农军闻声赶到时，那几个趁火打劫的流氓早已逃走，只留下王荣昌作为勾结流氓的嫌疑犯。而况童子团又有一个被打落了门牙，于是王荣昌便被拘留。这可怜的老实人看见分辩无效，却想出了一条妙计，派人把王泰记填表上的店东胡国光找了来解救灾难。

现在这胡国光就以王泰记店东的资格，高高地站在柜台上演说。他痛骂那些不顾店员生活不顾大局而想歇业的店东；他说自己即使资本亏尽，也决不歇业；他又轻轻地替王荣昌开脱，说他是个胡涂人，老实人，只知忠于东家，却不明白大局；他说那两个想趁火打劫的流氓一定是反动派指使出来的；最后，他说店员工会的三款，王泰记立刻可以照办，并且还打算由店东店员合组一个王泰记委员会来共管这个店：为了革命的利益，他是什么都可以牺牲的。

刚才的热烈的掌声和口号就是胡国光替王泰记慷慨牺牲所得的赞许。陆慕游想不到他的朋友竟如此漂亮，快活到说不出话来。然而三位特派员不能悄悄地就回去，方罗兰是代表党部的，就首先当众宣布了联席会议的结果。林不平早已一跃上了高柜台，赶快补充说：

"我们一面请省里派人来指导，一面还是要努力镇压反动派——土豪劣绅和反动的店东。纠察队和童子团要加紧巡查，造谣的人要抓，私下搬走货物的也要抓！土豪劣绅的打手，我们捉住了就要枪毙！现在有些人说我们店员工会太狠，说纠察队太强横了，他们不想想那些反动店东多么可恶；他们要歇业，藏起货物来，饿死我们，饿死全城的人！如果都像胡国光同志那样肯牺牲，热心革命，那就好了！"

林不平很亲热地拉住了胡国光的手。人堆里又腾起一片的掌声来；一个声音高喊："拥护革命的店主！拥护胡国光！"许多声音也跟着高呼：

"拥护革命的店主！"

"打倒反动的店主！"

"拥护牺牲一切的胡国光！"

当下胡国光成为新发现的革命家，成为"革命的店主"。他从柜台上下来时，就被许多人挟住了两条腿，高高地抬起来，欢呼，拍手。连躲在柜台角里哭丧着脸的王荣昌也忍不住大笑了。

胡国光又被请到店员工会和总工会去，会晤那边的许多革命家。他建议，明天开一个群众大会对土豪劣绅示威。立刻被采用了。

在这群众大会上，胡国光又被邀请演说；他主张激烈对付土豪劣绅，博得了许多掌声。方罗兰也有演说；他也称赞童子团纠察队农军维持治安的功劳。这在方罗兰，大概不是违心之谈；因为正当他上台演说时，混进会场的土劣走狗，忽然又鼓噪起来，幸而有纠察队捉住了两三个，这才回复了热烈愉快的原状。

全县的空气现在逆转过来了。

商店依旧开市，店东们也不再搬运货物，因为搬也没用，反正出不了店门；也没有店员被辞歇，不管你辞不辞他总是不走的了；加薪虽无明文，店员们却已经预支：所以你很可以说店员问题已经不成问题了。然而省里来了复电。说是已经派员来县指导核办，在该员未到前，各民众团体不得轻举妄动，以免多生枝节。措辞颇为严厉。

这个电报是打给县党部县工会农会的，不到半点钟，满城都传遍了。街头巷尾，便有"又要反水了"的半提高的声音，而童子团也被侧目而视。一部分的店东，当即开了个秘密会议；第二天，便有店东的五个代表到县党部和公安局请愿"维持商艰"。县工会门前发现了"营业自由"和"反对暴民专制"的小纸条；林不平接到几封恐吓的匿名信。清风阁上又有形迹可疑的茶客。在二十四小时内，全城人心又转入了一个新的紧张和浮动了。

方罗兰在接见店东请愿代表的时候，很受了窘，他本以为几句"商民艰苦，本部早已洞悉，店员生计，亦不能不相当提高；省中已有电令民众团体不得轻举妄动，本部自当竭力约束，勿使再有轨外行动；一切静候特派员来后根本解决"，照例地囫囵敷衍一下，便可过去；不料代表们并不照例地"满意而去"，却提出一大堆问题推在方罗兰鼻子前：

"既然省里来电，严命民众团体不得轻举妄动，街上的童子团纠察队的步哨为什么尚未撤去呢？"

"各店铺里的童子团是否可以立即撤回，让货物自由进出！"

"捕拿店东的举动应请立即禁止！"

"店员工会究竟受不受党部的指挥？商民部是为商人谋利益的，究竟对目前的风潮抱什么态度？"

"农军很引起人心恐慌，应请立即调开！"

"……"

方罗兰看见群情如此"愤激"，很觉为难；他支支吾吾地敷衍着，始终没有确实的答复。对于这些实际问题，他有什么权力去作确定的答复呢？

他果然应该有他个人的意见，并且不妨宣布他个人的意见，然而不幸，似乎连个人的意见也像自己无权确定了。他仿佛觉得有千百个眼看定着自己，有千百张嘴嘈杂地冲突地在他耳边说，有千百只手在那里或左或右地推挽他。还能确定什么个人的意见呢？他此时支支吾吾地在店东的代表前说了许多同情于他们的话，确也不是张开了眼说谎，确是由衷之言，正像前日群众大会时他慷慨激昂地说了许多赞助店员的话一样。

也不仅方罗兰，许多他的同事，例如陈中，周时达，彭刚，都是同样的心情，苦闷彷徨，正合着方太太说过的几句话：

——我不知道应该怎样做，才算是对的。……这世界变得太快，太复杂，太古怪，太矛盾，我真真地迷失在那里头了！

这种空气，持续了短短的四十多小时，然而城里已经发生了新现象：谣言更加多而离奇；匿名的小字条不但偷偷地贴，并且也飞散在市上了；童子团和流氓厮打的事情甚至一日数起了；罢市的风声又有流传，老婆子们又忙着上杂货铺了。全城又进入了一个新的恐慌时期！

幸而省里的特派员史俊亦就到了。这正是胡国光一交跌入"革命"后的第四天的下午。这位史俊，并不是怎样出奇的人物：略长的身材，乱蓬蓬的头发，一张平常的面孔，只那一对眼睁大了直视的时候，还像有些威风。总之，就他的服装，他的相貌，他的举止，种种而言，这史俊只是一个二十五六岁的学生模样的人物。然而恰因来的时机关系，他便成为大众瞩目的要人了。

因为到时已是午后六时，所以当天只有林子冲和孙舞阳会见了这位特派员。他们在省里本已认识。但翌日一早，就有许多人找他。差不多党部和民众团体的重要人物都到了。各人都准备了一肚子话来的，不料成了个"不期而会"，弄成不便多说话。

"经过的情形，昨天有林同志详细讲过了；"史俊把谈话引到本题，"兄弟是省工会专派，省党部加了委的；此来专办本案，带便视察各民众团体的状况。逗留的日子不能多。今天可巧大家都来了，我们先交换意见，明天便开个联席会，解决这件事。"

但是来客们并不提出意见，只有消息；他们把各种各样最近的消息——各种人的态度以及谣言，充满了史俊的耳朵。至于意见，他们都说特派员自然带了省里的"面授机宜"来的。

这位史俊绰号"大炮",是一个爽爽快快,不懂得转弯抹角,也不会客气的人儿,他见大家没有意见,都推尊他,便老老实实说:

"这就更好办了。省里现在对于店员问题,一加薪,二不得辞歇店员,三制止店东用歇业做手段来破坏市面。汉口就是这么办。外县自然采用这原则;所出入者,不过是小节目,譬如加薪的多寡。"

来客们有的愕然了,有的露出喜气,也有的并无表示。林不平和陆慕游几乎鼓起掌来。陈中看着方罗兰的脸,似乎有话,但亦不说。

"舞阳,忘记告诉你了,赤珠有东西送给你。"

史俊忽然回头对坐在左首正玩弄她的白丝围巾的孙舞阳说。赤珠就是史俊的恋人,孙舞阳以为一定同来玩玩的,却竟没来。

孙舞阳将她的媚眼向史俊一瞥,微笑着点头。

"但是,史同志,"陈中忍不住不说了,"听说店东们聚会过几次,准备积极反抗,誓不承认店员工会的三项要求呢。昨晚已有传单散发,今天早上,我也看见了。并且土豪劣绅从中活动,和店东们联络。敝县的土豪本就很有势力,能号召千把人。他们新近收罗了几百打手,专和党部中人及民众团体为难。刚才史同志说过省里的办法,自然应当遵照,但省里有大军镇压,办事容易,敝县情形,似乎不同。如果操之过急,激成了巨变,那时反倒不容易收拾了。"

这一席话,很得了几个人的点头。方罗兰也接着起来说:

"店东们反对的空气从昨晚起特别猛烈。似乎是预定的计划。大概他们暗中酝酿已久,最近方才成熟。这倒不应该轻视的。况且一律不准歇业,究竟太严厉了些;店东中实在也有不少确已亏本,无力再继续营业的。"

又有几个人点着头,表示同意。

"那些无非是恐吓,不管他。"史俊很不介意地说,"他们看见你们对此事迟疑不决,知道你们顾虑太多,便想利用谣言恐吓,来骗取胜利。一旦决定了办法,包你没事。省里店东也玩过这种把戏。"

"不怕,再调二百农军来!"林不平奋然说。

"这也不必。明天开会宣布省里所定原则,即席商定了具体办法,就完了。店东们有反抗的,土豪劣绅有捣乱的,立刻拿办!"

史俊轻松松地说,似乎事情已经解决了。大家也不再多言。

于是第二天开会了。果然适如史俊所预料,办法宣布后,并没发生意外。

然而还有些善后问题，譬如要求歇业的店铺实在情有可悯者应该派人调查以便核办，逃跑了的店主遗下来的店铺如何去管理，加薪的成数分配等等，因此又推定了方罗兰，赵伯通，林不平三人专办此等善后。

现在史特派员遗下的工作只是视察民众团体了。旧历元宵的翌日，人家给他介绍，会见那新发现的"革命家"胡国光；近来他很努力，那是不用说的。

胡国光到了史俊的寓所，一眼就见史俊和一男一女在那里闲谈。男的是林子冲，本来认识；那女的可就像一大堆白银子似的耀得胡国光眼花缭乱。他竟还不认识这有名的孙舞阳。

这天很暖和，孙舞阳穿了一身淡绿色的衫裙；那衫子大概是夹的，所以很能显示上半身的软凸部分。在她的剪短的黑头发上，箍了一条鹅黄色的软缎带；这黑光中间的一道浅色，恰和下面粉光中间的一点血红的嘴唇，成了对照。她的衫子长及腰际，她的裙子垂到膝弯下二寸光景。浑圆的柔若无骨的小腿，颇细的伶俐的脚踝，不大不小的踏在寸半高跟黄皮鞋上的平背的脚，——即使你不再看她的肥大的臀部和细软的腰肢，也能想像到她的全身肌肉是发展的如何匀称了。总之，这女性的形象，在胡国光是见所未见。

史俊本已听得林不平说过胡国光如何革命如何能干，却不料是这么一个瘦黄脸，细眼睛，稀松松几根小黄须的人儿，便很有几分不快。但是他立刻又想到了省工会委员长——自己的"顶头上司"，也差不多是这么一个面相，便又释然了。他很客气地和胡国光攀谈，不上十分钟，他也赏识了这位一交跌入"革命"里的人物。

"胡同志在哪里工作？我觉得此地各团体内都缺少有计划有胆量的人。所以办事总是拖泥带水地不爽快。"史俊很热心地说。

"胡同志现在并没工作。"林子冲代答。

"那未免可惜了！"孙舞阳嘲笑似的插进来说。

"国光自问没有多大才力；只是肯负责，彻底去干，还差堪自信。辛亥那年国光就加入革命，后来时事日非，只好韬晦待时。现在如果有机会来尽一份的力，便是赴汤蹈火，也极愿意的。"

史俊很满意了。他记起他的好朋友李克的一句话："真革命的人是在千辛万苦里锻炼出来的。"他觉得胡国光正是这等人。于是史俊便说起省里的局面，目下的革命策略，工农运动的意义，等等。这个"大炮"只顾滑溜溜地速射，不但胡国光没有机会插进半句话去，竟连孙舞阳的不耐烦的神气，也不觉得了。

"史俊！已经三点了呢！"孙舞阳再忍不住了。

"呵，三点了么？我们就去！"

史俊打住了他的宣传，立刻摇摇身体站起来。他预许胡国光，先到店员工会里帮忙，将来是要介绍他到党部里去办事的。他送走了满意而去的胡国光，回身拉住了孙舞阳的手膀，直着喉咙嚷道：

"我是说溜了嘴，忘记时候，你为什么不早说？"

"还不到三点，骗你的。"孙舞阳挣脱手，吃吃地笑，"现在还只两点，还有三十分钟呢。我是讨厌这瘦黄脸的人，要他早走。"

"像朱民生那样小白脸，你才欢喜；是不是？"林子冲代抱不平地说。

孙舞阳不回答，唱着"起来！饥寒交迫的奴隶"，在房间里团团转地跳。她的短短的绿裙子飘起来，露出一段雪白的腿肉和淡红色短裤的边儿。林子冲乘她不备，从身后把她拦腰抱住了。孙舞阳用力一摔，两个人几乎都滚在地上。史俊拍起手来大笑了。

"林子冲你这孩子，多么坏！"孙舞阳微怒地说。

"你知道外边人怎样说来？"林子冲还在笑，"他们说：孙舞阳，公妻榜样！"

"呸！封建思想。史俊，这里的妇女思想很落后，停刻你到妇协的茶话会就知道了。你看，我在这里，简直是破天荒。"

"不做点破天荒给他们看看，是打破不了顽固的堡垒的。"

史俊说的很用力。

"但是朱民生只是一个无聊的胡涂虫！"林子冲冷冷地说。

孙舞阳还在团团转地跳，听得这一句话，立刻煞住脚转身问道：

"朱民生怎样？我也知道他是个胡涂虫。不过因为他像一个女子，我有时喜欢他，你妒忌么？我偏和他亲热些。你管不了我的事！"

她又跳着，接下去唱"到明天——"了。

"不管你的事！但是，小姐，你还跳什么？我们该到妇女协会去了。"

林子冲这话提起了史俊的躁急的老脾气，他立逼着孙舞阳，一同走了，虽然孙舞阳再三说"时间还早"。

妇女协会的茶会是招待史特派员的，县党部委员们是陪客。这是照例的事，史俊演说一番，也就散会。孙舞阳请方罗兰和史俊到她房里坐坐。方罗兰略一迟疑，也就欣然遵命了。

他们走进了一间狭长的小厢房；窗在后面，窗外是一个四面不通的小院子，居然也杂栽些花草。有一棵梅树，疏疏落落开着几朵花。墙上的木香仅有老干；方梗竹很颓丧地倚墙而立，头上满是细蜘网。这里原是什么人的住宅，被作为"逆产"收了来，现在妇女协会作了会所。房里的家具大概也是"逆产"，很精致；孙舞阳的衣服用具就杂乱地放着。方罗兰在靠窗的放杂物的小桌旁坐下，就闻得一阵奇特的香。他忍不住吸着鼻子，向四下里瞧。

"你找什么？"孙舞阳问。

"我嗅着一种奇怪的香气。"

"咦，奇了。我素来不用香水的，你嗅我的衣服就知道。"

方罗兰一笑，没嗅衣服，就和史俊谈起妇女协会来了。他们同声地惋惜妇女运动太落后；因为县城里女学生不多，而且大都未成年，女工是没有的，家庭妇女则受过教育的太太们尚且不大肯出来，余者自不用说。

方罗兰突然想到自己的不大肯出来的太太，便像做了丑事似的不安起来。幸而谈话亦就换了方向，又谈到县党部方面去了。史俊以为县党部不健全，只看没有女子担任妇女部长，便是老大一个缺点。方罗兰也以为然，他说：

"下月初，县党部应当改选了。那时可以补救。"

"有相当的人才么？"史俊问。

"我想起一个人来了，"孙舞阳说，"便是张小姐。"

史俊还没开口，方罗兰看着孙舞阳说：

"你看来张小姐能办党么？她为人很精细，头脑也清楚。但党务从没办过。我以为最适当的人选还是你自己。"

孙舞阳笑着摇头。

"哪一个张小姐？今天她到会么？"史俊着急地问。

孙舞阳正要描写张小姐的状貌和态度，忽然外边连声叫"史先生"了，史俊双手把头发往后一掀，跳起来就走；这里，方罗兰看着孙舞阳，又问道：

"舞阳，你为什么不干妇女部？"

"为的干了妇女部，就要和你同一个地方办事。"

方罗兰听着这婉曼而有深意的答语，只是睁大了眼发怔。

"我知道为了一块全无意义的手帕，你家庭里已经起了风波。你大概很痛苦罢？我不愿被人家当作眼中钉，特别不愿憎恨我的人也是一个女子。"

孙舞阳继续着曼声说，她的黑睫毛下闪着黄绿色的光。

"你怎么会知道这些事的？"

方罗兰发急地问，又像被人家发现了自己的丑事似的，十分忸怩不安了。

"是刘小姐告诉我的。自然，她也是好意。"

方罗兰低了头不响；他本以为孙舞阳只是天真活泼而已，现在才知道她又是细腻温婉的，她有被侮蔑的锐敏的感觉。

他昂起头再看孙舞阳时，骤然在她的眼光中接着了委屈幽怨的颤动；一种抱歉而感谢的情绪，立即浮上他的心头。他觉得孙舞阳大概很听了些不堪的话，这自然都是从方太太那天的一闹而滋蔓造作出来的，而直接负责任的便是他自己：这是他所以抱歉的原因。然而孙舞阳的话里又毫无不满于方罗兰之意，"你大概很痛苦罢？"表示何等的深情！他能不感谢么？严格地说，他此时确已发动了似乎近于恋爱的情绪了。因为他对孙舞阳觉得抱歉感谢，不免对于太太的心胸窄狭，颇为不满了。

"这事，只怪梅丽思想太旧！"方罗兰神思恍惚地说，"现在男女同做革命事业，避不了那么许多的嫌疑。思想解放的人们自然心里明白。舞阳，你何必把这些事放在心上呢？"

孙舞阳笑了笑，正要回答，史俊又匆匆地跑进来了；他抓得了他的呢帽合在头上，一面走，一面说："有人找我去，明天再见。"方罗兰站了起来，意思是送他，却见孙舞阳赶到门边，唤住史俊，低声说了几句。方罗兰转身向窗外的小院子里看了一看，伸个懒腰，瞥见小桌子上一个黄色的小方纸盒，很美丽惹眼；他下意识地拿起来，猛嗅着一股奇香，正是初进房时嗅到的那种香气，正是那纸盒里发出来的。

"你说不用香水，这不是么？"

方罗兰回头对正向他身边走来的孙舞阳说。

孙舞阳看着他，没有回答，只是怪样地笑。

方罗兰拿起纸盒再看，纸盒面有一行字——*Neolides-H.B.*[7] 也不明白是什么意思，揭开盒盖，里面是三枝玻璃管，都装着白色的小小的粉片。

"哦，原来是香粉。"方罗兰恍然大悟似的说。

孙舞阳不禁扑嗤地一笑，从方罗兰手里夺过了纸盒，说道：

"不是香粉。你不用管。难道方太太就没用过么？"

她又是一笑，眼眶边泛出了淡淡的两圈红晕。

方罗兰觉得孙舞阳的手指的一触，又温又软又滑，又有吸力；异样的摇惑便无理由地击中了他……

天快黑时，方罗兰从妇女协会回家。他自以为对于孙舞阳的观察又进了一层，这位很惹人议论的女士，世故很深，思想很彻底，心里有把握；浮躁，轻率，浪漫，只是她的表面；她有一颗细腻温柔的心，有一个洁白高超的灵魂。老实说，方罗兰此时觉得常和孙舞阳谈谈，不但是最愉快，并且也是最有益了。

但孙舞阳正忙着陪伴史俊到各处走动——视察。这位特派员到处放大炮，"激动革命的热情"，直到指导过了县党部的改选，方才回省。此次改选值得特书的是：胡国光被选为执行委员兼常务，张小姐被选为执行委员兼妇女部长。两人都是史俊以特派员资格提出来通过的。

临动身时，史俊特到妇女协会给孙舞阳告别。本来他天天见着孙舞阳，今天上午整理行装时，孙舞阳也在他房里，似乎这告别是不必要的，然而惜别之感，即在伉爽大炮如史俊，亦不能免，所以在最后五分钟，他要见一见孙舞阳。

不料孙舞阳不在妇女协会，也没有人知道她到哪里去了。史俊惘然半晌，猛然醒悟，心里说："她大概先到车站去了。"

他匆匆地就往回走。挟着春的气息的南风，吹着他的乱头发；报春的燕子往来梭巡，空中充满了它们的呢喃的繁音；新生的绿草，笑迷迷地软瘫在地上，像是正和低着头的蒲公英的小黄花在绵绵情话；杨柳的柔条很苦闷似的聊为摇摆，它显然是因为看见身边的桃树还只有小嫩芽，觉得太寂寞了。

在这春的诗境内，史俊敞开大步急走。他是个实际的人，这些自然的诗意，本来和他不打交道，可是此时他的心情实在很可以说近乎所谓感伤了。他不是一个诗人，不能写一首缠绵悱恻的"赠别"，他只赤裸裸地感到：要和孙舞阳分别了，再不能捏她的温软的手了，他就觉得胸膈闷闷的不舒服。

一片花畦，出现在史俊眼前了。他认得这是属于旧县立农业学校的。

他想，快出城了，车站上大概有许多人等着，而孙舞阳也在内。他更快地走。刚转过那花畦的护篱，眼角里瞥见了似乎是女子的淡蓝的衣角的一飘。他不理会，照旧急步地走。但是十多步后，一个过去的印象忽然复活在他的记忆上：今天上午他见孙舞阳正穿的淡蓝衣裙。他猛然想到大概是舞阳在这里看花。他立刻跑回去，从新走完了那镶着竹篱的短短的一段路。淡蓝衣角是没有，浅而小的花畦里并没一些曾有人来的痕迹，除了一堆乱砖旁新被压碎的一丛雏菊。

花畦后身的小平屋里原像还有人，可是史俊不耐烦看，早又匆匆地走了。

车站上确有许多人候着。都和史俊招呼，问这问那。胡国光也在，他现在有欢送人的资格了。方罗兰和林子冲，在一处谈话。似乎一切人都在这里了，然而没有浅蓝衣裙的孙舞阳。

史俊走近了方罗兰，听得林子冲正在谈论省里的近事。

"已经决裂了么？"史俊忙追问。

"虽然还没明文，决裂是定了。刚接着电报，指示今后的宣传要点，所以知道决裂是定了。"林子冲眉飞色舞地讲，"我们以后要加倍努力农民运动。""说起农民运动，困难真多，"方罗兰说，"你们知道土豪劣绅最近破坏农运的方法么？他们本来注重在'共产'两字上造谣，现在他们改用了'共妻'了。农民虽穷，老婆却大都有一个，土豪劣绅就说进农协的人都要拿出老婆来让人家'共'，听说因此很有些农民受愚，反对农协了。"

三个人都大笑。

"有一个方法。我们只要对农民说，'共妻'是拿土豪劣绅的老婆来'共'，岂不是就搠破了土豪劣绅的诡计么？"胡国光很得意地插进来说。

史俊大为赞成。方罗兰迟疑地看了他一眼，不说什么。

胡国光还要发议论，可是汽笛声已经远远地来了；不到三分钟，列车进了月台，不但车厢顶上站满了人，甚至机关车的水柜的四旁也攀附着各式各样的人。

史俊上了车，才看见孙舞阳姗姗地来了，后面跟着朱民生。大概跑急了，孙舞阳面红气喘，而淡蓝的衣裙颇有些皱纹。

当她掣出手帕来对慢慢开动的列车里的史俊摇挥时，手帕上飘落了几片雏菊的花瓣，粘在她的头发上。

七

送行的一群人中，没有陆慕游；当时大家都不觉得，便是胡国光的意识上也只轻轻地一瞥，随即消灭。他现在已是党国要人，心上大事正多，这些琐屑常常被忽略了。至于陆慕游呢，并不是荒唐到忘记了欢送特派员，乃是被一件更重要的事勾留住了。

原来史俊找不着孙舞阳，不胜惆怅的时候，陆慕游却正满意地了却一桩心事：他把那垂涎已久的孤孀弄到了手了。

在这件事上，陆慕游却不能不感谢那和他一样是商民协会委员的赵伯通。史俊解决了店员问题后，赵伯通被推为善后委员，职务是调查请求准予歇业的商店的实在情形，以凭核办。赵伯通便拉了陆慕游来帮忙。素来热心公事的陆慕游自然是乐于效劳的，何尝想得到此中还关联着他自己的"幸福"。

陆慕游在那条冷僻小街的一家钉着麻布条的大门下，看见这位漂亮的少妇一身孝服半遮半露地站在门边偷看行人，还是两个月以前的事。当时他有要事在身，确是看了一眼就走过；接着又是商民协会选举，又是店员风潮，多少大事逼得陆慕游几乎把这瞥见一次的少妇忘记了。那天，为了尽瘁党国，他第二次走进那条小街，却正站在麻布条的大门下，他方才联想到手里要调查的申请歇业的小布店的业主，原来正在这个门内。而且应声而出的，也正是这个一身素衣的少妇。

陆慕游马上就弄清楚这人家的底细：除了那已死的丈夫，没有男子，除了老年的婆婆，就没有别的亲人。如此有利的环境，难道还不能成事么？

所可虑的，是对手或者不同意；但是陆慕游知道一句颠扑不破的恋爱哲学：女人会爱上唯一的常常见面的男子。常常见面很不难，本来要调查。

史俊回省那一天，陆慕游居然大功告成；这样容易，一半是他能够坚持他的恋爱哲学的缘故，又一半却也因为他手操着批准歇业的大权，而这一武器，对于那正在请求歇业的这个小布店的女主人，是一种引诱，又是一种要挟。

事后，陆慕游才知道妇人娘家姓钱，小名素贞，出嫁不满一年，才只二十四岁，却颇有心计。

当陆慕游第三次去幽会时，那素贞就催他赶快设法，拔她脱离这招人议论的地位。因此陆慕游又找胡国光商量办法。

他们在县党部的客室里会见了，胡国光口衔香烟，闭着眼听完了陆慕游的自白以后，笑着说：

"怪不得那天车站上不见你，原来你办了一件大事了。前面最难的一段，你已经办了，目前不过要大家承认事实而已，有什么为难？现在的世界，娶一个再来人也不算奇怪；你发一通请帖，我们大家扰你一顿，岂不是完了么？"

"不是的。"陆慕游摇着头，"素贞说，她的夫家有几房远族，自从去年她丈夫死后，就来争夺遗产；她和他们狠狠地闹了几场，方才只承继进一个孩子来，而财产仍归她掌握。现在她若彰明昭著地再嫁，便不能不交出财产来，她舍不得。"

"那就不必经过名义了。你又没老婆，无拘无束；你尽管明来暗去，谁管得了你呀！"

"这又不行。素贞说她的本家很厉害，常常侦察她的行动，想抓得个把柄，就夺了她的财产。我进出久了，她的本家一定要晓得的。"

"据这么说，事情确有几分困难。"

胡国光摸着他的短须，沉吟着说。他想了一刻，忽然叫道：

"有了。你先去找她的本家，威吓一下，看是什么光景；先做了这一步，再作计较。"却又不怀好意地笑了起来，"改日有空儿，还要认认新夫人呢。哈，哈。"

在笑声中，陆慕游和胡国光分别，自去安排他的事情。胡国光走进了常务委员办公室，心里想：陆慕游居然有这一手，本来他的脸儿长得不错，仅仅不及朱民生，无怪其然。他对一面大镜子照了一照，自己觉得扫兴。但转念一想，自己正走好运，大权在握，何愁弄不到个把女人？想到这里，他不禁微笑着走到公事桌边，低了头便办公事。

八

陆慕游作事固然荒唐，但委实是"春"已来了。严冬之象征的店员风潮结束以后，人们从紧张，凛冽，苦闷的包围中松回一口气来，怡怡然，融融然，来接受春之启示了。

在渐热的太阳光照射下的各街道内，太平景象的春之醉意，业已洋洋四溢。颈间围着红布的童子团，已经不再值勤，却蹲在街角和一些泥面孩子掷钱赌博。他们颈间的红布已经褪色，确没有先前那样红得可怖了。蓝衣的纠察队呢，闲到没有事做，便轮替着告假，抱了自己的孩子在街头行。挺着怪样梭标的朋友们早已不见。这使得街头的野狗也清闲得多，现在都懒散地躺在那里晒太阳了。

春的气息，吹开了每一家的门户，每一个闺阃，每一处暗陬，每一颗心。爱情甜蜜的夫妻愈加觉得醉迷迷地代表了爱之真谛；感情不合的一对儿，也愈加觉得忍耐不下去，要求分离了各自找第二个机会。现在这太平的县里的人们，差不多就接受了春的温软的煽动，忙着那些琐屑的爱，憎，妒的故事。

在乡村里，却又另是一番的春的风光。去年的野草，不知在什么时候，已经重复占领了这大地。热蓬蓬的土的气息，混着新生的野花的香味，布满在空间，使你不自觉地要伸一个静极思动的懒腰。各种的树，都已抽出嫩绿的叶儿，表示在大宇宙间，有一些新的东西正在生长，一些新的东西要出来改换这大地的色彩。

如果"春"在城里只从人们心中引起了游丝般的摇曳，而在乡村中却轰起了火山般的爆发，那是不足为奇的。

从去年腊尾，近郊南乡的农民已经有农民协会。农民组织起来了，而谣言也就随之发生。最初的谣言是要共产了，因为其时农协正在调查农民的土地。但这谣言随即变而为"男的抽去当兵，女的拿出来公"。所以南乡的农民也在惶惑中度过了旧年节。其间还发生了捣毁农协的事情，有劳县农协派了个特派员王卓凡下乡查察。

事情是不难明白的：放谣言的是土豪劣绅，误会的是农民。但是你硬说不公妻，农民也不肯相信；明明有个共产党，则产之必共，当无疑义，妻也是产，则妻之竟不必公，在质朴的农民看来，就是不合理，就是骗人。王特派员卓凡是一个能干人，当然看清了这点，所以在他到后一星期，南乡农民就在烂熟的"耕者有其田"外，再加一句"多者分其妻"。在南乡，多余的或空着的女子确是不少呀：一人而有二妻，当然是多余一个；寡妇未再醮[8]，尼姑没有丈夫，当然是空着的。现在南乡的农民便要弥补这缺憾，将多余者空而不用者，分而有之用之。在一个晴朗的下午，大概就是陆慕游自由地"恋爱"了素贞以后十来天，南乡的农民们在土地庙前开了一个大会。王卓凡做了临时主席，站在他面前的是三个脸色惊惶的妇女。其中一个穿得较为干净的，是土豪黄老虎的小老婆；今天早晨五点钟模样，农民们攻进了黄老虎的住宅，她正躲在床角里发抖。

现在这十八岁的少女睁大了圆眼睛，呆呆地只管看着四周围的男子。她知道此来是要被"公"了，但她的简单的头脑始终猜不透怎样拿她来"公"。她曾经看见过自己的丈夫诱进一个乡姑娘来强奸的情形。然而现在是"公"，她真不明白强奸与"公"有什么不同，她不免焦灼地乱想，因而稍稍惊恐。

还有两个，一个是将近三十岁的寡妇，神气倒很坦然，似乎满知道到这里来是怎么一回事。又一个是前任乡董家的婢女，也有十七八岁了，她和土豪的小老婆正是同样的惊惶，然而多带些好奇的意味。

农民们只是看着，嚷着，笑着，像是等待什么。

后来，在一阵狂笑与乱嚷中，又带进了两个尼姑，浑身发抖，还不住口地念"阿弥陀"。

嘈杂的人声渐渐低下来，王卓凡提高了嗓子喊道：

"只有五个女人，不够分，怎么办呢？"

于是争论起来了；不下于叫骂的争论，持续了许多时间。最后，决定了抽签的方法。凡是没有老婆的农民都有机会得一个老婆。五个女人中间比较漂亮的土豪的小老婆，属于一个癞头的三十多岁的农民。土豪的小老婆却哭起来，跳着脚，嚷道：

"我不要！不要这又脏又丑的男子！"

"不行！不行！抽签得的，她做不了主！"

许多仗义的人们也大嚷而特嚷地拥护癞头的既得权。

"不行，不行！癞头不配！不公平！"

人圈子的最外层忽然也起了咆哮的反对声。这立刻成为听不清楚的对骂，接着就动了武，许多人乱打在一堆。喊声几乎震坍了土地庙。王卓凡不知道是怎么一回事，只把指挥梭标队的哨子乱吹。

梭标队到底建立了戡乱的伟功，捉住了三四个人，都带到王卓凡的面前。

一个带着梭标，左臂上有一小方红布为记的长大汉子对王卓凡说：

"不用审问。我们认识这一伙王八蛋是村前宋庄的人。我们伤了七八个。"

"你老子正是。我们夫权会要杀尽你们这伙畜生野种！"

俘虏中的一个，很倔强，睁圆了眼，直着喉咙这么嚷骂。

大家都知道宋庄有一个夫权会，很和这里的农协分会作对。下来，非常可怕。接着，杠子，土块，石头，都密集在俘虏身上了。大概也不少误中了自己的人。王卓凡看情形不对，一面指挥梭标队带俘虏回去，一面就转换众人的视线，高呼"到宋庄打倒夫权会去！"这个策略立刻奏效，土地庙前的一群人立刻旋风似的向村前滚去。

那一群人赶到宋庄时，已经成了一千多人的大军；这是因为梭标队已经闻警全队而来，而沿路加入的农民亦不少。没有警备的宋庄，就无抵抗地被侵入了。人们都知道夫权会的首要是哪几个，会员是哪些人，就分头包抄，几乎全数捉住。吃了"排家饭"后，立刻把大批的俘虏戴上了高帽子，驱回本乡游行，大呼"打倒夫权会！"待到许多妇女也加入了游行队伍的时候，呼喊的口号便由她们口里喊出来成为：

"拥护野男人！打倒封建老公！"

这个火山爆发似的运动，第三天就有五种以上不同的传说到了县里。县党部接到王卓凡的详细正式报告，却正是胡国光荣任常务委员后的第十五日，也正是陆慕游在那里枝枝节节地解决孀妇钱素贞的困难地位的时候。

胡国光看了那报告，不禁勃然大怒，心里说："这简直就是造反了！"他想起了自己的金凤姐。但是，由金凤姐，他又想起了另一件事。这便是儿子阿炳近来更加放肆了。

"哼，这小子，没有本事到外边去弄一个进来，倒在老子嘴里扒食吃！"胡国光恨恨地在心里骂着。但一转念，他又觉得南乡农民的办法，"也不无可取之处"，只要加以变化，自己就可以混水摸鱼，择肥而噬。他料想方罗兰他们是不会计算到这些巧妙法门的，正好让他一人来从容布置。

事实也正是如此，党部里其余的委员看见了这一纸报告，并不能像胡国光那样能够生发出"大作为"来，他们至多不过作为谈助而已；便是方罗兰也只对妇女部长张小姐说了这么一句话：

"妇女部对于这件事有什么意见？纠正呢，还是奖励？"

"这是农民的群众行动。况且，被分配的女子又不来告状，只好听其自然了。"

正忙着筹备"三八"妇女节纪念大会事务的张小姐也只淡淡地回答。

所以这件事便被人们在匆忙与大意中轻轻地放过去了。再过一二天，就没有人在党部里谈起，只有胡国光一个人在暗中准备。

但是在县城的平静的各街道上，这事件便慢慢成了新的波动的中心。有许多闲人已经在茶馆酒店高谈城里将如何"公妻"，计算县城里有多少小老婆，多少寡妇，多少尼姑，多少婢女。甚至于说，待字的大姑娘，也得拿出来抽签。这一种街谈巷议，顷刻走遍了四城门。终至深伏在花园里的陆三爹也知道了。这是钱学究特地来报告的；不用说，他很替陆慕云小姐着急呢。

"南乡的事是千真万确的，城里的谣言也觉可虑；府上还是小心为是。"

钱学究最后这么说，便匆匆走了；他似乎是不便多坐，免得延搁了陆三爹父女打点行装的工夫。陆三爹纵然旷达，此时也有些焦灼，他立刻跑到内室，把钱学究的报告对女儿学说了一遍，叹气道：

"钱老伯的意思，危邦不居，劝我们远走高飞。只是滔滔者天下皆是，到哪里去好呢！况且祖业在此，一时也走不脱身。"

陆小姐低了头想，眼光注在脚尖；她虽然不是学校出身的新女子，却是完完全全的天足，出门原也不成问题，但她总不大相信那些谣言，觉得父亲是过虑。

"父亲看来那些谣言会当真么？"陆小姐慢慢地说。"现在时事变化果然出人意外，但总还不离情理。南乡的事，那些打倒亲丈夫，拥护野男人的话头，果然离奇得可笑，但细想起来，竟也合乎情理。从前我们家的刘妈，说起乡下女子的苦处，简直比牛马不如。不成材的男人贪吃懒做，还要赌钱喝酒，反叫老婆挣钱来养他，及至吃光用光，老婆也没有钱给他使了，他便卖老婆。像这样的丈夫，打倒他也不算过分罢？父亲从前好像还帮过这等的穷无所归的乡下女子。"

陆三爹微微点着头，但随即截住了女儿的议论，说：

"乡下的事，且不去管它；只是据钱老伯说，城里也要把妾婢孀妇充公，连未字女郎也要归他们抽签，这就简直是禽兽之行了！钱老伯特地来叫我们提防，他说的是危邦不居。"

"钱老伯自是老成远虑。刚才我说南乡的事也还近情理，也就有城里未必竟会做出不近情理的怪事的意思。妾婢孀妇充公，已经骇人听闻，未必成真；至于大姑娘也要归他们抽签，更其是无稽的谣言了。方太太的朋友张小姐，刘小姐，也都是未字的姑娘，她们都在妇女协会办事，难道她们也主张抽签么？"

陆小姐说着，不禁很妩媚地笑了。父亲摸着胡子，沉吟半晌，方才说：

"或许在你料中，自然最好。但当此人欲横流的时候，圣贤也不能预料将来会变出些什么东西。古人说的'天道'，'性理'，在目下看来，真成了一句空话罢了。"

于是"危邦不居"的讨论，暂且搁起。陆三爹感时伤逝，觉得脑子里空空洞洞，而又迷惘，旧的思想信仰都起了动摇，失了根据。但他是一个文学家，况又久与世事绝缘，不愿自寻烦恼。所以只爽然片刻，便又高兴起来，想作一首长诗以纪南乡之变。他背着手，踱出女儿的房间，自去推敲诗句。

陆小姐惘然望着老父的孤单的背影，无端落下几点眼泪来。她的感慨又与老父异趣。她是深感着寂寞的悲哀了。在平时，她果然不是愉快活泼的一类人，但也决非长日幽怨，深颦不语的过去的典型的美人；可是每逢她的父亲发牢骚，总勾起了她自己的寂寞的悲哀来。自幼在名士流的父亲的怀抱里长大的她，也感受了父亲的旷达豪放的习性；所以虽然是一个不出闺门的小姐，却没有寻常女孩儿家的脾气。她是个胸怀阔大，又颇自负的人。她未必甘于寂寞过一生。然而县城里的固塞鄙陋，老父的扶持须人，还有一部分简单的家务，使她不能不安于这寂寞的环境。所以她听了父亲转述的谣言后，虽然从理性上判断其必无，以为避地是多事，但是感情上她何尝不渴望走出了这古老的花园，到一个新的环境。

然而陆慕云小姐的聪明的观察以为必无的事，在街道上却是一天比一天嚷得热闹了。加以"三八"妇女节大会上，代表妇女协会的孙舞阳的演说里又提到南乡的事，很郑重地称之为"妇女觉醒的春雷"，"婢妾解放的先驱"，并且又惋惜于城里的妇女运动反而无声无臭，有落后的现象；她说：

"进步的乡村，落后的城市，这是我们的耻辱！"

不但孙舞阳，以老成持重著名的县党部妇女部长张小姐的演说，也痛论婢妾制度之不人道，为党义所不许，而当尼姑的女人，也非尽出自愿，大都为奸人掠卖，尼庵之黑暗，无异于娼寮。

这两位的话，仿佛就证实了谣言之有根。街谈巷议自然更盛，而满心想独建殊勋的胡国光也深恐别人捷足先得，便迫不及待地在最近的县党部会议中提出了他的宿构的议案了。这个议案，在胡国光是一举而两善备：解决了金凤姐的困难地位，结束了陆慕游和钱素贞的明来暗去的问题，满足了自己的混水摸鱼。

各委员中间照例不能意见一致。因为胡国光虽然尚未采取街头舆论的未字女子也要抽签，并且他的全案中也没有抽签，但是他主张一切婢妾，孀妇，尼姑，都收为公有，由公家发配。陈中首先反对，以为如此办理，便差不多等于"公妻"，适足以证实了土豪劣绅的谣诬。方罗兰也反对，以为"公家发配"违反了结婚自由的原则。最奇怪的，是张小姐也反对，这不能不使胡国光愤愤了。

"张同志也反对，很令人惊异。"他说，"那天'三八'节张同志演说，明明攻击妾婢制度非人道和尼姑伤风败俗。何以前后言行矛盾呢？"

"我的演说的用意，是在唤醒人们。我希望以后不再有妾婢尼姑增添出来，并不主张目前多事纷更。况且收为公有既惹人议论，公家发配也违背自由，可知解放妾婢尼姑的实行方法，原很困难，不得不慎重办理。"

张小姐理直气壮地说，但胡国光讥笑她是"半步政策"。他说：

"走了半步就不走，我们何必革命呢？至于方法，自然应该从长讨论，可是原则上我不能不坚持我的主张。"

似乎"何必革命呢"这句话，很有些刺激力，而"半步政策"亦属情所难堪，所以林子冲和彭刚都站到胡国光一边了；方罗兰本来不是根本反对，也就有"可以讨论办法"的话，表示不复坚决反对。这么着，讨论的方向，便离开了"提案能否成立"而转到"执行的方法"，事实上胡国光已经得了胜利。

"公家发配，太不尊重女子人格；简直把女子仍作商品看待，万不可行。我主张替她们解除了锁链，还了她们的自由，就完了。"林子冲说。

方罗兰微微摇头，还没说话，张小姐已经发言反对了。她以为婢妾等等还没有自由的能力，把她们解放了而即不管，还不是仍旧被人诱拐去作第二次的奴隶；她提出一个主张是：

"已经解放的婢妾尼姑，必须先由公家给以相当的教育和谋生的技能，然后听凭她们的自愿去生活。"

大家觉得办法还妥当，没有异议。但是孀妇应否解放，以及一切婢妾是否都无条件地解放，又成了争执的焦点。胡国光极力主张孀妇也须解放，理由是借此打破封建思想。辩论了许久，大家觉得倦了，于是议案就决定如下：

——婢，一律解放；妾，年过四十者得听其仍留故主之家；尼姑，一律解放，老年者亦得听其自便；孀妇，年不过三十而无子女者，一律解放，余听其自便。

又决定了"本案委托妇女部会同妇女协会先行调查，限一星期竣事；其应解放之妇女即设解放妇女保管所以收容之"。一件簇新的事业便算是办好了。"解放妇女保管所"这名目，本来还有人嫌不妥，但争论了半日，头脑都有些发胀的委员们实在不能再苦思，此等小节，就不再事苛求，任其"解放妇女""保管"算了。

当下最得意的，自然是胡国光。会议散后，他立刻到孀妇钱素贞的家里找陆慕游；这地方，现在不但是陆慕游白天的第二个家，胡国光也是每天必到一次的。这是午后三点钟光景，那三间平屋的正中一间作为客厅用的，静悄悄地只有一只猫歪着头耸起耳朵蹲在茶几上。朝外的天然几上有一个瓷瓶，新插了桃花的折枝。陆慕游的帽子就倒翻着躺在瓶边。

胡国光回到院子里，向右首一间屋的玻璃窗内窥视；窗上遮了白洋纱，看不见房里的情形，但仿佛有人影摇动，又有轻微的笑声。胡国光心下已经恍然明白，便想绕到客厅后从右侧门闯进去，吓他们一下。他刚进了客厅后壁的套门，右房里的人已经听得声音，发出了"客厅里是谁呀？"的女子的慌张的声音。

"是我。胡国光。"

他看见右房的侧门也关着，便率直地回答了。过了一会儿，陆慕游踱了出来。胡国光笑嘻嘻地喊道：

"慕游，你倒乐呢！白天就——"

陆慕游一阵狂笑打断了话头。钱素贞也出来了；脸上红喷喷不让于厅里的桃花，黑而长的头发打一条大辫子，依然很光滑，下身是大裤管的花布夹裤，照例没穿裙子。她招呼胡国光喝茶吸烟，像一个能干的主妇。但当两个男子谈到了"解放孀妇"，她就笑着跑进右边的房里去了。

"这么说，我的事情就解决了。前天她的本家还来和我噜苏，被我一顿话吓退了，现在是更不怕了。国光兄，感谢不尽。我们家，没有婢女，也没有小老婆；只有国光兄，府上的金凤姐却怎么办呢？"

陆慕游很关切地问。他确不知道金凤姐在胡府上是什么地位，猜想起来，大概是婢妾之间罢了。

"金凤姐么？"胡国光坦然回答，"她本是好人家女儿，那年乡下闹饥荒，贱内留养下来的。虽然帮做些家里的杂务，却不是婢女。现在她和我的儿子要自由恋爱，我就据实呈报便了。还有个银儿，本是雇佣性质，是人家的童养媳。"

这样把金凤姐和银儿都布置好了，是胡国光的预定计划。

"好了。时候不早，我们上聚丰馆吃夜饭去，是我的东。"

陆慕游请胡国光吃饭，早已极平常，但此次或许有酬功之意。

"不忙。还有一件事呢。那解放妇女保管所内自然要用女职员，最好把素贞弄进去。可是我不便提出来。你去找朱民生，托他转请孙舞阳提出来；是妇女协会保举，便很冠冕，一定通得过。此事须得即办，你立刻找朱民生去，我在这里等候回音。"

"一同去找朱民生，就同到聚丰馆去，不是更好么？"

"不，我不愿见孙舞阳。我讨厌她那不可一世的神气。"

"朱民生近来和孙舞阳不很在一处了，未必就会碰着她；还是同去走走罢！"陆慕游仍是热心地劝着。

"不行，不行。"胡国光说的很坚决。"有我在旁，你和朱民生说话也不方便。"

"好罢。你就在这里等着。"

"不忙。"胡国光忽又唤住了拿起帽子将走的陆慕游，"你说朱民生近来不很和孙舞阳在一处，难道他们闹翻了么？"

"也不是闹翻。听说是孙舞阳近来和方罗兰很亲密，朱民生有些妒意。"

胡国光鼻子里"哼"了一声，也不说什么；他自然有些眼热，并且自从第一次拜访方罗兰碰了钉子，他到如今还怀恨，总不忘找机会报复。

陆慕游走后，胡国光就进了客厅后的套门，在侧门口就遇着钱素贞。这漂亮的少妇正懒懒地倚在门边，像已经偷听了半天了。胡国光一把抓住了她的手，走进她的卧室，同时涎着脸说：

"你都听见了罢？我替你办的事好不好？"

"谢谢你就是了。"妇人洒脱了手，媚笑着回答。

"那么，你前天许我的事，几时——"

妇人第二次挣脱了胡国光的手，瞟着眼说：

"你呀——看你这馋相！"

九

十天过去了。这十天内，县党部的唯一大事便是解放了二十多个婢妾孀妇尼姑，都是不满三十岁的。解放妇女保管所也成立了，拨了育婴堂做所址。所长也委定了，就是妇女协会的忠厚有余的刘小姐。钱素贞做了该所的干事，算是直接负责者。

现在这县城里又是平静得像死一般了。县党部委员们垂拱无事。

方罗兰却烦恼着一些事——

这是因为方太太近来有些变态了，时常沉闷地不作声，像是心上有事。在方罗兰面前，虽然还是照常地很温柔地笑着，但是方罗兰每见这笑容，便感到异样地心往下沉。他觉得这笑容的背面有深长的虚伪与勉强，他也曾几次追询她有什么不快，而愈追询，她愈勉强地温柔地笑着，终于使得方罗兰忍不住笑里的冷气，不敢再问。他们中间，似乎已经有了一层隔膜；而这隔膜，在方太太大概是体认得很明白，并且以为方罗兰也是同样地明白，却故意假装不曾理会到，故意追询，所以她愈被问，就愈不肯开口，而这隔膜也愈深愈厚。

至于方罗兰呢，他自信近来是照常地对待太太，毫无可以使她不快之处，不但是照常，他自问只有更加亲热，更加体贴。然而所得的回答却是冷冰冰的淡漠。她的脸是没有真诚的喜气，没有情热的血在皮下奔流的木雕的面孔；她的一颦一笑是不能深入剧情的拙劣舞台演员的刻板的姿势。她像一只很驯顺然而阴沉地忍受人们作弄的猫。她摊开了两手，闭着眼，像一个小学生受到莫名其妙的责罚似的，接受方罗兰的爱抚。唉，她是变了。为什么呢？方罗兰始终不明白，且也没有法子弄明白。

他偶尔也想到这或者就是爱的衰落的表示，但是他立即很坚决地否认了，他知道方太太没有爱人，并且连可以指为嫌疑的爱人都没有，她是没有半个男朋友的；至于他自己——难道自己还不能信任自己么？——的确没有恋爱的喜剧，除了太太，的确不曾接触过任何女子的肉体。

他更多地想到，这或者还是为了天地间有一个孙舞阳。但是他愈想愈不像，愈觉得是无理由的。他可以真诚地自白：他觉得孙舞阳可爱，喜欢接近她，常和她谈谈，这都是有的，但他决无想把孙舞阳代替了陆梅丽的意思。既然他对于孙舞阳的态度是不愧神明的，太太的冷淡就难以索解了。况且前次为了手帕，太太就开门见山地质问，并且继之以哭；那么，如果还有疑点，为什么又不说呢？为什么他屡次极温柔地追询，而始终毫无反应？况且前次说明了后，太太已经完全了解，他们的经久而渐渐平淡的夫妇生活不是经此小小波折而有了一时期新的热烈么？况且后来孙舞阳也到他家里见过方太太，谈得极融洽，方太太也在方罗兰面前说孙舞阳好；那时方太太毫没一点疑心，神情也不是现在这样冷冰冰的。方罗兰记得这冷冰冰的淡漠只是三五天内开始的，可是这三五天内——并且还是十多天以来，方罗兰在太太面前简直不曾提起过"孙舞阳"三个字。

太太的忽变常态，已足够方罗兰烦恼了；更可恶的是还有一两句谣言吹到他耳朵里，而这些谣言又是关于孙舞阳的。大致是说她见一个，爱一个，愈多愈好，还有些不堪的详细的描写。方罗兰对于这些谣言是毅然否定的，他眼中的孙舞阳确不是那样的人。因而这些卑劣的谣言也使他很生气。

据这么说，方罗兰近来颇有些意兴阑珊，也是不足怪的了。

"五一"节前八天的下午，方罗兰闷闷地从县党部出来，顺脚便往妇女协会去。他近来常到妇女协会，但今天确有些事，刚才县党部的常务会议已经讨论纪念"五一"的办法，他现在就要把已决定的办法告诉孙舞阳。

孙舞阳正在写字，看见方罗兰进来，掷过了一个欢迎的媚笑后，就把写着的那张纸收起来。但当她看见方罗兰脸上的筋肉微微一动，眼光里含着疑问，她又立刻将那张纸撩给他。这是一首诗：

> 不恋爱为难，
> 恋爱亦复难；
> 恋爱中最难，
> 是为能失恋！

"你欢喜这首诗么？你猜猜，是谁做的？"

孙舞阳说。此时她站在方罗兰的肩后，她的口气喷射在方罗兰的颈间，虽然是那么轻微，在方罗兰却感觉到比罡风还厉害，他的心颤动了。

"是你做的。好诗！"方罗兰说，并没敢回过脸去。

"嘻，我做不出那样的好诗。你看，这几句话，人人心里都有，却是人人嘴里说不出，做不到。我是喜欢它，写着玩的。"

"好诗！但假使是你做的，便更见其好！"

方罗兰说着，仍旧走到窗前的椅子上坐了。屋内只有这一对小窗，窗外的四面不通的院子又不过方丈之广，距窗五六尺，便是一堵盘满了木香花的墙，所以这狭长的小室内就只有三分之一是光线明亮的。现在方罗兰正背着明亮而坐，看到站在光线较暗处的孙舞阳，穿了一身浅色的衣裙，凝眸而立，飘飘然犹如梦中神女，除了她的半袒露的雪白的颈胸，和微微颤动的乳峰，可以说是带有一点诱惑性，此外，她使人只有敬畏，只有融融然如坐春风的感觉，而秽念全消。方罗兰惘然想起外边的谣言，他更加不信那些谣言有半分的真实性了。

他近来确是一天一天地崇拜孙舞阳，一切站在反对方面的言论和观察，他都无条件地否认；他对于这位女性，愈体愈发现出许多好处：她的活泼天真已经是可爱了，而她的不胜幽怨似的极刹那可是常有的静默，更其使他心醉。他和孙舞阳相对闲谈的时候，常不免内心的扰动，但他能够随时镇定下去。他对于自己的丈夫责任的极强烈的自觉心，使他不能再向孙舞阳走进一步。因此他坚信太太的冷淡绝不能是针对孙舞阳的；并且近来他的下意识的倾向已经成了每逢在太太处感得了冷淡而发生烦闷时，便到孙舞阳跟前来疗治。可以说孙舞阳已经实际上成了方罗兰的安慰者，但这个观念并不曾显现在他的意识上，他只是不自觉地反复做着而已。

所以即使现在方罗兰留在孙舞阳的房里有一小时之久，也不过是随便谈谈而已，决没有意外的事儿。

但也许确是留得太久了的缘故，方罗兰感觉到走出孙舞阳的房间时，接受了几个人的可疑的目光的一瞥。这自然多半是妇协的小职员以及女仆之流。但其中一个可注意的，便是著名忠厚的刘小姐。

方罗兰闷闷地回去，闷闷地过了一夜。第二天午后他到县党部时，这些事几乎全已忘记了。但是张小姐忽请他到会客室谈话。他尚以为有党部里的事或别的公事，须要密谈，然而张小姐关上客室门后的第一语就使他一惊：

"方先生，你大概没有听得关于你的谣言罢？"

张小姐看见方罗兰脸色略变，但还镇静地摇着头。

"谣言自然是无价值的，"她接下说，"大致是说你和孙舞阳——这本是好多天前就有了的。今天又有新的，却很难听；好像是指实你和她昨天下午在妇女协会她的房里……"

张小姐脸也红了，说不下去，光着眼看定了方罗兰。

"昨天下午我在妇协和孙舞阳谈天，是有的事，没有什么不可以告人的。"

方罗兰用坚定的坦白的口音回答。

"我也知道无非谈谈而已，但谣言总是谣言，你自然想得到谣言会把你们说成了个什么样子。我也不信那些话。方先生，你的品行，素来有目共睹，谣言到你身上，不会有人相信，但是孙舞阳的名声太坏了，所以那谣言反倒有了力量了。我知道，无论什么谣言，外边尽自大叫大喊，本人大抵蒙在鼓里；此刻对你提起，无非是报告个消息，让你知道外边的空气罢了。"

方罗兰心里感谢张小姐的好意，但同时亦深不以她的轻视孙舞阳为然；她说"但是孙舞阳的名声太坏了"，可知她也把孙舞阳看作无耻的女子。方罗兰觉得很生气，忍不住替孙舞阳辩护了：

"关于孙舞阳个人的谣言，我也听得过，我就根本不相信。我敢断定，诬蔑孙舞阳的人们一定是自己不存好心，一定是所求不遂，心里怀恨，所以造出许多谣言来破坏她的名誉。"

这些话，方罗兰是如此愤愤地说的，所以张小姐也愕然了，但她随即很了然地一笑，没有说话。方罗兰完全不觉得自己的话已经在别人心上起了不同的解释，还是愤愤地说：

"我一定要查究谣言的来源！为了孙舞阳，也为了我自己。"

"也为了梅丽姊。"张小姐忍不住又说，"她近来的悒悒不乐，也是为此。"

果然是这方面来的风呀！方罗兰忽然高兴起来，他打破了太太的闷葫芦了。但转念到太太竟还是为此对自己冷漠，并且屡次询问而不肯说，可是对张小姐她们大概已经说得很多，这种歧视自己丈夫，不信任自己丈夫，太看低了自己丈夫的态度，实在是万分不应该的。想到这里，方罗兰又气恼，又焦灼，巴不得立刻就和太太面对面弄个明白。

和张小姐出了会客室后，方罗兰勉强看了几件公文，就回家去。他急于要向太太解释；不，"解释"还嫌太轻，他叫太太要明白些；也还不很对，他很以为应该要使太太知道她自己歧视丈夫，不信任丈夫，太看低了丈夫的错误；严格而言，与其说方罗兰回去向太太请罪，还不如说他要向太太"问"罪。这便是方罗兰赶回家看见太太时的心情。方太太正和孩子玩耍，看见丈夫意外地早归，并且面色发沉，以为党部里又有困难问题发生了，正要动问，方罗兰已经粗暴地唤女仆来把孩子带去，拉了太太的手，向卧室走，同时说：

"梅丽，来，有几句要紧话和你谈一谈。"

方太太忐忑地跟着走。进了卧室，方罗兰往摇椅里坐下，把太太拥在膝头，挽住她的头颈问道：

"梅丽，今天你一定要对我说为什么你近来变了，对我总是冷冷的。"

"没有。我是和平常一般的呵。"方太太说，并且企图脱离方罗兰的拥抱。

"有的。你是冷冷的。为什么呢？什么事叫你不快活？梅丽，你不应该瞒着我。"

"好了。就算我是冷冷的，我自己倒不理会得。在我这面，倒觉得你是改变了。"

"嘿，不用再装假了。"方罗兰笑了出来，"我知道，你又是为了孙舞阳，是不是？"

方太太推开了抚到她胸前的方罗兰的手，她觉着丈夫的笑是刺心的；她只淡淡地回答：

"既然你自己知道，还来问我？"

"你倒和张小姐她们说。梅丽，你背后议论着我。"

方太太挣脱了被挽着的颈脖，没有回答。

"你不应该不信任我，反去信任张小姐；外边的谣言诬蔑我，你不应该也把我看得太低。孙舞阳是怎样一个人，你也见过；我平素行动如何，你还不明白么？我对孙舞阳的态度，前次说得那样明白坚决，你还不肯相信；不信罢了，为什么问了你还是不肯说呢？梅丽，你这样对待丈夫，是不应该的！你歧视我，不信任我，看低了我，都是没理由，没根源的。你不承认你是错误了么？"

方太太的秀眼一动；从那一瞥中，看得出她的不满意，但她又低了头，仍没回答。

"你的吃醋，太没有理由了。依你这性儿，我除非整天躺在家里，不见一个女子，不离开你的眼。但是这还成话么？梅丽，你如果不把眼光放大些，思想解放些，你这古怪多疑的性儿，要给你无限的痛苦呢！我到今天，才领教了你这性儿。但是，梅丽，从今天起，就改掉了这个性儿。你听我的话，你要信任我，不要再小心眼儿，无事自扰了。"

猛然一个挣扎，方太太从罗兰怀中夺出，站了起来。方罗兰的每一句话，投到方太太心上，都化成了相反的意义。她见方罗兰大处落墨地尽量责备她，却不承认自己也有半分的不是。她认定方罗兰不但不了解她，并且是在欺骗她。而况她在他的话里又找不出半点批评孙舞阳的话。他为什么不多说孙舞阳呢？方罗兰愈不提起孙舞阳，方太太就愈怀疑。只有心虚的人才怕提起心虚的事。方罗兰努力要使太太明白，努力要避去凡可使她怀疑的字句，然而结果是更坏。如果方罗兰大胆地把自己和孙舞阳相对时的情形和谈话，都详细描写给太太听，或者太太倒能了解些；可是方罗兰连孙舞阳的名儿都不愿提，好像没有这个人似的，那就难怪方太太要怀疑那不言的背后正有难言者在。这正是十多天来方太太愈想愈疑，愈疑愈像的所以然的原因。现在方罗兰郑重其事地开谈判，方太太本来预料将是一番忏悔，或是赤裸裸地承认确是爱了孙舞阳；忏悔果然是方太太所最喜，即使忏悔中说已经和孙舞阳有肉体关系，方太太大概也未必怎样生气，而承认着爱孙舞阳也比光瞒着她近乎尚有真心。然而结果什么也没有，仍只给了她一些空虚和欺伪，她怎能不愤愤呢？方太太虽是温婉，但颇富于自尊心，她觉得太受欺骗了，太被玩弄了；她不能沉默了，她说：

"既然全是我的错误，你大可心安理得，何必破工夫说了那许多话呢？我自然是眼光小，思想旧，人又笨，和我说话是没有味儿的。好了，方委员，方部长，你还是赶快去办公事罢。随我怎么着，请你不用管罢！即使我真是发闷，也是闷我自己的，我并没对你使气，我还是做着你家里的为母为妻的事呢！"

说到最后一句，方太太忍不住一阵心酸，要落下眼泪来，但此时，狷傲支配了她全身，她觉得落泪是乞怜的态度，于是努力忍住了，退走着坐在最近的一张椅子里。

"梅丽，你又生气了。我何尝嫌你眼光小，思想旧呀！我不过说你那么着是自寻烦恼而已。"

方罗兰还是隔膜地分辩着，不着痛痒地安慰着；他走到太太身边，又抓住了她的手。方太太不动，也没有话，她心里想：

——你自然还没到嫌弃我的地步，现在只是骗我，把我当小孩子一般的玩弄。

方罗兰觉得如果不对太太温存一番，大概是不能解围的了。他把太太从椅子里抱起来，就去亲她；但当他接着那冰冷而麻木的两片嘴唇时，他觉得十分难过，比受这嘴唇的叱骂还难过些。他嗒然放了手，退回他的摇椅里。

暂时的沉默。

方罗兰觉得完全失败了，不但失败，并且被辱了。他的沉闷，化而为郁怒。但是方太太忽然问道：

"你究竟爱不爱孙舞阳？"

"说过不止一次了，我和她没关系。"

"你想不想爱她？"

"请你不要再提到她，永远不要想着她。不行么？"

"我偏要提到她：孙舞阳，孙舞阳，孙舞阳……"

方罗兰觉得这显然是恶意的戏弄了；他想自己是一片真心来和太太解释，为的要拔出她的痛苦，然而结果是受冷落受侮弄。他捺不住心头那股火气了，他霍地立起来，就要走。方太太却在房门口拦住，意外地笑着说：

"不要走。你不许我念这名儿，我偏要念：孙舞阳，孙舞阳！"

方罗兰眼里冒出火来，高声喝道：

"梅丽，这算什么？你戏弄我也该够了！"

方太太从没受过这样严厉的呵叱，而况又是为了一个女子而受丈夫的这样严厉的呵叱，她的克制已久的眼泪再也忍不住了，她的身子一软，就倚在床栏上哭起来。但这是愤泪，不是悲泪，立刻愤火把泪液烧干，她挺直了身体，对颇为惊愕的方罗兰说：

"好罢，我对你老实说：除非是孙舞阳死了，或者是嫁人了，我这怀疑才能消灭。你为什么不要她嫁人呢？"

方罗兰看出太太完全是在无理取闹了，他也从没见过她如此的不温柔。她是十分变了。还有什么可说呢？如果这不仅仅是一时的愤语，他们两人中间岂不是完了？方罗兰默然回到摇椅上，脸色全变了。

现在是方太太走到方罗兰跟前，看定了他的脸。方罗兰低了头，目光垂下。方太太捧住了方罗兰的脸，要他昂起头来看着她。同时她说：

"刚才你和我那样亲热，现在怎么又不要看我了？我偏要你看我。"

方罗兰用力挣脱了太太的手，猛然立起来，推开她，一溜烟地跑走了。

方太太倒在摇椅里。半小时的悲酸愤怒，一齐化作热泪泻出来。她再不能想，并且也不敢想，她半昏晕状态地躺着，让眼泪直淌。

方罗兰直到黄昏后十点钟模样才回来，赌气自在书房里睡了。

第二天，方罗兰九点才起身，不见方太太，他也不问，就出去了。又是直到天黑才回来，那时，方太太独自坐在客厅里，像是等候他。

"罗兰，今天是我有几句话要和你谈一谈了。"

方太太很平静地说。她的略带滞涩的眼睛里有些坚决的神气。

方罗兰淡然点头。

"过去的事，不必谈了；谁是谁非，也不必谈了；你爱不爱孙舞阳，你自己明白，我也不来管了。只是我和你中间的关系没有法子再继续下去了。我自然是个思想陈旧的人，我不信什么主义；我从前受的教育当然不是顶新的，但是却教给我一件事：不愿被人欺弄，不甘心受人哄骗。又教给我一件事：不肯阻碍别人的路——所谓'损人而不利己'。我现在完全明白，我的地位就是'损人而不利己'。我何苦来呢！倒不如爽爽快快解决了好。"

这分明是要求离婚的表示。这却使方罗兰为难了。他果然早觉到两个人中间的隔阂决不能消灭到无影无踪，然而他始终不曾想起离婚，现在也还是没有这个意思。这也并不是因为他尚未坚定地对孙舞阳表示爱，或是孙舞阳尚未对他表示，而是他的性格常常倾向于维持现状，没有斩钉断铁的决心。

"梅丽，你始终不能了解我。"

方罗兰只能这么含胡地表示了不赞成。

"或者正是我不能了解你。但是我很了解自己。现在我的地位是'损人不利己'，我不愿意。我每天被哄骗，我每天像做戏似的尽我的为妻为母的职务。罗兰，你自己明白，你能说不是么？"

"呵，我何尝欺骗你！梅丽！都是你神经过敏，心理作用。"

"可不是又来了。现在你还骗我。你每天到那里去，做什么事，我都知道；然而你不肯说，问你也不肯说。罗兰，你也是做着损人不利己的事，你也何苦来呢？”

“我找孙舞阳，都有正事；就是闲谈，也没有什么不可以告人的！”

太看低了他的感觉，又在方罗兰心上活动，他不能不分辩了。

“好了，我们不谈这个。我早已说，这是你的事，你自己明白，我也不必管了。目前我要和你说的，只是一句话：我们的关系是完了，倒不如老老实实离婚。”

方太太说这句话时，虽然那么坚决，但是她好容易才压住了心头的尽往上冒的酸辛；不肯被欺骗的自尊心挟住了她，使她有这么大的勇气。

“因为是你的不了解，你的误会，我不能和你离婚！”

方罗兰也说得很坚决。可惜他不知道他这话仅能加厚了“不了解”，添多了“误会”；方太太有一个好处是太狷傲，然而有一个坏处，也是太狷傲。所以方罗兰愈说她不了解，愈不肯承认自己也有半分的不是，方太太愈不肯让步。

方太太只冷笑了一声，没有回答。

“梅丽，我们做了许多年的夫妻，不料快近中年，孩子已经四岁，还听到离婚两个字，我真痛心！梅丽，你如果想起从前我们的快乐日子，就是不久以前我们也还是快乐的日子，你能忍心说和我离婚么？”

方罗兰现在是动之以情了。这确不是他的手段，而是真诚；他的确还没有以孙舞阳替代了太太的决心。

方太太心中似乎一动。但她不是感情冲动的人，她说要离婚，是经过了深思的结果，所以旧情也不能挽回她目前的狷介的意志。

“过去的事，近来天天在我心里打回旋呢！”她说，“我们从前有过快乐的日子，我想起来就和昨天的事一样，都在眼前，但过去的终究是过去了，正像我今年已经二十八岁，不能再回到可纪念的十八。我近来常常想，这个世界变得太快，太出人意料，我已经不能应付，并且也不能了解。可是我也看出一点来：这世界虽然变得太快，太复杂，却也常常变出过去的老把戏，旧历史再上台来演一回。不过重复再演的，只是过去的坏事，不是好事。我因此便想到：过去的虽然会再来，但总是不好的伤心的才再来，快乐的事却是永久去了，永不能回来了。我们过去的快乐也是决不会再来，反是过去的伤心却还是一次一次地要再来。我们中间，现在已经完了，勉强复合，不过使将来多一番伤心罢了。过去的是过去了！”

方罗兰怔住了，暂时没有话；他见太太说的那样镇静，而且颇有些悲观的哲学意味，知道她不是一时愤激之言，是经过长时间的考虑的。他看来这件事是没法挽回的了。那么，就此离婚罢？他又决断不下来。他想不出什么理由，他只是感情上放不下。他惘然起立，在室中走了几步，终于站在太太面前，看着她的略带苍白然而镇定的脸说：

"梅丽，你不爱我了，是不是？"

"你已经是使我无法再爱。"

"咳，咳。我竟坏到这个地步么？"方罗兰很悲伤了，"将来你会发现你的完全误会。将来你的悔恨一定很痛苦。梅丽，我不忍，我也不愿，你将来有痛苦。"

"我一定不悔恨，不痛苦；请你放心。"

"梅丽，离婚后你打算怎样呢？"

"我可以教书自活，我可以回家去侍奉母亲。"

"你忍心抛开芳华么？"方罗兰的声音有些颤。

"你干革命不能顾家的时候，我可以带了去；你倘使不愿，我也不坚持。"

方罗兰完全绝望了。他看出太太的不可理喻的执拗来，而这执拗，又是以不了解他，不信任他，太看低了他为背景的。他明明是丈夫，然而颠倒像一个被疑为不贞的妻，即使百般恳求，仍遭坚决的拒绝。他觉得自己业已屈伏到无可再屈伏了。他相信自己并没错，而且亦已"仁至义尽"；这是太太过分。他知道这就是太太的贵族小姐的特性。

"梅丽，我还是爱你。我尊重你的意见。但是我有一个要求：请你以朋友——不，自家妹妹的资格，暂时住在这里；我相信我日后的行为可以证明我的清白。我们中间虽然有了隔膜，我对你却毫无恶意，梅丽，你也不该把我看作仇人。"

方罗兰说完，很安闲地把两手交叉在胸前，等候太太的回答。

方太太沉吟有顷，点头答应了。

从那晚起，方罗兰把书房布置成了完全的卧室。他暂时不把陆梅丽作为太太看待；而已经双方同意的方、陆离婚也暂不对外宣布。

假如男子的心非得寄托在一个女子身上不可，那么从此以后极短时期内方罗兰之更多往孙舞阳处，自是理之必然。但是他的更多去，亦不过是走顺了脚，等于物理学上所谓既动之物必渐次增加速率而已。他还是并没决定把孙舞阳来代替了陆梅丽，或是有这意识。只有一次，他几乎违反了本心似的有这意识的一瞥。这是"五七"纪念会后的事。

五月是中国历史上纪念最多的一个月；从"五一"起，"五四"，"五五"，"五七"，"五九"[9]，这一连串的纪念日，把一个自从"解放"婢妾后又沉静得像死一般的县城，点缀得非常热闹，许多激烈的论调，都在那些纪念会中倾吐；自然是胡国光的议论最激烈最彻底。一个月前，他还是新发现的革命家，此时则已成了老牌；决没有人会把反革命，不革命，或劣绅等字样，和胡国光三字联想在一处了。多事的五月的许多纪念，又把胡国光抬得高些；他俨然是激烈派要人，全县的要人了。方罗兰早有软弱，主意活动的批评，现在却也坚决彻底起来了；只看他在"五七"纪念会中的演说便可知道。

那时，方罗兰从热烈的鼓掌声中退下来，满心愉快。他一面揩汗，一面在人堆里望外挤，看见小学生的队伍中卓然立着孙舞阳。她右手扬起那写着口号的小纸旗，遮避阳光，凝神瞧着演说台。绸单衫的肥短的袖管，直褪落到肩头，似乎腋下的茸毛，也隐约可见。

方罗兰到了她面前，她还没觉得。

"舞阳，你不上去演说么？"

方罗兰问。他在她旁边站定，挥着手里的草帽代替扇子。天气委实太热了，孙舞阳的额角也有一层汗光，而且两颊红得异常可爱。她猛回过头来，见是方罗兰，就笑着说：

"我见你下台来，在人堆里一晃就不见了。不料你就在面前。今天我们公举刘小姐演说，我不上去了。可恨的太阳光，太热；你看，我站在这里，还是一身汗。"

方罗兰掏出手巾来再擦脸上的汗，嘘了口气，说：

"这里人多，热的难受。近处有一个张公祠，很幽静，我们去凉一凉罢。"

孙舞阳向四面望了望，点着头，同意了方罗兰的提议。

因为有十分钟的急走，他们到了张公祠，坐在小池边以后，孙舞阳反是一头大汗了。她一面揩汗，一面称赞这地方。大柏树挡住了太阳光，吹来的风也就颇有凉意。丁香和蔷薇的色香，三三两两的鸟语，都使得这寂寞的废祠，流荡着活气。池水已经很浅了，绿萍和细藻，依然遮满了水面。孙舞阳背靠柏树坐着，领受凉风的抚摩，杂乱地和方罗兰谈着各方面的事。

"你知道解放妇女保管所里的干事，钱素贞，是一个怎样的人？"

在谈到县里的妇女运动时，孙舞阳忽然这么问。

"不知道。记得还是你们推荐的。"

"是的。当时是朱民生来运动的，我们没有相当的人，就推荐了。现在知道她是陆慕游的爱人，据刘小姐说，这钱素贞简直一个字也不认识。"

"朱民生为什么介绍她！"

"大概也是受陆慕游的央求；朱民生本来是个胡涂虫！奇怪的是陆慕游会有这么一个爱人。"

"恋爱，本来是难以索解的事。"

孙舞阳笑了。她把两手交叉了挽在脑后，上半身微向后仰，格格地笑着说：

"虽然是这么说，两人相差太远就不会发生爱情；那只是性欲的冲动。"

方罗兰凝眸不答。孙舞阳的娇憨的姿态和亲昵的话语，摄住了他的眼光和心神了。他自己的心也像跳得更快了。

"我知道很有些人以为我和朱民生有恋爱——近来这些谣言倒少些了；他们看见一个女子和一个男子亲近些，便说准是有了爱，你看，这多么无聊呢？"

孙舞阳忽然说到自己，她看着方罗兰的脸，似乎在问："你说恋爱本来难以索解，是不是暗指这个？"

听到这半自白半暗示的话，方罗兰简直心醉了，但想到孙舞阳似乎又是借此来表示对于自己的态度，又不免有些怅惘。

然而他已经摇着头说：

"那些谣言，我早就不信！"

孙舞阳很了解地一笑，也不再说。

树叶停止了苏苏的细语，鸟也不叫。虽然相离有二尺多远，方罗兰似乎听得孙舞阳的心跳，看见她的脸上慢慢地泛出红晕。他自己的脸上也有些潮热了。两个人都觉得有许多话在嘴边，但都不说，等候着对方先开口。孙舞阳忽然又笑了，她站起来，扯直了裙子，走到方罗兰面前，相距不过几寸，灵活而带忧悒的眼光，直射进方罗兰眼里，射进心里；她很温柔地说：

"罗兰，近来你和太太又有意见，是不是？ ——"

方罗兰一下怔住了，苦笑着摇了摇头。

"你不必否认。你和太太又闹了，你们甚至要离婚，我全都知道——"

方罗兰脸色变了。孙舞阳却笑了笑，手按在方罗兰肩上，低声问道："你猜想起，我知道了这件事，是高兴呢，还是生气？"

听了这样亲昵而又富于暗示性的话语，方罗兰的脸色又变了，而伴随着这番话送来的阵阵的口脂香，又使得方罗兰心旌摇摇。

孙舞阳似乎看透了方罗兰的心事，抿着嘴笑了笑，但随即收起笑容，拍一下方罗兰的肩膀，很认真地说："我呢，既不高兴，也不生气。可是，罗兰，你的太太是一个上好的女人，你不应该叫她生气……"

方罗兰松了一口气，张嘴想要分辩，孙舞阳却不让他开口。

"你听我说哟！我也知道并不是你故意使她伤心，或者竟是她自己的错误，可是，你总得想法子使她快乐，你有责任使她快乐。"

"哎！"方罗兰叹了口气，又想开口，却又被孙舞阳止住了：

"为了我的缘故，你也得想法子使她快乐！"

这语气是这样的亲热，这语意又这样的耐人寻味，方罗兰忍不住浑身一跳。他伸手抱住了孙舞阳的细腰，一番热情的话已经到他嘴边，然而孙舞阳微笑着瞅了他一眼，便轻轻地推开他，而且像一个大姊姊告诫小兄弟那样说道：

"你们不能离婚。我不赞成你们离婚。你最能尊重我，或者你也是最能了解我，自然我感谢你，可是——"孙舞阳咬着嘴唇笑了笑，"可是，我不能爱你！"

方罗兰脸色又变了，身不由己似的退后一步，两眼定定地看着孙舞阳，那眼光是伤心，失望，而又带点不相信的意味。

"我不能爱你！"孙舞阳再说一遍，在"能"字上一顿，同时，无限深情地对方罗兰瞟了一眼，然后异样温柔地好像安慰似的又说：

"你不要伤心。我不能爱你，并不是我另有爱人。我有的是不少粘住我和我纠缠的人，我也不怕和他们纠缠；我也是血肉做的人，我也有本能的冲动，有时我也不免——但是这些性欲的冲动，拘束不了我。所以，没有人被我爱过，只是被我玩过。"

现在方罗兰的脸色变得更难看了，他盯住孙舞阳看，嘴唇有点抖。可是孙舞阳坦然地又接着说：

"罗兰，你觉得我这人可怕罢？觉得我太坏了罢？也许我是，也许不是；

我都不以为意。然而我决不肯因此使别人痛苦，尤其不愿因我而痛苦者，也是一个女子。也许有男子因我而痛苦，但不尊重我的人，即使得点痛苦，我也不会可怜他。这是我的人生观，我的处世哲学。"

这一番话，像雷轰电掣，使得方罗兰忽而攒眉，忽而苦笑，终于是低垂了头。他心中异常扰乱，一会儿想转身逃走，一会儿又想直前拥抱这可爱而又可怕的女子。孙舞阳似乎看透了方罗兰这一切的内心的矛盾，她很妩媚地笑了笑，又款步向前，伸手抓住了方罗兰的满是冷汗的一双手，跟方罗兰几乎脸偎着脸，亲亲热热地，然而又像是嘲笑方罗兰的缺乏勇气，她用了有点类乎哄孩子的口吻，轻声说：

"罗兰，我很信任你。但我不能爱你。你太好了，我不愿你因爱我而自惹痛苦。况且又要使你太太痛苦。你赶快取消了离婚的意思，和梅丽很亲热地来见我。不然，我就从此不理你。罗兰，我看得出你恋恋于我，现在我就给你几分钟的满意。"

她拥抱了满头冷汗的方罗兰，她的只隔着一层薄绸的温软的胸脯贴住了方罗兰的剧跳的心窝；她的热烘烘的嘴唇亲在方罗兰的麻木的嘴上；然后，她放了手，翩然自去，留下方罗兰胡胡涂涂地站在那里。

十分钟后，方罗兰满载着苦闷走回家去。他心里一遍一遍念着孙舞阳的那番话语；他想把平时所见的孙舞阳的一切行动言论态度，从新细细研究。但是他的心太乱了，思想不能集中，也没有条理。只有孙舞阳的话在他满脑袋里滚来滚去。他已经失去了思考和理解，任凭火热的说不出的情绪支配着。这味儿大概是酸的，但也有甜的在内，当他想到孙舞阳说信任他又安慰他拥抱他的时候。

晚上，似乎头脑清明些了，方罗兰再研究这问题。可爱的孙舞阳又整个地浮现在他眼前，怀中温暖地还像抱着她的丰腴的肉体。虽则如此，他仍旧决定了依照孙舞阳的劝告。太太不肯了解，又怎么办呢？这本不是方罗兰要离婚，而是太太。孙舞阳显然没有明白这层曲折。太太不是说过的么？除非是孙舞阳死了，或是嫁了人，才能消灭她的怀疑。死，原是难说的，但孙舞阳不像一时便会死；她一定不肯自杀，而城里也没有时疫。嫁人呢，本来极可望，然而现在知道无望了，她决不嫁人。在先方罗兰尚以为太太的话不过是一时气愤，无理取闹，可是这几天他看出太太确有这个不成理由的决心。所以孙舞阳的好意竟无法实行，除非她肯自杀。

　　当下方罗兰愈想愈闷，不但开始恨太太，并且觉得孙舞阳也太古怪，也像是故意来玩弄他，和太太串通了来玩弄他。他几乎要决心一面和太太正式离婚，一面不愿再见孙舞阳。但是主意素来活动的他，到底不能这么决定。最后，他想得了一个滑稽的办法：请孙舞阳自己来解决太太的问题。

　　于是方罗兰像没事人儿似的睡了很安稳的一夜。

　　翌日一早，方罗兰就到了妇女协会。孙舞阳刚好起身。方罗兰就像小学生背书似的从头细讲他和太太的纠纷。他现在看孙舞阳仿佛等于自己的一部分，所以什么话都说了出来；连太太被拥抱时的冷淡情形，也说得很详细。他的结论是：

　　"我已经没有办法，请你去办去。"

　　"什么？我去劝解你的太太么？事情只有更坏。"

　　"那么，就请你不要管我们离婚的事；我们三个人继续维持现状。"

　　孙舞阳看了方罗兰一眼，没有说话。她还只穿着一件当作睡衣用的长袍，光着脚；而少女们常有的肉体的热香，比平时更浓郁。此景此情，确可以使一个男子心荡；但今天方罗兰却毫无遐想。从昨天谈话后，他对于这位女士，忽爱，忽恨，忽怕，不知变换了几多次的感想，现在则觉得不敢亲近她。怕的是愈亲近愈受她的鄙夷。所以现在孙舞阳看了他一眼，即使仍是很温柔的一看，方罗兰却自觉得被她的眼光压瘪了；觉得她是个勇敢的大解脱的超人，而自己是畏缩，拘牵，摇动，琐屑的庸人。

　　方罗兰叹了口气，他感到刚脱口的话又是不妥，充分表示了软弱，无决心，苟安的劣点，况且维持现状也是痛苦的，以后孙舞阳也不理他，则痛苦更甚。

　　"但维持现状也不好，总得赶快解决。"他转过口来又说，"也许梅丽要催我赶快解决——正式离婚。假使梅丽终于不能明白过来，那么，舞阳，你可以原谅我么？"

　　孙舞阳不很懂得似的看着他。

　　"我的意思是，万一我虽尽力对梅丽解释，而她执拗到底，那结局也只有离婚。"方罗兰不得已加以说明，"我已经没有法子解释明白；请你去，你又说不行。最后一着，只有请张小姐去试试。"

　　"张小姐不行。她是赞成你们离婚的。还是请刘小姐去。但是，怎么你只希望别人，却忘记了你自己？总不能叫你太太先对你讲和呵！好了，我还有别的事，希望你赶快去进行罢。"

孙舞阳说完，就穿袜换衣服，嘴里哼着歌曲；她似乎已经不看见方罗兰还是很忧愁地坐着。当她袒露了发光的胸脯时，方罗兰突然立在她身后，轻轻按住了她的肩胛，颤声说：

"我决定离婚，我爱你。我愿意牺牲一切来爱你！"

但是孙舞阳穿进了一只袖管，很镇静地答道：

"罗兰，不要牺牲了一切罢。我对于你的态度，昨天已经说完了。立刻去办你的事罢。"

她让那件青灰色的单衫半挂在一个肩头，就转身半向着方罗兰，挽着他的右臂，轻轻地把他推出了房门。

方罗兰经过了未曾前有的烦闷的一天。也变了不知几多次的主张，不但为了"如何与太太复和"而焦灼，并且为了"应否与太太复和"而踌躇了。而孙舞阳的态度，他也有了别一解释；他觉得孙舞阳的举动或者正是试探他有没有离婚的决心。不是她已经拥抱过他么？不是她坦然在他面前显露了迷人的肉体么？这简直拿他当作情人看待了！然而她却要把他推到另一妇人的怀里，该没有这种奇人奇事罢？方罗兰对于女子的经验，毋庸讳言是很少的，他万料不到天下除了他的太太式的女子，还有孙舞阳那样的人；他实在是惶惑迷失了。虽然孙舞阳告诉他，请刘小姐帮忙，可是他没有这勇气；也不相信忠厚有余，素不善言的刘小姐会劝得转太太。

但是捱到下午六时左右，方罗兰到底找到了刘小姐，请她帮忙。刘小姐允诺；并说本已劝过，明天当再作长时间的劝解。

看过刘小姐后，方罗兰径自回家；他的心，轻松得多了。这轻松，可有两种解释：一是他觉得责任全已卸给刘小姐，二是假使刘小姐还是徒劳，则他对于孙舞阳也就有词可借了。

"陈中先生刚才来过。这个就是他带来的。"

方太太特地从预备晚饭的忙乱中出来对他说，并且交给他一个纸条。

这是县党部召开特别会议的通告，讨论农协请求实行废除苛捐杂税一案。方罗兰原已听说四乡农民近来常常抗税，征收吏下乡去，农民不客气地挡驾，并且说："不是废除苛捐杂税么？还来收什么！"现在农协有这正式请求，想来是四乡闹得更凶了。

方罗兰忽然觉得惭愧起来。他近来为了那古怪的恋爱，不知不觉把党国大事抛荒了不少。县党部的大权，似乎全被那素来认为不可靠的胡国光独揽去了。想到这里，他诚意地盼望他和太太的纠纷早些结束，定下心来为国勤劳。

"陈先生等了半天，有话和你面谈；看来事情很重要呢。"

方太太又说。眼睛看着沉吟中的方罗兰的面孔。

"大概他先要和我交换意见罢。可是，梅丽，你总是太操劳，你看两只手弄得多么脏！"

方罗兰说时，很怜爱似的捏住了太太的手；自从上次决裂后，他就没有捏过这双手，一半是尊重太太的意见，一半是自己不好意思。

方太太让手被捏着足有半分钟，才觉醒似的洒脱了，一面走，一面说："谢谢你的好意。请你不要来管我的事罢。"

方罗兰突然心里起了一种紧张的痛快。太太的话，负气中含有怨艾；太太的举动，拒绝中含有留恋。这是任何男子不能无动于中的，方罗兰岂能例外？在心旌摇摇中，他吃夜饭，特地多找出些话来和太太兜搭。当他听得太太把明天要办的事，——吩咐了女仆，走近卧室以后，他忽然从彷徨中钻出来，他发生了大勇气，赶快也跑进了暌违十多天的卧室，把太太擒拿在怀里，就用无数的热烈的亲吻塞住了太太的嗔怒，同时急促地说：

"梅丽，梅丽，饶恕了我罢！我痛苦死了！"

方太太忍不住哭了。但是也忍不住更用力地紧贴住方罗兰的胸脯，似乎要把她的剧跳的心，压进方罗兰的胸膛。

十

陈中要和方罗兰谈的，除了县党部的临时会外，还有一个重要消息，那就是他听得省里的政策近来又有变动了。自从新年的店员风潮后，店东们的抵抗手段，由积极而变为消极；他们暗中把本钱陆续收起来，就连人也不见了，只剩下一个空架子的铺面，由店员工会接收了去，组织所谓委员会来管理。现在此类委员会式的店铺，也有了十几个了。这件事，在县城里倒也看得平淡无奇，然而省方最近却有了新的注意；加以"解放"婢妾轰传远近，都说是公妻之渐，于是省里就有密电给县长，令其一并查复。

周时达现在县公署里办事，首先得到了这个消息，就去告诉陈中，连带又说起解放妇女保管所的内幕：

"店员风潮那样解决，我本不赞成，就防日后要翻案，现在果然来了。没收婢妾，不知道怎样又会通过！那时我已经离开党部，不大明白其中的曲折。只是这件事的不妥，是显而易见的。阔人们那个没有三五位姨太太，婢女更不必说；怎么你们颠倒要废止婢妾，没收婢妾来了？至于那个什么解放妇女保管所，尤其荒唐，简直成了淫妇保管所。你去打听打听就知道！"

陈中的眼光跟了周时达的肩膀摇来摇去，张大了嘴，一句话也没有。

"第一是那里边的干事钱素贞就有两三个姘夫，"周时达接着又说，"其余的妇女，本来也许还好好的，现在呢，你去问去，哪一个不是每夜有个男子睡觉！这还成话么？不是淫妇保管所是什么？"

"该死，该死。我们完全不知道呢。那些男子是谁？查出来办他！"

"办么？哼！"周时达猛力把肩膀摇到左边，暂时竟不摇回，"你说，怎么办法！主要人物就是党部的要人，全县的要人，你说，怎么办法？"

"谁个？谁个？"

"除了'古月'，还有哪个！"

周时达平衡了身体，轻声地然而又愤愤地说。陈中背脊骨冰冷了，他知道就是胡国光。他自己委实也想不出怎么办他，因此他就去找方罗兰，不料空等了两小时。

当下陈中从方宅回来，又听得了许多可惊的谣传：县长受有密令，要解散党部，工会和农会；已经派警备队下乡去捉农民协会执行委员。又要反水了，正月来的账，要打总的算一算呢！

这些谣传，在别人或者还可以不信，而在早知省里有令查办的陈中却不能不信；然而看哪！一簇人从对面走来，蓝的是纠察队，黄的是童子团，觳觫[10]地被押着走的，领口斜插着"反动店东"的纸旗。店员工会还在捕人，还有震慑全城的气概，不像是会立刻被解散的。陈中迷惑地走回去，心里不懂何以消息和事实会如此矛盾。

谁料到第二天"五九"的纪念大会中正式通过了废除苛捐杂税的决议，而同日下午县党部临时会也通过了"向省党部力请废除苛捐杂税"的议案，更使陈中莫名其妙，不得不于散会后拉住方罗兰来谈一谈了。

"县长奉到省里密令，要解散党部和社会团体呢！"陈中轻轻地就应用了外间的谣言，"原因当然是春间的店员风潮办得太激烈，还有近来没收婢妾那件事也很不妥。今天的废除苛捐杂税，应该不给通过才好。罗兰兄，怎么你也竭力赞成呢？昨天到你府上，本为商量这件事，可惜没有会面，少了接洽。"

"废除苛捐杂税是载在党纲上的，怎么好不通过！"

方罗兰还是很坚决地说，虽然陈中的郑重其事的态度颇使他注意。

"可是省里的确已经改变了政策。县长接的密电，周时达曾见来。"

"县长无权解散党部！周时达一定是看错了。"

方罗兰沉吟片刻之后，还是坚决地这么说。

"没有弄错！你不知道罢，解放妇女保管所被胡国光弄得一塌胡涂了。"

陈中几乎是高声嚷了；接着他就把周时达告诉他的话从头说了一遍。

方罗兰的两道浓眉倏地挺了起来，他跳起来喊道：

"什么，什么！我们一向是在做梦罢！但是，胡国光是胡国光，县党部是县党部。私人行动不能牵连到机关。胡国光应该查办，县党部决不能侵犯的。"

"胡国光还是常务委员呢。人家看来总是党部中人，如何能说不相干。"

陈中笑了一笑，冷冷地说。

"我们应该先行检举，提出弹劾。只是胡国光很有些手段，店员工会又完全被他利用，我们须得小心办事。中兄，就请你先去暗暗搜罗证据；有了证据，我们再来相机行事。"

陈中很迟疑地答应下来。方罗兰又找孙舞阳去了，他要问问她关于解放妇女保管所的事；并且他又替刘小姐着急，她是所长，不应该失察到如此地步。

一天过去了，很快又很沉闷地过去了。

愁云罩落这县城，愈迫愈近。谣言似乎反少些，事实却亮出来了。县长派下乡的警备队，果然把西郊农协的执行委员捉了三个来，罪状是殴逐税吏，损害国库。县农协在一天内三次向县署请求保释，全无效果。接着便有西郊农协攻击县长破坏农民运动的传单在街上发现。接着又有县农协，县工会，店员工会的联席会议，宣布县长举措失当，拍电到省里呼吁。接着又有近郊各农协的联合宣言，要求释放被捕的三个人，并撤换县长。

目下是炎炎夏日当头，那种叫人喘不过气来的烦躁与苦闷，实亦不下于新春时节的冽凛的朔风呵！

宣言和电报的争斗，拖过了一天。民众团体与官厅方面似乎已经没有接近的可能，许多人就盼望党部出来为第三者之斡旋，化有事为无事。县党部为此开了个谈话会，举出方罗兰、胡国光二人和县长交涉先行释放西郊农协三委员；但是县长很坚决地拒绝了。当胡国光质问县长拘留该三人究竟有何目的，县长坦然答道：

"因为他们是殴辱税吏，破坏国税的现行犯，所以暂押县公署，听候省政府示遵办理。决不至亏待他们。"

"但他们担任农运工作，很为重要，县长此举，未免有碍农运之发展。"

方罗兰撇开了法律问题，就革命策略的大题目上发了质问。

回答是："该农协依然存在，仍可进行工作。"

似乎县长的举动，不是完全没有理由的了；方、胡二人无从再下说词。

县党部的斡旋运动失败后，便连转圜的希望都断绝了；于是这行政上的问题，渐有扩展成为全社会的骚动的倾向。农协和工会都有进一步以行动表示的准备，而县党部中也发生了两派的互讦：胡国光派攻击方罗兰派软弱无能，牺牲民众利益，方罗兰派攻击胡国光派想利用机会，扩大事变，从中取利。

全县城充满了猜疑，攻讦，谣诼，恐慌。人人预觉到这是大雷雨前的阴霾。

在出席县农协，近郊各农协，县工会等等社会团体的联席会议时，胡国光报告县党部斡旋本案的经过，终之以很煽动的结论：

"县长将本案看得很轻，以为不过拘押了三个种田人，自有法律解决，不许民众团体及党部先行保释，这便是轻视民众！各位，轻视民众，就是反革命。反革命的官吏，惟有以革命手段对付他！民众是一致的。最奇怪的是党里也颇有些人以为本案是法律问题，行政事务，以为社会团体及党部不必过问，免得多生纠纷；这些主张，根本错误，忘了自己责任，是阿附官厅，牺牲民众利益的卑劣行为。民众也应当拿革命手段来打倒他！"

就像阴霾中电光的一闪，大家都知道下面接着来的是什么东西；大家都知道胡国光所谓"革命手段"是什么意义，大家都知道胡国光所谓党部中也颇有些人是某某，大家又知道农协和店员工会近来急急准备的是什么事。虽然城里各街市不过多了些嘈杂的议论，但人人都感觉得雷云从近郊合围，不但笼罩了这县城，不但已见长空电闪，并且隐隐听得雷声了。

然而县长也出了告示：

> 西郊农协委员某某等三人煽动乡民，殴逐税吏，破坏国税……本县长奉政府明令制止轨外行动……现某某等三人在署看管，甚为优待，……自当静候省政府示遵办理……如有胆敢乘机生事，挑拨官厅与人民之恶感，定当严厉查办……至于聚众要挟，掀弄事变，本县长守土有责，不能坐视，惟有以武力制止……

告示的反响是县党部及人民团体内的胡国光派更加猛力活动。各团体联衔发表宣言，明白攻击县长为反革命，并有召集群众大会之说；县党部亦因胡国光的竭力主张，发了个十万火急电到省里去。

翌日清晨，周时达跑到方宅，差不多把一位方罗兰从床上拖起来，气急败丧地说道：

"今天恐怕有暴动。县长已经密调警备队进城。你最好躲开。"

"为什么我要躲开呢？"

方罗兰慢慢地问，神色还很泰然。

"胡国光派要和你捣蛋，你不知道么？昨晚我从陆慕游口里听出这层意思。慕游近来完全受胡国光利用。不过他公子哥儿没有用，也没有坏心思。可怕的是林不平一伙人。"

"我想他们至多发传单骂我而已。未必敢损害我的人身安全。时达兄，谢你厚意关切，请你放心。我是不躲开的。"

"你不要大意；胡国光有野心。他想乘这机会鼓起暴动，赶走了县长，就自己做民选县长。他和你不对，他已经说过你阿附官厅，你是很危险的。"

周时达说的很认真，他的肩膀更摇得起劲。方罗兰不能不踌躇了；他知道所谓警备队，力量原是很小的，警察更不足道，所以胡国光派如果确有这计划，大概是不难实现的。

"陈中说起你们早就想办胡国光，为什么不见实行呢？现在是养虎遗患了。"周时达很惋惜地再接着说

"就为的发生了县署捉拿农协委员的事，把那话儿搁起来了。"

又再三叮嘱赶快躲开，周时达匆匆走了。方太太只听了后半截的话，摸不着头脑，很是恐慌。方罗兰说了个大概，并且以为周时达素来神经过敏，

胆小，未必形势真像他所说那样险恶。

"我只听得他连说赶快躲开，"方太太笑了笑说，"倒很着急，以为是上游军队[11]逼近来了。原来是胡国光的事，我看来不很像。"

"上游军队怎样？"

"那是张小姐昨天说起的。她有个表兄刚下来，说是那边已有战事；但是离我们这里还有五六百里水路呢！"

的确是眼前的事情太急迫了，五六百里外的事，谁也不去管它，所以方罗兰淡然置之，先忙着要去探听胡国光派的举动。他跑了几处地方，大家都说周时达神经过敏，胡国光决没有这么大胆。后来在孙舞阳那里，知道农民确在准备大示威运动，强迫县长释放被捕的三个人。大概县长已经得了这风声，所以密调警备队自卫。

然而孙舞阳却也这么说：

"胡国光这人，鬼鬼祟祟的极不正气；我第一次看见他，就讨厌。都是上次的省特派员史俊赏识他，造成了他的势力。我看这个人完全是投机分子。史俊那么器重他，想来可笑。省里来的特派员情形隔膜，常常会闹这种笑话。只是你们现在又请省里派人了，多早晚才能到呢？"

"电报是大前天发的，"方罗兰回答，"不是明天，就是后天，可望人到。这也是胡国光极力主张，才发了这个电。"

孙舞阳忍不住大笑起来。她说：

"胡国光大概是因为上次省里来人大有利于他，所以希望第二次的运气了。但此次来者如果仍是史俊，我一定要骂他举用非人；胡国光就该大大地倒楣了！"

方罗兰很定心地别了孙舞阳，便到县党部。凑巧省里的复电在十分钟前送到。那复电只是平平淡淡的几句话。说是已令刻在邻县视察之巡行指导员李克就近来县调查云云。方罗兰不满意似的吐了一口气。县里的事态如此复杂严重，一个巡行指导员能指导些什么？

当天黄昏，县长密调的警备队有五十多人进城来，都驻在县公署。

一夜过去，没有事故发生。但是第二天一早，有人看见县署左近荒地里躺着一个黄衣服的尸身。立刻证明是一个童子团，被尖刀刺死的。纠察队当即戒严，童子团都调集在总部。喧传已久的示威大会，在下午就举行。久别的梭标队又来惹起那些看不惯这种怪样的街狗们的狂吠了。

　　大会仍旧在城隍庙前的空地上举行。近郊的武装农民，城里的店员，手工业工人，赶热闹的闲人，把五六亩大的空场挤得密密层层。胡国光自然是这个大会的主角。他提议：一为死者复仇，严搜城中的反动派；二要求县长立即释放被捕的三个人。热烈的掌声才一起来，会场的一角忽然发生了鼓噪，几个声音先喝"打"，随即全会场各处都有应和。呐喊和嚷哭，夹着尘土，着地卷起来，把太阳也吓跑。胡国光站在两张桌子叠成的主席台上，也有些心慌。他催着林不平赶快带纠察队去弹压。他在台上看得很明白，全会场已然分为十几区的混战，人们互相扑打，不知谁是友谁是敌。梭标铁尖的青光，在密挤的混乱的人层上闪动；这长家伙显然无用武之地。嚷喊扑打的声音，从四面逼向主席台来，胡国光可真是有些危险了。

　　纠察队散开后，主席台前空出了一点地位；几个躲避无路的妇女就涌过来填补了这空隙。忽然一彪人，约有十多个，不知从什么地方打出来，狂吼着也扑奔主席台来。胡国光急滚下台，钻在人堆里逃了。妇女的惊极的叫声，很尖厉地跳出来。地下已经横倒了一些人，乱窜乱逃的人们就在人身上踏过。

　　等到梭标朋友们挣脱了人层的束缚，站在混斗的圈子外要使用那长家伙时，警察和警备队也赶到了，流氓们已经大半逃走，纠察队和群众捉住了三四个行凶者。群众打伤了十多个，主席台边躺着一个女子，花洋布的单衫裤已经扯得粉碎，身上满是爪伤的紫痕。有人认识，她就是解放妇女保管所的钱素贞。

　　事变过后半点钟光景，最热闹的县前街由商民协会命令罢了市。到会的农军都不回去，分驻在各社会团体担任守卫。同时，不知从哪里放出来的两个相反的谣言传遍了全城：一是说农民就要围攻县署，一是说警备队要大屠杀，说反动派捣乱会场是和县长预先勾通的，所以直待事后方来了几个警备队，遮掩人们的耳目。

　　全县城渗透了恐怖。暮色初起，街上已经像死一般没有行人。市民们都关好了大门，躲在家里，等待那不可避免的事情的自然发展。

　　午夜后，人们从惊悸的梦魂中醒过来，听见猫头鹰的刷刷的凄厉的呼声；听见乌鸦的成群的飞声，忽近忽远的噪聒不休的哑哑的叫声，像看见了什么可怕的东西，不敢安眠在树顶。

　　太阳的光波再泻注在这县城的各街道。人们推开大门来张望时，街上已是满满的人影；近郊的武装农民就好像雨后的山洪，一下子已经灌满了这小小的县城。似乎"围攻县署"之说，竟将由流言而成为行动。

县公署的全部抵抗力只有不满一百名的警备队，仅能守卫县署。和城里大多数人家一样，县署大门也是关闭得紧紧的。

武装农民包围了县署后，就向正在开临时紧急会议的县党部提出两个条件，请转达县长。第一条件是立即释放被捕已久的三个人，第二条件是县长引咎辞职，由地方公团暂为代行职权。

——胡国光有野心，他要乘这机会，自己做县长。

这几句周时达的话，又浮现在方罗兰脑皮上了。他向胡国光看了一眼，见这黄瘦脸的人儿得很意地在摸胡须。方罗兰的眼光又移到林子冲和彭刚的脸上，也看见同样的喜气在闪跃。多数显然是属于胡国光一边。

"第一款，释放被捕的三个人，本来我们也主张；第二款，则似乎太过分了。而且近于侵犯政府的权力，尤为不妥。"方罗兰终于慢慢地说了。他的眼光直射在常是渴睡样的彭刚的脸上，似乎是希望他清醒些，不要尽跟着别人乱跑。

"第二款的理由很充足。说是太过分，就有把县长当作特殊阶级看待的臭味，不合于民主思想。况且县长向来不满人望，昨天群众大会发生扰乱，又有串通反动派的嫌疑；他调警备队进城，不是想预备屠杀么？所以农民的要求是正当的。"

林子冲抢先着这么反驳。胡国光接上来加以补充道：

"社团共同维持治安，代行县长职权，自然是暂局。并无侵犯政府权力之处，政府当能谅解，方同志大可以放心了。"

"两位的话，未始没理，但是也要顾到事实；县署内还有一百警备队，有枪有弹。万一开起火来，胜负果不可知，而全城却先受糜烂了。"

方罗兰还是反对。他并不是一定回护县长，他只觉得胡国光这投机分子要这么干，就一定不能赞成。

暂时的沉默。事实问题，尤其是武力的事实问题，确不能不使人暂时沉默。

"事实也有两方面，"胡国光奋然说，"县长果然未必肯见机而作，农民也何尝肯善罢甘休呢。我们党部总不能离开了大多数的民众，而站在县长一个人旁边。"

林子冲鼓掌赞成。方罗兰微微一笑，没有回答。

农民的代表又进来催促赶快和县长交涉。鼓噪的声音，像远处的雷鸣，一起一起地从风中送来。方罗兰恍惚已经看见了麻秸似密的梭标，看见火，看见血。

"县长肯不肯是另一问题，交涉必须先去办一办。"陈中第一次发言了，"我推举胡国光同志代表党部进县署去办交涉。"

渴睡的彭刚也睁大了眼表示赞成。

方罗兰看了陈中一眼，也举起手来。他知道胡国光一定不敢去，怕被县长扣留起来。大家的眼光都看定了胡国光。

果然胡国光不肯去。他红着脸转推方罗兰。

"不能胜任。"方罗兰摇着头简单地回答。

这是第二个事实问题了：谁愿意去做代表和县长交涉。

互相的推让，拖过了不少时间。本来在会议桌上跳舞着的太阳光，也像等得不耐烦，此时它退出室外，懒懒地斜倚在窗前了。

"五个人都去！"

彭刚发见了大秘密似的嚷起来。他的渴睡眼闪出例外的清明气象。三个人都点头赞成。胡国光没有表示，他还是不肯去。

农民的代表已经催过五次了。一切应有的搪塞的话，都已搜尽用光；但现在，他们第六次又来了。五个人都像见了债主似的苦着脸。

胡国光瞥见来过五次的那人背后，又跟着一位短小的中山装人物；这准是外边农民等得不耐烦，加推举了来帮同催促的。事实显然很紧迫，怎么办？他想，五人同去，几乎是天经地义，无可驳难的，然而可恶之处也就在此：别人都不要紧，自己却很危险；他公开地骂过县长，他主动今天的事；他进县署去，岂不是探头虎口么？而此种为难的情形，又苦于不便公然说出来。

"这位是省里派来的，要见常务委员。"

进来过五次的人，指着身后的短小少年说。

五个人都跳了起来。呵，省里派来的？敢就是李克，特派员李克——不，移作特派员的巡行指导员李克？他们都觉得肩膀上已经轻松了许多；天大的事，已经有应该负责的人来负责，虽然是那么短小单薄的一个。他们五个人，一个一个都活泼起来，尤其是胡国光。

　　十分钟后，李克已经完全明了这五个人儿所处的困难；也很爽快地答应了进县署去办交涉，但先要和农协负责人有一度接洽。胡国光就自告奋勇，陪着李克去找农协委员。虽然他微觉得李克太冷，不多说话，似乎不如从前的史俊那样爽直；但是省特派员就是省特派员，胡国光当然一样地愿意躬任招待。

　　剩下的四位，望着李克的短小的背影，不约而同地松了一口气。他们在轻松的心情中，又惘然颇以这短小的貌不惊人的少年未必能任重致远为虑；但是一想到无论如何，他是应该负责的，也就释然了。他们四位很愉快地静候着好消息。

十一

　　久已被捕的三个人释放了，县长照旧供职。

　　这都是李克的主张，胡国光本不满意；但是李克能指挥农协委员，胡国光也就没有办法，只能怀恨而已。农民解了县署之围后，胡国光就对店员工会的人说，李克太软弱，太妥协，这回民众是可惜地冤枉地失败了。

　　但假使胡国光知道李克此时袋中已经有一纸命令是"拿办胡国光"，那么，他准是说李克不但软弱妥协，而且是反革命。

　　直到当天晚上，方罗兰和陈中告诉了胡国光的罪状时，李克才宣布查办的事；他那时说：

　　"胡国光原是贵县的三等劣绅，半个月前，有人在省里告他，列举从前的劣迹，和最近解放婢妾的黑幕。省党部早已调查属实，决定拿办，现在是加委我来执行。刚才已经请县长转令公安局长去拘捕了。明天县党部开会时，我还要出席说明。"

　　方罗兰和陈中惊异地点着头，也不免带几分惭愧。

　　"论起他混入党部后的行动来，"李克接着又说，"都是戴了革命的面具，实做其营私舞弊的劣绅的老把戏；尤其可恶的，他还想抓得工会和农协的势力，做他作恶的根据。这人很奸猾，善于掩饰，无怪你们都受了他的欺骗了。"

　　"不但善于掩饰，而且很会投机。记得本年春初店员风潮时，他就主张激烈，投机取巧，以此钻入了党部。现在回想起来，当时我们对于店员问题的态度太软弱，反倒造成了胡国光投机的机会了。"

方罗兰想起前事，不禁慨叹追悔似的说。

"软弱自然不行，但太强硬，也要败事。胡国光是投机取巧，自当别论，即如林不平等，似乎都犯了太强硬的毛病。"陈中表示了不同的意见。

李克微笑；在他的板板的脸上，可以看出一些不以为然的神气。他看着方罗兰，似乎等待他还有没有话说。

"软弱和强硬，也不能固执不变的，有时都要用。"看见方罗兰微微颔首后，李克又说了，"此间过去一切事的大毛病，还在没有明白的认识，遇事迟疑，举措不定。该软该硬，用不得当。有时表面看来是软弱，其实是认识不明白，不敢做，因为软弱到底还在做。有时表面看来是很强硬了，其实还是同样认识不明白，一味盲动。所以一切工作都是撞着做的，不是想好了做的。此后必须大家先有明白的认识。对于一些必行的事务，因为时机未至，固然不妨暂为软弱地进行，然而必得是在那里做，而不是忘记了做。"

李克冷冷地抽象地讲着，似乎看得很郑重。但这没味的"认识论"和"软硬论"很使方、陈二人扫兴，谈话便渐渐地不活泼。陈中连蓄念已久要询问的省方政策也忘记问了，看见时候不早，便和方罗兰离开了那短小的特派员。途中，陈中轻轻对方罗兰说：

"此番省里来的人，比上次的厉害得多。可是太眼高。他说我们的工作一无是处，又批评我们认识不明白。好像我们竟是乡下土老儿，连革命的意义，连党义，都认不明白似的！"

方罗兰沉吟着点了一下头，没有回答。

但是认识不明白的例子立刻又来了。

胡国光居然脱逃，并且还煽动店员来反对李克。店员工会居然发宣言，严厉质问胡国光获罪的原因。县党部因此发表了关于查办胡国光的李克的报告，但店员工会仍旧开会，要求李克去解释报告中的疑点。开会前半小时，林子冲听得了一个不好的消息，特地找到李克，劝他不要去出席。

"他们今天哪里是请你去解释，简直是诱你去，要用武力对付你。"

林子冲说的很认真，声音也有些变了，好像莫大的危险已在目前。

李克很冷静地摇着头，仍旧慢慢地穿上他的灰色布的中山装。

"这是千真万确的。你去的话，怕有生命危险！"

"你从什么地方听来这些无稽之谈？"

"孙舞阳特地报告我的。她又是从可靠地方得的消息。你要知道：孙舞阳的报告一向是极正确的。你没看见她那种慌张的神气！"

"纵然有危险，也是要去的。"

"你可以推托临时有事，派一个人代替出席。"

"不行！店员受胡国光迷惑已深，我所以更要去解释，使他们醒悟过来。"

"今天可以不去，以后你定个日期，约他们的负责人到县党部来谈谈就是了。"

李克很坚决地摇着头，看了看手表，慢慢地拿帽子来合在头上。

"既然你一定要去，"林子冲很失望似的叹息着说，"也应该有些儿防备的呀！"

"难道带了卫队去么？你放心。"

李克说时微笑，竟自坦然走了。

林子冲惘然站在那里几分钟，李克的坚决沉着的面容宛在目前。这使得林子冲也渐渐镇定起来，反自疑惑孙舞阳的报告未必正确，或者，竟是他自己听错了话；刚才太匆忙，只听得孙舞阳说了一句"他们要打李克"，就跑了来了，说不定她的下文还有"但是"呢。

林子冲忍不住自笑了；反正他没事，便又望妇女协会走去，想找着孙舞阳再问个明白。

一点风都没有，太阳光很坚定地射着，那小街道里闷热得像蒸笼一般。林子冲挨着不受日光的一边人家的檐下，急步地走。在经过一个钉了几条麻布的大门的时候，听得男子说话的声音从门里送出来，很是耳熟；他猛然想起这好像是胡国光的声音，便放慢了脚步细听，可是已经换了妇人的格格的软笑声，再听，便又寂然。

好容易走到了妇女协会，不料孙舞阳又不在；却照例在房门上留一个纸条："我到县党部去了。"林子冲满身是汗，不肯再走了，就坐在会客室里看旧报，等候孙舞阳回来。他翻过三份旧报，又代接了两次不知哪里打来的找问孙舞阳的电话，看看日已西斜，便打算回去，可巧孙舞阳施施然回来了。

"好，你倒在这里凉快！李克挨打了！"

孙舞阳劈面就是这一句话。林子冲几乎跳起来。

"当真？不要开玩笑。"他说。

"玩笑也好。你自己去看去。"

孙舞阳说的神气很认真，林子冲不得不相信了；他接连地发问：怎样打的？伤的重么？现在人在哪里？孙舞阳很不耐烦地回答道：

"没有说一句话就打起来。伤的大概不轻。你自去看去。"

"人在哪里呢？"

"还不是在老地方，他自己的房里。对不起，不陪了，我要换衣服洗身了。"

林子冲看着孙舞阳走了进去，伸一个懒腰；他觉得孙舞阳的态度可疑：为什么要那样匆忙地逃走？大概自始至终的"打的故事"，都是她编造出来哄骗自己的。他再走进去找孙舞阳，看见她的房门关得紧紧的，叫着也不肯开。

林子冲回到县党部时，又知道孙舞阳并没哄他。李克的伤，非得十天不能复原。林子冲很惋惜他的劝阻没被采用，以至于此，可是那受伤的人儿摇着头说：

"打也是好的。这使得大多数民众更能看清楚胡国光是何等样的人。而且动手打的只是最少数。我看见许多人是帮助我维护我的。不然，也许竟送了性命了。"

"没等你说一句话，他们就打么？你到底不曾解释！"

"好像我只说了诸位同志四个字，就打起来。虽然我的嘴没有对他们解释，但是我的伤，便是最有力的解释。"

李克的话也许是有理的，然而事实上他的挨打竟是反动阴谋的一串连环上的第一环。林子冲曾在县党部中提议要改组店员工会，并查明行凶诸人，加以惩办，但陈中等恐怕激起反响，愈增纠纷，只把一纸申斥令敷衍了事。这天下午，县城里忽然到了十几个灰军服，斜皮带，情形极狼狈的少年，过了一夜，就匆匆上省去了。立刻从县前街的清风阁里散出许多极可怕的消息。据有名的消息家陆慕游的综合的报告，便是：有一支反对省政府的军队[12]从上游顺流而下，三四天内就要到县；那时，省里派来的什么什么，一定要捉住了枪毙的。

许多人精密计算，此时县城里只有一个负伤的李克正是省里派来的。

可是另有一说，就大大不同了。这是刚从城外五星桥来的一位测字先生的报告；他睁圆了眼睛，冷冷地说：

"哼！该杀的人多着呢！剪发女子是要杀的，穿过蓝衣服黄衣服的人也要杀，拿过梭标的更其要杀！名字登过工会农会的册子的，自然也要杀！我亲眼见过来。杀，杀！江水要变成血！这就叫做青天白日满地红！"

测字先生的话，在第二天一早就变成了小小的纸条，不知什么时候，被不知什么人贴在大街小巷。中间还有较大的方纸，满写着"尔等……及早……玉石俱焚，悔之晚矣"一类的话。中午，同样的小方纸，又变成了传单，公然在市上散发了。全城空气一分钟一分钟地越来越紧张。

傍晚，在紧急会议之后，县工会和农会命令纠察队出勤，紧要街道放步哨，并请公安局协助拘拿发传单和小纸条的流氓。大局似乎稳定些了。

李克知道了这些情形，特请方罗兰、陈中去谈话。

"城中混乱的原因，"李克说，"大概有两个。胡国光派和土豪劣绅新近联合，自然要有点举动，此其一；上游军事行动的流言，增加了土豪劣绅的势焰，此其二。目下人民团体已经着手镇压反动派的活动，县党部也应该有点切实的工作。"

听了这话，方罗兰沉吟着；陈中先答道：

"县党部无拳无勇，可怎么办呢？"

"明天我们要开临时会讨论办法。"方罗兰也说了。

"开会也要开。最紧要的是党部要有坚决的手腕，要居于主动的地位，用纠察队和农军的力量来镇压反动派。明天开会，有几件事要办：一是立即拘捕匿伏城中的土豪劣绅及嫌疑犯，二是取缔流氓地痞，三是要求县长把警备队交给党部指挥——现在警备队成为县长一人的卫队是很不对的。"

李克说完了，眼睛看着方、陈二位的脸上。两位暂时默然无言。

"拘捕城中的反动派，怕不容易罢？他们脸上又没有字写着。"

方罗兰终于迟疑地吐露了怀疑的意见。

"县长不肯交出警备队，却怎么办？"

陈中也忙着接上来说。

"检举起来，自然有人来报告。"李克先回答了方罗兰，他又转脸看着陈中说，"县长没有理由不让警备队来镇压反动派。万一他坚持不肯，可以直接对警备队宣传，使他们觉悟。再不行时，老实把这一百人缴械。"

方、陈二人似乎都失色了。他们料来李克一定是创口发炎，未免神志不清，觉得再谈下去，还有更惊人的奇谈；于是他们相视以目，连说"明天开会就是"，又劝李克不必焦虑，静养病体，便退了出来。

第二天上午，会是开了，李克的意见也提出来了；大家面面相觑，没有说话。哑场了可五分钟，做主席的方罗兰才勉强说：

"三条办法，理由都很充足，只是如何执行，不能不详细讨论。事关全局，县党部同人不便全权处决；鄙意不如召集各团体联席会，请县长也出席，详细讨论办法。各位意见怎样？"

列席的各位正待举手赞成，忽然一个女子面红气喘地跑进来。她的米色麻纱衫子的方领已经被撕碎，露出半个肩头。她的第一句话是：

"流氓打妇女协会了！"

屋子里所有的眼睛都睁得圆圆的，所有的嘴都惊叫起来。方罗兰还算镇静，拿右手背擦了擦额上的急汗，一面说：

"舞阳，坐下了慢慢的说。"

"我刚起身，在房里写一封信，忽然外边有人大嚷起来，又听得玻璃打破了，我跑出房去想看一看，就听得男子的怪声大喊打倒公妻，夹着还有女人的哭喊声。我知道不妙，赶快走边门，哪知门外已经有人把守，是一个十八九岁的青年人。他拦住我……衣领也被他撕碎，到底被我挣脱，逃了出来。以后的事，我就不知道。"

孙舞阳一面喘着气，一面杂乱地说。她的雪白的小臂上也有几块红痕，想来是脱险时被扭拧所致。

"究竟有多少流氓？"

"穿什么衣服？拿家伙么？"

"妇女协会的人都逃走了么？"

"听得女子哭喊救命么？"

惊魂略定的先生们抢先追问着。但是孙舞阳摇着头，把手按住了心口，再也没有话了。

于是有人主张派个人去调查，有人说要打个电话去问问。

孙舞阳一面揉着心窝，一面着急道：

"赶快请公安局派警察去镇压呀！再说废话，妇女协会要被流氓糟蹋完了！"

这句话才提醒了大家：妇女协会大概还被流氓占领着。打过了电话，人们又坐着纷纷议论，悬猜流氓们有否对于女子施行强暴，问孙舞阳怎么居然脱险，拦住她的流氓是如何一个面目；把今天来的正事忘记得干干净净了。但此时，电话铃又尖厉地响起来。彭刚以为一定是公安局来回话，高高兴兴地跑过去接听，可是只"哦，哦"了两声，立即脸色全青了，摔下电话筒，抖着声音叫道：

"流氓来打我们了！"

"什么！公安局来的电话么？你听错了罢？"

方罗兰还算镇静似的问，可是大粒的汗珠早已不听命地从额上钻出来。

"不是公安局。……县农协关照。……要我们防备。"

彭刚的嘴唇抖得厉害。

这时，党部里的勤务兵慌慌张张地跑进来了，后面跟着同样惊惶的号房。勤务兵说，他在街上看见一股强盗，拖着几个赤条条的女人，大嚷大骂游行，还高喊："打县党部去！"号房并没看见什么，他是首先接到勤务兵带来的恶消息，所以也直望里边跑。

这还能错么？勤务兵看见的。而且，听呀，呼啸的声音正像风暴似的隐隐地来了。犹有余惊的孙舞阳的一双美目也不免呆钝钝了。满屋子是惊惶的脸孔，嘴失了效用。林子冲似乎还有胆，他喝着勤务兵和号房快去关闭大门，又拉过孙舞阳说道：

"你打电话给警备队的副队长，叫他派兵来。"

呐喊的声音，更加近了，夹着锣声；还有更近些的野狗的狂怒的吠声。陈中苦着脸向四下里瞧，似乎想找一个躲避的地方。彭刚已经把上衣脱了，拿些墨水搽在脸上。方罗兰用两个手背轮替着很忙乱地擦额上的急汗，反复自语道：

"没有一点武力是不行的！没有一点武力是不行的！"

突然，野狗的吠声停止了；轰然一声叫喊，似乎就在墙外，把房里各位的心都震麻了。号房使着脚尖跑进来，张皇地然而轻声地说：

"来了，来了；打着大门了。怎么办呢？"

果然擂鼓似的打门声也听得了。那勤务兵飞也似的跑进来。似乎流氓们已经攻进了大门。喊杀的声音震得窗上的玻璃片也隐隐作响。房内的老地板也格格地颤动起来；这是因为几位先生的大腿不客气地先在那里抖索了。

"警备队立刻就来！再支持五分钟——十分钟，就好了！"

孙舞阳又出现在大家面前，急口地说。大家才记起她原是去打电话请救兵的。"警备队"三字提了一下神，人们又有些活气了。方罗兰对勤务兵和号房喝道：

"跑进来做什么！快去堵住门！"

"把桌子椅子都堵在门上！"林子冲追着说。

"只要五分钟！来呀！搬桌子去堵住门！"

彭刚忽然振作起来，一双手拉住了会议室的长桌子就拖。一两个人出手帮着扛。大门外，凶厉的单调的喊杀声，也变成了混乱的叫骂和扑打！长桌子刚刚抬出了会议室，号房又跑进来了，还是轻声地说：

"不怕了！纠察队来了！正在大门外打呢。"

大家勉强松了口气。刚把长桌子拖到大门口，而且堵好的时候，忽然，砰，砰！尖脆的枪声从沸腾的闹声里跳出来。接着是打闹的声音渐远渐弱。警备队也来了，流氓们大概已经逃走了。

半点钟后，什么都明白了：大约有三十多人的一股流氓，带着斧头，木棍，铁尺，在袭击了妇女协会后，从冷街上抄过来攻打县党部；流氓们在妇女协会里捉了三个剪发女子——一个女仆和两个撞来的会员，在路上捉了五六个童子团，沿途鞭打，到县党部门前时，已经都半死了。后来，在县党部门前，流氓被纠察队打散，并且被捉住了四五个。

这一个暴动，当然是土豪劣绅主动策划的，和胡国光有关系也是无疑的，因为被捉的流氓中有一个十八九岁的，人们认识他就是胡国光的儿子胡炳。他直认行凶不讳，并且说，在妇女协会边门口，强奸了一个美貌女子。

"哼！明后天大军到来，剪发女子都要奸死，党部里人都要枪毙。今天算是老子倒楣。明天就有你们的。"

这个小流氓很胆大地嚷着，走进了公安局的拘留所。

当天下午，近郊的农民进来一千多，会合城里的店员工人，又开了群众大会，把店员工会的林不平拘捕了，因为他有胡国光派的嫌疑，又要求立即枪毙上午捉住的流氓。但县党部毫无表示，也没有人到大会里演说。当时林子冲曾对方罗兰说：

"土豪劣绅何等凶暴！在妇协被捉的三个剪发女子，不但被轮奸，还被他们剥光了衣服，用铁丝穿乳房，从妇协直拖到县党部前，才用木棍捣进阴户弄死的。那些尸身,你都亲眼看见。不枪毙那五六个流氓,还得了么?党部应该赞助人民的主张,向公安局力争。"

然而方罗兰只有苦着脸摇头,他心里异常地扰乱。三具血淋淋的裸体女尸,从他的眼角里漂浮出来,横陈在面前;怨恨的突出的眼珠,一动不动地看着他,像是等待他的回答。他打了个寒噤,闭了眼。立刻流氓们的喊杀声又充满了两耳。同时有一个低微的然而坚强的声音也在他心头发响:

——正月来的账,要打总的算一算呢!你们剥夺了别人的生存,掀动了人间的仇恨,现在正是自食其报呀!你们逼得人家走投无路,不得不下死劲来反抗你们,你忘记了困兽犹斗么?你们把土豪劣绅四个字造成了无数新的敌人;你们赶走了旧式的土豪,却代以新式的插革命旗的地痞;你们要自由,结果仍得了专制。所谓更严厉的镇压,即使成功,亦不过你自己造成了你所不能驾驭的另一方面的专制。告诉你罢,要宽大,要中和!惟有宽大中和,才能消弭那可怕的仇杀,现在枪毙了五六个人,中什么用呢?这反是引到更厉害的仇杀的桥梁呢!

方罗兰惘然叹了口气,压住了心底下的微语,再睁开眼,看见林子冲的两颗小眼珠还是定定地凝视着自己;忽然这两颗眼珠动了,黑的往上浮,白的往下沉,变成了上黑下白的两个怪形的小圆体;呵!这分明是两颗头,这宛然就是血淋淋女尸颈上的两颗剪发的头!"剪发女子都要奸死"这句话,又在他耳边响了。他咬紧了牙齿,唇上不自觉地浮出一个苦笑来。

突然一闪,两个面形退避了;依然是黑白分明的两个小圆东西。但是又动了,黑的和白的匆忙地来去,终于成为全白和全黑的,像两粒围棋子。无数的箭头似的东西,从围棋子里飞出来,各自分区地堆集在方罗兰面前,宛如两座对峙的小山;随即显现出来的是无数眼睛叠累成的两堆小山,都注视着横陈在中间的三具血淋淋的女尸。愤恨与悲痛,从一边的眼山喷出来;但是不介意,冷淡,或竟是快意,从又一眼山放散。砖墙模样的长带,急速地围走在两个眼山的四周,高叠的眼,忽然也倒坍下来,平铺着成为色彩不同的两半个。呵!两半个,色彩不同的两半个城呀!心底下的微语,突又响亮到可以使方罗兰听得:

——你说是反动,是残杀么?然而半个城是快意的!

方罗兰全身的肌肉突然起栗,尖厉的一声"哦"从他的嘴唇里叫出来。幻象都退避了。他定睛再看,只他一个人茫然站着,林子冲早已不知去向了。

怀着异常沉重的心，方罗兰也慢慢踱回家去。

晚上，方太太在低头愁思半晌之后，对方罗兰说：

"罗兰，明天风声再不好，只有把芳华这孩子先送到姨母家里去了。"

一夜是捱过了。方罗兰清早起身，就上街去观察。出乎意料之外，满街异常沉寂；不见一个童子团，也不见一个纠察队。几家商店照常开着门。行人自然很少，那也无非因为时间还早。而赶早市的农民似乎也睡失了时，竟例外地不见一个。

方罗兰疑惑地往县党部走，经过王泰记京货店时，看见半闭的店门上贴着一条红纸，写了"欢迎"二字，墨水尚未大干。方罗兰也不理会，低了头急走。到了县前街东端尽头的转角，忽然一个女子的声音叫着他道：

"罗兰，你乱跑做什么？"

原来是孙舞阳。她穿一件银灰色洋布的单旗袍，胸前平板板的，像是束了胸了。

"我出来看看街上的情形。好像人心定了，街上很平静。"

方罗兰回答。惊讶的眼光直注射孙舞阳的改常的胸部。

"平静？没有的事！"孙舞阳冷冷地说。但仿佛也觉得方罗兰凝视着她的胸脯的意义，又笑着转口问道："罗兰，你看着我异样么？我今天也束了胸了，免得太打眼呵！"

这种俏媚的开玩笑的口吻，把方罗兰也逗笑了；但是孙舞阳的改装，也惹起了方罗兰新的不安。所以他又问：

"舞阳，到底怎样了？我看来是很平静。"

"你还没知道么？"

方罗兰对着惊讶的孙舞阳的脸摇头。

"大局是无可挽回了。敌军前夜到了某处，今天一定要进城来。警察有通敌的嫌疑，警备队也有一半靠不住，城里是无可为力了。现在各人民团体的负责人，都要到南乡去。童子团和纠察队也全体跟去。怎么你都不知道？"

方罗兰呆了半晌，才说：

"到南乡去做什么呢？"

"留在城里等死么？南乡有农军，可以保护。并且警备队也有一半愿去。"

"这是谁出的主意？"

"是李克的主意。昨晚上得了前线消息，就这么决定了。昨夜十二点钟后，把童子团和纠察队的步哨全体从街上撤回来，今晨四点钟就和各机关人员一同出城去了。"

"县党部呢？我们多不知道。"

"林子冲是知道的。他也走了。我本要来通知你。"

"李克呢？"

"也出城去了。他的伤还没全好，不能不先走一步。"

"你呢？"

"我也要到南乡去，此刻想去通知刘小姐，叫她躲避。"

方罗兰就像跌在冰窖里，心的跳动几乎也停止了；可是黄豆大的汗粒，却不断地从额上渗出来。他竟忘记了和孙舞阳作别，转身便要走。

"罗兰，赶快和你太太出城去罢！她也是剪发的！下决心罢！"

孙舞阳又叫住了他，很诚恳地说。她还是很镇静地笑了一笑，然后走开。

方罗兰急步赶回家去，刚进了门，这就一惊：陈中和周时达站在客厅的长窗边，仰起了忧愁的脸看天；方太太低头靠在藤椅里。方罗兰的身形刚刚出现，客厅里人们的各式各样的听不清楚的话，就杂乱地掷过来。方罗兰一面擦着满头的冷汗，一面只顾自己说：

"可怕，可怕！我得了可怕的消息！"

"是不是县长跑了？"陈中着急地问。

"跑了么？我倒不知道。"方罗兰的眼睛睁得怪大的。

"跑了。刚才时达兄说的。"

"罗兰，你怎么出去了半天！我们急死了。芳华这孩子，刚才张小姐替我送到姨母家去了。我们怎么办呢？听来消息极坏！"

方太太的声音有些颤了。方罗兰不回答太太，却先把孙舞阳的话夹七夹八述说了一遍，倒也没忘记报告孙舞阳胸部的布防状态。

"孙舞阳到底很关切。"方太太话中带刺地抢先说，"罗兰，你快到南乡去罢。我是不去的。"

陈中和周时达都摇着头。

"梅丽，你又来挑眼儿呢。"方罗兰发急了，"你怎么不去！"

"方太太，还是躲开一时为妥，只是到南乡去也不是办法。"

周时达慢慢地说，几乎是一个字摇一下肩膀。

"南乡去不过是目前之计。到那里再看光景。或者就走南乡到沙市去，那边有租界，并且梅丽的哥哥也在那边。"

两个男子都说大妙。方太太似乎也赞成了。

"中兄，你呢？"

方罗兰略为定心些了，擦干了最后一滴冷汗，对陈中说。

"他倒不要紧。"周时达代答，"其实，罗兰兄，你也不要紧；但是因为胡国光太恨你了，不能不小心些。听说此公已到了那方面了。"

方罗兰明白这所谓"那方面"是指上游来的叛军，很感触地吁了一声。

周时达仰脸看了看太阳光，就对方太太说：

"不早了！赶快收拾收拾就走罢！"

一句话还没完，张小姐跑了进来；她的白脸儿涨得红红的，她的乌黑的两个并列的圆髻，也有些歪乱。显然她是跑得太急了。

"敌军已经到了五星桥了！"

张小姐喘着气说。

"呀，五星桥么？离城只有十里了！"

陈中跳起来放直了喉咙喊。

"路上看见了朱民生，他说的。已经有人逃难。"

"我的芳华呢？"

方太太抓住了张小姐的手，几乎滴下眼泪来。

"好好的在姨母家了。梅丽，你放心。你和方先生怎样呢？"

"十里路也得有一个钟头好走，梅丽，不要慌。"

方罗兰勉强镇静，安慰太太。

方太太把要到南乡去的话，告诉了张小姐，又拉她同去。但是张小姐说：

"我本要到东门外姑母家去，我又没有剪发，不惹注意的。可是，你们既然要走，还是快走，恐怕城门要关。"

十二

方罗兰和太太终于找到了一座尼庵暂且歇息。

此地离县城南门，不过五里路，渐就停止的枪声，也还断断续续可以听得。方罗兰掩上了尼庵的大门，撩起蓝布大衫的下幅，就坐在观音龛前的一条矮板凳上，拉太太倚在他身边；两个人愁眉相对，没有说话。西壁的一根柱子上还贴着半截的"农民子弟学校第……"的白纸条，想来这尼庵自从尼姑嫁了人后曾经做过学校，但现在只留着空空的四壁而已。

因为惊怖和疲乏，方太太的脸色非常苍白，两眼更觉滞涩。并且那一件乡姑娘式的衣服，小而长的袖管裹在臂上，也使她颇觉得不自在。她很艰辛地喘着气，耳朵里还卜卜地充满着繁密的枪声，况且她又看不见她的孩子了，所以虽庆脱险，她的心也还是沉重的。

野外的凉风，从佛龛背后吹来；树叶的苏苏的微语，亦复脆弱可怜。佛龛后是一个没有门的开在墙上的门洞。那外边便是一个小院子，有花木之类。可是连一声鸟鸣都听不到。

"梅丽，现在腰还痛么？刚才那一片枪声，的确可怕，就像是近在跟前似的，无怪你会跌了一交，委实是叫人心悸呀。"

方太太把手按在心上，只摇了一下头。

"现在不怕了，军队大概已经进城，至少今天是不至于下乡来了。此刻最多是十点钟，再走十几里路便可以到目的地。"

方罗兰再安慰太太，轻松地吐了一口气。他拿过了太太的小手，很温柔地握在自己的手掌里。

"不知道芳华怎样了。罗兰，我们算是没有事了，只是那孩子，我不放心。"

"不要紧的。在姨母那边，再妥当也没有了。"

"就怕兵队要抢劫，姨母家也难幸免。"

"大概不会抢劫的，他们也是本省人。"

方罗兰沉吟后回答。他何尝对于兵士的行为有把握，但愿如此而已。方太太却似乎有了保障，心宽得多了。她向四面看了看，说：

"张小姐催得太急，我忘记带了替换的小衣了。天气又是这样热。"

"不要紧，到了那边总有法子好想。"

"是不是明后天就上沙市去？"

"这个，明后天再看。"方罗兰颇觉踌躇了，"我还是党部里人，总不便一走了事。人家要议论的。但是你，梅丽，你，为安全起见，不妨先去。"

方太太默然。

从梁上坠落一只小蜘蛛来，悬挂在半空，正当方太太的头前。这小东西努力挣扎，想缩回梁上去，但暂时无效，只在空中摇曳。

两夫妻的眼，都无目的地看着这蜘蛛的悬空的奋斗。它的六只细脚乱划着，居然缩上了一尺左右，突又下坠两尺多；不知怎样的一收，它又缩上了，高出方太太的头足有半尺。于是不动了，让风吹着忽左忽右。

庵门外忽然来了轻微的脚音，方太太和方罗兰都怔住了。脚音迟疑地触着庵门口的石级，终于推着门进来了，是一个十分褴褛的小兵。方太太急把脸转向里边，心跳得几乎窒息。

"罗兰，是你们么？"

那小兵立刻扯落了头上的很大的直覆到眉际的破军帽，露出一头美丽的黑发，快活地说。方太太回过头来，觉得来人很面熟。方罗兰已经立起来喊道：

"舞阳，你把我们吓了一跳呢！想不到是你。"

孙舞阳很妩媚地笑着，就挨着方太太坐下，正是方罗兰原来的座位。

"梅丽姊，你看我的化装好不好？简直认不出来罢？"

方太太看着孙舞阳白嫩的手缩在既长且大的一对脏衣袖内，臃肿不堪的布绑腿沾满了烂泥，下面是更破的黑袜套在草鞋内，也不禁失笑了。

"像是很像了，可惜面孔还嫌太白。"方罗兰说。

"本来还要弄得脏些，刚刚洗干净。现在是再白些也不怕了。"

孙舞阳说着伸了个欠，就把一件破军衣褪下来，里面居然是粉红色，肥短袖子，对襟，长仅及腰的一件玲珑肉感的衬衣。

"孙小姐，你什么时候出城的？"方太太问。

"军队进城后半点钟光景，我才出来。"

"听见枪声么？"方太太问这话时犹有余惊。

"怎么不听得？我还看见杀人。"

"城里抢劫么？"方太太慌忙问。

"不抢。只杀了几个人。听说也有女子受了糟蹋。"

"舞阳，你真险极了；怎么不早走？"方罗兰喟然说。

"刘小姐要我替她装一个假髻，所以弄迟了。幸而我早有准备，安然地出了城。刘小姐未免太书呆子气了。你想，兵们何尝专拣剪发女子来奸淫？说是要杀剪发女子，无非迎合旧社会的心理，借此来掩饰他们的罪恶罢了。梅丽姊，你说是不是？"

孙舞阳很锋利地发议论了；同时，她的右手抄进粉红色衬衣里摸索了一会儿，突然从衣底扯出一方白布来，撩在地上，笑着又说：

"讨厌的东西，束在那里，呼吸也不自由；现在也不要了！"

方罗兰看见孙舞阳的胸部就像放松弹簧似的鼓凸了出来，把衬衣的对襟钮扣的距间都涨成一个个的小圆孔，隐约可见白缎子似的肌肤。她的豪放不羁，机警而又妩媚，她的永远乐观，旺盛的生命力，和方太太一比而更显著。方罗兰禁不住有些心跳了。而这尼庵的风光，又令他想起张公祠。他连忙踱了几步，企图赶走那些荒唐无赖的杂念。

"看见张小姐么？"方太太再问。

"没有。哦，记起来了，一定是她。我看见一个女人，又黑又长的头发遮住了面孔，衣服剥得精光……"

"呀！"方太太惊叫起来。方罗兰突然止步。

"乳房割去了一只。"孙舞阳还是坦然接着说。

"在哪里看见的？"方罗兰追问，声音也有些变了。

"在东门口。已经死了。横架在一块石头上。"

方罗兰叹了口气，更焦灼地走来走去。

方太太低呻了一声，把两手捧住了面孔，头垂下去，搁在膝头。

方太太再抬起头来时，首先映入眼帘的，是先前那只悬空的小蜘蛛，现在坠得更低了，几乎触着她的鼻头。她看着，看着，这小生物渐渐放大起来，直到和一个人同样大。方太太分明看见那臃肿痴肥的身体悬空在一缕游丝上，凛栗地无效地在挣扎；又看见那蜘蛛的皱瘪的面孔，苦闷地麻木地喘息着。这脸，立刻幻化成为无数，在空中乱飞。地下忽又涌出许多带血，裸体，无首，耸着肥大乳房的尸身来，幻化的苦脸就飞上了流血的颈脖，发出同样的低低的令人心悸的叹声。

吹来一阵凉风，方太太不自觉地把肩膀一缩；幻象都没有了，依然是荒凉的尼庵。她定了定神，瞧着空空的四壁，才觉到方罗兰和孙舞阳都不在跟前了。她迟疑地立起来，向佛龛后望时，看见石榴树侧郁金香的茂叶后边，方罗兰和孙舞阳并肩站着，低声说着话，好像在商量什么，又好像有所争执。一缕酸气，从方太太心里直冲鼻尖；她抢前一步，但又退回，颓然落在原位上。

——侮辱！无穷的侮辱！早听了张小姐的话，就没有今天的侮辱！

方太太痛苦地想着，深悔当时自己的主意太动摇。她觉得头脑岑岑然发眩，身体浮空着在簸荡；她自觉得已经变成了那只小蜘蛛，孤悬在渺茫无边的空中，不能自主地被晃动着。

——她的蜘蛛的眼看出去，那尼庵的湫隘的佛堂，竟是一座古旧高大的建筑；丹垩的裂罅里探出无数牛头马面的鬼怪，大栋岌岌地在撼动，青石的墙脚不胜负载似的在呻吟。忽然天崩地塌价一声响亮，这古旧的建筑物齐根倒下来了！黄尘直冲高空，断砖，碎瓦，折栋，破椽，还有混乱的带着丹青的泥土，都乱迸乱跳地泻散开来，终于平铺了满地，发出雷一般响，然而近于将死的悲鸣和喘息。

——俄而破败的废墟上袅出一道青烟，愈抖愈长，愈广，笼罩了古老腐朽的那一堆；苔一般的小东西，又争竞地从废墟上正冒着的青烟里爆长出来，有各种的颜色，各种的形相。小东西们在摇晃中渐渐放大，都幻出一个面容；方太太宛然看见其中有方罗兰，陈中，张小姐……一切平日见过的人们。

——突然，平卧喘着气的古老建筑的烬余，又飞舞在半空了；它们努力地凝结团集，然后像夏天的急雨似的，全力扑那丛小东西上。它们奔逃，投降，挣扎，反抗，一切都急乱地旋转，化成五光十色的一片。在这中间，有一团黑气，忽然扩大，忽然又缩小，终于弥漫在空间，天日无光………

方太太嘤然一声长呻，仆在地上。

1928年6月。
[原载1928年《小说月报》第19卷第1期。]

注释

1. 阿那托尔·法朗士（1844—1924），法国著名作家，文艺评论家，《伊壁鸠鲁的花园》是他所作的随笔集。

2. 省里新军起义：指1911年10月10日晚，驻武昌新军第八镇工程八营革命党人首先起义，湖广总督瑞澂、新军第八镇统制张彪弃城逃遁，起义军占领武昌。史称"武昌起义"。

3. 世代簪缨（zān yīng）：世代官宦的意思。簪、缨皆为古代达官贵人的冠饰。

4. 藩台：官名，布政使的别称，专管一省的财赋和人事，与专管刑名的按察使并称两司。

5. 殇（shāng）亡：此处意为早夭。殇，未成年而死。

6. 年伯：科举时代为对父亲同年登科者的尊称，明代中叶以后亦用以称与父亲同年的伯叔，后用以泛指父辈。

7. *Neolides-H.B*：一种避孕药，当时的新派人物都喜用之。——作者原注。

8. 醮（jiào）：古代婚娶时用酒祭神的礼，后指妇女出嫁。

9. "五五"，"五七"，"五九"："五五"，一九二一年五月五日孙中山在广州就任临时大总统的纪念日；"五七"，一九一五年五月七日，日本帝国主义向袁世凯政府提出最后通牒，限四十八小时内应允丧权辱国的"二十一条"，后这一天遂成为国耻纪念日。同年五月九日，袁世凯承认了"二十一条"，激起全国人民的反日运动，后也以"五九"作为国耻纪念日。

10. 觳觫（hú sù）：恐惧得发抖、颤抖的样子。

11. "上游军队"是指当时的反革命的夏斗寅的部队。——作者原注。

12. "反对省政府的军队"，亦即指反革命的夏斗寅的部队。——作者原注。

导读

《动摇》是茅盾延续着《幻灭》的主题而创作的一部小说，与现实的革命活动有着更为紧密的联系，把剧烈的革命斗争生活融合在艺术构思之中。作品的背景是1927年春夏之交"武汉政府"蜕变的前夕，而情节的展开则主要集中在武汉附近一个县城里。茅盾认为"小说的功效原来在借部分以暗示群体"，的确如此，通过一个小县城的革命风云变幻，读者看到了那一时期中国革命的整体现实。

作品以较大的场面描绘塑造了那一时期政治风云变幻中的各色人等，而其中着力刻画而又塑造得最成功的是小说主人公方罗兰。方罗兰是革命队伍中思想极不稳定的知识分子的典型代表，其身上具有大革命时期国民党"左派"的许多精神特质。方罗兰是国民党县党部的负责人之一（县党部委员兼商民部长），但在激烈的阶级斗争之前，在革命与反革命的尖锐搏战之中，他始终动摇于左右之间。他"遇事迟疑，举措不定"，表现出相当的动摇和软弱以及缺乏决断。小说的题目《动摇》主要就是指他而言的。

方罗兰的动摇主要表现在两个方面：政治上和爱情上。

在政治上，方罗兰的动摇首先表现为对反革命势力打击不力，如对胡国光的姑息养奸。胡国光是当地劣绅，善于进行革命投机，大革命一开始险些混进商民协会当委员，后经人揭发取消了其资格，方罗兰知道此事之后，并没有对其进行严惩，而是草率处理，致使胡国光最终逃脱了应有的处罚，并得以混进商民协会，后来又以极左面目出现，跻身于县党部执委兼常委之列，最后公开叛变了革命。在革命和反革命的尖锐搏斗中，方罗兰一方面觉得土豪劣绅在四处制造恐怖气氛，认为"不镇压，还了得！"；另一方面，他又惧怕群众的力量，一想到群众运动，他仿佛又看到了有许多手在指着他质问"你也赞成共产吗？"于是，动摇、妥协就占了上风，使他犹疑不定，从而助长了反革命的气焰。

其次是其阶级立场不分明，在处理店员与店东的矛盾中表现得尤为分明。在群众大会上他慷慨激昂地说了许多赞助店员的话；但面对店东代表时，又"支支吾吾地在店东的代表前说了许多同情于他们的话"，而且，"确也不是张开了眼说谎，确是由衷之言"。

方罗兰在政治上的动摇还表现在宽大中和的儒家思想上。在李克强烈要求镇压反动派时，他迟疑不定；在胡国光呼应军阀夏斗寅的叛变在城里发起暴动、猖狂杀戮革命者时，他还在不断强调"宽大中和"，认为只有宽大中和才能消弥那可怕的仇杀，从而造成了革命的极大损失，最后不得不仓惶出逃。作品从多个侧面反映了方罗兰的"动摇"，妥协的思想是他这种极不稳定的知识分子"革命家"的性格内核，用作者自己的话来说，就是他"动摇于左右之间，也动摇于成功或者失败之间"。

在爱情上，方罗兰同样也显示了他"动摇"的本性。一方面，他抵御不住具有时代特征的浪漫风流的女性孙舞阳的性感诱惑，时常意乱情迷，想入非非；另一方面，又不想伤害他的温柔娴静具有传统女性美德的结发之妻陆梅丽，脚踩两只船，犹疑不定。在家庭与浪漫，名誉和欲念之间不断地犹疑动摇。

作为一个从五四时代走过来的青年，方罗兰属于那种既保留着传统伦理道德，同时又渴望呼吸时代新鲜空气的知识分子，在这二者的选择中，他永远处在矛盾和动摇中，充分显示出了小资产阶级革命者的本质特征。

作为反面典型，胡国光形象的塑造也是极其成功的，不仅为我们提供了一个极具艺术性的典型性格，也深化了作品的主题和内涵。

小说不但刻画了方罗兰这样的动摇犹疑分子，也塑造了李克这样对现实有着清醒认识并有预见的革命者，同时也描绘了孙舞阳这样极富浪漫色彩的新女性，构成了一幅色彩各异的人物画廊，成功揭示了不同类型知识分子的复杂心态，也使作品的人物画廊丰富多彩。

茅盾年表（1896—1981）

1896 年

7 月 4 日，出生于浙江桐乡县乌镇，原名沈德鸿，字雁冰。

1909 年

考入浙江湖州第三中学堂插班二年级读书。

1911 年秋

转入嘉兴中学堂。

1913 年

考入北京大学预科第一类。

1916 年

8 月，到上海商务印书馆编译所工作。

1917 年

出版了《中国寓言初编》，是中国最早的"寓言选"之一。

1919 年

8 月，翻译契诃夫短篇小说《在家里》，这是茅盾的第一篇白话翻译小说。

1920 年

开始主持大型文学刊物《小说月报》"小说新潮栏"的编务工作并连续编写了《小说新潮宣言》、《新旧文学评议之评议》和《现在文学家的责任是什么》等论述，表现了茅盾的早期的文学见解。10 月，加入了共产主义小组，开始为《共产党》月刊写稿。

1921 年

1 月，发起成立"文学研究会"。

1924 年

编辑《民国日报》的副刊《社会写真》(后改名为《杭育》)。

1925 年

6 月,和郑振铎等创办了《公理日报》,不久被迫停刊。

1927 年

4 月初,担任《汉口民国日报》的总主编;9 月中旬,写完《幻灭》;11 月到 12 月间,创作《动摇》。

1928 年

6 月,创作《追求》,《幻灭》《动摇》和《追求》先后在《小说月报》连载,并出了单行本;7 月,离上海去日本。

1929 年

7 月,出版第一个短篇小说集《野蔷薇》,收入五篇作品;与此同时,写了论文《读<倪焕之>》,并开始写作长篇小说《虹》;还写了《卖豆腐的哨子》、《雾》等十几篇散文;先后出版《神话杂论》、《中国神话研究 ABC》、《六个欧洲文学家》、《骑士文学 ABC》、《近代文学面面观》、《现代文学杂论》等著作。

1930 年

接连写了《豹子头林冲》《石碣》《大泽乡》等三篇以传说和历史为题材的小说。出版《北欧神话 ABC》、《西洋文学通论》、《希腊文学 ABC》、《汉译西洋文学名著》;5 月,出版《蚀》。

1931 年

2 月,完成中篇小说《路》。5 月,出版《宿莽》(小说、散文合集);11 月,写成中篇小说《三人行》;编辑出版了《前哨》,第二期改名为《文学导报》;开始写作《子夜》。

1932 年

出版《路》。创作了农村集镇生活为题材的作品《小巫》、《林家铺子》、《春蚕》和散文《故乡杂记》等。

1933 年

创作出版《秋收》、《残冬》，和此前的《春蚕》通称"农村三部曲"；出版《子夜》、《茅盾散文集》。

1934 年

2 月，出版《话匣子》。

1936 年

5 月，出版《泡沫》，10 月，出版《印象·感想·回忆》；出版《西洋文学名著讲话》、《创作的准备》。

1937 年

5 月，出版《多角关系》、《眼云集》。

1938 年

3 月 27 日，被推为《抗战文艺》的编委。

1939 年

4 月，出版《炮火的洗礼》。

1941 年

2 月，写《风景谈》；同年写了日记体的长篇小说《腐蚀》，在《大众生活》上连载，10 月出版；主编专门登载杂文的刊物《笔谈》，在《客座杂忆》这个总标题下发表了一些随笔。

1942 年

3 月，出版了中篇小说《劫后拾遗》；创作短篇小说《某一天》、《虚惊》、《耶稣之死》、《参孙的复仇》、《列那和吉他》、《过封锁线》等，除《某一天》外都收集在《耶稣之死》集中；8 月，创作小说《霜叶红似二月花》，以及杂文、文学评论等；12 月，出版《文艺论文集》。

1943 年

4 月，出版《见闻杂记》；7 月，出版《茅盾随笔》；10 月，出版《霜叶红似二月花》。

1945 年

出版《第一阶段的故事》、《委屈》、《时间的记录》；10 月出版《清明前后》，12 月出版《耶稣之死》。

1946 年

3 月，和叶以群主编中外文艺联络社的《文联》半月刊。

1948 年

4 月，出版《苏联见闻录》、《杂谈苏联》。

1949 年

7 月，参加筹备并出席全国文代大会，在会上作了《在反对派压迫下斗争和发展的革命文艺》的报告。

1958 年

8 月，出版《夜读偶记》；出版《茅盾文集》10 卷。

1959 年

1 月，出版《鼓吹集》。

1962 年

10 月，出版《鼓吹续集》；11 月出版《关于历史和历史剧》。

1963 年

11 月，出版《读书杂记》。

1979 年

11 月，出版《茅盾诗词》。

1980 年

5 月，出版《茅盾近作》

1981 年

3 月 27 日，病逝于北京。人民文学出版社自 1983 年起陆续出版的 40 卷本《茅盾全集》，收录了他的全部文学著作。